Edgar Allan Poe

Edgar Allan Poe

Erzählungen

Aus dem Englischen
von Andreas Heering und Dorle Merkel

Könemann

© 1995 für diese Ausgabe
Könemann Verlagsgesellschaft mbH
Bonner Straße 126, D–50968 Köln

Herausgegeben von Rolf Toman
Übersetzung: Andreas Heering (S. 9–58),
Dorle Merkel (S. 61–331)
Herstellungsleiter: Detlev Schaper
Covergestaltung: Peter Feierabend
Satz: Birgit Beyer
Gesamtherstellung: Paderborner Druck Centrum
Printed in Germany
ISBN 3-89508-039-X

Inhalt

Arabesken

Ligeia 9
Der Untergang des Hauses Usher. 28
Die Maske des Roten Todes 52

Detektivgeschichten

Die Morde in der Rue Morgue 61
Das Geheimnis um Marie Rogêt 108
Der Goldkäfer 177
Der entwendete Brief 226

Faszination des Grauens

William Wilson 253
Die Grube und das Pendel 281
Das verräterische Herz 302
Der schwarze Kater 309
Das Faß Amontillado 323

Arabesken

Ligeia

Und darin liegt der Wille, und der stirbet nimmer. Wer kennt die Geheimnisse des Willens, und seine Kraft? Ist doch Gott selbst ein großer Wille, der alle Dinge durchdringet mit seinem Eifer. Der Mensch überliefert sich den Engeln nicht, noch auch dem Tode selbst, es sei denn durch die Schwäche seines matten Willens.

Joseph Glanvill

Ich kann mich, und ginge es um mein Seelenheil, nicht mehr daran erinnern, wie, wann, ja sogar wo ich der Lady Ligeia das erstemal begegnete. Lange Jahre sind seither verflossen, und mein Gedächtnis ist durch lange, bittre Leiden schwach geworden. Vielleicht aber kann ich mich dieser Einzelheiten *heute* nur darum nicht mehr erinnern, weil der Charakter meiner Geliebten, ihre seltene Bildung, ihre eigenartige und sanfte Schönheit, und die überwältigende und bezaubernde Beredsamkeit ihrer musikalischen Sprache – weil all dies sich in Wahrheit nur ganz allmählich in mein Herz stahl, so daß die einzelnen Schritte ihres Eintritts in mein Leben unbemerkt und unerkannt blieben. Doch glaube ich, daß ich ihr zum ersten Mal, und am allerhäufigsten, in einer großen, alten dem Vergängnis anheimgegebenen Stadt am Rhein begegnete. Ihre Familie – ich habe sie gewiß von ihrer Familie sprechen hören. Daß sie sehr alten Ursprungs war, ist unzweifelhaft. Ligeia! Ligeia! Vergraben in Studien, deren Art mehr als jede andere dazu angetan ist, mich gegen alle Eindrücke der Außenwelt abzutöten – genügt mir einzig dies eine süße Wort »Ligeia«, vor meinen Augen ihr Bild erstehen zu lassen – das Bild von ihr, die nicht mehr ist. Und jetzt, da ich dies schreibe, überfällt mich urplötzlich die Erinnerung daran, daß ich den Familiennamen von ihr, die meine Freundin und meine Verlobte war und die die Gefährtin all meiner Studien wurde und schließlich das Weib meines Herzens, daß ich ihren Familiennamen *niemals gekannt* habe. War es ein schalkhafter Streich, den meine Ligeia mir gespielt hat? Oder war es eine Prüfung meiner Liebe, daß ich niemals hierüber eine Frage stellen durfte? Oder entsprang es eher einer meiner eigenen Grillen, war es ein romantisches Opfer auf dem Altare der leidenschaftlichsten Ergebenheit? Aber ich entsinne mich nur undeutlich der Sache selbst – was Wunder, daß ich die Gründe dafür vollkommen vergessen habe. Und wirklich, wenn jemals der Geist, den man Romanze nennt, wenn jemals die bleiche und nebelbeschwingte Aschtophet des götzendienerischen Ägypten, wie man ja von ihr sagt, Schutzgöttin unglücklicher Ehen gewesen ist, so ist es gewiß, daß sie die Schutzgöttin der meinigen war.

Wenigstens in einem mir teuren Themenkreise hat mich mein Gedächtnis nicht verlassen. Er betrifft das Aussehen Ligeias. Sie war groß und eher schlank, und in ihren letzten Lebensjahren sogar eher hager. Es wäre vergebliches Bemühen, wenn ich eine Beschreibung der Majestät ihres Gebarens, ihre ruhige Würde, oder die unvorstellbare Leichtigkeit und Beschwingtheit ihres Schrittes versuchen wollte. Sie kam und ging wie ein Schatten. Niemals bemerkte ich ihren Eintritt in mein Arbeitszimmer, ehe ich nicht den süßen Klang ihrer geliebten melodischen Stimme vernahm oder ihre alabasterweiße Hand auf meiner Schulter verspürte. Kein Gesicht auf Erden kam dem ihren an Schönheit gleich. Es strahlte wie die Erscheinung eines Opiumtraumes – eine leichte, beseligende Vision, weit göttlicher noch, als alle Traumgebilde, die um die schlafenden Seelen der Töchter von Delos kreisten. Dennoch waren ihre Züge nicht von jener Regelmäßigkeit, die man uns fälschlicherweise in den klassischen Bildwerken des Heidentums zu bewundern gelehrt hat. »Es gibt keine auserlesene Schönheit«, sagt Bacon, Lord Verulam, zu Recht von allen Formen und Arten der Schönheit, »ohne eine gewisse Fremdartigkeit der Proportion.« Aber wenn ich auch sah, daß die Züge Ligeias nicht von klassischer Regelmäßigkeit waren – wenn ich auch wußte, daß ihre Schönheit in der Tat »auserlesen« war, und wenn ich auch verspürte, wie viel »Fremdartiges« in ihren Zügen lag, so habe ich doch vergebens

LIGEIA

versucht, dieser Unregelmäßigkeit auf die Spur zu kommen und meine eigene Wahrnehmung »des Fremden« darin zu benennen. Ich untersuchte die Konturen der hohen und bleichen Stirn: sie waren fehlerlos – doch wie kalt klingt dieses Wort für eine so göttliche Majestät! –, ihre Haut schimmerte wie reinstes Elfenbein, ihr Gebaren strahlte völlige Ruhe aus, ihre Schläfen waren fein gewölbt; und dann ihr rabenschwarzes, üppig glänzendes und von Natur gelocktes Haar, welches den Sinn des homerischen Epitheton »hyazinthen« so recht lebendig machte! Ich prüfte die fein gezeichneten Linien ihrer Nase – und nirgends als in althebräischen Medaillons hatte ich ähnliche Vollkommenheit gesehen. Hier wie dort die gleiche üppige Zartheit, der gleiche, kaum wahrnehmbare Zug ins Aquiline, die gleichen harmonisch gebogenen Nasenflügel, die einen freien Geist verrieten. Ich prüfte ihren süßen Mund. Er war in der Tat der Triumph alles Himmlischen–: dieser herrliche Schwung der kurzen Oberlippe, diese weiche, wollüstige Ruhe der Unterlippe, die spielerischen Grübchen, die ernst sprechende Farbe ihrer Wangen, die schimmernden Zähne, die, mit einem beinah erschreckenden Glanz jeden Strahl des heiligen Lichtes widerspiegelten, der auf sie fiel, wenn Ligeia auf ihre unnachahmliche Weise ruhig heiter und doch hinreißend strahlend lächelte. Ich prüfte die Form ihres Kinnes – und auch hier fand ich die Weichheit der Flächen, die Sanftheit und Majestät, die Fülle und Spiritualität der Griechen – jene Linie, die Apollo dem Kleomenes nur in einem Traum offenbarte. Dann aber blickte ich tief in die großen Augen der Lady Ligeia.

Für Augen finden wir keine Vorbilder aus antiker Zeit. Es mag deshalb wohl sein, daß eben hier – in den Augen meiner Geliebten – das Geheimnis lag, auf das Lord Verulam hindeutet. Sie waren, des bin ich gewiß, weit größer als sonst die Augen unserer Rasse. Sie waren sogar viel strahlender und schöner, als es die strahlendsten der Gazellenaugen sind, die es nur im Tale von Nourjahad gibt. Doch geschah es nur gelegentlich – in Augenblicken großer Erregung –, daß diese »Fremdartigkeit« deutlich wahrnehmbar wurde. In solchen Augenblicken war

Ligeias Schönheit – oder kam das meiner überhitzten Phantasie nur so vor? – die Schönheit von überirdischen oder unirdischen Wesen, die Schönheit der sagenhaften Huri der Muselmänner. Ihre Augen waren von strahlendstem Schwarz und tief beschattet von langen, pechschwarzen Wimpern. Die Brauen, deren Linien von leichter Unregelmäßigkeit waren, hatten die gleiche Farbe. Die »Fremdartigkeit« jedoch, die ich in den Augen fand, lag nicht in ihrer Form, Farbe oder in ihrem Glanz; nein, sie muß wohl in ihrem *Ausdruck* gelegen haben. Ach, leeres Wort! Ach bloßer Laut der Lippen, hinter dem sich ein Meer der Unkenntnis fast allen Geistigen verbirgt! Ja, der *Ausdruck* von Ligeias Augen! Wie viele Stunden habe ich ihm nachgegrübelt! Wie habe ich doch gerungen, eine ganze Mittsommernacht gerungen, ihn zu ergründen! Was war es nur – dieses Etwas, unergründlicher noch als der Brunnen des Demokrit – was war es, das tief in den Pupillen meiner Geliebten lag? Was *war* es? Ich war besessen von dem Verlangen, es zu entdecken. Die Augen! diese großen, diese schimmernden, diese göttlichen Augen! Sie wurden für mich zum Doppelgestirn der Leda, ich aber war ihr inbrünstigster Astrologe.

Es gibt unter den vielen unverstandenen Rätseln der Seelenforschung keins, das unheimlicher und beängstigender wäre als die Tatsache – die von der Schulweisheit kaum je erwähnt worden ist –, daß wir oft, wenn wir etwas längst Vergessenes wieder in unser Gedächtnis zurückrufen wollen, bis an die Schwelle des Erinnerns gelangen, ohne doch dann ins Reich der Erinnerung eintreten zu können. Wie oft stand ich so, wenn ich den Augen Ligeias nachsann, ganz nahe vor der vollen Offenbarung über die Bedeutung ihres Ausdrucks, wie oft spürte ich die Offenbarung ganz nahe – noch nicht ganz zu erfassen – ehe sie wieder vollständig versank. Und – sonderbares, o sonderbarstes Rätsel: in den allergewöhnlichsten Dingen der Welt fand ich eine Reihe von Analogien zu dem Ausdruck. Damit will ich sagen: nachdem Ligeias eigenartige Schönheit von meiner Seele Besitz ergriffen hatte und in ihr wohnte wie in einem Schrein, lösten viele Erscheinungen in der Welt der Dinge dasselbe Empfinden in mir aus wie der Blick aus Ligeias großen, leuchtenden Augen. Dennoch vermochte ich deshalb nicht, dies Empfinden besser zu bestimmen oder zu analysieren oder es auch nur fest in den Blick zu nehmen. Es überkam mich manchmal, man verstehe mich in diesem Punkte richtig, beim Anblick einer schnell emporschießenden Weinrebe, bei der Betrachtung eines Nachtfalters, eines Schmetterlings, eines eilig hinströmenden Wasserlaufes; ich habe es im Ozean gefunden und beim Fallen eines Meteors, sogar im Blick ungewöhnlich alter Leute. Und es gibt am Firmament ein paar Sterne (einen besonders, einen Stern sechster Größe, nahe beim großen Stern der Leier), bei deren Betrachtung durch das Teleskop ich mich des nämlichen Gefühls nicht erwehren konnte. Auch durchschauert es mich bei gewissen Klängen von Saiteninstrumenten und bei bestimmten Passagen in der Literatur. Unter zahllosen anderen Beispielen erinnere ich mich besonders eines Wortes, das ich bei Joseph Glanvill fand und das – vielleicht nur wegen seiner Wunderlichkeit? wer vermöchte das zu sagen? – seine Wirkung bei mir nie verfehlt hat: »Und darin liegt der Wille, und er stirbet nimmer. Wer kennt die Geheimnisse des Willens, und seine Kraft? Ist doch Gott selbst ein großer Wille, der alle Dinge durchdringet mit seinem Eifer. Der Mensch überliefert sich den Engeln nicht, noch auch dem Tode selbst, es sei denn durch die Schwäche seines matten Willens.«

Lange Jahre des Nachdenkens haben mich in den Stand gesetzt, gewisse entfernte Beziehungen zwischen diesem Worte des englischen Moralisten und einem Teilzuge von Ligeias Charakter zu erkennen. Die Anspannung des Denkens, Tuns und Redens war möglicherweise das Resultat oder zumindest der Index jener gigantischen Willenskraft, die sich während unseres langen Umgangs niemals direkt zu erkennen gab. Sie, die äußerlich ruhevolle, die stets gelassen milde Ligeia, war, wie keine andere Frau, die ich je kannte, die Beute einer raubvogelgleichen Leidenschaftlichkeit. Doch des Maßes dieser Leidenschaft konnte ich nie gewahr werden, außer durch das wundervolle Strahlen ihrer Augen, das mich gleichzeitig entzückte und entsetzte, außer durch die beinahe zauberhafte Melodie, Weichheit, Klarheit und Würde ihrer sonoren Stimme und durch die flammende Energie, die in ihren gewöhnlich wilden Worten lag (und die im Kontrast zu der Ruhe, mit der sie gesprochen wurden, doppelt wirkungsvoll war).

Ich erwähnte schon die umfassende Bildung Ligeias: sie war immens – wie es mir bei einer Frau ähnlich nie begegnet ist. In den klassischen Sprachen war sie Meister, und auch in den modernen Sprachen Europas habe ich, soweit ich selbst mit diesen Sprachen vertraut bin, nie einen Fehler aus ihrem Munde gehört. Und habe ich denn Ligeia bei irgendeinem Thema, und sei es das meist bewunderte, weil schlicht das abstruseste Thema, auf das sich akademische Gelehrsamkeit so viel zugute hält, habe ich Ligeia *jemals* bei einem Fehler ertappt? Wie sonderbar, wie schauerlich! Diese eine Seite nur vom Wesen meiner Frau ist meinem Gedächtnis heute noch erinnerlich. Ich sagte, an Wissen überragte sie weit alle anderen Frauen – doch wo lebte wohl der Mann, der all die Felder der ethischen, physikalischen und mathematischen Wissenschaften in ihrer ganzen unermeßlichen Weite durchschritten hätte, und das mit Erfolg, wie sie es getan? Damals sah ich noch nicht, was ich jetzt klar erkenne, daß Ligeias Wissen unglaublich war, ja, daß es einem Wunder gleichkam; dennoch war ich mir ihrer unendlichen Überlegenheit hinreichend bewußt, um mich mit kindlichem Vertrauen ihrer Führung durch die chaotische Welt mataphysischer Untersuchungen anzuvertrauen, mit denen ich während der ersten Jahre unserer besonders beschäftigt war. Mit welch ungeheurem Triumph, mit welch lebendigem Entzücken, mit wieviel himmlischen Hoffnungen *fühlte* ich, wenn sie sich bei nur selten gepflegten und noch weniger bekannten Studien über meine Schulter beugte, wie der herrlichste Ausblick sich langsam immer weiter vor mir zu erstrecken begann und wie sich mir ein langer, kostlicher und ganz unbetretner Pfad eröffnete, auf dem ich wohl endlich zum Ziel einer Weisheit zu gelangen hoffen durfte, die zu göttlich erhaben ist, um nicht verboten zu sein!

LIGEIA

Wie herzzerreißend muß also der Gram gewesen sein, mit dem ich, nach einigen Jahren, meine wohlbegründeten Hoffnungen auf weiten Schwingen davonfliegen sah! Ohne Ligeia war ich nichts als ein Kind, das im Finstern tappt. Ihre Gegenwart, ihre Kommentare allein brachten helles Licht in die vielen Geheimnisse des Transzendentalismus, in die wir uns vertieft hatten. Ohne den strahlenden Glanz ihrer Augen wurden Schriftzeichen, die eben noch golden züngelnd geleuchtet hatten, matter als stumpfes Blei. Doch seltener und seltener fiel nun der Strahl dieser Augen auf die Seiten, über denen ich brütete. Ligeia wurde krank. Ihre schimmernden Augen strahlten mit übernatürlichem Lichte, die bleichen Hände nahmen die wächserne Farbe des Grabes an, und die blauen Adern auf der hohen Stirn hoben und senkten sich mit den Gezeiten ihrer Gefühle. Ich sah, daß sie sterben mußte – und mein Geist rang verzweifelt mit dem grimmen Azrael. Doch zu meinem Erstaunen war das Ringen des leidenschaftlichen Weibes noch heftiger als das meine. So manches in ihrer ernsten Natur hatte in mir den Glauben erweckt, daß für sie der Tod keine Schrecken haben werde – doch dem war nicht so. Jedes Wort verblaßt, versucht man auch nur annähernd die Wut ihres Kampfes gegen den bleichen Schatten zu beschreiben. Dieser mitleiderregende Anblick ließ mich gequält aufstöhnen. Ich hätte wohl besänftigend, hätte vernünftig gesprochen, aber angesichts der unheimlichen Gewalt, mit der sie das Leben, das Leben, nichts als das Leben wollte, schienen Tröstung und Verständigkeit der Gipfel der Narretei. Doch bis zum letzten Augenblick, und das obgleich ihr feuriger Geist sich mit unvorstellbarer Wildheit aufbäumte, bewahrte sie die äußere Gelassenheit der Gebärde, bis zum letzten Augenblick, dem Augenblick des Todeskampfes. Ihre Stimme wurde noch sanfter, noch tiefer, doch bei dem wildwuchernden Sinn der Worte, die sie in aller Ruhe sprach, möchte ich hier nicht verweilen. Mein Geist taumelte und verwirrte sich, wenn ich diesen überirdischen Tönen hingerissen lauschte – diesem Hoffen und Ringen, dieser anmaßenden Sehnsucht, wie nie zuvor ein Sterblicher sie fühlte.

Daß sie mich liebte, hätte ich nie bezweifelt; auch hätte ich wohl wissen müssen, daß die Liebe eines solchen Herzens keine gewöhnliche Leidenschaft sei. Aber erst in ihrem Sterben offenbarte sich mir die volle Kraft ihrer Liebe. Lange Stunden hielt sie meine Hand und schüttete vor mir das Überströmen eines Herzens aus, dessen mehr als leidenschaftliche Ergebenheit an Götzendienst grenzte. Womit hatte ich es nur verdient, durch solche Geständnisse gesegnet zu werden? Und womit hatte ich es verdient, durch die Abberufung der Geliebten so verflucht zu werden – in genau jener Stunde, da sie mir diese Bekenntnisse machte? Doch kann ich es nicht ertragen, von diesen Dingen zu sprechen. Nur eines will ich sagen: in Ligeias mehr als weiblicher Hingabe an eine Liebe, die ich, ach, gar so wenig verdiente, erkannte ich den wahren Grund für ihr so tiefes, so wildes Begehren nach dem Leben, das jetzt so eilends entfloh. Es ist dies wilde Sehnen, diese Gier und Gewalt des Verlangens nach dem Leben, nach nichts als dem Leben, das zu schildern meine Macht übersteigt, für das ich keine Worte habe, welche es fassen könnten.

Es war just um die Mitte jener Nacht, da sie von mir schied, als sie mich hieß, ihr gewisse Verse vorzutragen, die sie selbst, nur wenige Tage zuvor, verfaßt hatte. Es waren aber diese:

> Schau, eine Gala-Nacht,
> Inmitten einsam letzter Tage!
> Ein Engelschor, mit Schwingen voll Kraft,
> Im Schleierflor und führend leise Klage,
> Wohnt einem Schauspiel bei,
> Von Hoffnung, Angst, Schimären –
> Dazu hört man als Melodei
> Die Musik aus den Sphären.
>
> Nach Gottes Abbild stehn nun Mimen da,
> Sie murmeln, reden wirr,
> Nur Puppen sind sie immerdar
> Sie hüpfen und tanzen irr.

LIGEIA

Und auf Geheiß von großen Dingen –
Doch ungeformten – welche die Kulissen
Schieben, und aus deren Schwingen
Ein unsichtbares Leid entfällt.

Schmierenkomödie! – Doch sei gewiß:
Davon wird nichts vergessen sein.
Nicht das Phantom,
Und nicht die wilde Horde,
Die ihm nachjagt und es doch nie erreicht.
Ein Kreislauf ist's, der kehrt in sich zurück
– Des Wahnsinns voll, der Sünde mehr –
Und Grauen heißt die Seele von dem Stücke.

Doch schau – in die Runde dieser Mimen
Drängt schlängelnd sich ein kriechend Ding,
Von draußen kommt es über diese Bühne
Es windet sich und schleicht im Staub,
Und unsre Mimen sinken sterbend hin,
Aus Grauen vor der Angst getötet.
Und der Seraphenchor beginnt zu schluchzen,
Daß sich des Wurmes Zahn in Menschblut gerötet.

Aus – aus sind die Lichter, alle aus!
Und über jedem Wesen,
Fällt schnell der Vorhang, das Leichentuch,
Und ein Sturm geht drüber hin;
Und die Engel, bleich nun und bitter,
Stehn auf, die Schleier à bas und nieder:
Sie nennen »Mensch« dies Stück –
Und seinen Helden den »Eroberer Wurm«.

»O Gott!«, schrie Ligeia, als ich diese Verse zu Ende gesprochen hatte, sprang auf die Füße und reckte die Arme zuckend empor. »Gott! Gott! O göttlicher Vater! Muß das immer unabänderlich so sein? Soll dieser Eroberer nie, niemals geschlagen werden? Sind wir nicht ein Teil, ein Stück deiner selbst. Wer – wer kennt die Geheimnisse des Willens und seiner Kraft? Der Mensch überliefert sich den Engeln nicht, *noch auch dem Tode selbst*, es sei denn durch die Schwäche seines matten Willens.«

Und nun, wie von innerer Bewegung erschöpft, ließ sie ihre weißen Arme sinken und kehrte feierlich auf ihr Sterbebett zurück. Und als sie ihre letzten Seufzer tat, kam ihr zugleich ein leises Murmeln über die Lippen. Ich beugte mich zu ihr hinab und vernahm abermals die Schlußworte jener Passage aus Glanvill: *»Der Mensch überliefert sich den Engeln nicht, noch auch dem Tode selbst, es sei denn durch die Schwäche seines matten Willens.«*

Sie starb. Und ich, vor Gram in Staub gedrückt, konnte die Öde und Verlassenheit meiner Behausung in der düsteren und verfallenen Stadt am Rhein nicht länger ertragen. Ich hatte keinen Mangel an dem, was die Welt »Wohlstand« nennt. Ligeia hatte mehr, sehr viel mehr mit in die Ehe gebracht, als gewöhnlich einem Sterblichen zufällt. Nach einigen Monaten freudund planlosen Umherwanderns erwarb ich in einer der wildesten und unbesuchtesten Gegenden des schönen England eine alte Abtei, deren Namen ich nicht nennen möchte, und setzte sie instand. Die düstre und triste Großartigkeit des Gebäudes, die beinah schaurige Wildheit der zugehörigen Ländereien, die vielen melancholischen und altehrwürdigen Erinnerungen, die mit dem Ort und der Abtei verknüpft waren, stimmten ein in das Gefühl äußerster Verlassenheit, das mich in jenen entlegenen und unwirtlichen Teil des Landes getrieben hatte. Und obgleich ich das in grünendem und blühendem Verfall befindliche Äußere der Abtei kaum veränderte, widmete ich mich mit kindlicher Übertreibung und vielleicht auch in der schwachen Hoffnung, meinen Kummer so zu zerstreuen, der Ausstattung der Innenräume und entfaltete hier eine mehr als königliche Pracht. Ich hatte, als ich noch ein Kind war, Geschmack an derlei Tollheiten gefunden, und jetzt stellte sich jener kindliche Trieb von neuem ein, als sei ich vor Gram wieder kindisch geworden. Ach, ich weiß, wie viele Spuren von beginnendem Wahnsinn in den prunkhaften und phantastischen Draperien, in den feierlichen ägyptischen Schnitzereien, in den bizarren Gesimsen und Möbeln, in den tollhäuslerischen Mustern der golddurchwirkten Teppiche zu entdecken gewesen wären. Ich lag in den Banden des Opiums und war zu seinem Sklaven geworden, und alle meine Handlungen und Anordnungen hatten die Farbe meiner Träume angenommen. Doch darf ich nicht bei der Beschreibung dieser Torheiten verweilen; nur von jenem einen verfluchten Gemache muß ich sprechen, in das ich in einem Augenblicke geistiger Zerrüttung vom Altare meine Braut – als die Nachfolgerin der unvergessenen Ligeia – führte, die blondhaarige und blauäugige Lady Rowena Trevanion of Tremaine. Noch heute steht mir selbst die unbedeutendste Einzelheit der Architektur und Ausstattung dieses Brautgemachs deutlich vor Augen. Wo hatten die hochmütigen Angehörigen meiner Braut wohl ihre Herzen, als sie aus Gier nach Gold ihrer heißgeliebten Tochter, ihrem Kind erlaubten, die Schwelle eines *solcherart* geschmückten Brautgemaches zu überschreiten? Wie ich schon erwähnte, sind mir selbst die geringsten Einzelheiten dieses Zimmers gegenwärtig – obwohl ich in Dingen von großer Wichtigkeit leider sehr vergeßlich bin –, dabei war in diesem phantastischen Prunk kein System, kein Angriffspunkt, an dem das Gedächtnis sich hätte festhalten können. Das Zimmer lag in einem hohen Turm der burgartig gebauten Abtei, hatte einen fünfeckigen Grundriß und war von beträchtlicher Größe. Die ganze Südseite des Fünfecks nahm das einzige Fenster ein, eine ungeteilte, riesige Scheibe venezianischen Glases von bleigrauer Tönung, so daß die hindurchfallenden Strahlen der Sonne wie des Mondes die Gegenstände im Zimmer nur in ein gespenstisches Licht tauchten. Über den oberen Teil dieser ungeheuren Fensterscheibe wucherte das Rankenwerk eines uralten Weinstocks, der an den massigen Mauern des Turmes emporkletterte. Die Decke aus dunklem Eichenholz war ungewöhnlich hoch, gewölbt und mit kunstvollen Schnitzereien in halb gotischem, halb druidischem Stil verziert. Aus dem Mittelpunkt dieser düsteren Wölbung hing, an einer einzigen langgliedrigen Kette aus purem Gold, eine mächtige Weihrauchlampe von filigraner sarazenischer Arbeit, deren Öffnungen so angebracht waren, daß buntfarbige Flammen schlangengleich durch sie hindurchzüngelten.

Ein paar Ottomanen und goldene Kandelaber in orientalischem Stil standen im Raum verteilt – und da war auch das Ruhebett – das Brautbett, eine indische Arbeit, niedrig und aus massivem Ebenholz, und von einem Baldachin überschattet, der einem Bahrtuch glich. In jeder Ecke des Zimmers stand aufrecht ein riesiger Sarkophag aus schwarzem Granit, aus den Königsgräbern von Luxor. Ihre antiken Deckel waren mit unvergänglichen Bildwerken geschmückt. Die Wandverkleidung des Gemaches war jedoch, weh mir, von besonders phantastischer Prägung. Die ragend hohen Wände waren von der Decke bis zum Fußboden mit faltenreichen, schweren Gobelins verhangen – Gobelins aus einem Material, das auch für den Teppich diente, als Überwurf für die Ottomanen, als Bettdecke und Baldachin sowie als prächtig in Falten liegender Vorhang, der einen Teil des Fensters überschattete. Das Material bestand aus schwerstem Goldbrokat und war in unregelmäßigen Zwischenräumen mit arabesken Figuren von einem Fuß Durchmesser gemustert, die man in tiefstem Schwarz in den Stoff eingewebt hatte. Aber diese Figuren wirkten nur von einer einzigen Stelle aus betrachtet arabesk. Durch ein heute allgemein bekanntes Verfahren, das sich jedoch schon ins frühe Altertum zurückverfolgen läßt, boten sie dem Beschauer von jeder Seite ein anderes Bild. Wenn man das Zimmer betrat, so wirkten sie bloß wie unförmige Figuren; je mehr man sich ihnen aber näherte, ließ dieser Eindruck nach, und Schritt für Schritt, je nachdem, wo sich der Besucher im Zimmer befand, sah er sich von einer endlosen Folge von geistergleichen Gestalten umringt, wie der Aberglaube der Normannen sie ersonnen hat oder wie sie einem verbrecherischen Mönch im Traume aufsteigen. Der gespenstische Effekt wurde noch erhöht durch einen künstlich hinter die Draperien geführten

ununterbrochenen Luftzug, der dem Ganzen eine abscheuliche und unruhige Lebendigkeit verlieh.

In solch einem Haus, in solch einem Brautgemach, verbrachte ich mit Lady Rowena of Tremaine die gottlosen Stunden des
ersten Monats unserer Ehe – verbrachte sie ohne besondere
Unruhe zu verspüren. Daß mein Weib vor meiner Übellaunig-
keit Furcht hatte, daß sie mir aus dem Weg ging und mir nur
wenig Liebe entgegenbrachte, konnte ich mir nicht verhehlen,
aber das freute mich eher, als daß es mich grämte. Ich verabscheute sie mit einem Haß, der eher einem Dämon angestan-
den hätte, als einem Menschen. Meine Gedanken flohen – o
mit welch tiefer Trauer – zu Ligeia zurück, der Geliebten, der
Erhabenen, der Schönen, der Begrabenen! Ich schwelgte in
der Erinnerung ihrer Reinheit, ihrer Weisheit, ihres erhabenen,
ihres ätherischen Wesens, ihrer leidenschaftlichen, ihrer götzendienerischen Liebe. Jetzt loderte in meiner Seele eine noch
wildere, noch heißere Flamme, als sie in ihr, in Ligeia, gebrannt
hatte. In den Ekstasen meiner Opiumträume – ich lag fast
immer in den Fesseln dieser Droge – rief ich wieder und wieder ihren Namen ins Schweigen der Nacht oder bei Tag in die
abgelegenen Winkel und Schluchten des Landes. Als könnte
ich durch das wilde Verlangen, die tiefernste Leidenschaft, das
verzehrende Feuer meiner Sehnsucht nach der Dahingegange-
nen diese auf den irdischen Pfad zurückführen, den sie – ach,
konnte es für immer sein? – verlassen hatte.

Um den Beginn des zweiten Monats unserer Ehe, wurde
Lady Rowena plötzlich von einer Krankheit befallen, von der
sie sich nur langsam erholte. Das zehrende Fieber machte ihre
Nächte unruhig, und in der Verwirrung des Halbschlafes
sprach sie von gespenstischen Lauten und von Bewegungen
im Turmzimmer und seiner nächsten Umgebung; doch tat ich
dies als Einbildungen ihrer kranken Phantasie oder als Effekt
des schaurigen Zimmers ab. Sie erholte sich schließlich wieder
– und genas endlich völlig. Doch verging nur kurze Zeit, ehe
ein zweiter, heftigerer Anfall sie wieder auf das Krankenbett
darniederwarf. Und von diesem Anfall erholte sie, die immer

schon von schwacher Gesundheit gewesen, sich nie mehr völlig. Die Attacken, die dem zweiten Anfall folgten, waren von sehr beunruhigender Art und noch beunruhigenderer Häufigkeit und trotzten aller Wissenschaft und allen Bemühungen der Ärzte. Mit dem Fortschreiten ihres chronischen Leidens, das wohl schon zu feste Wurzeln in ihrer schwachen Konstitution geschlagen hatte, als daß man ihm mit menschlichen Mitteln hätte beikommen können, bemerkte ich auch eine entsprechende Zunahme ihrer nervösen Reizbarkeit und ihres schreckhaften Entsetzens bei ganz nichtigen Anlässen. Sie sprach wieder – häufiger und hartnäckiger jetzt – von den Lauten, den ganz leisen Lauten und von den seltsamen Bewegungen der Wandbehänge, von denen sie zuvor gesprochen.

In einer Nacht gegen Ende September erzwang sie mit mehr als gewöhnlichem Nachdruck meine Aufmerksamkeit auf dieses unheimliche Thema. Sie war just aus unruhigem Schlummer erwacht; und ich hatte – halb mit Besorgnis und halb mit vagem Grauen – ihr von Spannungen gekennzeichnetes Mienenspiel beobachtet. Dabei saß ich neben ihrem Ebenholzbett auf einer der indischen Ottomanen. Sie richtete sich halb auf und sprach, in halblaut, aber eindringlich, von Lauten, die sie *eben jetzt* vernahm, die ich aber nicht hören konnte. Der Wind rauschte hinter den Wandvorhängen, als sei er in Hast, und ich hatte die Absicht, ihr zu zeigen (was ich allerdings, wie ich bekenne, selbst nicht ganz glauben konnte), daß diese kaum wahrnehmbaren Atemzüge, daß diese ganz geringen Verschiebungen der Gestalten an den Wänden nur die natürliche Folge eines Luftzuges seien. Doch die Totenblässe, die ihre Wangen überzog, ließ mich einsehen, daß meine Bemühungen, sie zu beschwichtigen, fruchtlos waren. Sie schien ohnmächtig zu werden, und niemand von der Dienerschaft war in Rufnähe. Ich entsann mich, wo eine Karaffe leichten Weines stand, den die Ärzte verordnet hatten, und eilte quer durch das Gemach, um sie zu holen. Doch als ich in den Lichtkegel der Weihrauchampel trat, erregten zwei alarmierende Umstände meine Aufmerksamkeit. Ich spürte, wie ein unsichtbares, doch greifbares

Etwas leicht an mir vorbeistreifte, und ich sah, wie auf dem goldenen Teppich, genau in der Mitte des reichen Glanzes, den die Weihrauchampel darauf warf, ein Schatten lag – ein schwacher, undeutlicher Schatten von geisterhafter Art – so zart, daß man ihn für den Schatten eines Schatten hätte halten können. Aber mir hatte eine unmäßige Dosis Opium den Sinn verdreht, und ich beachtete diese Erscheinungen kaum, noch erwähnte ich sie gegenüber Rowena. Als ich den Wein gefunden, schritt ich quer durchs Zimmer ans Bett zurück und füllte ein Kelchglas, das ich der siechen Lady an die Lippen hielt. Sie hatte sich jedoch ein wenig erhohlt und ergriff selbst das Glas, während ich auf eine der umstehenden Ottomanen sank, meinen Blick fest auf ihre Gestalt gerichtet. Just in diesem Augenblick wurde ich deutlich eines leisen Schrittes gewahr, quer über den Teppich zum Lager hin, und eine Sekunde nur darauf, da Rowena eben im Begriff stand, den Wein an die Lippen zu führen, sah ich – oder träumte zu sehen –, daß wie aus einem unsichtbaren Quell in der Atmosphäre des Zimmers kommend, drei oder vier große Tropfen einer strahlenden, rubinroten Flüssigkeit in den Kelch fielen. Ich sah dies – Rowena sah es nicht. Sie trank den Wein ohne Zögern, und ich unterließ es, ihr von einem Umstand zu erzählen, der , wie ich mir sagte, wohl nur die Vorspiegelung meiner lebhaften Phantasie gewesen war, einer durch das Entsetzen der Lady, durch das Opium und durch die späte Nachtstunde krankhaft erregten Phantasie.

Dennoch kann ich's mir vor mir selbst nicht verhehlen, daß die Krankheit meiner Frau, sobald die roten Tropfen gefallen waren, eine rapide Wendung zum Schlimmeren nahm – schon in der dritten Nacht darauf richteten die Hände ihrer Dienerinnen Lady Rowena für das Grab – und in der vierten Nacht saß ich allein bei ihrem in Leichentücher gewickelten Leichnam in dem phantastischen Gemache, in das ich sie als meine Braut geführt hatte. Wilde Schatten, des Opiums Horden, umflatterten mich. Unruhigen Auges starrte ich auf die Sarkophage in den Ecken des Raumes, auf die bewegten Gestalten des Wandteppichs und die züngelnden, buntfarbigen Flammen der Weihrauchlampe mir zu Häupten. Dann fiel mein Blick, während ich mich der sonderbaren Erscheinungen einer früheren Nacht entsann, auf den Lichtkegel auf dem Teppich unter der Ampel, wo ich den schwachen Schein des Schattens gesehen hatte. Dort war er jedoch nicht mehr, und aufatmend wandte ich meine Blicke der bleich und starr daliegenden Aufgebahrten zu. Mich überfielen tausend liebe Erinnerungen an Ligeia, und über mein Herz stürzte mit der tosenden Wucht eines Dammbruchs das ganze unsagbare Weh, mit dem ich sie einst auf dem Totenbette gesehen hatte. Die Nacht verflog und immer noch saß ich, das Herz voll bittrer Gedanken an die eine, die einzige und himmlisch Geliebte, und starrte auf den Leichnam der Lady Rowena.

Es mochte gegen Mitternacht sein – vielleicht etwas früher oder später, ich hatte der Zeit nicht geachtet –, als ein Schluchzen leise, zart, aber deutlich vernehmbar, mich aus meinen Träumen hochschreckte. Ich fühlte, daß es vom Ebenholzbett her kam – vom Totenbett. Ich lauschte, gelähmt von abergläubischem Schrecken – aber der Laut wiederholte sich nicht. Ich strengte meine Augen an, um eine Bewegung des Leichnams wahrzunehmen, doch war nicht die mindeste Regung zu entdecken. Dennoch konnte ich mich nicht getäuscht haben. Ich *hatte* das Geräusch gehört, mochte es auch noch so schwach gewesen sein, und in meinem Busen war mir die Seele erweckt. Ich heftete meine Augen beherzt und beständig auf die Tote. Viele Minuten vergingen, ehe sich auch nur das Geringste ereignete, das Licht in dies Geheimnis hätte bringen können. Endlich wurde unverkennbar, daß ein leiser, ein ganz schwacher und kaum wahrnehmbarer Schimmer sowohl die Wangen wie auch die eingesunkenen Äderchen der Augenlider gerötet hatte. Ein namenloses Grauen, eine heilige Scheu, für welche die Sprache der Sterblichen keine hinreichenden Worte kennt, ließ mein Herz stocken, und ich erstarrte auf meinem Sitz zu Stein. Doch gab mir schließlich ein gewisses Pflichtgefühl meine Selbstbeherrschung zurück. Ich konnte nicht länger daran zweifeln, daß wir in unseren Zurüstungen allzu voreilig gewesen waren – ich konnte nicht länger daran zweifeln, daß Rowena noch lebte. Auf der Stelle mußte etwas unternommen werden. Doch lag der Turm ganz abseits von dem Teile der Abtei, in welchem die Dienerschaft wohnte – keiner der Leute befand sich in Hörweite – ich konnte sie nicht zu Hilfe rufen, ohne das Zimmer auf viele Minuten zu verlassen – das aber konnte ich nicht wagen. Ich bemühte mich daher allein, die zögernd noch verweilende Seele wieder ins Leben zurückzurufen. Nach kurzer Zeit aber war gewiß, daß ein Rückfall eingetreten war; die Farbe entwich von Augenlid und Wange und ließ eine Blässe zurück, bleicher noch als Marmor; die Lippen schrumpften nun doppelt ein und kniffen sich im gespenstischen Ausdrucke des Todes zusammen; eine widerliche, klamme Kälte breitete sich schnell über den ganzen Leib, und es trat wieder die übliche Steifheit und Starre ein. Mit einem Schaudern sank ich auf das Ruhebett zurück, von dem ich so plötzlich hochgeschreckt war und gab mich erneut leidenschaftlichen Wachträumen hin, von meiner Lady Ligeia.

Eine Stunde war so verstrichen, als ich (konnte es möglich sein?) ein zweites Mal auf einen schwachen Laut von der Stelle des Bettes her aufmerksam wurde. Ich lauschte in höchstem Grauen. Der Laut wiederholte sich – es war ein Seufzer. Ich eilte zum Leichnam hin und sah – sah deutlich – ein Zittern auf ihren Lippen. Eine Minute später entspannten sie sich und legten eine Reihe perlweißer Zähne bloß. Bestürzung rang jetzt in meinem Herzen mit der heiligen Scheu, die bisher allein dort geherrscht hatte. Ich spürte, wie mein Auge sich verdüsterte und wie mein Verstand irre zu gehen begann; nur eine gewaltsame Willensanstrengung erlaubte es mir, mich für die Aufgabe, auf die mich die Pflicht nun wiederum hinwies, zusammenzureißen. Ein sanftes Rot lag nun auf ihrer Stirn, auf Wange und Hals; eine fühlbare Wärme durchdrang den ganzen Leib, und am Herzen ließ sich sogar ein leichter Pulsschlag spüren. Die Lady *lebte,* und mit doppeltem Eifer widmete ich mich der Aufgabe ihrer Wiederbelebung. Ich rieb und badete ihre Schläfen und Hände und bediente mich jeden Mittels, das Erfahrung und eine gute Belesenheit in medizinischen Dingen erdenken konnten. Doch vergebens. Plötzlich schwand die Farbe, der Pulsschlag stockte, die Lippen nahmen wieder den Ausdruck des Todes an, und einen Augenblick später hatte der ganze Leib bereits die frostige Eiseskälte, die bleiche Farbe, die vollkommene Starre, die eingesunkenen Formen und all die widerlichen Eigenschaften dessen angenommen, der viele Tage schon ein Bewohner des Grabes war. Und von neuem sank ich in Träume von Ligeia – und wieder (ist es ein Wunder, daß ich beim Schreiben schaudere?) wieder drang vom Ebenholzbett her ein leiser Seufzer an mein Ohr. Aber warum soll ich die unaussprechlichen Schrecken jener Nacht in allen Einzelheiten schildern? Warum sollte ich innehalten, um zu berichten, wie bis zur Morgendämmerung dies fürchterliche Drama des Wiederbelebens und des Wiederabsterbens sich Mal um Mal wiederholte? Wie jeder schreckliche Rückfall einen grimmeren und offenkundig unerlösbareren Tod bedeutete? Wie jede Agonie dem Ringen mit einem unsichtbaren Feinde gleichsah und wie jeder Kampf gefolgt ward von ich weiß nicht was für wilden Veränderungen in der Erscheinung ihres Leichnams? Ich möcht' zum Schlusse eilen.

Der größte Teil der furchtbaren Nacht war vergangen, und sie, die tot gewesen, rührte sich wieder – noch kräftiger als je zuvor, obgleich sie aus einer Auflösung emporfuhr, die in ihrer Hoffnungslosigkeit bedrückender schien als alle früheren. Lange schon hatte ich aufgegeben, zu ringen oder nur mich zu rühren, und saß erstarrt auf der Ottomane – eine hilflose Beute der heftigsten Erregungen, von denen heiliger Schauder vielleicht die am wenigsten schreckliche, am wenigsten seelenzehrende war. Der Leichnam, ich wiederhole es, rührte sich, und zwar lebhafter als bisher. Die Farben des Lebens schossen mit unglaublicher Energie in ihr Antlitz, und ihre Glieder wurden wieder beweglich; und wenn die Augenlider nicht noch krampfhaft fest geschlossen gewesen wären, und wenn die Tücher und Gewänder des Grabes ihrer Figur nicht das Gepräge des Grabes gegeben hätten, so hätte ich glauben können, daß Rowena sich endgültig aus den Fesseln des Todes befreit habe. Doch wenn ich selbst in diesem Augenblicke eine solche Vorstellung mir nicht zu eigen machen wollte, so konnte ich doch nicht länger zweifeln, als das leichenumhüllte Wesen vom Bette aufstand und schwankend, unsicheren Schrittes, mit geschlossenen Augen und mit dem Gebaren eines Schlafwandlers, doch wahrhaftig und handgreiflich, sich zur Zimmermitte hin bewegte.

Ich zitterte nicht – ich rührte mich nicht – denn ein Schwall seltsamer Empfindungen, die sich an Aussehen, Gestalt und Gebaren der Gestalt knüpften, sauste mir durch den Kopf und lähmte mich, ließ mich versteinern. Ich rührte mich nicht – starr hing mein Aug' an der Gestalt. Irrsinn und Wirrsinn herrschte nun in meinem Kopf: unstillbarer Tumult. Konnt' es denn die lebende Rowena sein, die mir entgegentrat? Konnt' es denn *überhaupt* Rowena sein – die blondhaarige, blauäugige Lady Rowena Trevanion of Tremaine? Warum, warum sollt' ich das bezweifeln? Die Binde lag fest um ihren Mund – aber konnt' es nicht dennoch der Mund, der atmende Mund der Lady of Tremaine sein? Und die Wangen – es blühten darauf die Rosen wie im Mittag ihres Lebens – ja, dies mochten wohl die Wangen der lebenden Lady of Tremaine sein. Und das Kinn, das Kinn mit den Grübchen der Gesundheit, konnt' es nicht das ihre sein? – Aber: *war sie denn in ihrer Krankheit gewachsen?* Welch unaussprechlicher Wahnsinn packte mich bei dem Gedanken? Ein Sprung, und ich lag zu ihren Füßen! Meiner Berührung ausweichend, ließ sie die gespenstischen Leichenbinden, die den Kopf umschlossen hatten, fallen und schon ergossen sich, im Luftzuge des Gemaches, gewaltige Wogen aufgelösten Haares. *Es war schwärzer als die Rabenschwingen der Mitternacht!* Langsam öffneten sich nun die Augen der Gestalt, die vor mir stand. »Hier, hier zumindest«, ich schrie es laut, »kann ich niemals – niemals fehlgehn: dies sind die großen, die schwarzen, die wilden Augen – die Augen meiner toten Liebe – die Augen der Lady – der Lady Ligeia!«

Der Untergang des Hauses Usher

Son cœur est un luth suspendu;
Sitôt qu'on le touche il résonne.
Béranger

Einen ganzen stillen, trüben, toten und tiefherbstlichen Tag hindurch war ich, die Wolken hingen lastend schwer vom Himmel, allein, zu Pferde, durch einen Landstrich von einzigartiger Ödnis geritten und kam endlich, als die Schatten des Abends die Finger reckten, in den Umkreis des melancholischen Hauses Usher. Ich kann es nicht erklären – doch schon der erste Anblick des Gemäuers bedrückte meine Seele mit unerträglicher Düsternis. Ich sage unerträglich, weil das Gefühl durch keine der halb-angenehmen, weil poetischen Empfindungen gelindert wurde, mit denen die Seele gewöhnlich selbst die ernstesten Szenen des Trostlosen oder Schaurigen aufnimmt. Ich betrachtete das Bild vor mir – das Haus und seine eintönigen Ländereien, die öden Mauern, die blinden, augengleichen Fenster, ein paar wuchernde Binsenbüschel und ein paar weißliche Stümpfe abgestorbener Bäume – und der Anblick bereitete mir eine solche Beklemmung der Seele, daß ich sie keinem anderen Gefühle auf Erden besser vergleichen kann als dem Nachtraum des Opiumessers: dem bittren Sturz in die Alltäglichkeit, dem Schauer, wenn der Schleier fällt. Etwas Eisiges lag in der Luft, ein Sinken, Mürbheit des Herzens, eine unerlöste Trübsal des Gedankens, die keine noch so gewaltsame Verführung der Phantasie hochpeitschen konnte zu Erhabenheit, zu Größe. Was war es nur – ich hielt grübelnd inne – was war es nur, das meine Nerven beim Anblick des Hauses Usher in einen solchen Reizzustand versetzte? Dunkel schien dies Rätsel mir, ganz und gar verworren; auch konnte ich mich der Schattengestalten nicht erwehren, die mich bei meiner Grübelei bedrängten. Ich mußte mich schließlich mit der unbefriedigenden Schlußfolgerung begnügen, daß es zwar ganz ohne Zweifel Ensembles von Dingen gibt, die jedes für sich genommen ganz einfacher Natur sind, daß also nur ihre *Fügung* eine solche Wirkung auf uns hat, daß aber die Analyse ihrer Wirkweise zu den Dingen zählt, die uns Sterblichen nicht gegeben sind. Möglich wäre es immerhin, so dachte ich, daß schon eine etwas andere Anordnung der Bildbestandteile hinreichen würde, seine Fähigkeit, unsern Sinn zu verdüstern, abzuschwächen oder sogar aufzuheben; diesem Gedanken folgend, lenkte ich mein Pferd an den steilen Rand eines sumpfigen, schwarz schimmernden Teiches, der, von keinem Hauch bewegt, neben dem Wohnhause lag, und spähte hinab – doch mit einem Schauder, durchdringender noch als zuvor – auf das verzerrte und auf dem Kopfe stehende Spiegelbild der grauen Binsen, der gespenstischen Baumstümpfe und der blinden, augengleichen Fenster.

Dennoch nahm ich mir vor, in diesem Haus der Düsternis einen Aufenthalt von mehreren Wochen zu nehmen. Sein Besitzer, Roderick Usher, war einer der engsten Spielgefährten meiner Knabenzeit gewesen; doch waren viele Jahre vergangen, seit wir uns zuletzt gesehen. Jüngst hatte mich aber, als ich mich in einem entlegenen Teile des Landes aufhielt, ein Brief erreicht – ein Brief von ihm – dessen maßlos zudringlicher Charakter keine andere als eine mündliche Beantwortung zuließ. Die Handschrift zeugte von einer erheblichen Reizung der Nerven. Der Schreiber berichtete von akutem körperlichem Leiden, von geistiger Zerrüttung, die ihn niederdrücke, und von dem dringenden Wunsche, mich, seinen besten und in der Tat einzigen persönlichen Freund, wiederzusehen, da er hoffe, die Heiterkeit meiner Gesellschaft werde seinem Zustand etwas Erleichterung verschaffen. Es war der Ton, in dem all dies, und vieles mehr, gesagt war – das Herzblut, das aus seiner Bitte sprach – das mir kein Zögern erlaubte, und ich gehorchte daher unverzüglich dieser, wie ich bei mir dachte, höchst eigenartigen Aufforderung.

Obgleich wir als Knaben sogar recht enge und vertraute

Freunde gewesen waren, wußte ich eigentlich wenig über meinen Freund. Er war Wesen und Gewohnheit nach immer ein außerordentlich zurückhaltender Mensch gewesen. Ich wußte jedoch, daß seine sehr alte Familie seit unvordenklichen Zeiten wegen einer eigentümlichen Verfeinerung des Temperaments bekannt war, die über Generationen in vielen überspannten Kunstwerken sich ausgesprochen hatte; in neuerer Zeit hatte sie sich in mancher Handlung großmütiger, doch unauffälliger Mildtätigkeit und in der leidenschaftlichen Hingabe an die knifflig-feinen, theoretischen Probleme der Musik niedergeschlagen, in einer Hingabe an Probleme von anderer Art also, als sie die allgemein anerkannten und von jedermann erkennbaren Schönheiten dieser Kunst stellen. Auch war mir die sehr bemerkenswerte Tatsache zu Ohren gekommen, daß der Stammbaum der Familie Usher, so altehrwürdig er auch sein mochte, im Lauf seiner Geschichte niemals einen dauernden Nebenzweig hervorgebracht hatte; mit anderen Worten, alle Generationen der Familie, von einer völlig unbedeutenden und sehr kurzfristigen Ausnahme abgesehen, stammten in direkter Linie voneinander ab. Es war dieser Mangel an Seitenlinien, dachte ich bei mir, während ich mir den absoluten Einklang des Charakters des Gebäudes mit dem überlieferten Bilde des Charakters seiner Bewohner vor Augen führte, und darüber spekulierte, welchen Einfluß der eine auf den anderen im Lauf der vielen Jahrhunderte wohl gehabt haben mochte – es war dieser Mangel an Seitenlinien und die daraus resultierende immer gleichbleibende, vom Vater auf den Sohn erfolgende Vererbung von Besitztum und Familiennamen, welche diese beiden so miteinander identifiziert hatte, daß der ursprüngliche Name des Besitztums in die wunderliche und doppeldeutige Bezeichnung »das Haus Usher« übergegangen war – eine Bezeichnung, welche jedenfalls bei den Bauern der Umgebung, die sie benutzten, beides zu bezeichnen schien: die Familie und ihre Behausung.

Ich sagte vorhin, daß mein eher kindisches Experiment – mein Blick hinab in den spiegelnden Teich – meinen ersten unvergleichlichen Eindruck noch vertiefte. Das Bewußtsein, mit dem ich das rasche Anwachsen meiner abergläubischen Furcht beobachtete – denn wie sonst sollte ich das Gefühl nennen? –, diente nur dazu, diese Furcht selbst anzuheizen. Denn solcher Art ist, wie ich längst weiß, das paradoxe Gesetz aller Empfindungen, deren Ursprung das Grauen ist. Und einzig dies hätte die Ursache sein können für eine seltsame Vorstellung, die in meiner Seele erstand, als ich meinen Blick von dem Spiegelbild zum Hause selbst hinauflenkte – eine Vorstellung, die in der Tat so lächerlich ist, daß ich sie hier nur erwähne, um dem Leser eine Vorstellung von der Wirkmacht der Empfindungen zu geben, die mich bedrängten. Ich hatte meine Phantasie nämlich so übersteigert, daß ich mir einbildete, um das Haus und seine Ländereien hinge eine nur diesen eigentümliche Atmosphäre –: eine Atmosphäre, die keinerlei Ähnlichkeit mit der Himmelsluft hatte, sondern die emporgedunstet war aus den vermorschten Bäumen, dem Grau der Mauern und dem spiegelnd stummen Pfuhl, ein pesthafter, geheimnisvoller Dunst, ein Hauch nur, trüb, dumpf und bleiern grau.

Ich schüttelte diese Vorstellung, die nur ein Traum gewesen sein konnte, von meinem Geiste ab und betrachtete eingehender die wirkliche Gestalt des Gebäudes. Der Haupteindruck war der einer jedes Maß sprengenden Überalterung. Im Lauf der Zeiten war seine Farbe fast gänzlich verblaßt. Ein haarfeiner Mauerschwamm hatte die ganze Außenhaut des Gebäudes überzogen und hing wie ein zartes Gespinst von den Dachtraufen. Trotzdem machte hier nichts den Eindruck tiefen Verfalls. Eingestürzt war das Mauerwerk an keiner Stelle, und der vollkommene Zusammenhalt der Einzelteile stand in krassem Widerspruch zu der bröckligen Beschaffenheit der einzelnen Steine. Darin erinnerte das Haus mich an die trügerische Gesundheit alten Holzwerks, das in irgendeinem unbetretenen Gewölbe viele Jahre lang vermodert, ohne daß je ein Lufthauch von außen es berührt. Außer diesen Zeichen weitreichenden Verfalls wies das Mauerwerk aber kaum Merkmale von Baufälligkeit auf. Vielleicht hätte das Auge eines scharf

prüfenden Beobachters einen kaum wahrnehmbaren Riß entdecken können, der unterm Dach der Frontseite beginnend,
im Zickzack die Mauer hinunterlief, bis er sich in den trüben
Wassern des Teiches verlor.

Während ich all dieser Dinge inne wurde, ritt ich über einen
kurzen Dammweg zum Hause. Ein aufwartender Diener nahm
mein Pferd, und ich betrat den gotisch gewölbten Torbogen
der Halle. Verstohlnen Schritts und schweigend führte mich
ein Kammerdiener durch viele dunkle und gewundene Gänge
in das Arbeitszimmer seines Herrn. Vieles von dem, was ich
auf dem Weg sah, trug ich weiß nicht wie, dazu bei, das unge-
wisse Unbehagen, von dem ich schon sprach, noch zu steigern.
Obwohl die Dinge um mich herum, obwohl das Schnitzwerk
der Deckentäfelung, die düsteren Wandteppiche, der phanta-
stische Waffenschmuck, der unter meinen Schritten leise klirr-
te – obwohl all dies Dinge waren oder zumindest zu der Art
von Dingen gehörten, an die ich von Kindesbeinen an
gewöhnt war, und obwohl ich nicht zögerte, mir einzugestehen, daß all dies mir bekannt und vertraut war, so wunderte
ich mich dennoch darüber, welch unheimliche Vorstellungen
so alltägliche Bilder hervorrufen konnten. Auf einer der Treppen begegnete ich dem Hausarzt. Er trug, so dachte ich, eine
Miene, die zugleich von Durchtriebenheit und Ratlosigkeit
zeugte. Er grüßte mich zögerlich und schritt weiter. Aber schon
riß der Kammerdiener eine Tür auf und führte mich hinein zu
seinem Herrn.

Das Zimmer, in dem ich mich befand, war sehr groß und
hochgewölbt. Die Spitzbogenfenster waren hoch und schmal
und befanden sich in solch übermäßiger Höhe über den
schwarzen Eichenholzdielen des Fußbodens, daß sie keinen
Blick nach außen erlaubten. Ein schwacher Schimmer karmin-
roten Lichts drang durch die vergitterten Scheiben herein und
reichte gerade hin, die augenfälligeren Gegenstände des
Gemachs erkennbar zu machen. Doch mühte sich das Auge
vergebens, bis in die entfernter liegenden Winkel des Zimmers
vorzudringen oder in die düstren Wölbungen der gotischen

Kreuzdecken. Dunkle Teppiche hingen an den Wänden. Die Einrichtung des Zimmers war überladen, unbehaglich, altväterlich und verschlissen. Bücher und Musikinstrumente lagen überall verstreut, doch auch das vermochte der Szene kein Leben einzuhauchen. Beim bloßen Atmen erspürte ich eine Atmosphäre des Grams und der Sorge. Ein Hauch von ernster, tiefer, untilgbarer Schwermut umhüllte und durchdrang alles.

Bei meinem Eintritt erhob sich Usher von dem Sofa, auf dem er lang ausgestreckt gelegen hatte und grüßte mich mit warmer Lebhaftigkeit, die, wie mir zuerst schien, nach übertriebener Kordialität roch – nach der angestrengten Höflichkeit des ennuyierten Weltmannes. Ein Blick in sein Gesicht überzeugte mich jedoch von seiner absoluten Aufrichtigkeit. Wir setzten uns, und einige Zeit lang betrachtete ich ihn, der schweigend dasaß, mit einem Gefühl, in welchem Mitleid und Grauen sich die Waage hielten. Nie hat wohl ein Mensch sich in so kurzer Zeit so schrecklich verändert wie Roderick Usher! Nur mit Mühe konnte ich mich dazu bringen, zuzugeben, daß das welke Wesen vor mir mit dem Gefährten meiner frühen Knabenjahre identisch war. Dabei hatte er immer schon ein bemerkenswertes Gesicht gehabt:: leichenblaß die Haut; groß das Auge, klar und unvergleichlich leuchtend; ein wenig dünn die Lippen und sehr bleich, doch von ungemein schönem Schwunge; von feinem, hebräischem Schnitt die Nase, doch mit für solche Formen ungewöhnlich breiten Nüstern; fein modelliert das Kinn, doch von wenig kantiger Form, einen Mangel an Willenskraft verratend; von gespinsthafter Weichheit das Haar und von großer Dünne. Im Verein mit einer übermäßig hohen und breiten Stirn bildeten all diese Züge ein Gesicht, das man wohl nicht leicht vergessen konnte. Nun lag aber in der bloßen Übersteigerung des augenfälligsten Wesenszuges eines jeden Einzelzuges und in der Übersteigerung des Ausdruckes, den ein jeder von ihnen von jeher schon getragen hatte, eine so große Veränderung, daß mir Zweifel kommen wollten, mit wem ich hier eigentlich spräche. Vor allem waren es die nun ins Gespenstische changierte Blässe seiner Haut und der nunmehr unirdische Glanz seiner Augen, die mich erschreckten, ja mir Scheu einjagten. Auch hatte er das seidige Haar ganz ungehemmt wuchern lassen, und wie es in wilden, seltsam zart gewebten Fäden sein Gesicht mehr umflutete denn umrahmte, konnte ich dessen arabesken Ausdruck selbst beim besten Willen nicht mit dem herkömmlichen Bilde des Menschen in Verbindung bringen.

Im Benehmen meines Freundes fiel mir sofort eine gewisse Sprunghaftigkeit des Gestus, ein Mangel an innerer Stimmigkeit auf; und schon bald erkannte ich, daß dies seinen Grund in einer nicht abreißen wollenden Reihe von ebenso frucht- wie kraftlosen Versuchen hatte, eine gewohnheitsmäßige zitternd-zage Zögerlichkeit zu überwinden, eine übermäßige Reizbarkeit der Nerven. Auf etwas derartiges war ich allerdings nicht nur durch seinen Brief gefaßt, sondern auch durch Erinnerungen an bestimmte Wesenszüge des Knaben sowie durch Schlußfolgerungen, die ich aus seiner eigentümlichen körperlichen und geistigen Verfaßtheit gezogen hatte. Sein Gebaren war abwechselnd lebhaft und mürrisch. Seine Stimme changierte zwischen unsicherer Zittrigkeit, wenn die Lebensgeister ihn gänzlich verlassen hatten, und jähen Schüben energischer Knappheit – jener schroffen, gewichtigen, uneiligen, hohlklingenden Sprechweise, jenen bleiern austarierten und perfekt modulierten Kehllauten, die man gelegentlich bei sinnlos Betrunkenen beobachten kann, bei unheilbaren Opiumessern in den Stadien der größten Euphorie.

Solcherart sprach er also von dem Zweck meines Besuches, von seinem dringenden Verlangen, mich zu sehen, und von dem wohltätigen Einfluß, den er von mir erhoffte. Dabei kam er in einiger Ausführlichkeit darauf zu sprechen, was er für die Natur seiner Krankheit hielt. Es war, sagte er, ein konstitutionelles und ererbtes Familienübel, ein Übel, für das ein Heilmittel zu finden er aufgegeben habe – nur eine nervöse Angegriffenheit, fügte er schnell hinzu, die gewiß bald vorübergehen werde. Sie äußere sich in einem ganzen Schwarm unnatürlicher Empfindungen. Als er diese mir nun im einzelnen nannte, war ich von einigen Aufzählungen seines Katalogs der Leiden gleichermaßen angezogen wie befremdet; vielleicht hatte aber auch die Manier seines Berichtes ihren Anteil an dieser Wirkung. Er litt sehr unter einer krankhaften Verfeinerung der Sinne; nur die fadeste Nahrung war ihm erträglich; er konnte nur Kleider aus ganz bestimmten Stoffen tragen; jeglicher Blumenduft war ihm zuwider; noch das schwächste Licht quälte seine Augen, und es gab nur wenige besondere Tonklänge – und diese lediglich von Saiteninstrumenten – die ihn nicht mit Entsetzen erfüllten.

Einer besonderen, anomalen Angst fand ich ihn sklavisch unterworfen. »Ich werde zugrunde gehen«, sagte er, »ich *muß* mit dieser beklagenswerten Narrheit zugrundegehen. So, so und nicht anders, werde ich umkommen. Ich fürchte die Ereignisse der Zukunft – nicht um ihrer selbst willen, sondern um ihrer Wirkungen willen. Ich schaudere bei dem Gedanken an jedweden Vorfall, noch den geringfügigsten, der meine unerträgliche Seelenerregung steigern könnte. Dabei fürchte ich wirklich nicht die Gefahr an sich, wohl aber ihren absoluten Effekt: das Grauen. In diesem entnervten, in diesem erbarmungswürdigen Zustand fühle ich, daß früher oder später die Zeit kommen wird, da ich beides, Vernunft und Leben, hingeben muß – verlieren werde im Kampf mit dem grimmen Schattenwesen: FURCHT.«

Noch einen anderen sonderbaren Zug seiner geistigen Verfassung erfuhr ich aus abgerissenen und unbestimmten Andeutungen, die ich hie und da aufschnappte: So war er hinsichtlich des Hauses, das er bewohnte und seit Jahren nicht mehr verlassen hatte, in bestimmten abergläubischen Vorstellungen befangen, die sich auf einen Einfluß bezogen, über den er mir in so unbestimmten und schemenhaft abstrakten Worten redete, daß ich sie hier nicht wiedergeben kann. Diesen Einfluß hätten, wie er sagte, einige Besonderheiten in der bloßen Gestalt und im Material seines Stammschlosses infolge allzu langer Duldung auf seinen Geist erlangt – es sei also ein Einfluß, den das rein *Stoffliche* der grauen Mauern und Türme und des trüben Teiches, in den sie alle hinabstarrten, auf seinen *Lebenswillen* ausübten.

Er gestand jedoch, wenn auch zögernd, daß ein Großteil der eigentümlichen inneren Verdüsterung, unter der er litt, einer viel natürlicheren und handgreiflicheren Ursache zugeschrieben werden könne: nämlich der schweren und langwierigen Krankheit, ja dem offenbar nahe bevorstehenden Hinscheiden einer zärtlich geliebten Schwester, der einzigen Gefährtin langer Jahre, seiner letzten und einzigen Verwandten hier auf Erden. Ihr Ableben, sagte er mit einer Bitterkeit, die ich niemals werde vergessen können, würde ihn (ihn den Hoffnungslosen und Gebrechlichen) als den letzten des alten Geschlechts der Usher zurücklassen. Während er sprach, durchschritt Lady Madeline (so hieß seine Schwester) langsam den Hintergrund des Gemaches und verschwand, ohne meine Anwesenheit beachtet zu haben. Ich betrachtete sie mit maßlosem Erstaunen, das von Furcht nicht frei war, und dennoch war es mir unmöglich, mir meine Gefühle zu erklären. Ein Gefühl der Starre bedrückte mich, während ich ihren entschwindenden Schritten mit den Augen folgte. Als schließlich, nach einem quälenden Intervall, eine Tür hinter ihr ins Schloß fiel, suchte mein Blick unwillkürlich und eilig-eifrig das Gesicht des Bruders; er aber hatte sein Gesicht in seine Hände vergraben, und ich konnte nur wahrnehmen, daß seine dürren Finger, zwischen denen viele leidenschaftliche Tränen hindurchrannen, von noch gespenstischerer Blässe waren als gewöhnlich.

Das Leiden der Lady Madeline hatte dem Geschick der Ärzte schon lange gespottet. Eine beständige Apathie, ein langsames Hinsiechen der Person und häufige, wenn auch vorübergehende Anfälle von teilweise kataleptischer Natur, das war die ungewöhnliche Diagnose. Bislang hatte sie tapfer dem Druck der Krankheit standgehalten und sich nicht von ihr ans Bett fesseln lassen. Als aber der Abend meiner Ankunft im Hause Usher zu dunkeln begann, unterlag sie – wie mir ihr Bruder noch in jener Nacht in unaussprechlicher Aufregung berichtete – der vernichtenden Macht des Zerstörers. So erfuhr ich, daß

DER UNTERGANG DES HAUSES USHER

der eine flüchtige Anblick, den ich von ihr gehabt, wohl auch der letzte gewesen sein würde – daß Lady Madeline, wenigstens lebend, meinen Blicken für immer entzogen sein würde.

In den folgenden Tagen wurde ihr Name weder von Usher noch von mir erwähnt; und während dieser Zeit bemühte ich mich mit großem Ernst darum, der Melancholie meines Freundes Erleichterung zu verschaffen. Wir malten und lasen zusammen; oder ich lauschte, wie in einem Traum, der wilden Sprache seiner Improvisationen auf der Gitarre. Und wie mir also eine inniger und immer inniger werdende Freundschaft immer freieren Zutritt zu den verborgnen Falten seiner Seele gewährte, so mußte ich immer bitterer erfahren, daß alle Versuche vergeblich sein würden, ein Gemüt aufzuheitern, dessen Düsternis ihm wie eine positive Eigenschaft innewohnte und alle Dinge der geistigen und stofflichen Welt mit einer Art dunkler Strahlen überflutete.

Bis an mein Lebensende werde ich die vielen feierlich-ernsten Stunden nicht vergessen, die ich mit dem Haupt des Hauses Usher zubrachte; dennoch würde es mir nimmer gelingen, einen Begriff zu geben vom genauen Charakter der Studien oder Beschäftigungen, in die er mich einführte. Eine übertriebene, geradezu krankhafte Vergeistigung warf auf all unser Tun ihren schweflig-feurigen Glanz. Seine langen, improvisierten Klagegesänge werden mir ewig in den Ohren klingen; unter anderem habe ich in schmerzlichster, quälendster Erinnerung eine eigentümlich verkehrte Paraphrase von Carl Maria von Webers letztem Walzer. Die Malereien, die seine rastlose Phantasie ausbrütete, und die, Strich für Strich, zu immer neuen Unwägbarkeiten sich auswuchsen, ließen mich um so tiefer erschauern, als ich erschauerte, ohne recht zu wissen worüber; von diesen Gemälden also (so lebhaft sie mir vor Augen stehen) könnte ich niemals mehr als nur einen kleinen Teil wiedergeben, jenen Teil, der sich dem geschriebenen Worte nicht gänzlich entzieht. Durch die große Einfachheit, ja, Nacktheit seines Bildaufbaus fesselte er den Betrachtenden und schüchterte ihn ein. Wenn je ein Sterblicher vermochte,

Ideen zu malen, so war es Roderick Usher. Mich wenigstens überkam, unter den damals obwaltenden Umständen, beim Anblick der reinen Abstraktionen, die der Hypochonder auf die Leinwand zu werfen verstand, mich überkam ein so unerhörtes Gefühl ehrfürchtiger Beklemmung, wie ich es später, bei der Betrachtung der sicherlich glühenden, aber zu konkreten Träumereien Fuselis, auch nicht annähernd jemals empfunden habe.

Eines der phantasmagorischen Gebilde meines Freundes, das nicht ganz so rigoros vom Geiste der Abstraktion durchdrungen war, mag hier, wenn auch unzulänglich, in Worten angedeutet werden. Es war ein kleines Bild und zeigte das Innere eines ungeheuer langen Gewölbes oder Tunnels von rechteckigem Querschnitt mit niedrigen, glatten und weißen Wänden, deren Glätte durch keinerlei Gegenstand aufgelockert wurde. Gewisse Einzelheiten der Zeichnung weckten und beförderten den Eindruck, daß dieser Schacht sehr, sehr tief unter der Erde liege. Nirgends fand sich in diesem riesigen Schachte ein Ausweg, und keine Fackel noch andere künstliche Lichtquelle war wahrnehmbar; dennoch lag der Schacht in einem gleißenden Lichte und das Ganze war in einen gespenstischen und ganz unpassenden Glanz getaucht.

Ich sprach bereits von der krankhaften Empfindlichkeit der Gehörnerven, die dem Leidenden alle Musik, mit Ausnahme bestimmter Klänge von Saiteninstrumenten, unerträglich machte. Vielleicht war es hauptsächlich die selbstgewählte Beschränkung seines Spiels auf der Gitarre, die seinen Vorträgen einen solch phantastischen Charakter verlieh. Aber das erklärte noch nicht die feurige *Virtuosität* seiner *Impromptus*. Ihre Töne und Worte (denn nicht selten begleitete er sein Spiel mit improvisierten Versgesängen) können nur das Resultat jener intensiven geistigen Anspannung und Konzentration gewesen sein, von der ich schon früher erwähnte, daß sie nur besonderen Zuständen höchster, künstlich herbeigeführter Erregung eignen. Die Worte einer dieser Rhapsodien sind mir noch gut in Erinnerung. Sie machten wohl einen um so gewaltigeren Eindruck auf mich, als ich, wohl zum ersten Male, in ihrer unterschwelligen oder mystischen Bedeutung die volle Erkenntnis, Ushers Erkenntnis, wahrzunehmen glaubte, vom Schwanken seines erhabenen Verstandes auf seinem Throne. Die Verse mit dem Titel »Das Geisterschloß« lauteten fast genau – wenn nicht gar wörtlich – so:

I

In dem grünsten unsrer Täler,
Das von Engeln einst bewohnt,
Hat dereinst ein großer, heller,
Luftiger Palast gethront.
In dem Reich von Fürst »Gedanken«
Stand er da –:
Niemals schwebten noch Seraphen
Über halb so schönes Land.

II

Auf den Zinnen wogten Fahnen,
Goldhell, glorreich, sommerlich.
(Doch ist all dies lang vergangen
Und entschwunden ewiglich.)
Dereinst wehte in den Lüften
Eine leise Melodei,
Und es kosten linde Düfte
Um die Wälle der Bastei.

III

Wand'rer in dem frohen Tale
Schauten in der Lichter Glanz
Genien sich wiegen in dem Saale,
Wo die Laute spielt' zum Tanz.
In der Mitte dieser Geister,
Porphyrogen,

DER UNTERGANG DES HAUSES USHER

Thronte sanft, gelassen, heiter
Der Herrscher über diese Leh'n.

IV

Mit Perlen und Rubinen prangend
Glüht' golden noch des Schlosses Tor,
Durch welches wogten, wallend, wallend,
Leichten Schritts Echos hervor.
An ihnen war es nur zu singen,
Von des Herrschers weiser Güte;
Davon sollten ihre Stimmen klingen,
Daß ihr König sie behüte.

V

Doch nahten sich, in düstren Kleidern,
Müde Sorgen seinem Thron.
(Ach, macht Platz den Klageweibern –:
Ihrem grellen Abschiedston.)
Vorbei ist alles Bunte, Hehre,
Das dem Schlosse Leben gab;
Davon blieb nun nichts als Leere –:
die alte Zeit trug man zu Grab.

VI

Wand'rer hör'n nun in dem Tale,
In der Fenster rotem Schein,
Ungeheuer in dem Saale
Hüpfend, kreischend, rasend schrei'n;
Aus dem Tor in bösem Rasen
Quillt ein ekles Volk hervor;
Und sein Mund ist wild vom Lachen –:
Ein Lächeln bringt er nicht hervor.

DER UNTERGANG DES HAUSES USHER

Ich entsinne mich sehr gut, daß diese Ballade uns auf Gedankengänge brachte, in denen Usher eine Anschauung kundtat, die ich weniger wegen ihrer Originalität erwähne (auch andere Menschen haben so gedacht) als vielmehr wegen der Hartnäckigkeit, mit der er sie verfocht. Diese Anschauung bestand im wesentlichen in der Annahme eines Empfindungsvermögens der Pflanzen. Doch hatte die Vorstellung in seiner verwirrten Phantasie einen gewagteren Charakter angenommen, insofern, als sie sich, unter bestimmten Bedingungen, auf das Reich des Anorganischen bezog. Es fehlen mir die Worte, um die Tiefe dieser Überzeugung und die unbeirrte Hingabe meines Freundes an sie auszudrücken; doch hing sein Glaube (wie ich schon früher andeutete) eng mit den grauen Steinen des Heims seiner Vorväter zusammen. Die Bedingungen für solches Empfindungsvermögen waren hier, wie er sich vorstellte, erfüllt in der Methode der Übereinanderschichtung der Steine – in der Anordnung der Steine ebensosehr wie in dem sie überwuchernden Pilzgeflecht, ferner in den vermorschten Bäumen, die das Haus umgaben, und vor allem in dem nie gestörten, unveränderten Bestehen dieser Anordnung und in ihrer Verdopplung in den stillen Wassern des Teiches. Der Beweis – der Beweise dieser Beseeltheit – läge, so sagte er (und als er das aussprach, schrak ich zusammen) in der ganz allmählichen, jedoch unaufhaltsamen Bildung einer Wasser und Wällen eigenen Atmosphäre. Ihre Wirkung, fügte er hinzu, sei abzulesen am lautlosen, jedoch unabweisbaren und schrecklichen Einfluß, den sie seit Jahrhunderten auf das Geschick seiner Familie ausgeübt habe und die ihn zu dem gemacht habe, als den ich ihn jetzt erblicke – zu dem, was er geworden sei. Solche Anschauungen bedürfen keines Kommentars, und ich werde ihnen daher nichts hinzufügen.

Unsere Bücher – die Bücher, die jahrelang einen wichtigen Teil im Geistesleben des Kranken ausgemacht hatten – entsprachen, wie man sich wohl vorstellen kann, diesem phantastischen Charakter. Wir grübelten gemeinsam über solchen Werken wie »Vert-Vert« oder die »Chartreuse« von Gresset, dem

»Belphegor« Machiavellis, »Himmel und Hölle« von Sweden-
borg, »Die unterirdische Reise des Nikolas Klimm« von Hol-
berg, die Chiromantien von Robert Fludd, Jean D'Indaginé
und De la Chambre, Tiecks »Reise ins Blaue« und dem »Son-
nenstaat« Campanellas. Ein Lieblingsbuch war eine Ausgabe in
Klein-Oktav des »Directorium Inquisitorum«, verfaßt von dem
Dominikaner Eymeric de Gironne, und im Pomponius Mela
gab es Stellen über die alten afrikanischen Satyrn und Aegipa-
ne, vor denen Usher stundenlang träumend sitzen konnte.

Ich konnte nicht anders, als an das schwärmerische Ritual
dieses Werkes sowie seinen wahrscheinlichen Einfluß auf den
Hypochonder zu denken, als er eines Abends, nachdem er mir
unvermittelt mitgeteilt hatte, daß Lady Madeline nicht mehr sei,
seine Absicht äußerte, den Leichnam vierzehn Tage lang, bis
zur endgültigen Beerdigung, in einer der zahlreichen Gewölbe
innerhalb der Grundmauern des Gebäudes aufzubewahren.
Die rein äußre Begründung, die er für dieses Vorgehen angab,
war solcher Art, daß ich mich nicht berechtigt fühlte, sie in
Frage zu stellen. Er, der Bruder, war (wie er mir sagte) zu diesem Entschluß gekommen, aufgrund des ungewöhnlichen
Charakters der Krankheit der Dahingeschiedenen, infolge
gewisser eifriger und eindringlicher Fragen der behandelnden
Ärzte und der abgelegenen und einsamen Lage der Familien-
gruft wegen. Ich will nicht leugnen, daß ich, wenn ich mir die
sinistre Miene des Mannes in Erinnerung rief, dem ich am Tag
meiner Ankunft im Hause Usher auf der Treppe begegnet war
– ich will nicht leugnen, daß ich wirklich nicht den Drang verspürte, einer Sache zu widersprechen, die ich nur als eine
harmlose und keineswegs ungewöhnliche Vorsichtsmaßnahme ansah.

Auf Ushers Bitten war ich ihm sogar eigenhändig bei den
Zurichtungen für die vorläufige Bestattung behilflich. Nach der
Einsargung des Leichnams trugen wir zwei ihn ganz allein zu
seiner Ruhestätte. Das Gewölbe, in dem wir ihn beisetzten (es
war so lange nicht geöffnet worden, daß unsere Fackeln in der
drückenden Atmosphäre fast erstickten und uns kaum gestat-

teten, uns unsere Umgebung anzuschauen), dies Gewölbe war eng, dumpfig und ohne jede Öffnung, die Licht eingelassen hätte, und sie lag in beträchtlicher Tiefe, genau unter dem Teil des Hauses, in dem sich mein eigenes Schlafgemach befand. Es hatte in langvergangnen Zeiten der Feudalherrschaft offenbar als Burgverlies für die übelsten Zwecke Verwendung gefunden und später als Lagerraum für Pulver oder sonst einen hochbrennbaren Stoff gedient, denn ein Teil seines Fußbodens sowie das ganze Innere eines langen Bogenganges, durch welchen wir das Gewölbe erreichten, war sorgfältig mit Kupfer ausgekleidet. Die Tür aus massivem Eisen war gleichermaßen geschützt. Als sie sich schwerfällig öffnete, ließ ihr ungeheures Gewicht sie unheimlich und durchdringend in den Angeln kreischen.

Nachdem wir unsere traurige Bürde an diesem Ort des Grauens auf Böcke niedergesetzt hatten, schoben wir den noch unverschraubten Deckel des Sarges ein wenig zur Seite und blickten ins Antlitz der Aufgebahrten. Eine frappierende Ähnlichkeit zwischen Bruder und Schwester fiel mir auf den ersten Blick ins Auge, und Usher, der vielleicht meine Gedanken erriet, murmelte ein paar Worte, denen ich entnahm, daß die Hingeschiedene und er Zwillinge gewesen waren und daß eine Seelenverwandtschaft zwischen ihnen bestehe. Unsere Blicke ruhten jedoch nicht lange auf der Toten, denn wir konnten sie nicht ohne Scheu und Furcht betrachten. Das Leiden, das die Lady in der Blüte ihres Lebens zu Grab gebracht hatte, hatte, wie es bei Erkrankungen kataleptischer Art nicht ungewöhnlich ist, auf Brust und Wangen den täuschenden Nachklang einer zarten Röte zurückgelassen und den Lippen jenes rätselhaft starre Lächeln gegeben, das so schrecklich ist bei Toten. Wir setzten den Deckel wieder auf, schraubten ihn fest, verriegelten die eiserne Tür und machten uns auf den beschwerlichen Weg hinauf in die kaum weniger düsteren Gemächer in den oberen Stockwerken.

Doch nun, nach einigen Tagen bittersten Grames, trat eine merkliche Änderung in der Natur der Geistesverwirrung meines Freundes ein. Sein gewohntes Verhalten änderte sich völlig. Seine gewohnten Beschäftigungen wurden vernachlässigt oder vergessen. Er schweifte von Zimmer zu Zimmer mit eiligem, unsicherem und ziellosem Schritt. Die Blässe seines Gesichts – noch gespenstischer im Ton; das Leuchten seiner Augen – gänzlich erloschen. Der rauhe Ton seiner Stimme – nicht mehr vernehmbar. Statt dessen: ein Schwanken in seiner Stimme, ein Beben wie von namenlosem Entsetzen. In der Tat gab es Momente, in denen ich den Eindruck hatte, sein unablässig arbeitender Geist kämpfe mit irgendeinem lastenden Geheimnis, so, als ringe er um den Mut zu dessen Bekenntnis. Zu andern Zeiten wieder sah ich mich gezwungen, all das für die unerklärlichen Launen des Wahns zu halten, sah ich ihn doch stundenlang ins Leere starren – und zwar mit dem Ausdruck tiefster Aufmerksamkeit, als lausche er irgendeinem eingebildeten Geräusch. Es war kein Wunder, daß sein Zustand mich erschreckte, ja, mich ansteckte. Ich fühlte, wie ganz allmählich, aber unaufhaltsam, seine phantastischen, aber suggestiven Wahnvorstellungen auf mich übergingen.

Besonders in der Nacht des siebenten oder achten Tages nach der Bestattung der Lady Madeline in dem Verliese, als ich mich sehr spät zum Schlafen zurückgezogen hatte, geschah es, daß ich die volle Gewalt solcher Empfindungen erfuhr. Kein Schlaf nahte sich meinem Lager, während Stunde um Stunde verrann. Ich bemühte mich, der Nervosität, die mich ergriffen hatte, durch klares Denken Herr zu werden. Ich suchte mich zu überzeugen, daß vieles – wenn nicht alles – was ich fühlte, ein Effekt der düsteren Möbel meines Gemaches sei, ein Effekt der dunklen und zerschlissenen Wandteppiche, die vom Atem eines nahenden Sturmes in Bewegung gehalten, sich an den Wänden schlängelten und unheimlich gegen die Verzierungen des Bettes raschelten. Aber meine Anstrengungen waren fruchtlos. Ein ununterdrückbares Zittern durchbebte, langsam anschwellend, meinen Körper, und schließlich lastete ein Alp von absolut grundlosem Entsetzen auf meinem Herzen. Keuchend rang ich mich frei aus seinem Bann und richtete mich in meinen Kissen auf; während ich angestrengt in das undurch-dringliche Dunkel des Zimmers spähte, lauschte ich – warum weiß ich nicht, doch zwang mich ein Instinkt – auf gewisse dumpfe, unbestimmbare Laute, die, wenn der Sturm schwieg, in langen Abständen von wer weiß woher zu mir drangen. Übermannt von unbeschreiblichem, gleichermaßen unerklärli-chem wie unerträglichem Grauen, warf ich mich hastig in die Kleider (fühlte ich doch, daß ich in dieser Nacht ohnehin kei-nen Schlaf mehr finden würde) und versuchte, mich aus mei-nem jammervollen Zustand aufzuraffen, indem ich rasch im Zimmer auf und ab ging.

Ich war nur ein paarmal so hin und her gegangen, als ein leichter Tritt auf einer benachbarten Treppe mich aufhorchen ließ. Ich erkannte ihn sofort als Ushers Schritt. Kaum einen Augenblick später klopfte er leise an meine Tür und trat mit einer Lampe in der Hand ein. Sein Gesicht war wie immer lei-chenhaft blaß – aber in seinen Augen lag nun eine Art irrer Heiterkeit – und eine offenbar nur mühsam gebändigte Hyste-rie lag in seinem Gebaren. Sein Gestus entsetzte mich – doch alles schien erträglicher als diese fürchterliche Einsamkeit, unter der ich so lange schon gelitten – und so begrüßte ich sein Kommen mit einem Gefühl der Erleichterung.

»Und du hast es nicht gesehen?« fragte er unvermittelt, nach-dem er einige Augenblicke schweigend um sich geblickt hatte. »Du hast es also nicht gesehen? – Aber wart! Gleich!« Mit diesen Worten lief er, nicht ohne vorher seine Lampe sorgsam abge-dunkelt zu haben, an eins der Fenster und öffnete es weit dem Sturm.

Die rasende Wut des Sturmes riß uns fast vom Boden empor. Es war wahrhaftig eine sturmgepeitschte und zugleich feierli-che, schöne Nacht, eine Nacht in Schrecken und Pracht von ganz und gar eigner Art. Ganz in unserer Nachbarschaft mußte sich ein Wirbelwind erhoben haben, denn der Wind änderte häufig und in Stößen seine Richtung. Die ungewöhnliche Dich-te der Wolken (die so tief hingen, daß sie auf den Türmen des Hauses lasteten) verhinderte nicht die Wahrnehmung, daß sie

DER UNTERGANG DES HAUSES USHER

in atemberaubendem Tempo aus allen Richtungen wie lebendig durcheinanderfuhren – ohne aber weiterzuziehen. Ich
sage: selbst ihre ungewöhnliche Dichte hinderte uns nicht, dies
wahrzunehmen – obwohl weder Mond noch Sterne sichtbar
waren, nicht einmal das Zucken des Blitzes. Doch die Unter-
seiten der jagenden Wolkenmassen und alle uns umgebenden
Dinge draußen im Freien glühten im unnatürlichen Licht eines
schwach leuchtenden und deutlich sichtbaren, gasartigen Dun-
stes, der das Haus umgab und wie ein Leichentuch einhüllte.

»Du darfst – nein, du wirst das nicht sehen!« sagte ich schaudernd zu Usher, als ich ihn mit sanfter Gewalt vom Fenster
weg zu einem Sitz hinzog. »Diese Erscheinungen, die dich so
verstören, sind nichts Ungewöhnliches; es handelt sich um
elektrische Phänomene – vielleicht auch verdanken sie ihr
gespenstisches Dasein den faulen Dünsten des Teiches. Wir
wollen das Fenster schließen; die Luft ist kalt und wird dir schaden. Hier ist einer deiner Lieblingsromane. Ich will vorlesen,
und du sollst zuhören; und so wollen wir diese fürchterliche
Nacht zusammen herumbringen.«

Der alte Band, den ich zur Hand genommen hatte, war der
»Mad Trist« von Sir Launcelot Canning, und mehr in traurigem
Scherz als im Ernst hatte ich es Ushers Lieblingsbuch genannt;
denn in Wahrheit ist in seiner ungelenken und phantasielosen
Geschwätzigkeit wenig, was für den ätherischen und durch-
geistigten Idealismus meines Freundes von Interesse hätte sein
können. Es war jedoch das einzige Buch, das ich zur Hand
hatte; so gab ich mich der schwachen Hoffnung hin, die Aufregung des Hypochonders möge in dem Übermaß an Narretei
Beruhigung finden (weist doch die Geschichte geistiger
Zerrüttung viele solcher Paradoxien auf). Wenn ich nur nach
dem Eindruck lebhafter, ja ostentativer Anteilnahme hätte
urteilen dürfen, mit dem er meiner Erzählung folgte oder zu
folgen schien, so hätte ich mich zu dem Erfolg meines Unter-
nehmens beglückwünschen dürfen.

Ich war in der Erzählung bei der wohlbekannten Passage
angelangt, in welcher Ethelred, der Held des »Trist«, nachdem

46

er vergeblich versucht hatte, im Guten Einlaß in die Hütte des Eremiten zu finden, sich nun anschickt, den Eintritt durch Gewalt zu erzwingen. Wie man sich erinnern wird, heißt es hier in der Erzählung:

»Und Ethelred, der von Natur ein mannhafter Recke und nun, von der Macht des Weines befeuert, voller Kraft und Tatendurst war, wollte sich nicht länger damit begnügen, mit dem Einsiedler Zwiesprache zu halten, denn dieser war traun voll Tücke und Bosheit, sondern da er auf seinen Schultern schon den Regen fühlte und den herannahenden Sturm fürchtete, erhob er seinen Streitkolben und schaffte in den Türbohlen schnell Raum für seine gepanzerte Hand; und nun zog er derbe daran und riß und zerrte, schlug und hieb so wütend, daß das Krachen des dürren, hohl-klingenden Holzes durch den ganzen Wald schallte und widerhallte.«

Am Ende dieses Satzes fuhr ich auf und hielt einen Moment inne; denn mir kam es nämlich so vor (obwohl ich mir alsgleich sagte, daß meine erhitzte Phantasie mich getäuscht haben mußte) – es kam mir also so vor, als ob aus einem ganz entlegenen Teile des Hauses kaum wahrnehmbare Geräusche herdrängen, die ein vollkommenes, wenn auch ersticktes und dumpfes Echo hätten sein können von jenem Krachen und Bersten, welches Sir Launcelot so lebendig beschrieben hatte. Aber gewiß war es ein zufälliges Zusammentreffen eines Geräusches mit meinen Worten, das mich so erschreckt hatte innehalten lassen; denn inmitten des Rappelns der Fensterrahmen und dem gewöhnlichen Lärm des immer stärker anschwellenden Sturmes war an diesem Geräusch gewiß nichts, was mich interessiert oder gestört haben sollte. Ich fuhr also in der Erzählung fort:

»Doch als der wackre Held Ethelred jetzt in die Tür trat, da erstaunte und ergrimmte er sehr, denn er fand keine Spur des niederträchtigen Einsiedlers, sondern sah statt seiner einen schuppenbewehrten und greulichen Drachen mit feuriger Zunge, der als Hüter vor einem goldenen Palast ruhte, dessen Fußboden ganz aus Silber war. Und an der Wand hing ein

Schild aus schimmerndem Erz, in das die Inschrift gegraben war:

Wer hier den Zutritt hat gewonnen, dem sei ein hoher Heldenpreis,
Wer den Drachen hat bezwungen, dem gebührt der Schild als Preis.

Und Ethelred schwang seinen Streitkolben und schmetterte ihn auf den Schädel des Drachen, der vor ihm niederging und seinen faulen Atem aushauchte – mit einem Schrei so schrecklich, schrill und auch so markerschütternd, daß Ethelred sich gern die Ohren zugehalten hätte vor dem grauenhaften Ton, desgleichen kein Ohr je zuvor gehört hat.«

Hier hielt ich plötzlich wieder inne – diesmal mit schaudernder Bestürzung – denn es konnte nicht der geringste Zweifel daran bestehen, daß ich in diesem Augenblick (obschon es mir unmöglich war, anzugeben, aus welcher Richtung) einen leisen und offenbar weit entfernten, doch gellenden, langgezogenen und höchst ungewöhnlichen kreischenden oder knarrenden Laut vernahm – genau so, wie meine Phantasie sich den natürlichen Schrei des Drachen ausgemalt hatte, den der Dichter beschrieb.

Wenngleich ich durch dies zweite und höchst ungewöhnliche Zusammentreffen gewiß aufs höchste erregt war und mich tausend widersprüchliche Gefühle bedrängten, von denen Erstaunen und höchstes Grauen die vornehmsten waren, so war ich dennoch geistesgegenwärtig genug, mir dies nicht anmerken zu lassen und alles zu vermeiden, was die nervöse Empfindlichkeit meines Gefährten noch hätte steigern können. Ich war keineswegs sicher, daß er die in Frage stehenden Geräusche überhaupt vernommen hatte, es war jedoch während der letzten Minuten eine sonderbare Veränderung in seinem Verhalten eingetreten. Er hatte mir ursprünglich direkt gegenübergesessen, doch hatte er seinen Stuhl nach und nach herumgedreht, so daß er nun mit dem Gesicht zur Tür gewandt dasaß; deshalb konnte ich seine Züge nur zum Teil sehen, ich konnte aber erkennen, daß seine Lippen zitterten, als murmele er Unhörbares. Der Kopf war ihm auf die Brust gesunken; und doch war ich mir sicher, daß er nicht schlief, denn seine Augen waren weit aufgerissen. Auch die Bewegung seines Körpers stand im Widerspruch zu der Vorstellung, daß er schlafen könne: sein Oberkörper schaukelte unausgesetzt, aber sanft und einförmig hin und her. Nachdem ich all dies mit raschem Blick erfaßt hatte, nahm ich die Erzählung Sir Launcelots wieder auf, die folgendermaßen weitergeht:

»Und nun, da der Held der schrecklichen Wut des Drachen entronnen war, erinnerte er sich des ehernen Schildes, dessen Zauber ja nun gebrochen war, räumte das tote Untier beiseite und schritt über das silberne Pflaster des Schlosses kühn zu jener Stelle hin, wo der Schild hing. Der Schild aber harrte nicht, bis er angekommen, sondern fiel mit weithin dröhnendem Geklirr und Getöse zu seinen Füßen auf den Silberboden nieder.«

Kaum waren diese Worte über meine Lippen gekommen, da hörte ich – als sei in der Tat ein eherner Schild schwer auf einen silbernen Boden gestürzt – da hörte ich deutlich einen hohl und metallisch dröhnenden, aber offenbar gedämpften Widerhall. Völlig verstört sprang ich auf die Füße, Usher jedoch hielt in seiner regelmäßigen Schaukelbewegung nicht inne. Ich stürzte zu dem Stuhl, auf dem er saß. Sein Blick war stier nach vorn gerichtet, und er schien wie zu Stein erstarrt. Aber als ich die Hand auf seine Schulter legte, durchschauerte ein heftiges Zittern seinen ganzen Körper; ein kränkliches Lächeln zuckte auf seinen Lippen, und ich sah, daß er halblaut, hastig und undeutlich vor sich hin brabbelte, als wisse er um meine Anwesenheit nicht. Ich beugte mich zu ihm herab und trank schließlich die schreckliche Bedeutung seiner Worte ein.

»Es nicht hören? – Doch, ich höre es wohl, und habe es schon lang gehört. Lang – lang – lange – lange Minuten, lange Stunden, lange Tage; lang habe ich es gehört – aber ich wagte nicht – ach, hab Mitleid mit mir Elendem! – Ich wagte nicht, ich wagte nicht zu reden! *Lebend haben wir sie ins Grab gelegt.* Sagte ich nicht, daß meine Sinne scharf sind? *Jetzt erst* sage ich dir, daß ich ihre ersten schwachen Regungen im hohlen Sarge hörte. Ich hörte sie – vor langen, langen Tagen schon – dennoch wagte ich nicht – *ich wagte nicht zu reden!* Und jetzt – heute nacht – Ethelred – haha! – das Aufbrechen der Tür des Einsiedlers, und der Todesschrei des Drachen und das Dröhnen des Schildes!? – Sage lieber gleich—: das Bersten ihres Sarges, das Kreischen der eisernen Angeln ihrer Kerkertür und ihr qualvoll langsamer Weg durch den kupfernen Bogengang. Ach, wohin soll ich fliehen? Wird sie nicht gleich hier sein? Eilt sie nicht schon heran, mich ob meiner Hast zu tadeln? Höre ich nicht schon ihren Tritt auf der Treppe? Vernehme ich nicht schon den schweren und schrecklichen Schlag ihres Herzens? – *Wahnsinniger! Ich sage dir, daß sie jetzt draußen vor der Tür steht!*«

Als läge in der übermenschlichen Kraft dieses Ausrufs die Macht eines Zaubers – so öffneten sich nun langsam, genau in diesem Augenblicke, die riesigen alten Türflügel aus Ebenholz, auf die Usher hindeutete. Dies war das Werk des rasenden Sturmes; doch draußen vor der Tür stand leibhaftig, in Leichentücher eingehüllt, die hohe Gestalt der Lady Madeline Usher! Blut war auf ihren weißen Gewändern, und Spuren eines erbitterten Kampfes waren überall auf ihrem abgezehrten Leibe zu erkennen. Einen Augenblick lang blieb sie zitternd und taumelnd auf der Schwelle stehen – dann fiel sie leise aufstöhnend ins Zimmer auf ihren Bruder – und in ihrem wilden Todeskampfe riß sie ihn entseelt mit sich zu Boden, ein Opfer des Grauens, das er ahnend vorweggenommen hatte.

Voll Grauen floh ich aus diesem Gemache und aus diesem Hause. Draußen tobte der Sturm in seiner ganzen Wut. Als ich wieder Gewalt über mich gewann, kreuzte ich den alten Teichdamm; ein unheimliches Licht schoß plötzlich quer über den Pfad, und ich wandte mich um, um zu sehen, woher ein so ungewöhnlicher Schimmer kommen möge; hinter mir lag nämlich allein das große Haus und seine Schatten. Der Schim-

DER UNTERGANG DES HAUSES USHER

mer kam von dem untergehenden und blutroten Vollmond her, der nun hell durch den zuvor kaum wahrnehmbaren Riß schien, von dem ich bereits sagte, daß er vom Dach des Hauses bis zu seinen Grundmauern verlief. Während ich wie gebannt dorthin starrte, erweiterte sich der Spalt zusehends – ein wütender Atemstoß des Wirbelsturms kam heran – und das volle Rund der Mondscheibe wurde plötzlich in dem breit aufgerissenen Spalt sichtbar. Mein Geist wankte, als ich jetzt die mächtigen Mauern auseinanderbrechen sah – es folgte ein langes, tosendes Schreien, das der Stimme von tausend Wassern glich, und gleichgültig schweigend schloß sich der tiefe und trübe Teich über den Trümmern des »Hauses Usher«.

Die Maske des Roten Todes

Lange schon hatte der Rote Tod im Land gewütet; nie zuvor war eine Seuche je verheerender, je furchtbarer gewesen. Blut war sein Zeichen, Blut sein Siegel – überall das Rot und der Schrecken des Blutes. Es begann mit stechenden Schmerzen und jähem Schwindel, dann quoll aus allen Poren Blut: Vergängnis. Die scharlachroten Flecken am ganzen Leib, besonders aber im Gesicht der Opfer, waren das Bannsiegel, das den Gezeichneten von der Hilfe und Teilnahme seiner Mitmenschen ausschloß; und alles, erster Anfall, Fortgang, tödliches Ende der Seuche, währte nicht mehr als eine halbe Stunde.

Prinz Prospero aber war glücklich, furchtlos und weise. Als seine Provinzen halb entvölkert waren, berief er unter den Höflingen und Damen des Hofes eine Gesellschaft von tausend kräftigen und leichtherzigen Freunden zu sich; mit diesen zog er sich in die tiefe Abgeschiedenheit einer seiner befestigten Abteien zurück. Es war dies ein weitläufiger und prächtiger Bau, eine Schöpfung von des Prinzen eigenem exzentrischen, jedoch erhabenen Geschmack. Eine hohe und mächtige Mauer umschloß sie ganz. Diese Mauer hatte ehern schwere Tore. Nachdem die Höflinge dort eingezogen waren, brachte man Schmelzöfen und schwere Hämmer herbei und schmiedete die Riegel der Tore zu. Denn es war beschlossen, weder für die draußen wütende Verzweiflung, noch für eine Panik im Innern sollte eine Türe offen sein. Die Abtei war mit Proviant reichlich versehen. So gerüstet wollte man der Seuche trotzen. Mochte die Außenwelt doch für sich selber sorgen! Närrisch war es jedenfalls, sich zu grämen oder seinen Gedanken nachzuhängen. Hatte doch der Prinz für jede Art der Zerstreuung Sorge getragen. Man hatte Gaukler und auch Komödianten, Tänzer und auch Musikanten – man hatte Schönheit, und man hatte Wein. Hier drinnen war all dies – und Sicherheit; dort draußen aber herrschte nur der Rote Tod.

Es war gegen das Ende des fünften oder sechsten Monats seiner Isolation, die Pest draußen wütete noch mit ungebrochener Gewalt, es war also um diese Zeit, daß der Prinz Prospero seine tausend Freunde zu einem Maskenball von unerhörter Pracht lud.

Ein zügellos wollüstiges Bild bot dieser Maskenball. Doch will ich zunächst die Räume schildern, in denen das Fest abgehalten wurde. Es waren ihrer sieben – eine wahrhaft königliche Suite. In vielen Palästen nun bilden solche Festräume – da man die Flügeltüren nach beiden Seiten bis an die Wand zurückschieben kann – eine lange Zimmerflucht, die Überblick über die gesamten Räumlichkeiten gewährt. Hier aber war das nicht der Fall, wie man vielleicht aus der Vorliebe des Prinzen für alles Bizarre hätte schließen können: Die Räumlichkeiten waren so angeordnet, daß man nie mehr als einen Saal zu überschauen vermochte. Alle zwanzig oder dreißig Schritt traf man auf eine scharfe Biegung, und jede Biegung brachte einen neuen szenischen Effekt. Zur Rechten, zur Linken und in der Mitte jeder Seitenwand blickte ein hohes und schmales gotisches Fenster auf eine geschlossene Galerie, die den Windungen der Zimmerreihe folgte. Die Fenster hatten Scheiben aus buntem Glas, dessen Farbe immer mit dem Farbton übereinstimmte, in welchem das Dekor des Raumes vornehmlich gehalten war, welchen das Fenster erhellte. Der am Ostende gelegene Raum zum Beispiel war in Blau gehalten, und leuchtend blau waren auch seine Fenster. Das nächste Gemach war in Putz und Wandbehängen von purpurner Farbe, und purpurn waren auch seine Fenster. Das dritte war ganz grün gehalten, und grün waren seine Fensterscheiben. Das vierte war orangegelb eingerichtet, und orangegelb war seine Beleuchtung. Das fünfte war weiß, das sechste violett. Der siebte Raum aber war ganz mit schwarzem Samt ausgeschlagen, der von den gänzlich verhüllten Gewölben die Wände herabhing und sich in schwerem Faltenwurf auf einen Teppich aus eben diesem Stoffe und von eben dieser Farbe legte. Doch einzig in diesem Raume glich die Farbe der Fenster nicht derjenigen der Dekoration: hier waren die Scheiben scharlachrot – wie Blut.

DIE MASKE DES ROTEN TODES

Nun gab es aber in keinem der sieben Säle eine Lampe oder
einen Kandelaber – und das bei allem Überfluß an goldnem
Zierrat, der überall verstreut lag oder vom Gewölbe nieder-
hing. In der ganzen Suite fanden sich weder Lampen noch Kerzen, die Licht gespendet hätten. Doch in den Galerien, welche
der Suite von außen folgten, stand vor jedem Fenster ein
schwerer Dreifuß, darauf ein Feuerbecken, dessen Flammen
ihren Schein durch das farbige Fenster hereinwarfen; strahlend
erhellten sie den Raum und brachten eine schwankende, phan-
tastische Beleuchtung hervor. Im schwarzen Saal aber, am
westlichen Ende des Gebäudes, war die Wirkung des Feuer-
scheines, der durch die blutigroten Scheiben auf die schwarzen Samtbehänge fiel, so gespenstisch und gab den Gesichtern
der hier Eintretenden ein so phantastisches Gepräge, daß nur
wenige aus der Gesellschaft kühn genug waren, den Fuß über
diese Schwelle zu setzen.

In diesem Saale auch stand an der westlichen Wand eine
überaus mächtige Standuhr aus Ebenholz. Ihr Pendel schwang
mit dumpfem, schwerem und eintönigem Schlag hin und her;
und wenn der Minutenzeiger seinen Kreislauf über das Ziffer-
blatt beendet hatte und es Zeit ward, daß die Stunde schlug, so
entrang sich den ehernen Lungen der Uhr ein voller, tiefer,
sonorer und sehr melodiöser Ton, so sonderbar ernst und feierlich im Klang, daß bei jedem Stundenschlage die Musikanten
des Orchesters ihr Spiel, für einen Augenblick nur, zu unterbrechen gezwungen waren, um diesem Ton zu lauschen, und
so befiel, nur einen Moment lang, ein Mißklang die heitere
Gesellschaft; die Walzertänzer standen stille. Solange die Schläge der Uhr noch hallten, sah man selbst die Leichtlebigsten
erbleichen, und die Älteren und Besonneneren griffen sich mit
der Hand an die Stirn, wie in wirrer Träumerei und Sinnesschwere. Kaum aber war der letzte Nachhall verklungen, so
durchlief ein helles Lachen die Versammlung. Die Musikanten
blickten einander an und lächelten ob ihrer Nervosität und
Torheit und gelobten einander flüsternd, beim nächsten Stun-
denschlag nicht wieder derart aus der Fassung zu geraten.

DIE MASKE DES ROTEN TODES

Wenn aber, nachdem wiederum sechzig Minuten (dreitau-
sendsechshundert Sekunden der flüchtigen Zeit) verstrichen
waren, und die Uhr von neuem schlug, trat derselbe Mißklang
ein, die gleiche Bangigkeit und Sinnesschwere wie vordem.

Trotz alledem war es ein heiteres und prächtiges Gelage. Der
Geschmack des Prinzen war von eigener Art. Er hatte ein fei-
nes Auge für die Farben und ihre Wirkungen. Das bloß Gefäl-
lige und Modische galt ihm gering. Seine Ideen waren kühn
und feurig, seine Entwürfe verstrahlten eine wilde Glut. Gewiß
gibt es Leute, die ihn für wahnsinnig gehalten hätten. Seine
Anhänger aber hielten ihn nicht dafür. Man mußte ihn hören
und sehen, ja, ihn berühren, um sich dessen gewiß zu sein.

Er hatte die Ausschmückung der sieben Säle für dieses Fest
höchstselbst geleitet und auch die Kostüme der Maskierten
nach seinem eigenen Geschmacke bestimmt. Und diese waren
wahrhaftig grotesk. Da gab es viel Grelles und Glitzerndes, viel
Pikantes und Phantastisches – vieles davon hat man seither in
dem Drama »Hernani« gesehen. Da gab es arabeske Figuren
mit unförmigen Gliedmaßen, und da gab es andere, Ausgebur-
ten des Deliriums, eines Irren Traumgebilde. Es gab viel Schönes und viel lüstern Liederliches, viel, viel Bizarres und auch
manch Schauriges – auch einiges, das vielleicht Abscheu hätte
hervorrufen können. Durch die sieben Gemächer wogte in der
Tat ein Heer von Träumen. Und diese – diese Träume – wälzten sich hin und her, wechselten die Farbe mit den Sälen und
ließen die tollen Klänge des Orchesters wie ein Echo ihres
Schreitens erscheinen. Und bald schon schlägt die schwarze
Uhr im samtenen Gemach. Und es herrscht, einen Augenblick
lang, Totenstille – nur der Ruf der Uhr ertönt. Starr stehn die
Träume. Bald ist jedoch der Schlag verhallt – währt er doch
kaum einen Moment – und ein leises, halbunterdrücktes
Lachen ringelt ihm nach. Die Musik rauscht wieder auf, die
Traumfiguren füllen sich mit Leben und wogen, voll Frohsinn,
hin und her, die Farbe wechselnd mit der Strahlen Farben, die
von den schweren Flammenbecken durch die vielen Scheiben
strömen. Nur in das westlichste der sieben Säle wagt niemand

mehr zu schreiten; denn schnell weicht jetzt die Nacht dem Tage, und röter noch als Morgenröte fließt Flammenlicht durch diese Scheiben. Der düstren Draperien Schwärze läßt manchem Gast die Wangen bleichen; wer seinen Fuß hier auf den schwarzen Teppich setzt, dem dröhnt das dumpfe, schwere Atmen der nahen Riesenuhr viel ernster noch im Ohr als all jenen, die in der andren Säle Licht sich sonnen.

Doch sind es grade diese Räume, in denen sich die Gäste drängen; hier wogte fieberheiß das Leben. Der Trubel rauschte lärmend weiter, bis die Uhr zwölf Mal zur Mittnacht schlug – und dann verstummte das Orchester, ganz wie zuvor; und die Walzertänzer hielten in der Drehung inne, und alles stand ganz plötzlich starr und still, ganz wie zuvor. Doch diesmal sollt' die Uhr uns zwölfmal schlagen, und deshalb wohl sollten die Gedanken der Nachdenklichen einen noch trüberen Ton annehmen, deshalb wohl auch sollten sie ihren Gedanken noch länger nachhängen. Deshalb wohl auch hatte manch einer, noch ehe des letzten Stundenschlages Nachhall verklungen, Muße gefunden, eine Maske zu bemerken, die bisher noch keiner gesehen. Und als flüsternd sich das Gerücht von dieser neuen Erscheinung herumsprach, erhob sich in der ganzen Versammlung ein Summen und Murren des Unwillens und der Entrüstung – und schnell schwoll dies an zum Geschrei des Schreckens, des Grauens und des höchsten Abscheus.

Wohl denken kann man sich, daß es keine gewöhnliche Erscheinung war, die den Unwillen der phantastisch maskierten Gesellschaft erregen konnte. Waren doch der Phantasie in dieser Nacht keine Grenzen gesetzt; doch war diese Gestalt zu weit gegangen und hatte selbst des Prinzen weite Grenzen überschritten. Es gibt Saiten in den Herzen selbst der Übermütigsten, die ohne Gemütsaufwallung nicht berührt werden können, und selbst für die gänzlich Verlorenen, denen Leben und Tod nur ein Spaß sind, gibt es Dinge, mit denen sich kein Scherz treiben läßt. Tatsächlich schien die ganze Gesellschaft einmütig in der Empfindung, daß in Maske und Gebaren des

Fremden weder Witz noch Anstand sei. Lang und hager war die Erscheinung, und von Kopf bis Fuß in Leichentücher gehüllt. Die Maske, die das Gesicht verbarg, war dem Antlitz eines schon erstarrten Toten so täuschend ähnlich nachgebildet, daß selbst die gründlichste Prüfung Schwierigkeiten gehabt hätte, die Täuschung zu entdecken. Doch all dies hätten die tollen Gäste hingenommen, wenn es ihnen auch nicht gefiel, wäre der Vermummte nicht so vermessen gewesen, die Idealgestalt des Roten Todes anzunehmen. Das Totenkleid war mit Blut besudelt, und seine mächtige Stirn, das ganze Gesicht sogar, gesprenkelt mit dem scharlachroten Schrecken.

Als das Auge des Prinzen Prospero auf die Spukgestalt fiel, die ernst, schwer, feierlich (wie um ihrer Rolle noch besser gerecht zu werden) durch die Reihen der Tanzenden schritt, sahen wir ihn im ersten Moment schaudernd, sei es aus Entsetzen, sei es aus Ekel; doch schon im nächsten Moment stieg Zornesröte in ihm auf.

»Wer wagt es?« fragte er mit heisrer Stimme die Höflinge an seiner Seite. »Wer wagt es, solch lästerlichen Scherz mit uns zu treiben? Ergreift und demaskiert ihn, damit wir wissen, wer es ist; bei Sonnenaufgang wird er von den Zinnen unsres Schlosses hängen!«

Im östlichen oder blauen Saale war es, daß Prinz Prospero diese Worte sprach. Sie klangen laut vernehmlich durch alle sieben Säle – denn der Prinz war ein großer und kräftiger Mann, und die Musik ward durch eine Bewegung seiner Hand zum Verstummen gebracht.

Im östlichen oder blauen Saale war es, daß der Prinz dies sprach, eine Schar bleicher Höflinge an seiner Seite. Als er dies sprach, kam zunächst Bewegung in die Höflingsschar, als wolle man den Eindringling ergreifen; der war in diesem Augenblicke auch ganz in der Nähe und trat in würdevoll gemessenem Schritt dem Sprecher näher. Doch die Vermessenheit des Vermummten hatte alle Gäste mit namenlosem Grauen erfüllt, so daß nicht einer die Hand erhob, um ihn zu halten; ungehindert drang er bis auf Armeslänge zu dem Prinzen vor – und während die große Höflingsschar wie auf Geheiß zurückwich und sich in allen Sälen an die Wände drängte, ging er, mit jenem Schritt, ernst, schwer und feierlich, der ihm von Anfang an zu eigen, ungehindert seines Weges – von dem blauen Zimmer in das purpurrote, von dem purpurroten in das grüne, von dem grünen in das orangegelbe, und aus diesem in das weiße und weiter noch in das violette Zimmer, ehe nur jemand sich gerührt hätte, um ihn aufzuhalten. Doch dann durcheilte der Prinz Prospero, wild vor Wut und Scham über seine eigene momentane Feigheit, die sechs Säle – er allein, denn alle andern waren starr vor Schrecken und rührten sich nicht vom Fleck. Den Dolch zum Stoße bereit, war er, in wildem Ungestüm, der weiterschreitenden Gestalt bis auf zwei oder drei Schritte nahe gekommen, als diese, die jetzt das Ende des schwarzsamtenen Saales erreicht, plötzlich kehrtmachte und sich dem Verfolger entgegenstellte. Ein Aufschrei war zu hören – dann fiel der Dolch aufblitzend nieder in den schwarzen Samt; kaum einen Augenblick darauf sank auch Prinz Prospero dort sterbend hin. Nun stürzte mit dem wilden Mute der Verzweiflung eine Schar von Gästen sich in den samtnen Saal und ergriff schnell den Vermummten, der aufrecht dastand und bewegungslos, im Schatten der Uhr von Ebenholz; doch schrien sie auf in unsäglichem Grauen, als sie die Leichentücher und die Leichenmaske mit roher Wut ergriffen und fanden –: Kein Körper wohnte in der Form; die Tücher waren leer.

Nun wußten sie mit einem Schlage, daß er hier war, der Rote Tod. Gekommen war er wie ein Dieb in der Nacht. Und einer nach dem anderen sanken die Festgäste in den blutbetauten Sälen ihres Balls zu Boden und starben – ein jeder in der verzerrten Haltung seines Fallens. Und das Leben der Ebenholzuhr erlosch mit dem Atem des letzten der fröhlichen Narren. Und die Flammen in den Dreifüßen erloschen. Und mit Finsternis und Verwesung herrscht unbeschränkt über allem der Rote Tod.

Detektivgeschichten

Die Morde in der Rue Morgue

> Welches Lied die Sirenen sangen oder welchen Namen sich
> Achilles zulegte, als er sich unter den Weibern verbarg – das
> sind zwar verwirrende Fragen, aber gewiß ist es nicht gänzlich
> unmöglich, sie zu lösen.
>
> Sir Thomas Browne, *Das Begräbnis der Urne*

Die geistigen Eigenschaften, die man als analytisch bezeichnet,
sind ihrerseits einer Analyse in nur sehr geringem Maße
zugänglich. Wir können sie nur in ihren Auswirkungen erkennen. Nebst anderen Dingen wissen wir über sie, daß sie ihrem
Besitzer, sofern er sie im Überflusse besitzt, eine Quelle des
lebhaftesten Vergnügens sind. So wie der Starke beglückt ist
von seiner körperlichen Kraft und sich an solchen Übungen
ergötzt, bei denen er seine Muskeln spielen lassen kann, so
kostet der analytische Mensch das Vergnügen jener geistigen
Tätigkeit aus, die enträtselt. Auch überaus belanglose Beschäftigungen bereiten ihm Freude, solange sie nur seine Talente
zum Tragen bringen. Er hat eine Vorliebe für Rätsel, Geheimnisse, Hieroglyphen; und beweist bei der Lösung derselben
ein solches Maß an *Scharfsinn,* wie es dem nur mit einem
gewöhnlichen Verstand begabten Sterblichen als übernatürlich erscheinen muß. Seine Erfolge, die aus der Essenz, ja, aus
dem innersten Wesen der Methode geboren werden, haben
fürwahr ganz den Anschein der Intuition. Das Vermögen der
Entschlüsselung wird möglicherweise durch mathematische
Studien wesentlich verstärkt, insbesondere durch jene höchste
Disziplin, die ungerechtfertigterweise, als sei dem *par excel-
lence* so, und nur aufgrund ihrer rückläufigen Vorgehensweise,
Analysis genannt wird. Jedoch etwas zu berechnen heißt nicht
an sich, etwas zu analysieren. Ein Schachspieler, zum Beispiel,
tut das eine, ohne sich um das andere zu bemühen. Es folgt
daraus, daß das Schachspiel, hinsichtlich seiner Auswirkungen

auf das geistige Vermögen, in hohem Maße mißverstanden wird. Ich schreibe jedoch hier keine Abhandlung, sondern leite mit diesen recht willkürlich herangezogenen Beobachtungen lediglich eine recht seltsame Geschichte ein. Daher erlaube ich mir, die Behauptung aufzustellen, daß die höheren Kräfte des reflexiven Geistes durch das bescheidene Damespiel sehr viel entschiedener und nutzbringender gefordert werden als durch die ausgeklügelte Frivolität des Schachspiels. Was das Letztgenannte anbetrifft, in welchem die Figuren unterschiedliche und wunderliche Bewegungen ausführen, mit verschiedentlicher und wechselhafter Güte, so verfällt man in den (weit verbreiteten) Irrtum, dasjenige, was lediglich kompliziert ist, für tiefgründig zu halten. Was hier gewichtig ins Spiel gebracht wird, ist die *Aufmerksamkeit*. Läßt sie auch nur eine Sekunde lang nach, begeht man ein Versehen, welches dann zu einem Verlust oder gar der Niederlage führt. Da die erlaubten Spielzüge nicht nur mannigfaltig sind, sondern auch verwickelt, wird die Wahrscheinlichkeit eines solchen Versehens noch vervielfacht; und in neun von zehn Fällen ist es der konzentriertere Spieler, der den Sieg davonträgt. Im Damespiel hingegen, in welchem die Züge *einzigartig* sind und nur sehr wenige Varianten aufweisen, ist die Möglichkeit eines Versehens geringer. Da die bloße Aufmerksamkeit somit verhältnismäßig wenig beansprucht wird, sind die jeweils errungenen Vorteile eines jeden Spielers einzig auf seinen überlegenen *Scharfsinn* zurückzuführen. Doch will ich mich weniger abstrakt ausdrücken. Laßt uns ein Damespiel annehmen, bei dem nur noch vier Steine übrig sind und in welchem daher natürlich kein Versehen mehr zu erwarten ist. Es leuchtet ein, daß hier der Sieg nur errungen werden kann (da die Spieler in jeder Hinsicht gleichgestellt sind), indem man irgendeinen ausgefallenen Spielzug ausführt, der das Ergebnis einer großen, geistigen Anstrengung ist. Da ihm keine anderen Mittel zur Verfügung stehen, versetzt sich der analytische Mensch in den Kopf seines Gegners, identifiziert sich mit dessen Gedanken und erkennt so nicht selten den einzigen Weg (der manchmal in der Tat lächerlich einfach ist), wie es ihm gelingen kann, den anderen zu einem Irrtum zu verleiten oder ihn zu einer fälschlichen Schlußfolgerung zu zwingen.

Whist wurde seit jeher für seinen Einfluß auf das sogenannte Berechnungsvermögen gerühmt; und es war bekannt, daß Männer, deren Verstandeskräfte das übliche Maß weit überstiegen, ein scheinbar unerklärliches Vergnügen daran fanden, wohingegen sie das ihnen als frivol erscheinende Schachspiel mieden. Ohne Zweifel gibt es kein vergleichbares Spiel, bei dem das analytische Können so sehr gefordert wäre. Der beste Schachspieler der Christenheit ist *möglicherweise* wenig mehr als eben der Beste im Schachspiel; eine Fertigkeit im Whistspiel jedoch bedeutet, daß eine Veranlagung zum Erfolg in all jenen bedeutsameren Unternehmungen gegeben ist, in denen sich ein Verstand mit dem anderen mißt. Wenn ich von Fertigkeit spreche, so meine ich jene Vollendung im Spiel, die ein Verständnis *aller* Quellen mit einschließt, aus denen man sich einen berechtigten Vorteil zu erschließen vermag. Diese sind nicht nur mannigfaltig, sondern auch von vielerlei Gestalt, und finden sich nicht selten in solchen Winkeln der Verstandeskraft, die dem gewöhnlichen Denkvermögen verschlossen bleiben. Etwas aufmerksam zu beobachten heißt, es deutlich in Erinnerung zu behalten; und insoweit wird der konzentrierte Schachspieler es auch im Whist zu einigem Erfolg bringen; wohingegen die Regeln des Hoyle (welche ihrerseits auf dem bloßen Mechanismus des Spiels beruhen) einfach genug und von allen zu verstehen sind. So wird gemeinhin angenommen, daß es, um ein guter Spieler zu sein, genügt, ein gutes Gedächtnis zu haben und sich an die Regeln zu halten. Das Geschick eines analytischen Menschen kommt jedoch erst in solchen Dingen zum Vorschein, welche über das bloß Regelhafte hinausgehen. Schweigend macht er eine Vielzahl von Beobachtungen und Schlußfolgerungen. Dies tun vielleicht auch seine Mitspieler; und der unterschiedliche Umfang an solcherart erworbenen Kenntnissen leitet sich weniger aus der Stichhaltigkeit der Schlußfolgerungen, sondern vielmehr aus der Güte der Beobachtungen her. Es ist notwendig zu wissen, was man beobachten soll. Dabei unterliegt unser Spieler keinerlei Beschränkungen; noch läßt er sich von der Tatsache, daß das Spiel der eigentliche Mittelpunkt ist, davon abhalten, seine Folgerungen aus Dingen zu ziehen, die sich außerhalb des Spiels zutragen. Er prüft den Gesichtsausdruck seines Mitspielers und vergleicht diesen sodann sorgfältig mit den Gesichtern seiner Gegenspieler. Er berücksichtigt die Art, wie ein jeder seine Karten ordnet; und oft wird es ihm durch die verschiedenen Blicke, mit denen der jeweilige Besitzer eine Karte nach der anderen betrachtet, möglich, die genaue Anzahl der Trümpfe in dessen Hand zu zählen. Er nimmt jede Veränderung eines Gesichtsausdrucks während des Spieles zur Kenntnis und sammelt reichhaltiges Gedankengut durch die unterschiedliche Widerspiegelung von Zuversicht, Überraschung, Triumph oder Enttäuschung. Von der Art, wie der Gewinner eines Stichs diesen aufliest, kann er beurteilen, ob die jeweilige Person einen anderen Stich in dieser Farbe zu gewinnen vermag. Er erkennt vermittels des Gebarens, mit welchem die Karten auf den Tisch geworfen werden, wann etwas als Finte gespielt wird. Ein beiläufiges oder unbeabsichtigtes Wort; das versehentliche Fallenlassen oder Umdrehen einer Karte und die darauffolgende Besorgnis oder Gleichgültigkeit im Verbergen derselben; das Zählen der Stiche und ihre jeweilige Anordnung; Verlegenheit, Zögern, Eifer oder Beklommenheit – all dies gewährt seiner scheinbar intuitiven Auffassungsgabe Anzeichen für den wahren Sachverhalt der Dinge. Nachdem die ersten zwei oder drei Runden gespielt sind, befindet er sich in vollster Kenntnis des Inhaltes eines jeden Blattes und legt fortan seine Karten mit einer solch genau beabsichtigten Wirkung nieder, als hätten die restlichen Mitglieder der Gesellschaft ihre Karten offen auf den Tisch geworfen. Das analytische Vermögen ist keinesfalls mit simpler Schläue zu verwechseln, denn der schlaue Mensch ist oft bemerkenswert unfähig zur Analyse. Das erfinderische oder kombinierende Vermögen, in welchen sich die Schläue für gewöhnlich bekundet und dem die Phrenologen in der Annahme, es handle sich dabei um eine angeborene Fertigkeit (wie ich glaube, irrtümlich) ein gesondertes Organ zugeschrieben haben, ist außerordentlich häufig bei Menschen zu finden, deren Verstandeskraft ansonsten an Idiotie grenzt. Es ist dies eine Tatsache, die bei den sich mit dem menschlichen Charakter befassenden Denkern weit verbreitete Beachtung gefunden hat. Zwischen Schläue und dem analytischen Vermögen besteht ein Unterschied, der in der Tat weit größer ist als derjenige zwischen Phantasie und Einbildungskraft, auch wenn sich der Charakter beider Unterscheidungen analog verhält. Man wird feststellen, daß schlaue Menschen immer auch eine blühende Phantasie besitzen, während *wahrhaft* imaginative Menschen niemals anders als analytisch sind.

Die folgende Erzählung mag dem Leser als eine Art Kommentar zu den eben vorgebrachten Betrachtungen erscheinen.

Als ich während des Frühlings und teilweise auch im Sommer des Jahres 18- in Paris weilte, machte ich die Bekanntschaft eines Monsieurs C. Auguste Dupin. Dieser junge Gentleman kam aus einer vornehmen – ja, erlauchten Familie, doch war er durch eine Reihe von unglücklichen Ereignissen in eine solche Armut gestürzt worden, daß sein Wesen völlig an Spannkraft verlor und er es unterließ, sich weiter um die Welt zu kümmern oder sich irgend um die Rückgewinnung seines Vermögens zu bemühen. Des Entgegenkommens seiner Schuldner wegen verblieb ihm ein winziger Überrest seines Patrimoniums; und von den Einkünften, die ihm daraus erwuchsen, vermochte er es, vermittels einer strikten Sparsamkeit, sich das zum Leben Notwendigste zu sichern, ohne sich um überflüssigen Prunk zu scheren. Bücher waren sein einziger Luxus, und in Paris sind diese mit Leichtigkeit zu erwerben.

Unsere erste Begegnung fand in einer abgelegenen Buchhandlung in der Rue Montmartre statt, woselbst uns die Tatsache, daß wir zufällig beide auf der Suche nach demselben, außerordentlich seltenen und überaus bemerkenswerten Band waren, in engeren Verkehr miteinander brachte. Wir tra-

fen einander wieder und wieder. Ich nahm großen Anteil an
dem Wenigen, das er mir aus seiner Familiengeschichte erzählte, was er mit all jener Offenheit tat, welcher sich der Franzose
überläßt, sobald sich das Gespräch mit rein persönlichen Dingen befaßt. Auch war ich erstaunt darüber, wie überaus bele-
sen er war; und vor allem entfachte sich meine Seele voller
Begeisterung ob der wilden Leidenschaft und lebhaften Fri-
sche seiner Einbildungskraft. Ich spürte, daß mir die Gesellschaft eines solchen Mannes in Hinsicht auf die Beweggründe,
mit denen ich damals nach Paris gekommen war, ein unbe-
zahlbarer Gewinn sein würde; und dieses Gefühl vertraute ich
ihm in aller Offenheit an. Wir vereinbarten schließlich, daß wir
uns für die Dauer meines Aufenthaltes in der Stadt in eine
Unterkunft teilen würden; und da ich mich, was meine weltlichen Mittel anbetraf, in nicht ganz so großer Verlegenheit
befand wie er, wurde es mir gestattet, die Kosten für die Miete
eines verwitterten und grotesken Hauses zu übernehmen, das
bereits seit langem irgendeiner abergläubigen Furcht wegen
leer stand und das in einer verlassenen und trostlosen Gegend
des Faubourg St. Germain allmählich seinem Ruin entgegen
ging. Auch kam ich für die Einrichtung auf, die in einem Stile
gehalten war, welcher der recht ausgefallenen Düsternis des
uns beide auszeichnenden Wesens entsprach.

Wäre der Welt die Art des Lebens, das wir an diesem Ort
führten, bekannt geworden, man hätte uns für Verrückte gehalten – wenn auch, vielleicht, für Verrückte der harmlosen Sorte.
Unsere Abgeschiedenheit war vollkommen. Wir empfingen
keine Besuche. In der Tat hatte ich den Ort, an dem wir so
zurückgezogen lebten, vor meinen früheren Bekanntschaften
auf das Sorgfältigste geheim gehalten; und Dupin selbst kannte in Paris schon seit vielen Jahren niemanden mehr, noch
kannte man ihn. Wir lebten ausschließlich in uns selbst.

Eine recht skurrile Eigenschaft (denn wie sonst soll ich es
nennen?) meines Freundes bestand darin, sich für die Nacht
um ihrer selbst willen zu begeistern; und dieser bizarren Vorliebe schloß ich mich stillschweigend an; so wie ich mich über-

haupt all seinen ausgefallenen Launen mit vollkommener *Selbstvergessenheit* überließ. Die samtene Gottheit weilte nicht immer höchstselbst bei uns, doch konnten wir ihre Gegenwart vortäuschen. Sobald morgens die ersten Strahlen der Dämmerung hereinfielen, schlossen wir all die gewaltigen Fensterläden unseres alten Gebäudes und zündeten einige Kerzen an, die zwar einen starken Duft verströmten, aber einen nur sehr gespenstischen und schwachen Lichtschein verbreiteten. Mit deren Unterstützung ergingen sich unsere Seelen in Träumereien – wir lasen, schrieben oder unterhielten uns, bis uns die Uhr schließlich die Ankunft der wahren Dunkelheit ankündigte. Daraufhin verließen wir unsere Festung und begaben uns hinaus auf die Straße, Arm in Arm, führten die an diesem Tage begonnenen Gespräche fort oder wanderten bis zu später Stunde umher, während wir inmitten der flackernden Lichter und Schatten der so reich bevölkerten Stadt auf der Suche waren nach jener Grenzenlosigkeit der gedanklichen Anregung, welche die schweigende Beobachtung gewähren kann.

Zu solchen Gelegenheiten konnte ich nicht umhin, eine besondere analytische Fertigkeit an Dupin zu bemerken und zu bewundern (obwohl ich das Vorhandensein derselben seines hohen Einfallsreichtums wegen eigentlich bereits vermutet hatte). Auch schien er an der Ausübung dieser Fertigkeit große Freude zu haben – wenn auch nicht gerade an ihrer Zurschaustellung – und zögerte nicht, mir zu gestehen, wieviel Vergnügen ihm daraus erwuchs. Er brüstete sich mir gegenüber mit einem leisen Kichern, daß die meisten Menschen, insoweit es ihn betraf, ein Fenster in ihrer Brust trugen, und ließ sodann für gewöhnlich einen äußerst erstaunlichen Beweis für die genaue Kenntnis meiner eigenen Gedanken folgen. Sein Gebaren in solchen Augenblicken war frostig und abwesend; seine Augen hatten einen leeren Ausdruck; während sich seine Stimme, die sonst einen reichen Tenorklang besaß, zu einem Falsett erhob, das unwirsch geklungen hätte, wären die Worte nicht so bewußt gewählt und deutlich gesprochen gewesen. Oft, wenn ich ihn in dieser Stimmung beobachtete, weilte ich in Gedanken bei jener altertümlichen Philosophie der zwiefachen Seele und unterhielt mich mit der Phantasievorstellung eines doppelten Dupin – der schöpferische und der zerlegende.

Doch möchte ich durch das eben Gesagte nicht den Eindruck erwecken, als wollte ich hier von geheimnisvollen Dingen erzählen oder mich in Phantastereien ergehen. Was ich in dem Franzosen beschrieb, war lediglich das Ergebnis eines aufgewühlten, ja vielleicht eines kranken Gemüts. Doch man gewinnt am besten einen Eindruck von dem Charakter der Bemerkungen, die er in jener Zeit äußerte, wenn ich von einem Beispiel erzähle.

Eines Nachts spazierten wir in der Nähe des Palais Royal eine lange, schmutzige Straße entlang. Da wir allem Anschein nach beide tief in Gedanken waren, hatte keiner von uns während mindestens fünfzehn Minuten ein einziges Wort gesprochen. Urplötzlich brach Dupin mit folgenden Worten das Schweigen:

»Er ist ein sehr kleiner Kerl, das ist wahr, und wäre wohl weit besser beim *Théâtre des Variétés* aufgehoben.«

»Das ist ohne Zweifel richtig«, antwortete ich unbewußt und bemerkte zunächst nicht (so sehr war ich in Gedanken vertieft), in welch verblüffender Weise der Sprechende im Einklang mit meinen Gedanken gestanden hatte. Unmittelbar darauf jedoch ward mir dies bewußt, und mein Erstaunen kannte keine Grenzen.

»Dupin«, sagte ich ernst, »dies ist mir gänzlich unbegreiflich. Ich zögere nicht zu sagen, daß ich erstaunt bin und kaum meinen Ohren trauen möchte. Wie war es Ihnen möglich zu wissen, daß ich in Gedanken bei – ?« Hier hielt ich inne, um mich ohne jeden Zweifel zu vergewissern, ob er tatsächlich wußte, an wen ich gedacht hatte.

» – bei Chantilly war«, sagte er, »warum unterbrachen Sie sich? Sie sagten sich gerade, daß ihn seine winzige Gestalt für die Tragödie ungeeignet macht.«

Es war dies ganz genau der Gegenstand meiner Überlegungen gewesen. Chantilly war ein ehemaliger Flickschuster aus der Rue St. Denis, der plötzlich von einer wahren Besessenheit für die Bühne erfaßt wurde und sich daraufhin an der Rolle des Xerxes in der vermeintlichen Tragödie des Crébillon versucht hatte. Man hatte ihn daraufhin für seine Mühen weidlich zum besten gehalten.

»Sagen Sie mir, um Himmels willen«, rief ich aus, »mit Hilfe welcher Methode – wenn es denn eine Methode war – es Ihnen gelang, mich so überaus klar zu durchschauen.« Tatsächlich war ich noch erstaunter, als ich willens war einzugestehen.

»Es war der Fruchthändler«, antwortete mein Freund, »der Sie zu dem Schluß brachte, daß jener sohlenflickende Geselle von nicht genügender Größe war für *Xerxes et id genus omne.*«

»Der Fruchthändler! – Sie erstaunen mich – Ich kenne beileibe keinen einzigen Fruchthändler.«

»Der Mann, der mit Ihnen zusammenstieß, als wir die Straße betraten – es mag an die fünfzehn Minuten her sein.«

Nun erinnerte ich mich daran, daß tatsächlich ein Fruchthändler, der auf seinem Kopf einen großen Korb mit Äpfeln trug, mich aus Versehen beinahe zu Fall gebracht hätte, als wir von der Rue C- in die Straße einbogen, in welcher wir uns gegenwärtig befanden. Was dies jedoch mit Chantilly zu tun haben sollte, ging über mein Begriffsvermögen.

Dupins Wesen war jedoch der Scharlatanerie gänzlich abgeneigt. »Ich werde es Ihnen erklären«, sagte er, »und damit Sie alles deutlich begreifen können, werden wir zunächst den Weg Ihrer Gedanken zurückverfolgen, von jenem Moment an, als ich zu Ihnen sprach bis zu dem Augenblick des Zusammentreffens mit besagtem Fruchthändler. Die wesentlichen Glieder der Kette heißen folgendermaßen: Chantilly, Orion, Dr. Nicholas, Epicur, Stereotomie, die Pflastersteine, der Fruchthändler.«

Es gibt nur wenige Menschen, die sich nicht zu irgendeinem Zeitpunkt ihres Daseins die Zeit damit vertrieben hätten, die verschiedenen Schritte zurückzuverfolgen, durch die sie zu bestimmten gedanklichen Schlußfolgerungen gelangten. Eine solche Beschäftigung ist oft von höchstem Interesse; und derjenige, der sich zum ersten Male daran versucht, wird erstaunen über den vermeintlich fehlenden Zusammenhang und die scheinbar grenzenlose Entfernung zwischen Anfangspunkt und Ziel. Wie groß muß also mein Erstaunen gewesen sein, als ich den Franzosen so sprechen hörte und nicht umhin konnte einzugestehen, daß er die Wahrheit gesprochen hatte. Er fuhr fort:

»Wir hatten von Pferden gesprochen, wenn ich mich recht erinnere, kurz bevor wir die Rue C- verließen. Das war das letzte Thema, welches wir erörterten. Als wir in diese Straße einbogen, eilte hastig ein Fruchthändler mit einem großen Korb auf dem Kopf an uns vorbei und drängte Sie gegen einen Haufen von Pflastersteinen, die man an einer Stelle der Straße angesammelt hatte, welche gerade instand gesetzt wird. Sie traten auf eines der losen Bruchstücke, rutschten aus, verrenkten sich leicht den Fuß, schienen verärgert und mißgelaunt, murmelten ein paar Worte, wandten sich nach dem Steinhaufen um und gingen dann schweigend weiter. Ich achtete nicht besonders auf das, was Sie taten; doch ist mir die Beobachtung in letzter Zeit zur Lebensnotwendigkeit geworden.

Sie hielten Ihren Blick auf die Erde gerichtet – und betrachteten mit einem verdrossenen Gesichtsausdruck die Löcher und Furchen im Pflaster (woraus ich erkennen konnte, daß Sie immer noch an Steine dachten), bis wir zu der kleinen Gasse namens Lamartine kamen, die man versuchsweise mit sich überschneidenden und dicht verfugten Blöcken gepflastert hat. Hier erhellte sich Ihr Gesichtsausdruck, und als ich sah, daß Ihre Lippen sich bewegten, zweifelte ich nicht daran, daß Sie das Wort »Stereotomie« murmelten; ein recht gekünstelter Begriff, den man auf diese Art von Pflasterung anwendet. Ich wußte, daß Sie das Wort »Stereotomie« nicht würden aussprechen können, ohne daraufhin an Atome zu denken und somit an die Theorien des Epicur; und da ich, als wir dieses Thema vor nicht allzu langer Zeit besprachen, erwähnte, in welch einzigartiger Weise, und doch unter welch geringer Beachtung, die vagen Vermutungen jenes edlen Griechen in der neueren nebularen Kosmogonie bestätigt worden sind, war ich davon überzeugt, daß Sie unvermeidlich Ihren Blick nach oben richten würden, zu dem großen nebula im Orion, und rechnete fest damit, daß Sie mich dahingehend nicht enttäuschen würden. Sie sahen hinauf; und ich war nunmehr versichert, daß ich Ihren Schritten richtig gefolgt war. In jener bitteren und satirischen Schimpftirade über Chantilly jedoch, die gestern in der *Musée* erschien, zitierte der Verfasser, nachdem er einige erbärmliche Anspielungen auf die Namensänderung des Flickschusters anläßlich seines Bühnenauftritts gemacht hatte, einen lateinischen Vers, über den wir uns oft unterhalten haben. Ich meine die Worte

Perdidit antiquum litera prima sonum.

Ich hatte Ihnen erzählt, daß sich dies auf Orion bezog, welchen man ursprünglich Urion schrieb; und einiger spitzer Bemerkungen wegen, die sich mit dieser Erklärung verbanden, war ich gewiß, daß Sie es nicht vergessen haben konnten. Es lag daher auf der Hand, daß Sie es nicht verabsäumen würden, die beiden Gedanken Orion und Chantilly miteinander zu verbinden. Daß Sie dies taten, sah ich an der Art des Lächelns, das über Ihr Gesicht ging. Sie dachten daran, wie man den armen Flickschuster in der Luft zerrissen hatte. Bis hierher waren Sie gebückt gegangen; doch nun sah ich, wie Sie sich zu Ihrer vollen Größe aufrichteten. Daraufhin war ich sicher, daß Sie an die winzige Gestalt Chantillys dachten. Zu diesem Zeitpunkt unterbrach ich Ihre Überlegungen, um zu bemerken, daß er, da er in der Tat ein sehr kleiner Kerl ist, besser beim Théâtre des Variétés aufgehoben wäre.«

Nicht lange nach dieser Begebenheit durchblätterten wir gerade die Abendausgabe der »Gazette des Tribunaux«, als der folgende Abschnitt unsere Aufmerksamkeit erregte.

»GEHEIMNISVOLLER MORDFALL. – Die Einwohner des Quartier St. Roch wurden heute morgen gegen drei Uhr durch eine Folge von furchtbaren Schreien aus dem Schlaf gerissen, die allem Anschein nach aus dem vierten Stock eines Hauses in der Rue Morgue kamen. Die einzigen Bewohner dieses Hauses waren, wie man wußte, eine Madame L'Espanaye und ihre Tochter, Mademoiselle Camille L'Espanaye. Nach einiger Verzögerung, verursacht durch den fruchtlosen Versuch, auf übliche Weise Eintritt in das Haus zu erlangen, erbrach man das Schloß des Eingangstores mit einem Brecheisen. Acht oder zehn der Nachbarn traten ein, begleitet von zwei *Gendarmes*. Zu diesem Zeitpunkt waren die Schreie bereits verstummt; doch als die Gesellschaft den ersten Treppenabsatz hinaufeilte, hörte sie zwei oder mehr rauhe Stimmen, die wütend miteinander stritten und die aus den oberen Geschossen des Hauses zu kommen schienen. Sobald man den zweiten Absatz erreicht hatte, verstummten auch diese Stimmen, und es herrschte völlige Stille. Die Gesellschaft verteilte sich über das Haus, und man hastete von einem Raum zum anderen. Als man zu einem großen, schwarzen Gemach im vierten Stock kam (dessen Tür man gewaltsam öffnete, da es von innen verschlossen war), bot sich ein Anblick, der jedem der Anwesenden ebenso viel Entsetzen wie Erstaunen einflößte.

Das Zimmer war völlig verwüstet – man hatte die Möbel zerschlagen und in alle Richtungen zerstreut. Es gab nur ein Bettgestell, von dem die Matratze entfernt und auf den Boden in die Mitte des Zimmers geschleift worden war.

Auf einem Stuhl lag eine blutverschmierte Rasierklinge. Auf dem Kamin entdeckte man zwei oder drei lange und dichte Strähnen menschlichen Haares von grauer Farbe, die ebenfalls blutbesudelt waren, und die man anscheinend mitsamt der Wurzeln ausgerissen hatte. Auf der Erde fanden sich vier Napoleons, ein Ohrring aus Topas, drei große silberne Löffel, drei kleinere Löffel aus métal d'Alger und zwei Taschen, die fast viertausend Francs in Gold enthielten. Die Schubladen eines Sekretärs, der in einer Ecke stand, waren geöffnet und offensichtlich geplündert worden; es waren jedoch noch zahlreiche Gegenstände darin verblieben. Ein kleiner eiserner Tresor fand sich unter der Matratze (nicht unter dem Bettgestell). Er stand offen, und der Schlüssel steckte noch. Abgesehen von einigen alten Briefen und anderen, unwichtigen Papieren war er so gut wie leer.

DIE MORDE IN DER RUE MORGUE

Von Madame L'Espanaye fand man hier keine Spur; doch als man in der Feuerstelle eine ungewöhnliche Menge von Ruß bemerkte, untersuchte man den Kamin und zog (so furchtbar es klingen mag!), mit dem Kopf zuunterst, die Leiche der Tochter daraus hervor, welche eine nicht unerhebliche Strecke in die enge Öffnung hinaufgezwängt worden war. Der Körper war noch warm. Als man ihn untersuchte, bemerkte man zahlreiche Schürfungen, die zweifelsohne von der Gewalt herrührten, mit welcher der Körper nach oben geschoben und wieder herabgezogen worden war. Das Gesicht war von heftigen Kratzspuren übersät, und am Hals fanden sich dunkle Flecken und tiefe Abdrücke von Fingernägeln, als wäre die Verstorbene zu Tode gewürgt worden.

Nachdem man das Haus gründlich durchsucht hatte, ohne weitere Entdeckungen zu machen, begab sich die Gesellschaft in einen kleinen, gepflasterten Hof hinter dem Gebäude, wo der Leichnam der alten Dame lag. Ihre Kehle war so gänzlich durchschnitten, daß der Kopf abfiel, als man versuchte, sie aufzuheben. Der Körper war, ähnlich wie der Kopf, fürchterlich verstümmelt – ersterer so sehr, daß er kaum noch Ähnlichkeit mit einer menschlichen Gestalt besaß.

Für diese grauenhafte und mysteriöse Begebenheit gibt es, so weit es uns bekannt ist, noch keinerlei Anhaltspunkte.«

Am nächsten Tag standen noch folgende Einzelheiten in der Zeitung.

»*Die Tragödie in der Rue Morgue.* Zahlreiche Personen sind im Zusammenhang mit dieser außerordentlich seltsamen und grauenvollen Affäre vernommen worden.« [Das Wort »Affaire« besitzt im Französischen noch nicht jene leichtfertige Bedeutung, die es bei uns hat.] »Es ist jedoch nichts bekannt geworden, was Licht in die Angelegenheit gebracht hätte. Wir setzen Sie im folgenden in Kenntnis über jegliche Auskünfte, die man den Zeugenaussagen hat entnehmen können.

Pauline Dubourg, Wäscherin, sagt unter Eid aus, daß sie beide Verstorbene seit drei Jahren kennt, da sie ihnen während dieser Zeit die Wäsche gewaschen hat. Die alte Dame und ihre Tochter schienen sich gut miteinander zu stehen – waren einander sehr zugeneigt. Sie bezahlten überaus gut. Konnte nichts über deren Lebensweise oder Einkünfte aussagen. War der Meinung, Madame L. verdiente sich ihren Unterhalt damit, anderen die Zukunft vorauszusagen. Es hieß, sie habe Geld gespart. Traf nie irgendwelche anderen Personen im Haus, wenn sie die Wäsche abholte oder zurückbrachte. War sich sicher, daß die beiden keine Dienstboten beschäftigten. Es schien im ganzen Gebäude keine Möbel zu geben, außer im vierten Stock.

Pierre Moreau, Tabakhändler, sagt unter Eid aus, daß er seit fast vier Jahren regelmäßig kleine Mengen Tabak und Schnupftabak an Madame L'Espanaye verkauft. Ist in dem Viertel geboren und hat immer dort gewohnt. Die Verstorbene und ihre Tochter waren seit mehr als sechs Jahren in dem Hause ansässig, in dem die Leichen gefunden wurden. Es wurde zuvor von einem Juwelier bewohnt, der die oberen Räume an verschiedene Personen vermietete. Das Haus war das Eigentum der Madame L. Sie war über den Mißbrauch, den ihr Mieter mit ihrem Besitz trieb, ungehalten geworden, daraufhin selbst eingezogen und hatte sich geweigert, irgendeinen Teil des Hauses zu vermieten. Sie war eine kindische alte Dame. Der Zeuge hat die Tochter während dieser sechs Jahre ungefähr fünf oder sechsmal gesehen. Die beiden führten ein äußerst zurückgezogenes Dasein – und man erzählte sich von ihnen, daß sie viel Geld besäßen. Hat die Nachbarn sagen hören, daß Madame L. eine Wahrsagerin sei – glaubte es jedoch nicht. Hat nie eine andere Person zur Türe hineingehen sehen als die alte Dame und ihre Tochter sowie ein- oder zweimal einen Lastenträger und ungefähr acht oder zehnmal einen Arzt.

Zahlreiche andere Personen, Nachbarn, bekräftigten diese Aussage. Den Auskünften zufolge gab es niemanden, der regelmäßig in dem Hause verkehrt hätte. Es war nicht bekannt, ob es irgendwelche lebenden Verwandten der Madame L. und ihrer Tochter gab. Die Fensterläden an der Stirnseite des Hauses waren nur selten geöffnet. Die Läden an der Hinterseite waren immer geschlossen, mit Ausnahme des großen, schwarzen Zimmers im vierten Stock. Es war ein gutes Haus – nicht sehr alt.

Isidore Musèt, Gendarm, sagt unter Eid aus, daß er um drei Uhr morgens zu dem Haus gerufen wurde und etwa zwanzig oder dreißig Personen am Haustor vorfand, die sich um Einlaß bemühten. Brach das Tor schließlich mit einem Bajonett auf – nicht mit einem Brecheisen. Hatte nur geringfügige Schwierigkeiten, es aufzubekommen, da es sich um eine Doppel- oder Flügeltüre handelte, die weder oben noch unten verriegelt war. Die Schreie hielten an, bis das Tor aufgebrochen war – und verstummten dann plötzlich. Es schienen die Schreie einer (oder mehrerer) Personen in höchster Qual zu sein – sie waren laut und langgezogen, nicht kurz und abgehackt. Der Zeuge ging auf der Treppe voraus nach oben. Hörte beim Erreichen des ersten Treppenabsatzes zwei Stimmen, die laut und wütend miteinander stritten – eine Stimme war barsch, die andere sehr viel schriller – eine sehr seltsame Stimme. Konnte einige Worte der ersteren verstehen, die französisch sprach. War sich sicher, daß es nicht die Stimme einer Frau war. Konnte die Worte »sacré« und »diable« ausmachen. Die schrille Stimme gehörte einem Ausländer. Konnte nicht mit Sicherheit sagen, ob es die Stimme eines Mannes oder einer Frau war. Konnte nicht verstehen, was gesagt wurde, glaubte aber, daß es in spanischer Sprache war. Der Zustand des Zimmers und der Leichen wurde von diesem Zeugen so beschrieben, wie wir es gestern bereits berichteten.

Henri Duval, ein Nachbar und Silberschmied von Beruf, sagt unter Eid aus, daß er zu der Gesellschaft gehörte, die als erste das Haus betrat. Bestätigt im allgemeinen die Aussage Musèts. Sobald man die Türe aufgebrochen hatte, schloß man sie sofort wieder, um die Menge am Eintreten zu hindern, die sich trotz der späten Stunde immer zahlreicher versammelte. Die schrille Stimme war, wie der Zeuge glaubt, die eines Italieners. Konnte nicht mit Sicherheit sagen, daß es die Stimme eines

Mannes war. Es könnte auch die einer Frau gewesen sein. War mit der italienischen Sprache nicht vertraut. Konnte die Worte nicht verstehen, war jedoch des Tonfalls wegen überzeugt, daß es sich bei dem Sprechenden um einen Italiener handelte. Kannte Madame L. und ihre Tochter. Hat sich oft mit beiden unterhalten. War sich sicher, daß die schrille Stimme zu keiner der beiden Verstorbenen gehörte.

– *Odenheimer,* restaurateur. Dieser Zeuge sagte freiwillig aus. Da er nicht Französisch sprach, wurde er mit Hilfe eines Dolmetschers vernommen. Stammt aus Amsterdam. Kam zur Zeit der Schreie am Haus vorbei. Diese dauerten mehrere Minuten lang an – wahrscheinlich waren es zehn. Sie waren lang und laut – überaus furchtbar und erschütternd. Gehörte zu denen, die das Haus betraten. Bestätigt die vorherigen Aussagen in jeder Hinsicht, mit einer Ausnahme. War sich sicher, daß die schrille Stimme einem Mann gehörte – einem Franzosen. Konnte die gesprochenen Worte nicht verstehen. Sie waren laut und abgehackt – sehr schwankend – und drückten offenbar ebensoviel Furcht wie Wut aus. Die Stimme war schroff – eher schroff als schrill. Konnte sie nicht als schrille Stimme bezeichnen. Die barsche Stimme sprach wiederholt die Worte »sacré«, »diable« und einmal auch »mon Dieu«.

Jules Mignaud, Bankier, von der Firma Mignaud et Fils, Rue Deloraine. Ist der ältere Mignaud. Madame L'Espanaye hatte einiges Vermögen. Eröffnete im Frühling des Jahres – (acht Jahre zuvor) ein Bankkonto bei seinem Geldinstitut. Zahlte häufig kleinere Summen ein. Hatte nie etwas abgehoben, bis sie drei Tage vor ihrem Tod in eigener Person viertausend Francs vom Konto nahm. Diese Summe wurde in Goldstücken ausgezahlt, und ein Angestellter wurde mit dem Geld zum Haus geschickt.

Adolphe Le Bon, Angestellter bei Mignaud et Fils, sagt unter Eid aus, daß er am fraglichen Tag, gegen mittag, Madame L'Espanaye zu ihrer Wohnung begleitete, mit den viertausend Francs, welche auf zwei Taschen verteilt waren. Als die Türe geöffnet wurde, erschien Mademoiselle L. und nahm ihm eine der Taschen aus der Hand, während die alte Dame die andere Tasche ergriff. Daraufhin verbeugte er sich und ging davon. Sah während dieser Zeit niemanden auf der Straße. Es ist eine Seitenstraße – sehr einsame Gegend.

William Bird, Schneider, sagt unter Eid aus, daß er zu der Gesellschaft gehörte, die das Haus betrat. Ist Engländer. Lebt seit zwei Jahren in Paris. War einer der ersten, die die Treppe hinaufgingen. Hörte die sich streitenden Stimmen. Die barsche Stimme war die eines Franzosen. Konnte einige Worte verstehen, kann sich aber nun nicht mehr an alle erinnern. Hörte deutlich »sacré« und »mon Dieu«. Hörte ein Geräusch, als ob mehrere Personen miteinander kämpften – ein Schaben und Schlurfen. Die schrille Stimme war sehr laut – viel lauter als die barsche. Ist sich sicher, daß es nicht die Stimme eines Engländers war. Schien einem Deutschen zu gehören. Könnte die Stimme einer Frau gewesen sein. Versteht kein Deutsch.

Vier der eben genannten Zeugen sagten, nachdem sie erneut aufgerufen worden waren, unter Eid aus, daß die Türe des Gemachs, in welchem der Leichnam der Mademoiselle L. gefunden wurde, von innen verschlossen war, als die Gesellschaft dort eintraf. Es herrschte vollkommene Stille – kein Stöhnen oder sonst irgendwelche Geräusche. Als man die Tür aufgebrochen hatte, war niemand zu sehen. Die Fenster, sowohl des hinteren als auch des vorderen Zimmers, waren heruntergelassen und fest von innen verriegelt. Die Tür zwischen den beiden Räumen war zugeklinkt, aber nicht abgeschlossen. Die Tür, die von dem vorderen Zimmer auf den Flur führte, war abgeschlossen, und der Schlüssel steckte von innen. Die Tür eines kleinen Zimmers im vierten Stock, das zur Vorderseite des Hauses ging, stand offen. Das Zimmer war bis zum Rand vollgestellt mit alten Matratzen, Kisten und ähnlichem. Die Dinge wurden sorgsam entfernt und das Zimmer untersucht. Es gab nicht einen Zoll im Haus, den man nicht auf das Sorgfältigste untersucht hätte. Die Schächte wurden von oben bis unten von Kaminfegern durchstöbert. Es war ein vierstöckiges

Haus mit zusätzlichen Dachkammern *(mansardes)*. Eine Fall-
türe auf dem Dach war fest zugenagelt – schien seit Jahren
nicht mehr geöffnet worden zu sein. Die Zeit, die zwischen
dem Verstummen der streitenden Stimmen und dem Aufbrechen der Türe verstrichen war, wurde von den Zeugen ganz
unterschiedlich angegeben. Manche sprachen von nur drei
Minuten – andere dachten, es seien fünf gewesen. Die Türe
konnte nur mit Mühe geöffnet werden.

Alfonzo Garcio, Leichenbestatter, sagt unter Eid aus, daß er
in der Rue Morgue wohnt. Stammt aus Spanien. Gehörte zu der
Gesellschaft, die das Haus betrat. Ging nicht die Treppen hinauf. Ist von nervöser Gemütsart und fürchtete um die Folgen
einer Aufregung. Hörte die streitenden Stimmen. Die barsche
Stimme war die eines Franzosen. Konnte nicht verstehen, was
gesagt wurde. Die schrille Stimme gehörte einem Engländer –
ist sich dessen sicher. Versteht die englische Sprache nicht,
kann sie jedoch am Tonfall erkennen.

Alberto Montani, Zuckerbäcker, sagt unter Eid aus, daß er zu
den ersten gehörte, die die Treppe erstiegen. Hörte die fraglichen Stimmen. Die barsche Stimme war die eines Franzosen.
Konnte mehrere Worte verstehen. Der Sprechende schien
gegen etwas Einspruch zu erheben. Konnte nicht verstehen,
was die schrille Stimme sagte. Letztere sprach abgehackt und
schwankend. Glaubt, es sei die Stimme eines Russen gewesen.
Bestätigt die allgemeinen Aussagen. Ist Italiener. Hat niemals
mit einem gebürtigen Russen gesprochen.

Mehrere erneut aufgerufene Zeugen sagten aus, daß die
Kaminschächte eines jeden Raumes im vierten Stock zu eng
waren, um einem menschlichen Wesen das Eindringen zu
ermögichen. Mit »Kaminfeger« waren zylindrische Bürsten
gemeint, so wie sie von denjenigen benützt werden, die
Kaminschächte reinigen. Diese Bürsten stieß man in jedem im
Hause befindlichen Rauchfang auf und ab. Es gibt keine Hin-
tertreppe, die irgend jemand hätte hinabsteigen können,
während sich die Gesellschaft auf dem Weg nach oben befand.
Der Körper der Mademoiselle L'Espanaye war so fest im

Kaminschacht eingekeilt, daß man ihn nicht nach unten zu ziehen vermochte, bevor nicht vier oder fünf Männer ihre Kräfte
vereinten.

Paul Dumas, Arzt, sagt unter Eid aus, daß man ihn zur Zeit
der Morgendämmerung rief, um die Leichen zu untersuchen.
Diese lagen mittlerweile beide auf dem Sackleinen des Bettgestells, in dem Raum, in dem man Mademoiselle L. gefunden
hatte. Der Leichnam der jungen Dame war übersät mit blauen
Flecken und Abschürfungen. Die Tatsache, daß man ihn in den
Kaminschacht hinaufgezwängt hatte, würde diese Erscheinungen hinreichend erklären. Der Hals war äußerst wund. Dicht
unter dem Kinn befanden sich mehrere tiefe Kratzer, sowie
eine Reihe von blutunterlaufenen Stellen, die offensichtlich
von Fingerabdrücken herrührten. Das Gesicht hatte sich
schrecklich verfärbt, und die Augäpfel standen hervor. Die
Zunge war zum Teil durchgebissen. In der Magengrube fand
sich eine große Quetschwunde, die allem Anschein nach von
dem Druck eines Knies herrührte. Es war die Ansicht von M.
Dumas, daß Mademoiselle L'Espanaye von einer oder mehreren Personen zu Tode gewürgt wurde. Der Leichnam der Mutter war in fürchterlicher Weise verstümmelt. Jeder einzelne
Knochen des rechten Beins und des rechten Arms war mehr
oder weniger zerschmettert. Das linke Tibia war fast gänzlich
zersplittert, ebenso wie alle Rippen der linken Körperhälfte.
Der ganze Körper war von Prellungen übersät und verfärbt. Es
war unmöglich zu sagen, auf welche Weise die Verletzungen
entstanden waren. Eine schwere hölzerne Keule, oder eine
breite Eisenstange – ein Stuhl – eine jegliche große, schwere
und stumpfe Waffe könnte derartige Folgen gezeitigt haben,
falls sie von einem äußerst kräftigen Mann geschwungen
wurde. Keine Frau hätte diese Wunden zufügen können, gleich
mit welcher Waffe. Der Kopf der Verstorbenen war, als der
Zeuge ihn zu sehen bekam, gänzlich vom Körper getrennt, und
war ebenfalls arg zerschmettert. Die Kehle war offensichtlich
mit einem sehr scharfen Gegenstand durchschnitten worden –
wahrscheinlich mit einem Rasiermesser.

Alexandre Etienne, Wundarzt, wurde zusammen mit M. Dumas gerufen, um die Leichen zu untersuchen. Bestätigt die Aussage ebenso wie die Ansichten von M. Dumas.

Obwohl mehrere andere Personen verhört wurden, konnte man nichts weiter von Bedeutung in Erfahrung bringen. Ein so geheimnisvoller Mord, und so verblüffend in all seinen Einzelheiten, ist in Paris niemals zuvor begangen worden – falls in der Tat überhaupt ein Mord begangen wurde. Die Polizei ist vollkommen ratlos – ein ungewöhnliches Vorkommnis bei einer solchen Angelegenheit. Es läßt sich jedoch auch nicht der Schatten einer Spur erkennen.«

Die Abendausgabe der Zeitung vermeldete, daß im Quartier St. Roch nach wie vor die höchste Aufregung herrschte – das fragliche Grundstück war abermals auf das Sorgfältigste durchsucht worden und man hatte ein neuerliches Verhör der Zeugen eingeleitet, alles vergeblich. Ein Nachsatz erwähnte jedoch, daß man Adolphe Le Bon verhaftet und ins Gefängnis geworfen hatte – obgleich es allem Anschein nach nichts gab, das ihn über die bereits erwähnten Tatsachen hinaus belastet hätte.

Dupin schien an der Entwicklung dieser Angelegenheit äußersten Anteil zu nehmen – dies schloß ich zumindest aus seinem Verhalten, denn er sagte nichts dazu. Erst nachdem die Nachricht von Le Bons Verhaftung erschienen war, fragte er mich nach meiner Meinung zu den Morden.

Das einzige, was ich dazu sagen konnte, war, daß ich mit ganz Paris darin einer Meinung sei, es für ein unlösbares Geheimnis zu halten. Es schien mir keinen Weg zu geben, auf dem man den Mörder hätte aufspüren können.

»Wir sollten von dieser fragmenthaften Untersuchung nicht auf die Möglichkeiten schließen«, sagte Dupin. »Die Pariser Polizei, die man so für ihren *Scharfsinn* rühmt, ist schlau, mehr aber auch nicht. Es liegt in ihrem Vorgehen keine Methode, die über den Horizont des Augenblicks hinausginge. Sie brüstet sich damit, unzählige Maßnahmen in die Wege zu leiten; doch nicht selten sind diese so schlecht für die beabsichtigten Zwecke geeignet, daß man sich an Monsieur Jourdain erinnert fühlt, der nach seiner *robe-de-chambre* verlangte – *pour mieux entendre la musique*. Die dabei errungenen Erfolge sind nicht selten überraschend, doch meistens ergeben sie sich durch simplen Fleiß und Strebsamkeit. Sobald diese Eigenschaften nichts fruchten, scheitert das ganze Vorhaben. Vidocq, zum Beispiel, war geschickt im Erraten von Dingen, und sehr beharrlich. Da er indes nicht gebildet war, befand er sich schon allein dadurch ständig im Irrtum, daß seine Nachforschungen allzu eindringlich geführt wurden. Er beeinträchtigte seinen Blick dadurch, daß er sich die Dinge zu dicht vor Augen hielt. Er mag dabei vielleicht das ein oder andere mit ungewöhnlicher Schärfe erkannt haben, doch indem er dies tat, verlor er notgedrungen die Sache an sich aus den Augen. So betrachtet ist es also durchaus möglich, zu tiefsinnig zu sein. Die Wahrheit findet sich nicht immer in einem Brunnen. Tatsächlich glaube ich, daß sie, was die wichtigeren Dinge des Wissens anbetrifft, unweigerlich an der Oberfläche liegt. Die Tiefe liegt in den Tälern, wo wir sie suchen, und nicht auf den Bergesspitzen, wo sie gefunden wird. Wie ein solcher Irrtum geartet ist und wie er zustande kommt, läßt sich sehr gut anhand der Betrachtung von Himmelskörpern aufzeigen. Wenn man nur einige flüchtige Blicke auf einen Stern wirft – indem man ihn aus den Augenwinkeln betrachtet und ihm so die äußeren Ränder der *retina* zuwendet (welche für schwache Lichtstrahlen empfänglicher sind als der innere Teil), so erkennt man den Stern am deutlichsten – so würdigt man am ehesten seinen Glanz – einen Glanz, der stumpf wird, sobald wir ihm unseren Blick ganz zuwenden. Zwar trifft im letzteren Fall eine größere Anzahl von Strahlen das Auge, im ersteren Fall jedoch ist das Erfassen des Sterns von wesentlich subtilerer Art. Durch übertriebene Gründlichkeit verwirren und entkräften wir das Denken; und man könnte sogar Venus höchstselbst vom Himmelszelt verbannen, falls man sie einer Musterung unterwirft, die zu eingehend, zu aufmerksam oder zu unvermittelt ist.

Was diese Morde anbetrifft, so lassen Sie uns selbst einige Untersuchungen führen, bevor wir uns eine Meinung darüber

bilden. Eine Nachforschung wird uns Vergnügen bereiten«
(mir schien, dieser Begriff wollte nicht so recht zu der Angelegenheit passen, doch widersprach ich nicht), »und darüber hinaus gewährte mir Le Bon einmal einen Gefallen, für den ich
ihm durchaus Dank weiß. Wir werden gehen und das Haus mit
unseren eigenen Augen begutachten. Ich kenne G–, den Präfekten der Polizei, und werde uns mühelos die notwendige
Erlaubnis besorgen können.«

Die Erlaubnis wurde gewährt, und wir begaben uns sogleich
zur Rue Morgue. Es ist dies eine der trostlosen Querstraßen,
welche sich zwischen der Rue Richelieu und der Rue St. Roch
befinden. Als wir sie erreichten, war es bereits spät am Nachmittag, denn es war eine weite Strecke von dem Viertel, in dem
wir wohnten, bis zu dieser Gegend. Das Haus war leicht zu
erkennen, da immer noch zahlreiche Schaulustige auf der
gegenüberliegenden Straßenseite standen und voll gegen-
standsloser Neugier zu den Fensterläden emporstarrten. Es
war ein gewöhnliches Pariser Haus, mit einem Torbogen, auf
dessen einer Seite sich ein Verschlag mit einem Schiebefenster
befand, der die loge des concierge darstellte. Bevor wir eintra-
ten, schritten wir weiter die Straße entlang und bogen in eine
Seitengasse ein, woraufhin wir, nachdem wir erneut abgebo-
gen waren, an der Rückseite des Hauses vorübergingen –
indessen Dupin die gesamte Nachbarschaft sowie das Haus
eingehend musterte, mit einer Genauigkeit, für die ich keinen
denkbaren Grund erkennen konnte.

Sodann kehrten wir wieder um, erreichten abermals die Vorderseite des Gebäudes, schellten und wurden, nachdem wir
uns ausgewiesen hatten, von den verantwortlichen Beamten
eingelassen. Wir gingen die Treppen hinauf – in das Gemach,
in dem der Leichnam der Mademoiselle L'Espanaye gefunden
worden war und wo die beiden Verstorbenen immer noch
lagen. Die Unordnung im Raume hatte man, wie es üblich war,
in ihrem ursprünglichen Zustand belassen. Ich sah nichts, was
nicht schon in der »Gazette des Tribunaux« erwähnt worden
wäre. Dupin untersuchte ein jedes Ding – und machte dabei

auch bei den Körpern der Opfer keine Ausnahme. Danach gingen wir in die anderen Räume und in den Innenhof; während uns stets ein Gendarm begleitete. Die Untersuchung beschäftigte uns bis zum Einbruch der Dunkelheit, dann verließen wir das Haus. Auf unserem Heimweg stattete mein Gefährte dem Büro einer Tageszeitung einen kurzen Besuch ab.

Ich sagte bereits, daß die Launen meines Freundes mannigfaltig waren, und daß je les menageais: für diesen Ausdruck gibt es in unserer Sprache keine Entsprechung. Seine gegenwärtige Kaprice bestand darin, eine jegliche Unterhaltung über den Mordfall von sich zu weisen, bis zur Mittagszeit des nächsten Tages. Dann fragte er mich plötzlich, ob ich irgend etwas *Seltsames* am Orte des Verbrechens entdeckt hatte.

Es lag etwas in der Art wie er das Wort »seltsam« betonte, die mich erschaudern ließ, ohne daß ich wußte warum.

»Nein, nichts *Seltsames*«, sagte ich, »zumindest nichts, was wir nicht schon beide in der Zeitung gelesen hätten.«

»Die ›Gazette‹«, entgegnete er mir, »hat, wie ich fürchte, nicht ganz erfaßt, wie ungewöhnlich grauenvoll diese Angelegenheit ist. Es scheint mir, als hielte man dieses Geheimnis aus genau jenem Grund für unlösbar, aus dem man vielmehr mit einer baldigen Lösung rechnen sollte – nämlich des außergewöhnlichen Charakters seiner Merkmale wegen. Die Polizei ist durch das scheinbare Fehlen eines Motivs verwirrt – nicht eines Motivs für die Morde selbst, sondern für die überaus grausame Art, in der sie begangen wurden. Sie sind ebenso verwirrt darüber, daß es scheinbar unmöglich ist, die gehörten, miteinander streitenden Stimmen damit zu vereinbaren, daß niemand im oberen Stockwerk entdeckt wurde als die ermordete Mademoiselle L'Espanaye und daß es keine Möglichkeit zur Flucht gab, welche die Gesellschaft auf ihrem Weg nach oben nicht bemerkt hätte. Die furchtbare Unordnung des Raumes; der Leichnam, der mit dem Kopf nach unten in den Kaminschacht gezwängt war; die grauenvolle Verstümmelung des Körpers der alten Dame; diese Gesichtspunkte, zusammen mit den eben erwähnten und noch anderen, die ich nicht zu erwähnen brauche, waren hinreichend, um die Kräfte der Polizei zu lähmen, indem sie den gerühmten *Scharfsinn* der Beamten in völlige Ratlosigkeit verwandelten. Sie sind in den groben, aber weit verbreiteten Irrtum verfallen, das Ungewöhnliche mit dem Abstrusen zu verwechseln. Doch es ist gerade vermittels solcher Dinge, die sich von der ebenen Fläche des Gewöhnlichen abheben, daß der Verstand sich, wenn überhaupt, seinen Weg zur Wahrheit sucht. In Nachforschungen, wie wir sie gerade führen, sollte nicht so sehr gefragt werden ›Was ist geschehen?‹, sondern vielmehr ›Was ist geschehen, das niemals zuvor geschehen ist?‹ Tatsächlich war die Leichtigkeit, mit der ich die Lösung des Rätsels erreichen werde, oder erreicht habe, untrennbar mit eben jener scheinbaren Unlösbarkeit verbunden, welche die Angelegenheit in den Augen der Polizei hat.«

Ich starrte den Sprecher an, stumm vor Erstaunen.

»Ich erwarte nun«, so fuhr er fort, während er zur Türe unserer Wohnung blickte – »Ich erwarte nun eine Person, die, obgleich sie vielleicht nicht der Vollstrecker jenes Hinschlachtens war, doch in gewissem Maße in den Vorgang verwickelt gewesen sein muß. Es ist wahrscheinlich, daß er am schlimmsten Teil dieses Verbrechens keine Schuld trägt. Ich hoffe, daß ich in dieser Annahme richtig gehe; denn auf ihr ruht meine Erwartung, das Rätsel gänzlich zu entziffern. Ich rechne jeden Moment mit dem Eintreffen dieses Mannes – hier in diesem Zimmer. Es besteht durchaus die Möglichkeit, daß er nicht kommen wird; aller Wahrscheinlichkeit nach wird er es jedoch tun. Sollte er kommen, wird es notwendig sein, ihn in Gewahrsam zu nehmen. Hier sind Pistolen; und wir wissen sie beide zu benützen, falls sich die Notwendigkeit dazu ergibt.«

Ich nahm die Pistolen, indes ich kaum wußte, was ich tat, oder glaubte, was ich hörte. Dupin fuhr währenddessen in seiner Rede fort, fast so als hielte er ein Selbstgespräch. Ich habe bereits von seinem abwesenden Gebaren zu solchen Augenblicken gesprochen. Seine Worte waren an mich gerichtet; seine Stimme jedoch, obgleich keineswegs laut, hatte jenen Tonfall, den man für gewöhnlich annimmt, wenn man zu einer weit entfernten Person spricht. Seine Augen hatten einen leeren Ausdruck und starrten unverwandt zur Wand hin.

»Daß die sich streitenden Stimmen, die man hörte, nicht die Stimmen der Frauen selbst waren«, sagte er, »ist durch die Zeugenaussagen hinlänglich bewiesen. Dies befreit uns von dem Zweifel, ob nicht die alte Dame zunächst ihre Tochter getötet und hernach Selbstmord begangen haben könnte. Ich spreche von diesem Punkt rein aus methodischen Gründen; denn die Kraft der Madame L'Espanaye dürfte der Aufgabe, den Leichnam ihrer Tochter, so wie er gefunden wurde, den Kaminschacht hinaufzuzwängen, auf keinen Fall gewachsen gewesen sein. Auch schließt die Art der Wunden an ihrem eigenen Körper den Gedanken an einen Selbstmord vollkommen aus. Der Mord wurde also von Fremden verübt; und die Stimmen, die man streiten hörte, gehörten diesen Fremden. Lassen Sie mich nun zu den Aussagen hinsichtlich der Stimmen kommen – nicht in ihrer Gänze – sondern zu dem, was seltsam in diesen Aussagen war. Haben Sie etwas Seltsames darin bemerkt?«

Ich bemerkte, daß, während sich alle Zeugen darüber einig schienen, daß die barsche Stimme einem Franzosen gehörte, vollkommene Uneinigkeit darüber herrschte, was es mit der schrillen, oder wie eine Person sich ausdrückte, schroffen Stimme auf sich hatte.

»Das war der Inhalt der Aussagen«, sagte Dupin, »doch bestand darin nicht das Seltsame. Sie haben nichts Auffälliges bemerkt. Und doch *gab* es etwas, was man hätte bemerken müssen. Die Zeugen waren sich, wie Sie richtig sagten, über die barsche Stimme einig; sie sagten in dieser Hinsicht alle dasselbe aus. Was jedoch die schrille Stimme anbetrifft, so ist das Seltsame – nicht, daß sie sich uneinig waren, sondern daß alle, der Italiener, der Engländer, der Spanier, der Holländer und der Franzose in ihrem Versuch, sie zu beschreiben, die Stimme als die *eines Fremden* bezeichneten. Ein jeder ist sich sicher, daß es nicht die Stimme eines seiner eigenen Landsmänner war. Ein jeder vergleicht sie – nicht mit der Stimme des Angehörigen einer Nation, mit deren Sprache er vertraut ist, sondern mit dem Gegenteil. Der Franzose hält es für die Stimme eines Spaniers, und ›hätte vielleicht das ein oder andere Wort verstehen können, wäre er mit dem Spanischen vertraut gewesen‹. Der Holländer behauptet, es sei die Stimme eines Franzosen gewesen; doch lesen wir im Bericht, daß ›dieser Zeuge, da er kein Französisch verstand, mit Hilfe eines Dolmetschers vernommen wurde‹. Der Engländer glaubt, es sei die Stimme eines Deutschen gewesen, und ›versteht kein Deutsch‹. Der Spanier ›ist sich sicher‹, daß es ein Engländer war, doch urteilt er ›allein dem Tonfall nach‹, da er ›des Englischen nicht mächtig ist‹. Der Italiener glaubt, es sei die Stimme eines Russen gewesen, doch hat er ›nie mit einem gebürtigen Russen gesprochen‹. Ein zweiter Franzose ist sich, darüber hinaus, mit dem ersten uneinig, und ist fest davon überzeugt, daß es die Stimme eines Italieners war; doch da er ›mit dieser Sprache nicht vertraut‹ ist, urteilt er, ähnlich wie der Spanier, ›dem Tonfall nach‹. Wie überaus ungewöhnlich muß die Stimme also tatsächlich gewesen sein, über die eine solche Ansammlung von Zeugenaussagen vorliegt! – bei der fünf Angehörige der größten europäischen Nationen nicht einmal im *Tonfall* etwas Vertrautes entdecken können! Sie werden sagen, daß es die Stimme eines Asiaten gewesen sein könnte – oder eines Afrikaners. Weder Asiaten noch Afrikaner sind zahlreich vertreten in Paris; doch ohne dieser Schlußfolgerung widersprechen zu wollen, möchte ich nunmehr Ihre Aufmerksamkeit auf drei Punkte richten. Die Stimme wird von einem Zeugen eher als ›schroff‹ denn ›schrill‹ bezeichnet. Sie wird von zwei anderen Zeugen als ›abgehackt und schwankend bezeichnet‹. Kein einziger Zeuge sah sich in der Lage, irgendwelche Worte zu verstehen – oder Klänge, die Worten auch nur ähnlich gewesen wären.

Ich weiß nicht«, fuhr Dupin fort, »welche Eindrücke ich Ihrem Verstand bis hierhin vermittelt habe; doch zögere ich nicht mit der Behauptung, daß bereits aus diesem Teil der Zeugenaussagen – dem Teil, der sich mit der barschen und der schrillen Stimme befaßt – eine berechtigte Schlußfolgerung

DIE MORDE IN DER RUE MORGUE

möglich ist, die ausreicht, um einen Verdacht zu erwecken, welcher allen weiteren Untersuchungen des Geheimnisses eine neue Richtung verleihen sollte. Ich sprach von einer ›berechtigten Schlußfolgerung‹, doch drückt dies nicht hinreichend aus, was ich meine. Es lag in meiner Absicht, anzudeuten, daß die besagte Schlußfolgerung die *einzig* mögliche ist und daß als ihr alleiniges Ergebnis ein *unvermeidlicher* Verdacht entsteht. Was jedoch dieser Verdacht ist, werde ich augenblicklich noch nicht sagen. Ich möchte Ihnen lediglich nahelegen, im Auge zu behalten, daß er, was mich anbetraf, zwingend genug schien, um meinen Erkundigungen im fraglichen Zimmer eine bestimmte Form – eine gezielte Richtung – zu verleihen.

Versetzen wir uns nun, im Geiste, in jenes Zimmer. Wonach sollten wir hier als erstes suchen? Den Weg, auf dem die Mörder entkommen sind. Ich behaupte gewiß nicht zuviel, wenn ich sage, daß weder Sie noch ich an übernatürliche Vorkommnisse glauben. Madame und Mademoiselle L'Espanaye wurden nicht von Geistern gemeuchelt. Die Vollstrecker der Tat waren leibhaftig anwesend und entflohen auch leibhaftig. Wie also? Glücklicherweise gibt es in diesem Punkt nur eine Möglichkeit der Beweisführung, und diese *muß* uns zu einer unumstößlichen Gewißheit führen. – Lassen Sie uns, eine nach der anderen, die Möglichkeiten für eine Flucht untersuchen. Fest steht, daß sich die Mörder in dem Zimmer aufhielten, in dem man Mademoiselle L'Espanaye fand – oder zumindest im angrenzenden Raum –, als die Gesellschaft die Treppen hinaufstieg. Wir brauchen also nur in diesen zwei Räumen nach Auswegen zu suchen. Die Polizei hat den Boden, die Zimmerdecke und das Mauerwerk an den Wänden in jeglicher Richtung von innen nach außen gekehrt. Keine geheimen Ausgänge hätten ihrer Wachsamkeit entgehen können. Doch da ich mich auf *ihre* Augen nicht verlassen wollte, habe ich meine eigenen benützt. Es gab tatsächlich *keine* geheimen Ausgänge. Beide Türen, die von den Zimmern in den Gang führten, waren fest verschlossen, wobei der Schlüssel von innen steckte. Lassen Sie uns zu den Kaminschächten kommen. Obgleich sie bis zu

DIE MORDE IN DER RUE MORGUE

acht oder zehn Fuß über der Feuerstelle eine gewöhnliche Breite aufweisen, sind sie doch in ihrer restlichen Länge so eng, daß nicht einmal eine große Katze hindurch gelangen könnte. Da die Möglichkeit einer Flucht auf den bereits erwähnten Wegen demnach unmöglich ist, verbleiben uns nur noch die Fenster. Durch diejenigen in der Vorderfront des Hauses hätte niemand entfliehen können, ohne daß die Menge auf der Straße es bemerkt hätte. Die Mörder *müssen* also durch die Fenster des Hinterzimmers entwichen sein. Nachdem wir in so eindeutiger Weise zu dieser Schlußfolgerung gelangt sind, kommt es uns als logisch denkenden Menschen nicht zu, sie einer scheinbaren Unmöglichkeit halber zu verwerfen. Wir müssen einzig noch den Beweis erbringen, daß diese scheinbare ›Unmöglichkeit‹ in Wahrheit keineswegs eine solche ist.

Es gibt zwei Fenster im Raum. Eins davon ist nicht von Möbeln verdeckt und gänzlich zu sehen. Die untere Hälfte des anderen ist dem Blick durch den Kopf des mächtigen Bettgestells verborgen, welches nahe daran geschoben ist. Ersteres fand man fest von innen verschlossen. Es widerstand den vereinten Kräften derer, die es zu öffnen versuchten. Auf der linken Seite des Rahmens fand sich ein größeres Loch, das man dort hinein gebohrt hatte, und in welches man einen äußerst dicker Nagel fast bis zum Kopf hineingesteckt hatte. Die Untersuchung des anderen Fensters ergab, daß auch dort ein Nagel in ähnlicher Weise im Rahmen steckte; und der energische Versuch, es zu öffnen, war ebenfalls zum Scheitern verurteilt. Die Polizei war nunmehr restlos davon überzeugt, daß dies nicht der Ausweg der Mörder gewesen sein konnte. Und *daher* erachtete man es für überflüssig, die Nägel zu entfernen und die Fenster zu öffnen.

Meine eigene Untersuchung war um einiges genauer, und dies aus dem Grunde, den ich eben nannte – weil es sich, wie ich wußte, hier an dieser Stelle beweisen lassen *mußte,* daß all jene scheinbaren Unmöglichkeiten in Wahrheit keine waren.

Ich ging in meinem Denken folgendermaßen vor – *a poste-*

riori. Die Mörder waren aus einem dieser Fenster entflohen.
Da dem so war, konnten sie die Fenster nicht von innen wieder
verriegelt haben, so wie man sie gefunden hatte; – es war dieser Gesichtspunkt, der, seiner Offensichtlichkeit halber, jeder
weiteren Untersuchung der Polizei in dieser Richtung Einhalt
geboten hatte. Und doch waren die Fenster verriegelt. Sie *mußten* also die Fähigkeit besitzen, sich selbst zu verriegeln. Aus
dieser Schlußfolgerung gab es kein Entrinnen. Ich trat zu dem
unverstellten Fenster, zog den Nagel mit einiger Schwierigkeit
heraus und versuchte, es zu öffnen. Wie ich erwartet hatte,
widerstand es all meinen Bemühungen. Es mußte, dessen war
ich nunmehr gewiß, eine verborgene Feder geben; und diese
Bestätigung meines Gedankens überzeugte mich davon, daß
zumindest meine Prämisse richtig war, wie geheimnisvoll der
Umstand mit den Nägel auch scheinen mochte. Eine sorgfälti-
ge Suche brachte die verborgene Feder bald zum Vorschein.
Ich drückte darauf, und da ich mit dem Ergebnis zufrieden
war, verzichtete ich darauf, das Fenster hochzuschieben.

Ich steckte nun den Nagel wieder hinein und betrachtete ihn
aufmerksam. Eine Person, die durch dieses Fenster stieg, könnte es hernach wieder geschlossen haben, wobei die Feder ein-
gerastet wäre – doch hätte sie den Nagel nicht wieder hinein-
stecken können. Diese Schlußfolgerung war offensichtlich,
und schloß neuerlich einen engeren Kreis um das Gebiet meiner Nachforschungen. Die Mörder *mußten* durch das andere
Fenster geflohen sein. Während ich also voraussetzte, daß die
Federn in beiden Fenstern identisch waren, was wahrscheinlich war, *mußte* ein Unterschied zwischen den beiden Nägeln
zu finden sein, oder zumindest zwischen der Art ihrer Befesti-
gung. Ich kniete mich auf das Sackleinen im Bettgestell und
betrachtete, über das Kopfende des Bettes gebeugt, das zweite
Fenster auf das Genaueste. Indem ich meine Hand entlang des
Fensterbretts gleiten ließ, entdeckte und betätigte ich sogleich
die Feder, die, wie ich vermutet hatte, von genau derselben Art
war wie die andere. Ich betrachtete nunmehr den Nagel. Er war
ebenso dick wie der andere und schien in ähnlicher Weise

befestigt zu sein – fast bis zum Kopf in den Rahmen gesteckt.

Sie werden nun denken, daß ich verblüfft war; doch wenn Sie dies glauben, so müssen Sie die Natur der Induktionen mißverstanden haben. Wollte ich mich der Ausdrucksweise eines Jägers bedienen, so würde ich sagen, daß ich mich kein einziges Mal ›auf falscher Fährte‹ befunden, die Spur keine Sekunde aus den Augen verloren hatte. Es gab keinen Fehler in irgendeinem Glied der Kette. Ich hatte das Geheimnis bis zu seiner letztendlichen Lösung zurückverfolgt, – und diese Lösung war *der Nagel*. Dieser bot, wie ich bereits sagte, in jeder Hinsicht denselben Anschein wie sein Nachbar im anderen Fenster; doch verlor diese Tatsache völlig an Bedeutung (wie endgültig auch immer sie scheinen mochte), sobald man sie der Erwägung gegenüberstellte, daß sich hier, an diesem Punkt, mein Verdacht erfüllen würde. ›Es *muß*‹, so dachte ich, ›etwas mit dem Nagel nicht stimmen.‹ Ich berührte ihn; und sogleich fiel mir der Kopf in die Hand, zusammen mit etwa einem Viertel des Schaftes. Der Rest des Schaftes stak in dem Loch, dort, wo er abgebrochen war. Der Bruch war bereits vor einiger Zeit geschehen (denn die Bruchenden waren verrostet) und anscheinend durch einen Schlag mit dem Hammer entstanden. Dadurch war der Kopfteil des Nagels in den unteren Teil des Schiebefensters hineingetrieben worden, und zwar in dessen oberen Rand. Ich steckte nun den Nagelkopf vorsichtig wieder an den Ort zurück, aus dem ich ihn entnommen hatte, und der Nagel bot so einen ganz und gar unversehrten Anschein – der Bruch war völlig unsichtbar. Nachdem ich auf die Feder gedrückt hatte, schob ich behutsam das Fenster ein kleines Stück hoch; der Nagelkopf blieb fest im Rahmen stecken und glitt mit nach oben. Ich schloß das Fenster, und der Anschein des unversehrten Nagels war vollkommen wiederhergestellt.

Bis hierhin hatte sich das Rätsel demnach gelöst. Der Mörder war durch das Fenster entflohen, vor dem das Bett stand. Es war nach seiner Flucht von selbst wieder zugefallen (oder aber mit Absicht geschlossen worden), und hatte sich dann aufgrund der Feder verriegelt. Es war der Widerstand dieser Feder gewesen, welchen die Polizei für denjenigen des Nagels gehalten hatte – woraufhin man weitere Nachforschungen für unnötig hielt.

Die nächste Frage war, auf welche Weise der Abstieg gelungen war. Über diesen Punkt hatte ich mir während unseres Spaziergangs um das Gebäude herum Gewißheit verschafft. Ungefähr fünfeinhalb Fuß von dem fraglichen Fenster entfernt befindet sich ein Blitzableiter. Es wäre für jedermann unmöglich gewesen, von dieser Stange aus das Fenster zu erreichen, geschweige denn, hinein zu gelangen. Ich bemerkte jedoch, daß es sich bei den Fensterläden des vierten Stocks um jene besondere Sorte handelte, die der Pariser *ferrades* nennt – eine Sorte, wie man sie heutzutage selten verwendet, aber noch häufig an den alten Villen in Lyon oder Bordeaux sehen kann. Sie sind ihrer Form nach einer gewöhnlichen Türe ähnlich (eine einfache Tür, keine Flügeltüre), mit dem Unterschied, daß die obere Hälfte mit einem Gitterwerk versehen ist – wodurch sich ein vorzüglicher Halt für die Hände ergibt. Im gegenwärtigen Fall sind die Läden ganze dreieinhalb Fuß breit. Als wir sie von der Rückseite des Gebäudes sahen, waren beide ungefähr halb geöffnet – will sagen, sie standen im rechten Winkel von der Wand ab. Es ist anzunehmen, daß die Polizei, ähnlich wie ich, die Rückseite des Hauses untersuchte. Falls dem so war, haben sie, während sie die *ferrades* von der Seite betrachteten (wie es nicht anders möglich war), deren außerordentliche Breite nicht bemerkt, oder haben diese zumindest nicht genügend in Betracht gezogen. Darüber hinaus dürften sie, einmal davon überzeugt, daß ein Entkommen auf diesem Wege nicht möglich war, hier nur eine sehr flüchtige Untersuchung vorgenommen haben. Ich war mir jedoch im klaren darüber, daß der Fensterladen, der zu dem am Kopfende des Bettes befindlichen Fenster gehörte, nur noch zwei Fuß von dem Blitzableiter entfernt sein würde, sobald man ihn ganz zur Hauswand zurückschwang. Es war ebenso offensichtlich, daß der Einstieg ins Fenster vom Blitzableiter aus in folgender

Weise gelingen könnte, sofern der Betreffende mit einem äußerst ungewöhnlichen Grad an Behendigkeit und Mut ausgestattet war. – Ein Räuber könnte, indem er sich die zweieinhalb Fuß nach dem Fensterladen streckte (den wir uns nun als ganz geöffnet vorstellen müssen) einen festen Halt im Gitterwerk erlangen. Falls er sodann den Blitzableiter losließe, seine Füße fest gegen die Wand stemmte und sich kühn von ihr abstieße, könnte er den Laden durch ein Herumschwingen geschlossen und sich so, falls wir uns das Fenster zu dieser Zeit als geöffnet vorstellen, sogar mitten ins Zimmer geschwungen haben.

Ich möchte Ihnen insbesondere nahelegen, im Auge zu behalten, daß ich von einem *äußerst* ungewöhnlichen Grad an Behendigkeit gesprochen habe, welcher für den Erfolg eines so gewagten und schwierigen Kunststücks unerläßlich war. Es liegt in meiner Absicht, Ihnen zunächst zu zeigen, daß das Gelingen dieser Sache im Bereiche des Möglichen lag: – doch zum zweiten und vor allem ist es mir darum zu tun, Ihrem Verstand einzuprägen, wie *äußerst ungewöhnlich* – ja fast übernatürlich die Behendigkeit gewesen sein muß, der ein Solches gelungen ist.

Sie werden nun ohne Zweifel sagen, sich des Jargons der Juristen bedienend, daß ich, um die Überzeugungskraft meines ›Plädoyers‹ zu erhöhen, die Einschätzung der in dieser Angelegenheit erforderlichen Behendigkeit eher herunterspielen sollte, als auf ihrer gänzlichen Erfassung zu bestehen. Dies mag in der Gerichtsbarkeit Sitte sein, doch entspricht es nicht dem Vorgehen der Vernunft. Mein letztendliches Ziel ist einzig die Wahrheit. Meine unmittelbare Absicht ist es, Sie dazu zu veranlassen, jene *äußerst ungewöhnliche Behendigkeit,* von der ich eben sprach, mit der *äußerst seltsamen*, schrillen oder schroffen und *schwankenden* Stimme in Verbindung zu bringen, über deren Nationalität sich keine zwei der Befragten zu einigen vermochten und in deren Äußerungen niemand eine einzige, zusammenhängende Silbe entdecken konnte.«

Bei diesen Worten huschte mir vage und bruchstückhaft

eine Vorstellung davon durch den Kopf, was Dupin meinen könnte. Ich schien kurz vor dem Begreifen zu stehen, ohne tatsächlich begreifen zu können – so wie sich mancher zuweilen an der Schwelle des Erinnerns befindet, ohne daß die Erinnerung letztendlich in seiner Macht gestanden hätte. Mein Freund fuhr mit seiner Rede fort.

»Wie Sie sehen«, sagte er, »habe ich die Frage nach der Art des Entkommens in eine Frage nach der Art des Eindringens umgewandelt. Es lag in meiner Absicht, nahezulegen, daß beides in derselben Weise geschah, an derselben Stelle. Wenden wir uns nun dem Innern des Raumes zu. Die Schubladen des Sekretärs hatte man, so wurde berichtet, einer Plünderung unterzogen, obgleich zahlreiche Bekleidungsgegenstände darin verblieben waren. Die hier vorgenommene Schlußfolgerung ist absurd. Es handelte sich dabei um eine reine Vermutung – und eine sehr alberne dazu – nichts weiter. Woher wollen wir wissen, daß die Gegenstände, die man in den Schubladen fand, nicht bereits alles waren, was ursprünglich in diesen Schubladen enthalten war? Madame L'Espanaye und ihre Tochter führten ein äußerst zurückgezogenes Leben – empfingen keine Besucher, gingen selten aus – und hatten daher wenig Verwendung für einen häufigen Wechsel ihrer Kleidung. Was man davon fand, war von hinreichend guter Machart, um die Möglichkeit, daß die Damen etwas Besseres besaßen, als unwahrscheinlich erscheinen zu lassen. Falls ein Dieb etwas gestohlen haben sollte, warum nahm er dann nicht die besten Stücke mit – warum nahm er nicht alles? In einem Wort, warum ließ er viertausend Francs in Gold einfach zurück, um sich mit einem Bündel Stoff zu beladen? Denn das Gold war zurückgelassen worden. Fast die ganze, von Monsieur Mignaud, dem Bankier, erwähnte Summe fand sich in den Taschen, die auf dem Boden standen. Es ist mir daher daran gelegen, daß Sie die gesamte, törichte Idee eines *Motivs* aus ihren Gedanken verbannen, welche in den Gehirnen der Polizei jenes Teils der Zeugenaussagen wegen entstanden ist, der sich auf das an der Haustüre abgelieferte Geld bezieht.

Zufälle, die zehnmal bemerkenswerter sind (die Ablieferung des Geldes und ein Mord, der innerhalb dreier Tage nach dessen Entgegennahme verübt wurde), begegnen uns zu jeder Stunde unseres Lebens, ohne auch nur die geringste Aufmerksamkeit zu erregen. Auch sind Zufälle, im allgemeinen, ein großer Stolperstein für diejenige Kategorie von Denkern, die erzogen worden ist, ohne mit der Wahrscheinlichkeitstheorie vertraut gemacht worden zu sein – jene Theorie, der die menschliche Wissenschaft ihre glorreichsten Errungenschaften zu verdanken hat. Falls das Gold verschwunden gewesen wäre, hätte im gegenwärtigen Fall die Tatsache, daß es drei Tage zuvor gebracht wurde, etwas mehr bedeutet als ein Zufall. Es hätte dies die Idee eines Motivs bestätigt. Doch unter den tatsächlichen Gegebenheiten dieses Falls müssen wir uns, falls wir das Gold als Motiv dieser Ungeheuerlichkeit betrachten sollen, den Eindringling, der sowohl Gold als auch Motiv gänzlich aufgab, als einen überaus unentschlossenen Schwachkopf vorstellen.

Dieweil wir die Gesichtspunkte, auf die ich Ihre Aufmerksamkeit richtete, unverwandt im Auge behalten – die seltsame Stimme, die ungewöhnliche Behendigkeit und das erstaunliche Fehlen eines Motivs bei einem auf so außerordentlich grauenvolle Art verübten Mord –, lassen Sie uns nun unser Augenmerk auf das Gemetzel selbst richten. Da haben wir auf der einen Seite eine Frau, die allein durch die Kraft der Hände zu Tode gewürgt wurde und, mit dem Kopf nach unten, den Kaminschacht hinaufgezwängt wurde. Gewöhnliche Mörder bringen ihre Opfer nicht in dieser Weise ums Leben. Und vor allen Dingen beseitigen sie ihre Leichen nicht auf diese Art. Sie werden zugeben müssen, daß etwas *äußerst Ungewöhnliches* darin liegt, einen Leichnam den Kaminschacht hinaufzuzwängen, – etwas, das völlig unvereinbar ist mit dem, was wir allgemeinhin als menschliches Verhalten verstehen, selbst wenn wir annehmen, daß die Täter zu dem verworfensten Abschaum überhaupt gehören. Bedenken Sie auch, wie groß jene Kraft gewesen sein muß, die den Leichnam so gewaltsam den

DIE MORDE IN DER RUE MORGUE

Kaminschacht *hinauf*gezwängt hat, daß die vereinten Kräfte von mehreren Personen kaum ausreichte, um ihn wieder *hinab*zuziehen!

Wenden wir uns nun den anderen Anzeichen einer mehr als erstaunlichen Kraftanwendung zu. Auf dem Kamin lagen dicke Strähnen – sehr dicke Strähnen – menschlichen Haares von grauer Farbe. Diese waren mitsamt der Wurzeln ausgerissen worden. Sie können sich denken, wieviel Kraft nötig ist, um allein zwanzig oder dreißig Haare in dieser Weise vom Kopf zu reißen. Sie haben die fraglichen Strähnen ebenso wie ich gesehen. Ihre Wurzeln (ein grauenvoller Anblick!) waren mit blutverschmierten Fetzen der Kopfhaut verklebt – ein sicheres Zeichen für die erstaunliche Kraft, die beim Entwurzeln von vielleicht einer halben Millionen Haare nötig gewesen sein muß. Die Kehle der alten Dame war nicht bloß durchschnitten, sondern der Kopf war gänzlich vom Körper getrennt: der dabei benützte Gegenstand war lediglich ein Rasiermesser. Auch sollten Sie sich die *bestialische* Wildheit dieser Taten vor Augen führen. Von den Prellungen auf dem Körper von Madame L'Espanaye spreche ich nicht. Monsieur Dumas und sein ehrenwerter Assistent Monsieur Etienne haben die Meinung vertreten, daß sie von einem stumpfen Gegenstand herstammen; und insoweit haben die beiden Herren durchaus recht. Der stumpfe Gegenstand war ganz offensichtlich das steinerne Pflaster im Hof, auf das das Opfer gestürzt ist; und zwar aus dem am Fußende des Bettes befindlichen Fenster. Dieser Gedanke, wie simpel er auch scheinen mag, ist der Polizei aus demselben Grund nicht in den Sinn gekommen, aus dem ihnen die Breite der Fensterläden entging – weil nämlich durch die Angelegenheit mit den Nägeln ihre Aufmerksamkeit hermetisch gegen die Möglichkeit verschlossen war, die Fenster könnten überhaupt geöffnet worden sein.

Falls Sie nun, zusätzlich zu all diesen Dingen, die merkwürdige Unordnung des Raumes folgerichtig in Betracht gezogen haben, so haben wir es mit einer Kombination folgender Erscheinungen zu tun: eine erstaunliche Behendigkeit, übermenschliche Kraft, bestialische Wildheit, ein Gemetzel ohne Motiv, eine *grotesquerie,* die in ihrer Entsetzlichkeit allem menschlichen Verhalten zuwiderläuft, und eine Stimme, deren Tonfall dem Gehör von Menschen aus zahlreichen Nationen fremd klingt und die keine einzige deutliche oder verständliche Silbe sprach. Welches Ergebnis folgt also daraus? Welche Eindrücke habe ich Ihrer Einbildungskraft vermittelt?«

Ich spürte, wie mir bei dieser Frage Dupins ein Schauder den Körper hinablief. »Ein Wahnsinniger«, sagte ich, »hat diese Tat vollbracht – irgendein tollwütiger Irrer, der aus dem benachbarten *Maison de Santé* entfloh.«

»In mancher Hinsicht«, antwortete er, »ist Ihre Idee nicht ganz bedeutungslos. Doch läßt sich die Stimme eines Wahnsinnigen, selbst während seiner wildesten Rasereien, niemals mit jener Stimme in Vereinbarung bringen, die man auf der Treppe hörte. Ein jeder Wahnsinnige stammt aus irgendeinem Land, und seine Sprache, wie unzusammenhängend auch immer die Worte sein mögen, enthält stets zusammenhängende Silben. Davon abgesehen, das Haar eines Wahnsinnigen sieht nicht so aus, wie das, was ich gegenwärtig in der Hand halte. Ich entwand dieses kleine Büschel den starr verkrampften Fingern der Madame L'Espanaye. Sagen Sie mir, was Sie davon halten.«

»Dupin!« rief ich, völlig aus der Fassung gebracht; »dies Haar ist ganz außergewöhnlich – dies ist kein *menschliches* Haar.«

»Ich habe nicht behauptet, daß es das sei«, sagte er; »doch bevor wir über diesen Punkt entscheiden, möchte ich, daß Sie sich die kleine Zeichnung anschauen, die ich auf dieses Papier gebracht habe. Es ist eine genaue Nachzeichnung dessen, was in einer der Zeugenaussagen als ›dunkle Flecken und tiefe Abdrücke von Fingernägeln‹ auf der Kehle der Modemoiselle L'Espanaye bezeichnet wurde, und in einer anderen (derjenigen der Herren Dumas und Etienne) als eine ›Reihe von blutunterlaufenen Stellen, die offensichtlich von Fingerabdrücken herrührten‹.

»Wie Sie sehen werden«, fuhr mein Freund fort und breitete

das Blatt Papier vor uns auf dem Tisch aus, »gibt diese Zeichnung den Eindruck eines festen und starren Griffs. Es ist kein *Abrutschen* zu erkennen. Ein jeder Finger hat die fürchterliche Umklammerung beibehalten – möglicherweise bis zum Tode des Opfers –, mit dem er sich anfänglich ins Fleisch gegraben hat. Versuchen Sie einmal, all Ihre Finger zur gleichen Zeit auf die jeweiligen Abdrücke zu legen, die Sie dort sehen.«

Ich machte den Versuch vergeblich.

»Es ist möglich, daß wir der Angelegenheit nicht Genüge tun«, sagte er. »Dieses Papier liegt ausgebreitet auf einer ebenen Fläche; der menschliche Hals ist jedoch rund. Hier ist ein Stück Holz, dessen Umfang ungefähr demjenigen eines Halses entspricht. Wickeln Sie die Zeichnung darum und machen Sie einen erneuten Versuch.«

Ich tat dies; doch war die Schwierigkeit noch offensichtlicher als zuvor.

»Dies«, sagte ich, »ist nicht der Abdruck einer menschlichen Hand.«

»Lesen Sie nun diesen Abschnitt von Cuvier«, antwortete er.

Es handelte sich dabei um die genaue anatomische und allgemeine Beschreibung des von den Ostindischen Inseln stammenden, großen, gelbbraunen Orang-Utans. Die riesige Gestalt, die erstaunliche Kraft und Behendigkeit, die rasende Wildheit und der Hang zur Nachahmung, durch welchen sich diese Tiere auszeichnen, sind einem jeden bekannt. Ich erkannte augenblicklich das wahrhaft Grauenvolle an diesem Mord.

»Die Beschreibung der Finger«, sagte ich, nachdem ich mit dem Lesen zu Ende gekommen war, »entspricht genau dieser Zeichnung. Ich sehe nun, daß kein anderes Tier als ein Orang-Utan von der Art, wie sie hier erwähnt wird, diese Abdrücke, so wie in Ihrer Zeichnung, hätte hinterlassen können. Dieses Büschel gelbbraunen Haares entspricht ebenfalls genau der Beschreibung, die Cuvier von dem Tier gibt. Ich kann jedoch unmöglich die Einzelheiten dieses furchtbaren Rätsels begreifen. Abgesehen davon gab es zwei Stimmen, die sich stritten, und eine von ihnen gehörte ohne Zweifel einem Franzosen.«

»Das ist wahr; und Sie werden sich eines Ausspruchs erinnern, den die Zeugenaussagen fast einmütig dieser Stimme zugeschrieben haben, – den Ausspruch ›mon Dieu!‹. Dies ist, unter den gegebenen Umständen, von einem der Zeugen (Montani, dem Zuckerbäcker) ganz richtig als ein Ausdruck des Protests oder der Ermahnung gekennzeichnet worden. Auf diese beiden Worte habe ich daher meine ganze Hoffnung auf eine restlose Lösung des Rätsels gesetzt. Ein Franzose war Mitwissender dieses Mordes. Es ist möglich – tatsächlich ist es weit mehr als wahrscheinlich – daß er an all jenen blutigen Vorgängen, die stattfanden, unschuldig war. Der Orang-Utan könnte ihm entflohen sein. Er könnte diesen bis zu dem Zimmer verfolgt haben; doch während des Aufruhrs, welcher daraufhin folgte, muß es ihm unmöglich geworden sein, das Tier wieder einzufangen. Es läuft immer noch frei umher. Doch werde ich mit diesen Vermutungen nicht fortfahren, – denn sie mehr zu nennen, habe ich nicht das Recht – zumal die gedanklichen Schattierungen, auf denen sie beruhen, von kaum genügender Schärfe sind, als daß sie mein eigener Verstand erfassen könnte, weshalb ich den Anspruch nicht erheben kann, sie dem Denkvermögen eines anderen begreiflich zu machen. Wir werden sie also Vermutungen nennen und auch solcherart von ihnen sprechen. Falls der fragliche Franzose tatsächlich, wie ich annehme, an dieser Greueltat keine Schuld trägt, wird ihn diese Anzeige, die ich gestern abend auf unserem Heimweg in dem Büro der ›Le Monde‹ aufgab (eine Zeitung, die sich den Interessen der Seefahrt gewidmet hat und bei den Matrosen sehr beliebt ist), veranlassen, sich zu unserem Haus zu begeben.«

Er reichte mir die Zeitung, und ich las wie folgt:

EINGEFANGEN – Am frühen Morgen des … dieses Monats (der Morgen, an welchem der Mord stattfand) wurde im Bois de Boulogne ein sehr großer, gelbbrauner Orang-Utan der bornesischen Gattung gefangen. Der Besitzer (von dem bekannt ist,

DIE MORDE IN DER RUE MORGUE

daß er als Matrose bei einem maltesischen Segler in Heuer
steht) kann das Tier wieder in Empfang nehmen, sofern er es
hinlänglich zu identifizieren vermag und einige Kosten
begleicht, die durch seine Gefangennahme und seinen Unterhalt entstanden sind. Melden Sie sich in der Rue ..., Nr. ..., im
Faubourg St. Germain, – au troisième.

»Wie konnten Sie wissen«, fragte ich, »daß der Mann ein Matrose ist und auf einem maltesischen Segler geheuert hat?«

»Ich weiß es nicht«, sagte Dupin. »Jedenfalls bin ich mir dessen nicht sicher. Hier habe ich jedoch ein kleines Stück Haarband, das seiner Form und seiner schmierigen Erscheinung
nach offensichtlich dazu benutzt worden ist, das Haar in einen
jener langen Zöpfe zu flechten, die bei den Matrosen so beliebt
sind. Darüber hinaus ist dieser Knoten von einer Sorte, die nur
wenige außer den Matrosen beherrschen und die besonders
den Maltesern zu eigen ist. Ich fand dies Band am Fuße des
Blitzableiters. Es kann unmöglich das Eigentum einer der beiden Verstorbenen gewesen sein. Wenn ich also nun, trotz allem,
in der aus diesem Haarband abgeleiteten Schlußfolgerung, daß
der Franzose ein zu einem maltesischen Segler gehörender
Matrose war, fehlgegangen sein sollte, so habe ich doch mit
dem, was ich in der Anzeige verlauten ließ, keinerlei Schaden
angerichtet. Falls ich mich getäuscht habe, wird er lediglich
annehmen, daß ich durch irgendeinen Umstand irregeführt
wurde, den näher zu betrachten er sich kaum die Mühe machen
dürfte. Falls ich jedoch Recht habe, können wir einen großen
Erfolg verzeichnen. In Kenntnis der Morde, und doch schuldlos
daran, wird der Franzose natürlich zögern, sich auf die Anzeige
hin zu melden – um seinen Orang-Utan zurückzuverlangen. Er
wird sich folgendes sagen: – ›Ich bin unschuldig; ich bin arm;
mein Orang-Utan ist von hohem Wert – für jemanden in meiner
Lage ein wahres Vermögen – warum sollte ich ihn wegen nutz-
loser Angst vor Gefahr verlieren? Hier ist er, greifbar nahe. Man
hat ihn im Bois de Boulogne gefunden – also in großer Entfernung vom Ort jenes Gemetzels. Wie könnte man denn auch je

DIE MORDE IN DER RUE MORGUE

auf den Gedanken kommen, daß ein wildes Tier die Tat vollbracht haben soll? Die Polizei ist ratlos – es ist ihnen nicht gelungen, auch nur den kleinsten Anhaltspunkt zu finden. Doch selbst wenn sie das Tier ausfindig machen sollten, wäre es ihnen unmöglich zu beweisen, daß ich von dem Mord wußte oder daß ich aufgrund dieses Wissens eine Mitschuld daran trage. Doch vor allem *weiß man von mir.* Derjenige, der die Anzeige aufgab, kennzeichnet mich als den Besitzer der Kreatur. Ich bin mir nicht sicher, in welchem Ausmaß er in der Angelegenheit Bescheid weiß. Sollte ich einen so wertvollen Besitz, von dem bekannt ist, daß er mir gehört, nicht zurückverlangen, so bewirke ich, daß das Tier zumindest in Verdacht gerät. Es liegt nicht in meiner Absicht, die Aufmerksamkeit auf mich oder auf das Tier zu lenken. Ich werde mich auf die Anzeige hin melden, den Orang-Utan mitnehmen und ihn versteckt halten, bis die Sache in Vergessenheit geraten ist.«

In diesem Augenblick hörten wir jemanden die Treppe hinaufsteigen.

»Halten Sie Ihre Pistolen bereit«, sagte Dupin, »doch halten Sie sie verborgen, und benützen Sie sie nicht, bevor ich Ihnen ein Zeichen gebe.«

Der Besucher hatte die Haustüre offengelassen, war ohne zu läuten eingetreten und war bereits mehrere Stufen die Treppe hinaufgestiegen. Nun schien er jedoch zu zögern. Bald darauf hörten wir, wie er wieder hinabstieg. Dupin hatte sich gerade schnellen Schrittes zur Tür gewandt, als wir ihn wieder hinaufkommen hörten. Er kehrte kein zweites Mal um, sondern kam entschlossen herauf und klopfte an der Türe unseres Zimmers.

»Herein«, sagte Dupin, mit beschwingter und herzlicher Stimme.

Ein Mann trat ein. Er war offenkundig ein Matrose – eine hohe, kräftige Gestalt von muskulösem Aussehen, mit einem ziemlich verwegenen Gesichtsausdruck und von recht einnehmendem Wesen. Sein stark sonnenverbranntes Gesicht verbarg sich mehr als zur Hälfte unter kräftigem Bartwuchs. Er hatte einen großen Knüppel aus Eichenholz mitgebracht,

DIE MORDE IN DER RUE MORGUE

schien jedoch ansonsten unbewaffnet zu sein. Er verneigte sich unbeholfen und wünschte uns, in französischer Sprache, die, obgleich sie ein wenig nach Neufchâtel klang, doch hinreichend ihren Pariser Ursprung verriet, einen ›guten Abend‹.

»Setzen Sie sich, mein Freund«, sagte Dupin. »Ich nehme an, daß Sie wegen des Orang-Utans gekommen sind. Auf mein Wort, fast möchte ich Sie um seinen Besitz beneiden; er ist ein bemerkenswert schönes Tier, und ohne Zweifel sehr wertvoll. Wie alt ist er, denken Sie?«

Der Matrose tat einen tiefen Atemzug, mit dem Gebaren eines Mannes, der sich von einer schier unerträglichen Last befreit sieht, und entgegnete sodann mit fester Stimme:

»Es ist mir unmöglich, das zu bestimmen – doch dürfte er nicht älter als vier oder fünf Jahre sein. Haben Sie ihn hier?«

»O nein; unsere Räumlichkeiten waren nicht dazu geeignet, ihn hierzubehalten. Er befindet sich in einem Mietstall in der Rue Dubourg, ganz in der Nähe. Sie können ihn morgen früh dort abholen. Gewiß sind Sie in der Lage, Ihren Besitz zu identifizieren?«

»Das bin ich in der Tat, Sir.«

»Ich trenne mich nur mit dem größten Bedauern von dem Tier«, sagte Dupin.

»Sie sollen sich diese ganze Mühe natürlich nicht umsonst gemacht haben, Sir«, sagte der Mann. »Kann das nicht von Ihnen verlangen. Bin gerne bereit, dem Finder des Tieres eine Belohnung zu zahlen – ich meine, solange es sich in Grenzen hält.«

»Nun«, antwortete mein Freund, »das ist ja alles schön und gut. Lassen Sie mich nachdenken! – was soll ich verlangen? Ah! Ich werde es Ihnen sagen. Meine Belohnung soll folgendes sein. Sie werden mir jegliche Auskunft geben, die in Ihrer Macht liegt, über diese Morde in der Rue Morgue.«

Dupin sagte diese letzten Worte mit sehr leiser und ruhiger Stimme. Ebenso ruhig ging er zur Tür, verschloß diese und steckte den Schlüssel in seine Tasche. Dann zog er eine Pistole hervor und legte sie ohne jede Hast auf den Tisch.

Das Gesicht des Matrosen lief rot an, so als mühte er sich, nicht zu ersticken. Er sprang auf die Füße und ergriff seinen Knüppel; im nächsten Moment fiel er jedoch, heftig zitternd, in den Stuhl zurück, mit einem Gesicht, das dem Tode selbst zu gehören schien. Er sprach kein Wort. Ich bemitleidete ihn von ganzem Herzen.

»Mein Freund«, sagte Dupin mit liebenswürdiger Stimme, »Sie erschrecken ganz unnötig – glauben Sie mir. Wir meinen es nur gut mit Ihnen. Ich geben Ihnen das Wort eines Ehrenmannes und Franzosen, daß wir Ihnen keinen Schaden zufügen wollen. Ich weiß nur zu gut, daß Sie an den Greueltaten in der Rue Morgue unschuldig sind. Sie können jedoch unmöglich leugnen, daß Sie in gewissem Maße darein verwickelt sind. Aus dem, was ich bereits gesagt habe, werden Sie schließen können, daß ich Mittel besaß, um mich über die Angelegenheit in Kenntnis zu setzen – Mittel, von denen Sie es sich nicht einmal hätten träumen lassen. Die Sache sieht also nun folgendermaßen aus. Sie haben nichts getan, das Sie hätten vermeiden können – gewißlich nichts, durch das Sie Schuld auf sich geladen hätten. Obwohl Sie völlig ungestraft hätten stehlen können, haben Sie sich nicht einmal des Raubes schuldig gemacht. Sie haben nichts zu verheimlichen. Sie haben keinen Grund zur Verheimlichung. Auf der anderen Seite verpflichtet Sie jedoch ein jegliches Ehrgefühl, alles zu gestehen, was Sie wissen. Ein unschuldiger Mann sitzt gegenwärtig im Gefängnis, den man eben jenes Verbrechens anklagt, dessen Übeltäter Sie bezeichnen können.«

Der Matrose hatte seine Geistesgegenwart zum größten Teil zurückgewonnen, während Dupin diese Worte sprach; doch die ursprüngliche Kühnheit seines Auftretens war völlig verschwunden. »So wahr mir Gott helfe«, sagte er nach kurzem Zögern, »ich werde Ihnen alles erzählen, was ich über die Angelegenheit weiß; – doch erwarte ich nicht, daß Sie auch nur die Hälfte von dem glauben, was ich sage – ich wäre ein Narr, wenn ich das täte. Und doch, ich *bin* unschuldig und werde also reinen Tisch machen, selbst wenn man mich dafür umbringt.«

DIE MORDE IN DER RUE MORGUE

Was er uns erzählte, war im wesentlichen folgendes. Vor kurzem hatte er an einer Seefahrt zu den Malaischen Inseln teilgenommen. Dort schloß er sich einer Gesellschaft an, die auf Borneo an Land ging und sich auf einen Vergnügungsausflug ins Innere der Insel begab. Er selbst hatte, zusammen mit einem Kameraden, den Orang-Utan gefangen. Dieser Kamerad starb jedoch, und das Tier ging in seinen alleinigen Besitz über. Nach größten Schwierigkeiten, die sich während der Heimreise aus der unbezähmbaren Wildheit seines Gefangenen ergaben, gelang es ihm schließlich, diesen wohlverwahrt in seiner eigenen Pariser Wohnung unterzubringen. Um nicht die unangenehme Neugier seiner Nachbarn zu erregen, hielt er ihn dort sorgsam in völliger Abgeschiedenheit, indes er die Heilung einer Wunde am Fuße des Tieres abwartete, die es sich an Bord des Schiffes durch einen Splitter zugezogen hatte. Seine letztendliche Absicht bestand darin, es zu verkaufen.

Als er in der Nacht oder, eher gesagt, am Morgen des Mordes nach einem ausgelassenen seemännischen Gelage nach Hause zurückkehrte, fand er das Tier in seinem eigenen Schlafzimmer. Es war aus einem angrenzenden Verschlag ausgebrochen, wo es, wie man geglaubt hatte, sicher eingesperrt gewesen war. Nun saß es mit dem Rasiermesser in der Hand vor dem Spiegel, gänzlich mit Rasierschaum bedeckt, und versuchte, eine Rasur vorzunehmen; eine Handlung, die es zweifelsohne durch das Schlüsselloch seines Gefängnisses bei seinem Herrn beobachtet hatte. Entsetzt bei dem Anblick einer so gefährlichen Waffe in der Hand eines derart wilden Tieres, das diese zudem noch so geschickt zu benutzen wußte, war der Mann einige Augenblicke lang völlig ratlos, was er tun sollte. Er hatte jedoch die Erfahrung gemacht, daß sich das Tier, selbst in der wildesten Verfassung, mit einer Peitsche zur Vernunft bringen ließ, und zu dieser nahm er nun Zuflucht. Beim Anblick derselben sprang der Orang-Utan sofort zur Tür des Zimmers hinaus, die Treppen hinunter und von dort durch ein Fenster, das unglücklicherweise geöffnet war, auf die Straße hinaus.

Der Franzose folgte ihm voller Verzweiflung; indes der Affe,

103

noch immer mit dem Rasiermesser in der Hand, sich gelegent-
lich nach seinem Verfolger umschaute und alle möglichen
Gebärden in seine Richtung machte, bis dieser ihn nahezu ein-
geholt hatte. Daraufhin sprang er erneut davon. In dieser
Weise setzte sich die Jagd eine lange Zeit fort. Die Straßen
lagen in tiefster Stille, denn es war fast drei Uhr morgens.
Während der Flüchtling eine Gasse an der Rückseite der Rue
Morgue durchquerte, wurde seine Aufmerksamkeit durch ein
Licht erregt, das aus dem offenen Fenster des Zimmers von
Madame L'Espanaye schien, im vierten Stock ihres Hauses. Er
sprang auf das Gebäude zu, entdeckte den Blitzableiter, kletterte diesen mit unvorstellbarer Behendigkeit empor, ergriff
den Fensterladen, welcher gänzlich bis zur Wand zurückge-
schlagen war, und schwang sich mit dessen Hilfe direkt auf das
Kopfende des Bettes. Das gesamte Kunststück war in weniger
als einer Minute vollbracht. Als der Orang-Utan ins Zimmer
sprang, stieß er den Fensterladen wieder auf.

Der Matrose war, währenddessen, ebenso erfreut wie verblüfft. Er hegte die starke Hoffnung, das Ungetüm nun wieder
einzufangen, da es diesem wohl kaum gelingen dürfte, sich aus
der Falle, in die es sich begeben hatte, wieder zu befreien, es
sei denn über den Blitzableiter, wo man es leicht abfangen
konnte, während es herunterkam. Auf der anderen Seite gab es
jedoch viel Grund zur Besorgnis darüber, was es im Hause
anstellen könnte. Dieser letztere Gedanke veranlaßte den
Mann, dem Flüchtling auch hier noch zu folgen. Ein Blitzableiter läßt sich mit Leichtigkeit erklimmen, insbesondere von
einem Matrosen; doch als er zur Höhe des Fensters gelangt
war, welches weit entfernt zu seiner Linken lag, fand sein Fort-
kommen ein Ende. Es gelang ihm lediglich, sich soweit hin-
überzulehnen, daß er einen Blick in das Innere des Zimmers
werfen konnte. Was er dort sah, war jedoch so überaus entsetzlich, das er beinahe losließ und hinunterstürzte. Es war in
diesem Augenblick, das jene furchtbaren Schreie in die Nacht
hinausschallten, welche die Einwohner der Rue Morgue aus
ihrem Schlummer weckten. Madame L'Espanaye und ihre

DIE MORDE IN DER RUE MORGUE

Tochter, in ihre Nachtgewänder gekleidet, waren allem
Anschein nach damit beschäftigt gewesen, einige Papiere aus
der bereits erwähnten eisernen Truhe durchzusehen, welche
in die Mitte des Raumes geschoben worden war. Diese war
geöffnet, und ihr Inhalt lag neben ihr auf der Erde zerstreut.
Die Opfer müssen mit dem Rücken zum Fenster gewandt
gesessen haben; und der Zeit nach zu urteilen, die zwischen
dem Eindringen des Untiers und den Schreien verstrich, ist es
wahrscheinlich, daß man es nicht sofort bemerkt hat. Das
Zuschlagen des Fensterladens hatte man zweifelsohne dem
Wind zugeschrieben.

Als der Matrose hineinschaute, hatte das riesige Tier Madame
L'Espanaye am Haar gepackt (das gelöst war, da sie damit
beschäftigt gewesen war, es zu kämmen) und fuchtelte mit
dem Rasiermesser vor ihrem Gesicht herum, indem es die
Bewegungen eines Barbiers nachahmte. Die Tochter lag bewegungslos auf dem Boden ausgestreckt; sie war ohnmächtig
geworden. Die Schreie und das verzweifelte Sich-Wehren der
alten Dame (währenddessen ihr die Haare vom Kopf gerissen
wurden) bewirkten, daß die wahrscheinlich ursprünglich
friedlichen Absichten des Orang-Utans in Wut umschlugen.
Mit einem einzigen, entschlossenen Schwung seines muskulö-
sen Arms trennte er ihren Kopf fast gänzlich vom Körper. Der
Anblick des Blutes entflammte seinen Ärger zur haltlosen
Raserei. Mit knirschenden Zähnen und feuerblitzenden Augen
stürzte er sich auf den Körper des Mädchens, grub seine fürchterlichen Klauen in ihren Hals und hielt diesen umklammert,
bis sie ihr Leben aushauchte. In diesem Augenblick fiel sein
wirr umherschweifender und wilder Blick auf das Kopfende
des Bettes, über welchem das vor Entsetzen starre Gesicht seines Herrn gerade noch zu erkennen war. Sofort verwandelte
sich die Wut des Tieres, das zweifelsohne die gefürchtete Peitsche noch im Kopfe hatte, in Angst. Es schien in dem Bewußtsein, daß es eine Strafe verdient hatte, bestrebt zu sein, seine
blutigen Taten zu verbergen und sprang in kopflos-gequältem
Aufruhr im Zimmer umher. Bei seinem Gespringe stürzte es

die Möbel um, zerbrach diese und zerrte die Matratze vom Bett. Schließlich ergriff es zunächst den Leichnam der Tochter und zwängte diesen den Kaminschacht hinauf, so wie man ihn gefunden hat; und dann den der alten Dame, welchen es unverzüglich mit dem Kopf voran durch das Fenster schleuderte.

Als sich der Affe mit seiner verstümmelten Last dem Fenster näherte, wich der Matrose entsetzt zurück, glitt eher denn kletterte den Blitzableiter hinunter und hastete sofort nach Hause – in Furcht vor den Folgen des Gemetzels. Dabei warf er in seiner panischen Angst jegliche Besorgnis um das Schicksal des Orang-Utans bedenkenlos über Bord. Die Worte, welche die auf der Treppe befindliche Gesellschaft hörte, waren die Ausrufe des Grauens und der Bestürzung des Franzosen, die sich mit dem höllischen Geschnatter des Untiers vermischten.

Ich habe kaum noch etwas hinzuzufügen. Der Orang-Utan muß über den Blitzableiter aus dem Zimmer entflohen sein, kurz bevor man die Tür aufbrach. Das Fenster muß er beim Hindurchsteigen geschlossen haben. Der Eigentümer hat ihn kurz darauf selbst eingefangen und ihn sodann für eine äußerst hohe Summe an den *Jardin des Plantes* verkauft. Nach unserer Erzählung der Umstände im Büro des Polizeipräfekten (mit einigen Bermerkungen, die Dupin beisteuerte), wurde Le Bon unverzüglich auf freien Fuß gesetzt. Der Präfekt selbst jedoch, wie wohlgesonnen er meinem Freund auch sein mochte, konnte seinen Kummer über die Wendung, welche die Angelegenheit erfahren hatte, nicht ganz verbergen, und versagte sich nicht die ein oder andere sarkastische Bemerkung darüber, wieviel schicklicher es wäre, wenn sich ein jeder um seine eigenen Angelegenheiten kümmerte.

»Lassen wir sie reden«, sagte Dupin, der es nicht für nötig befunden hatte, darauf zu antworten. »Soll er doch seine Meinung kundtun, es wird sein Gewissen erleichtern. Ich bin es zufrieden, ihn in seiner eigenen Festung besiegt zu haben. Gleichwohl ist die Tatsache, daß er dieses Rätsel nicht hat lösen können, keineswegs so erstaunlich, wie er meint; denn in

DIE MORDE IN DER RUE MORGUE

Wahrheit ist unser Freund, der Präfekt, ein wenig zu schlau, um profund zu sein. In seiner Weisheit gibt es kein Stamen. Das Ganze ist nur Kopf und kein Körper, wie die Bilder der Göttin Laverna – oder, bestenfalls, nur Kopf und Schultern, wie ein Kabeljau. Doch ist er trotz allem ein guter Kerl. Ich mag ihn besonders wegen seiner wirklich atemberaubenden Meisterschaft in der Phrasendrescherei, die ihm den Ruf der Originalität eingetragen hat. Ich meine die Art wie er ›*de nier ce qui est, et d'expliquer ce qui n'est pas*‹.«

Das Geheimnis um Marie Rogêt[1]

Eine Fortsetzung zu »Die Morde in der Rue Morgue«

> Es gibt eine Reihe idealischer Begebenheiten, die der Wirklichkeit parallel läuft. Selten fallen sie zusammen. Menschen und Zufälle modifizieren gewöhnlich die idealische Begebenheit, so daß sie unvollkommen erscheint, und ihre Folgen gleichfalls unvollkommen sind. So bei der Reformation; statt des Protestantismus kam das Luthertum hervor.
>
> NOVALIS, *Moralische Ansichten*

Es gibt nur wenige Menschen, selbst unter den besonnensten Köpfen, die sich nicht gelegentlich ganz unvermittelt zu einem vagen, halbherzigen und doch von Schaudern erfüllten Glauben an das Übernatürliche hätten hinreißen lassen, veranlaßt durch *Zufälle* von scheinbar so unfaßbarem Charakter, daß der menschliche Geist sich weigert, sie als *reine* Zufälle zu betrach-

---

[1] Als »Marie Rogêt« ursprünglich veröffentlich wurde, hielt man die nunmehr hinzugefügten Fußnoten für unnötig; doch da seit der Tragödie, von der diese Geschichte erzählt, mehrere Jahre vergangen sind, schien es uns zweckdienlich, dies nachzuholen und einige Worte über den Hintergrund zu vermerken. Ein junges Mädchen, Mary Cecilia Rogers, wurde in der Nähe New Yorks ermordet; und obgleich ihr Tod eine große und lang anhaltende Aufregung entfachte, war doch das Geheimnis, das ihn umgab, zu dem Zeitpunkt, da die vorliegende Niederschrift verfaßt und veröffentlicht wurde, nach wie vor ungelöst (November 1842). Unter dem Vorwand, von dem Schicksal einer Pariser grisette zu erzählen, ist der Autor bei der Darstellung der wesentlichen Elemente bis ins kleinste Detail den Fakten des tatsächlichen Mordes an Mary Rogers gefolgt, während er die unwesentlichen Elemente lediglich parallel laufen ließ. Daher läßt sich die in der Fiktion

ten. Solche Empfindungen – denn jener halbherzige Glaube, von dem ich spreche, hat niemals die volle Kraft eines Gedankens –, solche Empfindungen lassen sich selten ganz aus der Welt schaffen, es sei denn, man zöge die Lehre von den Zufälligkeiten heran, oder, um den wissenschaftlichen Terminus zu nennen, die Wahrscheinlichkeitsrechnung. Nun ist diese Lehre, ihrem Wesen nach, rein mathematischer Natur; und somit stehen wir dem ungewöhnlichen Fall gegenüber, daß die denkbar präziseste Wissenschaft angewandt wird auf das schattenhafte und gespenstische Reich vager Vermutungen.

Die außergewöhnlichen Geschehnisse, die ich mich nunmehr veranlaßt sehe, der Öffentlichkeit zu übergeben, bilden hinsichtlich ihrer Zeitabfolge, wie man feststellen wird, den ersten Teil einer Reihe kaum begreiflicher, zufälliger *Übereinstimmungen* mit dem zweiten, darauf folgenden Teil, in welchem ein jeder Leser den jüngst in New York erfolgten Mord an MARY CECILIA ROGERS erkennen wird.

Als ich vor ungefähr einem Jahr in einem Artikel mit dem Titel »Die Morde in der Rue Morgue« den Versuch unternahm, einige äußerst bemerkenswerte Züge in der geistigen Wesens-

erfolgte Argumentation auch auf die wahrhaftigen Ereignisse anwenden; und gerade die Erforschung der Wahrheit war das Ziel.

Das Geheimnis der Marie Rogêt wurde in einiger Entfernung vom Schauplatz des Verbrechens geschrieben, und dem Autor standen dabei keine anderen Mittel für seine Nachforschungen zur Verfügung als die Berichte der Zeitungen. Daher entging ihm vieles, was er hätte verwerten können, falls er selbst in New York gewesen wäre und den Tatort hätte besichtigen können. Nichtsdestoweniger scheint es uns angebracht, an dieser Stelle zu erwähnen, daß die Geständnisse zweier Personen (eine davon ist die Madame Deluc dieser Erzählung) zu verschiedenen Zeitpunkten lange nach dieser Veröffentlichung nicht nur die allgemeinen Schlußfolgerungen, sondern auch ausnahmslos alle wichtigen Hypothesen, vermittels derer man zu diesen Schlüssen gelangte, vollauf bestätigten.

art meines Freundes, des Chevaliers C. Auguste Dupin, zu beschreiben, da dachte ich nicht im entferntesten daran, daß ich dieses Thema je wieder aufnehmen würde. Meine Absicht erschöpfte sich in der Beschreibung besagter Wesensart; und diese Absicht sah sich gänzlich in der Erzählung jener unheimlichen Umstände erfüllt, durch welche Dupins Eigenheiten zum Vorschein kamen. Ich hätte andere Beispiel anführen können, doch hätte ich damit keineswegs mehr offenbart als zuvor. Kürzlich erfolgte Ereignisse haben mich jedoch, ihrer überraschenden Entwicklung halber dazu bewogen, weitere Einzelheiten zu erzählen, was nunmehr ein wenig wie eine erzwungene Beichte klingen mag. Es wäre in der Tat seltsam, wenn ich nach dem, was mir vor kurzem zu Ohren kam, noch weiterhin Schweigen über jene Dinge bewahren würde, die ich vor so langer Zeit hörte und sah.

Nachdem die tragischen Ereignisse um den Tod von Madame L'Espanaye und ihrer Tochter gänzliche Aufklärung gefunden hatten, verbannte der Chevalier jene Affäre bereits aus seinen Gedanken und fiel wieder in die alte Gewohnheit launischer Träumereien zurück. Da ich schon seit jeher zu einer gewissen inneren Entrücktheit neigte, schloß ich mich seinen Stimmungen nur zu bereitwillig an. Wir lebten, wie bisher, in unseren Gemächern in der Faubourg Saint Germain, schrieben die Zukunft in den Wind und schlummerten friedlich in der Gegenwart, während wir die trostlose Welt um uns her in unsere Träume hineinwebten.

Doch diese Träume blieben nicht ganz ungestört. Man wird unschwer vermuten können, daß die Rolle, die mein Freund in jenem Drama in der Rue Morgue spielte, die Gemüter der Pariser Polizei nicht unerheblich beeindruckt hatte. Der Name Dupin war unter den Vertretern derselben für jeden ein Begriff geworden. Da die zwingende Einfachheit jener Schlußfolgerungen, vermittels derer er das Geheimnis enträtselte, keinem anderen Menschen als mir je erklärt wurde, nicht einmal dem Präfekten, überrascht es natürlich nicht, daß man meinte, es mit einem Wunder zu tun zu haben und daß die analyti-

Das Geheimnis um Marie Rogêt

schen Fähigkeiten des Chevaliers ihm den Ruf eines Hellsehers eintrugen. In seiner unverhohlenen Offenheit hätte er nicht gezögert, jeden neugierigen Frager von diesem Vorurteil zu befreien; doch da er träge war, lag es ihm fern, sich weiter um eine Sache zu bemühen, an der er selbst längst keinen Anteil mehr nahm. Aus diesem Grunde geschah es, daß er sich plötzlich im Mittelpunkt des politischen Interesses fand; und es kam nicht selten vor, daß man in der Präfektur versuchte, für den ein oder anderen Fall seine Dienste in Anspruch zu nehmen. Eines der bemerkenswertesten Beispiele dafür war der Mord an einem jungen Mädchen namens Marie Rogêt.

Dieser Vorfall begab sich ungefähr zwei Jahre nach dem furchtbaren Blutvergießen in der Rue Morgue. Marie, deren Tauf- und Familienname wegen ihrer Ähnlichkeit zu denen des unglückseligen »Zigarren-Mädchens« sofort Aufmerksamkeit erregen werden, war die einzige Tochter der Witwe Estelle Rogêt. Der Vater war in frühester Kindheit des Mädchens gestorben, und von dem Zeitpunkt seines Todes an bis zu einer Zeit, die ungefähr achtzehn Monate vor dem Mord lag, der Gegenstand unserer Erzählung ist, lebten Mutter und Tochter zusammen in der Rue Pavée Saint Andrée[1]. Dort unterhielt Madame mit Hilfe Maries eine Herberge. Die Dinge nahmen ihren Lauf, bis Marie ihren zweiundzwanzigsten Geburtstag erreichte. Zu dieser Zeit erweckte ihre große Schönheit die Aufmerksamkeit eines Parfümhändlers, der eines der Geschäfte im Untergeschoß des Palais Royal führte und dessen Kundschaft hauptsächlich aus gefährlichen Abenteurern bestand, von denen jene Gegend heimgesucht wurde. Monsieur Le Blanc[2] war sich des Vorteils sehr wohl bewußt, der ihm aus Maries Anwesenheit in seiner Parfümerie erwachsen würde; und das Mädchen nahm sein großzügiges Angebot bereitwillig an, wenngleich Madame einige Bedenken zu haben schien.

Die Erwartungen des Ladenbesitzers erfüllten sich, und es

---

[1] Nassau Street   [2] Anderson

dauerte nicht lange, da war sein Geschäft durch die weiblichen Reize der munteren *grisette* zu großer Berühmtheit gelangt. Als sie seit bereits ungefähr einem Jahr in seinen Diensten stand, wurden ihre Bewunderer durch ihr plötzliches Verschwinden aus dem Geschäft in helle Aufregung versetzt. Monsieur Le Blanc sah sich nicht in der Lage, ihre Abwesenheit zu erklären, und Madame Rogêt war vor Sorge und Furcht ganz außer sich. Die Zeitungen nahmen sich der Angelegenheit sofort an, und die Polizei war im Begriffe, nachhaltige Ermittlungen einzuleiten, als eines morgens, nachdem eine Woche vergangen war, Marie in bester gesundheitlicher Verfassung, jedoch in recht trauriger Stimmung, wieder auf ihrem gewohnten Platz hinter dem Ladentisch in der Parfümerie auftauchte. Jegliche Nachforschungen, von denjenigen privater Natur abgesehen, wurden selbstverständlich sofort eingestellt. Monsieur Le Blanc beteuerte, wie zuvor, nichts über die Sache zu wissen. Marie, unterstützt von Madame, entgegnete auf alle Fragen, daß sie die Woche im Hause eines Verwandten auf dem Land verbracht habe. Daraufhin erstarb jedes Interesse an der Angelegenheit, und sie geriet allgemein in Vergessenheit; zumal das Mädchen, angeblich um sich vor unverschämter Neugier zu schützen, dem Parfümhändler bald ihre Dienste aufkündigte und im Hause ihrer Mutter in der Rue Pavée Saint Andrée Zuflucht suchte.

Ungefähr drei Jahre nachdem sie in ihr Heim zurückgekehrt war, begab es sich, daß die ihr Nahestehenden durch ihr plötzliches Verschwinden zum zweiten Mal in Angst versetzt wurden. Drei Tage vergingen, während derer sie nichts von sich hören ließ. Am vierten Tag fand man ihre Leiche, die in der Seine[1] trieb, nahe dem Ufer, welches dem Quartier der Rue Saint Andrée gegenüberliegt, und an einem Ort, der nicht sehr weit von der einsamen Gegend des Barrière du Roule[2] entfernt ist.

Die Grausamkeit dieses Mordes (denn es war sofort ersicht-

[1] Der Hudson   [2] Weehawken

DAS GEHEIMNIS UM MARIE ROGÊT

lich, daß es sich hier nur um einen Mord handeln konnte), die
Jugend und Schönheit des Opfers und vor allem ihre vormalige Berühmtheit waren Grund genug, um in den Köpfen der
empfindsamen Pariser helle Aufregung zu entfachen. Ich kann
mich an keine ähnliche Begebenheit erinnern, die eine so
umfassende und nachhaltige Wirkung erzielt hätte. Einige
Wochen lang vergaß man wegen der Diskussionen über dies
eine, fesselnde Thema sogar die bedeutsamsten politischen
Ereignisse jener Zeit. Der Präfekt unternahm ungewöhnlich
große Anstrengungen, und selbstverständlich wurde der
gesamten Pariser Polizei das Äußerste abverlangt.

Unmittelbar nach Entdeckung des Leichnams war man sich
allgemein darüber einig, daß es dem Mörder keinesfalls gelingen würde, sich für längere Zeit den Nachforschungen, die man
sofort in die Wege leitete, zu entziehen. Erst nachdem eine
ganze Woche verstrichen war, erachtete man es für nötig, eine
Belohnung auszusetzen; und selbst da beschränkte man die
Summe auf lediglich tausend Francs. In der Zwischenzeit wurden die Ermittlungen mit Nachdruck fortgesetzt, wenn auch
nicht immer mit Umsicht. Zahlreiche Personen wurden ohne
jedes Ergebnis verhört; und weil man hinsichtlich der Lösung
des Rätsels völlig im Dunkeln tappte, wurde die öffentliche
Erregung immer größer. Am Ende des zehnten Tages hielt man
es für ratsam, die ursprünglich ausgesetzte Summe zu verdoppeln; und nachdem eine zweite Woche verstrichen war, ohne
daß man irgendwelche Entdeckungen gemacht hätte, und sich
das Vorurteil, welches man in Paris seit jeher gegen die Polizei
gehegt hatte, in mehreren, boshaften *émeutes* Luft machte, sah
sich der Präfekt schließlich gezwungen, für »die Überführung
des Mörders« die Summe von zwanzigtausend Francs auszu-
schreiben, oder, falls mehr als einer die Hand im Spiel gehabt
haben sollte, »für die Überführung auch nur eines einzigen der
Mörder«. In der Bekanntmachung, welche diesen Entschluß
verbreitete, wurde darüber hinaus einem jeden Komplizen
Straffreiheit zugesichert, der gegen seinen Mittäter Zeugnis
ablegen würde; und dem Ganzen hatte man, wo immer es

113

erschien, die private Verlautbarung eines Bürgerkomitees angeheftet, welches zusätzlich zu dem vom Präfekten angesetzten Betrag noch weitere zehntausend Francs versprach. Die gesamte Belohnung betrug somit also nicht weniger als dreißigtausend Francs; eine außergewöhnliche Summe, wenn man die bescheidenen Lebensumstände des Mädchens in Betracht zieht und bedenkt, daß solche Greueltaten wie die eben beschriebene in großen Städten äußerst häufig vorkommen.

Niemand zweifelte nun noch länger daran, daß die rätselhaften Umstände dieses Mordes unverzüglich ans Licht kommen würden. Doch obgleich in ein oder zwei Fällen Verhaftungen vorgenommen wurden, von denen man sich eine Aufklärung versprach, konnte man den Verdächtigten nicht das Geringste entlocken, weswegen man sie hätte beschuldigen können; und so setzte man sie umgehend wieder auf freien Fuß. So seltsam es scheinen mag; es verging die dritte Woche nach Auffinden des Leichnams, und sie verging, ohne daß irgendein Licht auf die Angelegenheit geworfen worden wäre, bevor auch nur ein Gerücht jener Ereignisse, die die Öffentlichkeit so in Aufruhr gebracht hatten, an Dupins und meine Ohren gelangte. Wir waren in Forschungsarbeiten vertieft, die unsere ganze Aufmerksamkeit forderten; und so kam es, daß nahezu ein ganzer Monat verstrichen war, ohne daß einer von uns ausgegangen wäre, Besuch empfangen oder mehr als nur einen flüchtigen Blick in den politischen Leitartikel einer Tageszeitung geworfen hätte. Die erste Nachricht von dem Mord wurde uns durch G- persönlich überbracht. Er besuchte uns am frühen Nachmittag des dreizehnten Juli 18- und blieb bis spät in die Nacht bei uns. Er war über den Mißerfolg all seiner Bemühungen, die Mörder aufzustöbern, äußerst ungehalten. Sein Ruf – so sagte er in einem Ton, der seine Pariser Herkunft deutlich verriet – stand auf dem Spiel. Sogar seine Ehre war betroffen. Die Augen der Öffentlichkeit waren auf ihn gerichtet; und es gab wahrlich kein Opfer, das er nicht für die Lösung des Geheimnisses zu bringen bereit wäre. Er beendete seine recht belustigende Rede mit einem Kompliment bezüglich Dupins *Taktgefühl,* wie er es zu nennen beliebte, und machte ihm einen offenen und gewißlich großzügigen Vorschlag, dessen genauen Inhalt mitzuteilen ich mich nicht berechtigt fühle, zumal er für den eigentlichen Gegenstand meiner Erzählung belanglos ist.

Das Kompliment wehrte mein Freund so gut es ging ab, doch den Vorschlag nahm er ohne Umschweife an, obwohl die darin enthaltenen Vorteile erst für später in Aussicht standen. Nachdem man sich in diesem Punkt einig geworden war, überschüttete uns der Präfekt sofort mit Erläuterungen seiner eigenen Ansichten, in welche er langschweifige Bemerkungen über das Beweismaterial einflocht, über das wir uns noch nicht in Kenntnis befanden. Er redete viel, und ohne Zweifel gelehrt. Gelegentlich erlaubte ich es mir, eine Vermutung zu äußern, während die nächtlichen Stunden in müder Trägheit dahinschwanden. Dupin, der ruhig in seinem gewohnten Lehnstuhl saß, war die Verkörperung respektvoller Aufmerksamkeit. Er trug während des gesamten Gesprächs eine Brille; und ein gelegentlicher Blick hinter die grünen Gläser überzeugte mich hinreichend davon, daß er während der sieben oder acht bleifüßigen Stunden, die dem Aufbruch des Präfekten unmittelbar vorausgingen, ebenso tief wie geräuschlos schlief.

Am nächsten Morgen beschaffte ich mir in der Präfektur einen umfassenden Bericht über alle Zeugenaussagen, die man zu Protokoll gebracht hatte, sowie in den verschiedentlichsten Zeitungsbüros eine Ausgabe jeder einzelnen Zeitung, in der wesentliche Informationen über diese traurige Angelegenheit veröffentlicht worden waren. Nachdem ich all jene Dinge, die eindeutig widerlegt worden waren, daraus entfernt hatte, sah die gewaltige Menge von Informationen wie folgt aus:

Marie Rogêt verließ das Haus ihrer Mutter in der Rue Pavée St. Andrée gegen neun Uhr morgens, am Sonntag den zweiundzwanzigsten Juni 18-. Bevor sie ging, unterrichtete sie einen gewissen Monsieur Jacques St. Eustache[1], und nur ihn, von ihrer

---

[1] Payne

Absicht, den Tag bei einer Tante zu verbringen, die in der Rue des Drômes ihren Wohnsitz hatte. Die Rue des Drômes ist eine kurze und enge, jedoch sehr belebte Gasse, die nicht sehr weit vom Flußufer entfernt ist und sich in einer Entfernung von ungefähr zwei Meilen, auf dem direktesten Weg, von der Pension der Madame Rogêt befindet. St. Eustache war der Verlobte Maries und wohnte in der Pension, in der er auch seine Mahlzeiten einnahm. Es war vereinbart, daß er seine Braut bei Einbruch der Abenddämmerung abholen und sie nach Hause begleiten sollte. Am Nachmittag begann es jedoch heftig zu regnen; und in der Annahme, daß sie bei ihrer Tante bleiben würde (was sie unter ähnlichen Umständen jedesmal getan hatte), hielt er es für unnötig, die Verabredung einzuhalten. Als die Nacht anbrach, ließ Madame Rogêt (eine gebrechliche alte Dame von siebzig Jahren) die Angst verlauten, ›daß sie Marie niemals wiedersehen würde‹; doch achtete man in jenem Augenblick kaum auf diese Bemerkung.

Am Montag stellte man fest, daß das Mädchen nicht in der Rue des Drômes gewesen war; und als ein Tag verging, ohne daß man von ihr gehört hätte, wurde eine reichlich verspätete Suche an verschiedenen Orten der Stadt und deren Umgebung eingeleitet. Es sollte jedoch bis zum vierten Tag nach ihrem Verschwinden dauern, bis man sich über ihr Schicksal in irgendeiner Weise Gewißheit verschaffen konnte. An diesem Tag (Mittwoch den fünfundzwanzigsten Juni) begab es sich, daß ein gewisser Monsieur Beauvais[1], der mit einem Freund zusammen Erkundigungen nach Marie eingezogen hatte, nahe dem Barrière du Roule, an dem Ufer der Seine, welches der Rue Pavée St. Andrée gegenüber liegt, davon benachrichtigt wurde, daß zwei Fischer soeben eine Leiche an Land gezogen hatten, die sie im Flusse hatten treiben sehen. Als man ihm den Leichnam zeigte, identifizierte Beauvais diesen, nach einigem Zögern, als den des Mädchens aus der Parfümerie. Sein Freund erkannte die Leiche wesentlich eher.

[1] Crommelin

Das Gesicht war von dunklem Blut erfüllt, das zum Teil auch von den Lippen quoll. Es stand kein Schaum vor dem Mund, wie es bei Ertrunkenen der Fall ist. Das Zellgewebe war nicht verfärbt. Am Hals entdeckte man blaue Flecken und die Eindrücke von Fingern. Die Arme waren steif und über der Brust angewinkelt. Die rechte Hand war zur Faust geballt, die linke halb geöffnet. Am linken Handgelenk fanden sich zwei kreisrunde Abschürfungen, die allem Anschein nach von Stricken herrührten, oder von einem Strick, der mehrfach darum gewunden worden war. Auch am rechten Handgelenk gab es mehrere, äußerst wund gescheuerte Stellen, ebenso wie den ganzen Rücken hinunter, insbesondere jedoch an den Schulterblättern.

Die Fischer hatten den Körper, um ihn an Land ziehen zu können, an einen Strick geknotet, doch rührte keine der Abschürfungen daher. Der Hals war dick angeschwollen. Es ließen sich keine Schnittwunden erkennen oder blaue Flecken, die durch Schläge hätten entstehen können. Man entdeckte ein Stück Spitze, das derart eng um den Hals geschlungen war, daß es kaum mehr zu sehen war, so tief hatte es sich in das Fleisch gegraben. Es war durch einen Knoten unter dem linken Ohr befestigt. Dies allein wäre als Todesursache ausreichend gewesen. Nach Aussage der untersuchenden Ärzte stand außer Frage, daß die Verstorbene einen tugendhaften Lebenswandel geführt hatte. Sie war jedoch, so hieß es in dem Bericht, mit brutalster Gewalt behandelt worden. Die Leiche war, als man sie fand, in einem Zustand, der keinem der ihr Nahestehenden das Wiedererkennen hätte erschweren können.

Die Kleidung war an zahlreichen Stellen zerrissen und anderweitig in Unordnung gebracht. Aus dem Überkleid hatte man ein Stück Stoff, ungefähr einen Fuß breit, vom Saum bis zur Taille herausgetrennt, aber nicht ganz abgerissen. Es war dreifach um die Taille gewickelt worden und am Rücken in einer Art Schlaufe verknotet. Das Unterkleid unmittelbar darunter war aus feinem Musselin gefertigt, aus dem ein Stück Stoff von achtzehn Zoll Breite gänzlich herausgerissen worden war – wobei man sehr gleichmäßig und mit großer Sorgfalt vorgegangen war. Dieses hatte man lose um ihren Hals gelegt und durch einen Knoten befestigt. Über das Stück Musselin und das Stück Spitze waren die Bänder eines Hutes geknotet; der Hut selbst hing noch daran herunter. Der Knoten, mit dem die Bänder des Hutes befestigt waren, war von keiner Dame geknüpft worden, sondern war vielmehr eine Schlaufe oder ein Seemannsknoten.

Nachdem man die Identität der Leiche festgestellt hatte, brachte man sie nicht, wie üblich, zum Leichenschauhaus (da diese Formalität überflüssig war), sondern bestattete sie hastig nicht weit von dem Ort entfernt, an dem man sie an Land gezogen hatte. Als Folge des emsigen Bemühens des Monsieur Beauvais vertuschte man die Angelegenheit so gut es ging; und es verstrichen mehrere Tage, bevor sich die Öffentlichkeit der Sache in irgendeiner Weise annahm. Schließlich befaßte sich jedoch eine wöchentliche Zeitung[1] mit der Sache; der Leichnam wurde wieder ausgegraben, und man nahm erneut eine Untersuchung vor. Doch ließ sich nichts ans Licht bringen, das über die bereits festgestellten Tatsachen hinausgegangen wäre. Diesmal verabsäumte man es jedoch nicht, die Kleider der Mutter und den Freunden der Verstorbenen vorzulegen, welche sie daraufhin ohne jeden Zweifel als diejenigen Kleider identifizierten, die das Mädchen beim Verlassen des Hauses getragen hatte.

In der Zwischenzeit wurde die Aufregung der Menschen von Stunde zu Stunde größer. Mehrere Individuen wurden verhaftet und wieder auf freien Fuß gesetzt. St. Eustache geriet besonders in Verdacht; und er vermochte es zunächst auch nicht, eine klare Auskunft über seinen Verbleib während jenes Sonntags zu geben, an dem Marie das Haus verlassen hatte. Später legte er jedoch dem Präfekten mehrere eidesstattliche Erklärungen vor, die für jede einzelne Stunde des fraglichen

---

[1] Die New Yorker Mercury

Tages hinreichend Rechenschaft ablegten. Als die Zeit verging und sich keine weitere Entdeckung einstellen wollte, wurden Tausende von widersprüchlichen Gerüchten in die Welt gesetzt, und die Zeitungsschreiber ergingen sich in *Vermutungen*. Davon zog eine besonders die Aufmerksamkeit auf sich, nämlich die Behauptung, Marie Rogêt sei nach wie vor am Leben – und der Leichnam, den man in der Seine fand, sei der irgendeiner anderen Unglückseligen. Es scheint mir angebracht, dem Leser einige Auszüge aus dem Artikel zu geben, welcher der fraglichen Vermutung Ausdruck verlieh. Die folgenden Passagen sind wörtliche Übersetzungen aus »L'Etoile«[1], einer Zeitung, die im allgemeinen mit großem Geschick geführt wird.

»Mademoiselle Rogêt verließ das Haus ihrer Mutter am Sonntag morgen, den zweiundzwanzigsten Juni, mit der angeblichen Absicht, ihre Tante zu besuchen, oder irgendeine andere Verwandte in der Rue des Drômes. Von dieser Stunde an ist sie nicht mehr gesehen worden. Es gibt weder eine Spur noch eine Nachricht von ihr.... Es hat sich bis jetzt noch keine einzige Person gemeldet, von der sie an dem Tag, als sie das Haus ihrer Mutter verließ, gesehen worden wäre.... Obwohl wir also keinen Beweis dafür haben, daß Marie Rogêt nach neun Uhr am Sonntag, den zweiundzwanzigsten Juni, noch unter den Lebenden weilte, so wissen wir immerhin nachweislich, daß sie bis zu jener Stunde lebendig war. Am Mittwoch fand man, um zwölf Uhr mittags, einen weiblichen Körper, der nah am Ufer des Barrière du Roule in der Seine trieb. Selbst wenn wir annehmen, daß Marie Rogêt in den Fluß geworfen wurde, kaum drei Stunden nachdem sie das Haus ihrer Mutter verlassen hatte, so sind es doch nur drei Tage, die nach ihrem Davongehen vergangen sind – drei Tage bis auf die Stunde genau. Doch wäre es Narrheit anzunehmen, daß der Mord, falls überhaupt ein Mord

---

[1] Die New Yorker Brother Jonathan, herausgegeben von H. Hastings Weld

an ihr verübt wurde, früh genug geschah, um es ihren Mördern zu ermöglichen, ihren Körper vor Mitternacht in den Fluß zu werfen. Diejenigen, die sich solch furchtbarer Verbrechen schuldig machen, ziehen die Dunkelheit dem Tageslicht bei weitem vor.... Daraus folgt also, daß der im Fluß gefundene Leichnam, falls es sich dabei tatsächlich um Marie Rogêt handelte, nicht länger als zweieinhalb Tage, höchstens jedoch drei Tage im Wasser gewesen sein konnte. Jede Erfahrung lehrt uns, daß es sechs bis zehn Tage dauert, bis die Körper Ertrunkener oder derer, die unmittelbar nach einem gewaltsamen Tod ins Wasser geworfen wurden, in ihrer Verwesung so weit fortgeschritten sind, daß sie an der Wasseroberfläche auftauchen. Selbst wenn man über einem Leichnam eine Kanone abfeuert und dieser dann aufsteigt, bevor er fünf oder sechs Tage unter Wasser war, so sinkt er doch sofort wieder, wenn man ihn seinem Schicksal überläßt. Nun fragen wir uns, was in diesem Fall wohl geschehen sein mag, um eine solche Abweichung vom gewöhnlichen Lauf der Dinge zu verursachen?... Falls man die Leiche in jenem so übel zugerichteten Zustand bis Dienstag abend am Flußufer gelassen hätte, ließe sich dort gewißlich eine Spur der Mörder finden. Es steht ebenfalls zu bezweifeln, daß der Körper selbst dann so bald nach oben getrieben wäre, wenn seit dem Tod bereits zwei Tage vergangen wären. Und es ist darüber hinaus höchst unwahrscheinlich, daß irgendwelche Halunken, die einen solchen Mord begehen, den Körper ins Wasser geworfen hätten, ohne ihn durch Gewichte zum Sinken zu bringen. Eine solche Vorsichtsmaßnahme hätte nur zu leicht getroffen werden können.«

Der Herausgeber fährt sodann mit der Behauptung fort, daß der Körper »nicht drei Tage im Wasser war, sondern mindestens fünf mal drei Tage«, weil er bereits so stark verwest war, daß es Beauvais große Schwierigkeiten bereitete, ihn zu identifizieren. Dieses letztere Argument ist jedoch gänzlich widerlegt worden. Ich fahre mit der Übersetzung fort:

»Was sind also nun die Fakten, auf die sich M. Beauvais' Aussage stützte, er habe keine Zweifel, daß es sich bei dem Leichnam um Marie Rogêt handle? Er riß den Ärmel des Kleides auf und behauptet, Kennzeichen gefunden zu haben, die ihn über die Identität nicht länger in Zweifel ließen. Die Öffentlichkeit nimmt allgemein an, daß es sich bei diesen Kennzeichen um irgendeine Art von Narben handelt. Er rieb den Arm und fand Haare darauf – etwas, das so unbestimmt ist, wie man es sich nur vorstellen kann – genausowenig überzeugend, wie wenn man im Ärmel einen Arm findet. M. Beauvais kam in dieser Nacht nicht zurück, sondern sandte Madame Rogêt eine Nachricht, um sieben Uhr am Mittwoch abend, daß bezüglich ihrer Tochter nach wie vor Ermittlungen im Gange waren. Falls wir zugestehen, daß Madame Rogêt ihres Alters und ihres Kummers wegen nicht kommen konnte (und das will heißen, das wir ihr sehr viel zugestehen), muß doch gewißlich irgend jemand dort gewesen sein, der es der Mühe für wert befunden hätte, hinüberzugehen, um bei den Ermittlungen anwesend zu sein, gesetzt den Fall, man hielt den Leichnam für den Maries. Niemand ging. Es wurde in der Rue Pavée Andrée über die Angelegenheit nichts gesagt oder gehört, das den Bewohnern des Hauses aufgefallen wäre. Monsieur St. Eustache, der Liebhaber und zukünftige Mann Maries, der im Hause ihrer Mutter Pensionsgast war, sagt aus, daß er von der Entdeckung des Leichnams seiner Braut erst am nächsten Morgen gehört habe, als Monsieur Beauvais in sein Zimmer kam und ihm davon erzählte. Wenn man bedenkt, um was für eine Neuigkeit es sich hier handelt, so wurde diese, so will es uns scheinen, mit großer Gelassenheit aufgenommen.«

In diesem Sinne versuchte das Blatt, den Eindruck zu erwecken, bei den Verwandten Maries habe eine Gleichgültigkeit bestanden, die in keiner Weise verständlich war, wenn man annimmt, daß sie glaubten, der Leichnam sei derjenige Maries. Was man damit andeuten wollte, war folgendes; Marie habe sich mit Wissen ihrer Angehörigen aus der Stadt entfernt, weil ihre Unschuld in Zweifel gezogen worden war. Diese Angehörigen hätten sodann, als man in der Seine eine Leiche entdeckte, die dem Mädchen in gewisser Weise ähnlich sah, die Gelegenheit ergriffen, die Öffentlichkeit zu dem Glauben zu verleiten, sie sei tot. Doch »L'Etoile« war auch hier wieder allzu voreilig gewesen. Es wurde klar erwiesen, daß von einer Gleichgültigkeit, wie man sie unterstellt hatte, nicht die Rede sein konnte. Die alte Dame war zutiefst erschüttert und so aufgeregt, daß sie sich nicht in der Lage sah, irgendwelchen häuslichen Pflichten nachzugehen; St. Eustache, weit entfernt davon, die Neuigkeit gelassen aufzunehmen, war vor Schmerz ganz außer sich und von einer solchen Verzweiflung übermannt, daß Monsieur Beauvais einen Freund und Verwandten dazu bewegte, ihn in seine Obhut zu nehmen und zu verhindern, daß er bei den Untersuchungen während der Exhumierung der Leiche anwesend war. Zwar behauptete »L'Etoile«, die Leiche sei danach auf Kosten der Öffentlichkeit wieder bestattet worden, und die Familie habe das sehr vorteilhafte Angebot einer privaten Beisetzung entschieden abgelehnt; auch sei zu dem Zeremoniell kein einziges Mitglied der Familie erschienen – doch obgleich das Blatt dies alles anführte, um den Eindruck zu verstärken, den es zu vermitteln suchte, – so wurden *doch* alle diese Dinge später hinreichend widerlegt. In einer späteren Ausgabe der Zeitung wurde der Versuch unternommen, den Verdacht auf Beauvais selbst zu lenken. Der Herausgeber schreibt:

»Inzwischen hat die Angelegenheit ein ganz neues Gesicht bekommen. Wie man uns berichtet, war bei einer Gelegenheit eine gewisse Madame B- im Hause Madame Rogêts. Monsieur Beauvais, der gerade im Begriffe war auszugehen, teilte ihr mit, daß man einen Gendarm erwarte und daß sie, Madame B-, kein Wort zu diesem Gendarm sagen solle, bevor er nicht zurückgekehrt sei, und daß sie ihm die Sache überlassen solle ... So wie die Dinge im Augenblick stehen, scheint Beauvais die ganze Angelegenheit für sich allein austragen zu wollen. Kein einziger Schritt kann ohne Monsieur Beauvais unternommen werden, denn wo immer man sich hinwendet, man stößt immer wieder gegen ihn ... Aus irgendeinem Grund hat er beschlossen, daß sich keiner außer ihm mit der Handhabung der Angelegenheit zu beschäftigen hat; und er hat die männlichen Verwandten, so wie diese es uns darstellen, in äußerst sonderbarer Weise dreist beiseite gedrängt. Wie es scheint, widerstrebte es ihm ungemein, zuzulassen, daß die Verwandten den Leichnam zu Gesicht bekamen.«

Durch folgende Tatsache wurde dem Verdacht, der solchermaßen auf Beauvais gelenkt worden war, ein wenig Nachdruck verliehen. Ein Besucher hatte in dessen Büro, wenige Tage vor dem Verschwinden des Mädchens und als Beauvais gerade abwesend war, eine Rose im Schlüsselloch der Türe bemerkt, sowie eine daneben hängende Tafel, auf die der Name »Marie« geschrieben stand.

Die allgemeine Ansicht, so weit wir dies aus den Zeitungen entnehmen konnten, schien zu sein, daß Marie daß Opfer einer Bande von Desperados geworden war – daß sie von diesen auf die andere Seite des Flusse geschleppt, mißhandelt und ermordet worden war. »Le Commerciel«[1], ein Blatt mit hohem Einflußvermögen, ging jedoch gegen diese weitverbreitete Meinung entschieden an. Ich zitiere ein oder zwei Passagen aus den Artikeln dieser Zeitung:

»Wir sind davon überzeugt, daß man bisher der falschen Fährte gefolgt ist, insofern man die Suche auf das Barrière du Roule gelenkt hat. Es ist völlig unmöglich, daß eine Person, die unter Tausenden von Leuten derart bekannt war wie diese junge Frau, drei Block weit gegangen sein soll, ohne daß sie jemand gesehen hätte. Ein jeder, der ihr begegnet wäre, hätte sich daran erinnert, denn sie erweckte großes Interesse bei allen, die sie kannten. Sie ging zu einer Zeit aus, da die Straßen voll von Leuten waren... Es ist unmöglich, daß sie zum Barrière du Roule oder zu der Rue des Drômes gegangen sein soll, ohne daß mindestens ein Dutzend Leute sie erkannt hätten; und doch hat sich niemand gemeldet, der sie außerhalb des Hauses ihrer Mutter gesehen hätte, und es gibt, abgesehen von der Aussage bezüglich der von ihr geäußerten *Absicht,* keinen

---

[1] Das New Yorker Journal of Commerce

Beweis dafür, daß sie überhaupt ausgegangen ist. Ihr Kleid war zerrissen, um ihren Körper gewickelt und verknotet; und in dieser Weise hat man sie gleich einem Bündel getragen. Wäre der Mord im Barrière du Roule verübt worden, hätte für eine solche Vorrichtung keine Notwendigkeit bestanden. Die Tatsache, daß man den Körper fand, als er nahe dem Barrière im Wasser trieb, beweist in keiner Weise, wo man ihn ins Wasser geworfen hat ... Man hat ein Stück aus einem der Unterröcke des unglückseligen Mädchens, zwei Fuß lang und ein Fuß breit, herausgerissen, um den Hinterkopf geschlungen und es unter ihrem Kinn zusammengebunden, wahrscheinlich, um sie am Schreien zu hindern. Das haben Kerle getan, die sich nicht einmal im Besitz eines Taschentuchs befanden.«

Ein oder zwei Tage bevor uns der Präfekt besuchte, gelangte jedoch eine wichtige Information an die Polizei, welche schließlich die vom »Le Commerciel« vertretene These größtenteils zum Umsturz brachte. Zwei kleine Jungen, die Söhne einer gewissen Madame Deluc, entdeckten, während sie durch die Wälder nahe dem Barrière du Roule streiften und zufällig durch ein dichtes Gebüsch krochen, im Innern desselben drei oder vier große Steine, die eine Art Sitz mitsamt einer Rückenlehne und einer Fußbank bildeten. Auf dem oberen Stein lag ein weißer Unterrock; auf dem zweiten ein Seidenschal. Auch ein Sonnenschirm, Handschuhe und ein Taschentuch fanden sich dort. Auf dem Taschentuch stand der Name »Marie Rogêt«. An den umgebenden Dornenzweigen entdeckte man Kleiderfetzen. Die Erde war niedergetrampelt, die Büsche abgeknickt, und es sprach alles dafür, daß hier ein Kampf stattgefunden hatte. Zwischen dem Gebüsch und dem Fluß hatte man den Zaun niedergerissen, und am Boden fanden sich Anzeichen dafür, daß eine schwere Last darüber hinweggeschleift worden war.

Eine wöchentliche Zeitung, »Le Soleil«[1], hatte folgendes zu dieser Entdeckung zu bemerken – womit sie lediglich die Mei-

---

[1] Philadelphia Saturday Evening Post, herausgegeben von C.I. Peterson

nung der gesamten Pariser Presse wiedergab:

»Die Gegenstände befanden sich offensichtlich seit mindestens drei oder vier Wochen an diesem Ort; durch die Einwirkung des Regens waren sie alle von heftigem Schimmel befallen und klebten zusammen. Das Gras ist um sie herum und teils auch über sie gewachsen. Die Seide des Sonnenschirms war von guter Qualität; dennoch waren an der Innenseite die Fäden ineinander gelaufen. Das obere, zusammengefaltete Ende war gänzlich von Schimmel überzogen und verfault, und als man den Sonnenschirm öffnete, zerriß der Stoff... Die Kleiderfetzen, die an den Büschen hingen, waren etwa drei Zoll breit und sechs Zoll lang. Ein Teil davon war der Saum ihres Kleides, der offensichtlich einmal geflickt worden war; das andere Stück stammte vom Rock selbst und gehört nicht zum Saum. Die Fetzen sahen aus, als seien sie herausgerissen worden, und hingen an einem Dornbusch, ungefähr ein Fuß über dem Boden ... Es kann also kein Zweifel mehr daran bestehen, daß man den Ort entdeckt hat, an dem diese entsetzliche Schandtat geschehen ist.«

Infolge dieser Entdeckung gab es neue Zeugenaussagen. Madame Deluc gab zu Protokoll, daß sie, nicht weit vom Flußufer, gegenüber dem Barrière du Roule ein Gasthaus am Straßenrand betreibt. Es handelt sich dabei um eine besonders verlassene Gegend. Des Sonntags ist dies das Ausflugsziel für alle möglichen Strolche aus der Stadt, die mit Booten über den Fluß kommen. Gegen drei Uhr nachmittags an jenem fraglichen Sonntag traf im Gasthaus ein Mädchen in Begleitung eines jungen Mannes von dunkler Gesichtsfarbe ein. Die beiden blieben einige Zeit. Nach Verlassen des Hauses nahmen sie ihren Weg zu einem dichten Gehölz in der Nähe. Madame Delucs Aufmerksamkeit wurde vom Kleid des Mädchens angezogen, da dieses große Ähnlichkeit mit einem Kleid besaß, das einmal eine verstorbene Verwandte getragen hatte. Besonders ein Schal fiel ihr auf. Bald nachdem das Paar gegangen war, trat eine Schar üblen Gelichters in Erscheinung. Die Kerle führten sich prahlerisch auf, aßen und tranken, ohne zu bezahlen, folgten dem Weg, den der junge Mann und das Mädchen genommen hatten, kehrten in der Dämmerung zum Gasthaus zurück und ruderten wieder über den Fluß, als befänden sie sich in großer Eile.

Es war bald nach Einbruch der Dunkelheit am Abend desselben Tages, da hörten Madame Deluc und deren ältester Sohn die Schreie einer weiblichen Person in der Nähe des Gasthauses. Die Schreie waren heftig, dauerten jedoch nur kurze Zeit. Madame D. erkannte nicht nur den Schal, den man im Gebüsch gefunden hatte, sondern auch das Kleid, welches die Leiche getragen hatte. Ein Omnibuskutscher namens Valence[1] sagte nunmehr ebenfalls aus, daß er Marie Rogêt gesehen habe, wie sie an dem fraglichen Sonntag auf einer Fähre die Seine überquerte. Er, Valence, kenne Marie, und könne sich hinsichtlich ihrer Identität keinesfalls irren. Die Gegenstände, die man im Gebüsch gefunden hatte, wurden von den Verwandten Maries ohne Ausnahme als die ihren identifiziert.

Diese Zeugenaussagen und Informationen, die ich auf die Anregung Dupins hin aus den Zeitungen zusammengesucht hatte, enthielten nur noch einen weiteren Punkt – doch war dies, wie es schien, ein Ereignis von größter Tragweite. Unmittelbar nach der oben beschriebenen Entdeckung fand man den leblosen oder nahezu leblosen Körper St. Eustaches, Maries Verlobten, in der Nähe des Dickichts, das nunmehr ein jeder für den Ort des Verbrechens hielt. Neben ihm fand man ein leeres Fläschchen mit der Aufschrift »Laudanum«. Sein Atem legte von den Spuren des Gifts ein deutliches Zeugnis ab. Er starb, ohne noch ein Wort gesagt zu haben. Wie man entdeckte, trug er einen Brief mit sich, in dem er in kurzen Worten seine Liebe zu Marie erklärte sowie seine Absicht, sich das Leben zu nehmen.

»Ich brauche Ihnen kaum zu sagen«, bemerkte Dupin, nachdem er sich meine Notizen durchgelesen hatte, »daß dies ein

[1] Adam

DAS GEHEIMNIS UM MARIE ROGÊT

weit verwickelterer Fall ist als derjenige in der Rue Morgue, denn er unterscheidet sich von letzterem in einem wichtigen Punkt. Dies ist ein *alltägliches,* wenn auch entsetzliches Verbrechen. Es gibt nichts Seltsames oder besonders Ungewöhnliches darin. Wie Sie bemerken werden, hat man deshalb gedacht, das Geheimnis sei leicht zu lösen, obwohl man es gerade aus diesem Grunde für schwierig hätte halten sollen. Man glaubte daher zunächst auch, daß es unnötig sei, eine Belohnung auszusetzen. Die Gefolgsmänner des Präfekten sahen sich sofort in der Lage zu verstehen, wie und warum eine solche Greueltat begangen worden sein *könnte.* Sie konnten sich in ihrer Phantasie eine Art und Weise – oder viele Arten – und ein Motiv – ja, vielmehr zahllose Motive – ausmalen; und da es durchaus möglich war, daß eine dieser zahlreichen Arten und Motive die tatsächliche gewesen sein *könnte,* haben sie es für selbstverständlich gehalten, daß es eine davon auch sein *muß.* Doch die Leichtigkeit, mit der man zu den verschiedensten Vermutungen gelangte, und die Glaubwürdigkeit, mit der eine jede von ihnen behaftet war, hätte man eher als Anzeichen dafür nehmen müssen, wie schwierig – und nicht wie leicht – es sein würde, Licht in die Angelegenheit zu bringen. Ich habe festgestellt, daß es gerade die Dinge sind, die aus der ebenen Fläche des Gewöhnlichen herausragen, mittels derer sich der Verstand, sofern er dies vermag, seinen Weg zur Wahrheit sucht. Die richtige Frage in solchen Fällen wie diesem ist nicht so sehr ›Was ist geschehen?‹ sondern ›Was ist geschehen, das niemals zuvor geschehen ist?‹. Bei den Ermittlungen im Hause der Madame L'Espanaye[1] ließen sich die Beamten des Präfekten durch eben jenes Ungewöhnliche entmutigen und verwirren, welches einem klar geregeltem Verstand das sicherste Anzeichen für Erfolg gewesen wäre. Hingegen wäre es denkbar, daß der gewöhnliche Charakter dessen, was in dem Fall des Parfümerie-Mädchens ins Auge springt, einem

---

[1] Siehe »Die Morde in der Rue Morgue«

ebensolchen Verstand Anlaß zur Verzweiflung gegeben hätte; dort, wo die Beamten der Präfektur vermeinten, sich einen mühelosen Triumph versprechen zu dürfen.

Im Falle der Madame L'Espanaye und ihrer Tochter gab es selbst zu Beginn unserer Ermittlungen keinen Zweifel daran, daß ein Mord begangen worden war. Die Möglichkeit eines Selbstmordes schloß sich von vornherein aus. Auch hier können wir uns von Anfang an gewiß sein, daß an Freitod nicht zu denken ist. Der Leichnam, den man nahe dem Barrière du Roule fand, war in einem Zustand, der uns in diesem wichtigen Punkt keinen Raum für etwaige Zweifel läßt. Man hat jedoch vermutet, daß die entdeckte Leiche nicht diejenige der Marie Rogêt sei; und nur für letztere gilt, daß im Falle einer Überführung ihres Mörders oder ihrer Mörder eine Belohnung ausgezahlt wird; sie allein ist es, auf die sich die Abmachung bezieht, die wir mit dem Präfekten vereinbart haben. Wir kennen jenen Herrn beide sehr gut. Es wäre töricht, ihm allzuviel Vertrauen zu schenken. Falls wir mit unseren Nachforschungen von dem entdeckten Leichnam ausgehen, um dann, nachdem wir einen Mörder ausfindig gemacht haben, festzustellen, daß es sich um eine andere Person als Marie handelt; oder von einer lebendigen Marie ausgehen, diese finden, jedoch nicht ermordet – wäre in beiden Fällen unsere Mühe umsonst gewesen, denn wir haben es hier mit G- zu tun. Es ist demnach für unsere eigenen Zwecke, ganz abgesehen von den Belangen der Gerichtsbarkeit, unerläßlich, daß unser erster Schritt darin bestehen sollte, bar jeden Zweifels festzustellen, ob es sich bei dem Leichnam und der vermißten Marie Rogêt um ein und dieselbe Person handelt.

Die Argumente des ›Etoile‹ haben in der Öffentlichkeit großes Gewicht; und daß die Zeitung selbst von deren Wichtigkeit überzeugt ist, das läßt sich wohl aus der Art schließen, in der einer ihrer Artikel zu dem Thema beginnt – ›Die Morgenausgaben mehrerer Tageszeitungen‹, so heißt es, ›sprechen von dem *überzeugenden* Artikel in der am Montag erschienenen Ausgabe des ›Etoile.‹ Meiner Meinung nach ist das einzige,

DAS GEHEIMNIS UM MARIE ROGÊT

wovon der Artikel überzeugt, der außerordentliche Eifer seines
Herausgebers. Wir sollten im Auge behalten, daß es im allgemeinen eher das Anliegen unserer Presse ist, Aufsehen zu erregen – oder Eindruck zu schinden – , als der Sache der Wahrheit
zu dienen. Das letztere Ziel verfolgt man nur, falls man meint,
es mit ersterem vereinbaren zu können. Diejenige Zeitung, die
sich lediglich einer herkömmlichen Meinung anschließt (unabhängig davon, wie stichhaltig diese Meinung sein mag), verschafft sich nur wenig Anerkennung unter den Massen. Der
Großteil der Menschen hält einzig den für tiefsinnig, der Ideen
ausdrückt, welche zu den allgemeinen Vorstellungen im *scharfen Widerspruch* stehen. In einer Argumentation wie auch in
der Literatur ist es das Epigramm, das unter den meisten Menschen Bewunderung erregt und in unmittelbarster Weise auf-
gefaßt wird. Es verdient jedoch weder in dem einen noch in
dem anderen Bereich den geringsten Respekt.

Was ich damit sagen will, ist, daß es bei der Vermutung,
Marie Rogêt sei immer noch lebendig, einzig die Mischung aus
Epigramm und Melodram war, eher denn irgendeine wahrhaf-
te Glaubwürdigkeit, durch die sie sich dem ›Etoile‹ empfahl
und die ihr so große Zustimmung in der Öffentlichkeit eintrug.
Lassen Sie uns die hauptsächlichen Punkte in der Argumentation besagter Zeitung betrachten, wobei wir darauf achten
müssen, die wirre und zusammenhangslose Weise zu meiden,
mit der diese ursprünglich dargelegt wurde.

Das erste Ziel des Verfassers liegt darin, vermittels der Kürze
der Zeit, die zwischen Maries Verschwinden und dem Auffinden des im Wasser treibenden Leichnams verstrich, zu beweisen, daß es sich hier nicht um den Körper Maries handeln
konnte. Daher liegt es unmittelbar in der Absicht des Argu-
mentierenden, diese Zwischenzeit auf das kleinstmögliche
Maß zu reduzieren. In dem hastigen Bestreben, dieses Ziel zu
erreichen, läßt er sich von Anbeginn zu lauter Vermutungen
hinreißen. ›Es wäre Narrheit anzunehmen‹ so schreibt er, ›daß
der Mord, falls überhaupt ein Mord an ihr verübt wurde, früh
genug geschah, um es ihren Mördern zu ermöglichen, den Kör-

per vor Mitternacht in den Fluß zu werfen.‹ Wir fragen sofort und sehr verständlicherweise, *warum?* Warum wäre es Narrheit anzunehmen, daß der Mord geschah, kaum *fünf Minuten* nachdem das Mädchen das Haus ihrer Mutter verließ? Warum wäre es Narrheit anzunehmen, daß der Mord zu jeder beliebigen Zeit des Tages geschah? Es hat Morde zu jeder Stunde gegeben. Hätte der Mord aber zu irgendeinem Zeitpunkt zwischen neun Uhr am Sonntagmorgen und einer Viertelstunde vor Mitternacht stattgefunden, so wäre immer noch Zeit genug dafür gewesen, den ›Körper vor Mitternacht in den Fluß zu werfen‹. Die Behauptung der Zeitung läuft also letztendlich auf folgendes hinaus – nämlich, daß der Mord gar nicht am Sonntag begangen wurde. Und wenn wir dem ›Etoile‹ zugestehen, etwas derartiges anzunehmen, dann können wir ihm gleich alle nur denkbaren Freiheiten zugestehen. Der Abschnitt, der mit den Worten beginnt: ›Es wäre Narrheit anzunehmen, daß der Mord, etc.‹, könnte, unabhängig davon, was im ›Etoile‹ tatsächlich gedruckt wurde, im Kopf des Verfassers ebensogut folgendermaßen geheißen haben: ›Es wäre Narrheit anzunehmen, daß der Mord, falls überhaupt ein Mord an ihr verübt wurde, früh genug geschah, um es ihren Mördern zu ermöglichen, den Körper vor Mitternacht in den Fluß zu werfen; es wäre Narrheit, so meinen wir, all dies anzunehmen und zur selben Zeit anzunehmen (wozu wir entschlossen sind), daß der Körper nicht ins Wasser geworfen wurde, bevor Mitternacht vorüber war‹ – ein Satz, der in sich selbst bereits von Widersprüchlichkeit strotzt, aber nicht so überaus grotesk ist wie derjenige, der gedruckt wurde.

Läge es einzig in meiner Absicht«, fuhr Dupin fort, »diese Passage aus der Argumentation des ›Etoile‹ zu widerlegen, dann könnte ich das Ganze nun zweifelsohne auf sich beruhen lassen. Wir haben es hier jedoch nicht mit dem ›Etoile‹ zu tun, sondern wir suchen nach der Wahrheit. Der fragliche Satz hat, so wie er geschrieben steht, nur eine Bedeutung; und diese Bedeutung habe ich zu Genüge erläutert. Doch es ist unbedingt notwendig, daß wir über die bloßen Worte hinausgehen

Das Geheimnis um Marie Rogêt

und den Gedanken dahinter betrachten, dem diese Worte offensichtlich Ausdruck verleihen wollten, aber nicht vermochten. Das Bestreben des Verfassers war es zu sagen, wie unwahrscheinlich es ist, zu welcher Stunde des Tages oder der Nacht dieser Mord am Sonntag auch immer geschah, daß die Mörder es gewagt hätten, die Leiche vor Mitternacht zum Fluß zu tragen. Und genau hierin besteht eigentlich die Mutmaßung, gegen die ich Einspruch erhebe. Es wird angenommen, daß der Mord an einem Ort geschah und unter solchen Umständen, daß die Notwendigkeit bestand, die Leiche zum Fluß zu tragen. Nun hätte aber der Mord unmittelbar am Flußufer stattfinden können oder auf dem Fluß selbst; was bedeutet, daß man zu jeder beliebigen Zeit des Tages dazu hätte Zuflucht nehmen können, die Leiche ins Wasser zu werfen – die naheliegendste und schnellste Art, diese loszuwerden. Wohlgemerkt, ich möchte keineswegs den Eindruck erwecken, als hielte ich irgend etwas von dem hier Angeführten für wahrscheinlich oder als entspräche es meiner eigenen Ansicht. Was ich bis hierhin zu klären beabsichtigte, steht mit den Fakten des Falls in keinerlei Zusammenhang. Ich möchte Ihnen lediglich ein wenig Vorsicht gegenüber dem Ton anempfehlen, in dem die im ›Etoile‹ geäußerten *Vermutungen* gehalten sind, indem ich Ihre Aufmerksamkeit darauf lenke, daß es sich von Anfang an um eine *Ex-parte*-Argumentation handelt.

Nachdem die Zeitung in besagter Weise eine zeitliche Begrenzung setzte, um damit ihre eigenen, vorgefaßten Ideen zu unterstützen, und sodann die Überzeugung ausdrückte, daß, falls es sich hier um den Leichnam Maries handelte, dieser nur eine sehr kurze Zeit im Wasser gewesen sein konnte, fährt sie fort:

›Jede Erfahrung lehrt uns, daß es sechs bis zehn Tage dauert, bis die Körper Ertrunkener oder derer, die unmittelbar nach einem gewaltsamen Tod ins Wasser geworfen wurden, in ihrer Verwesung so weit fortgeschritten sind, daß sie an der Wasseroberfläche auftauchen. Selbst wenn man über einem Leichnam eine Kanone abfeuert und dieser dann aufsteigt, bevor er fünf oder sechs Tage unter Wasser war, so sinkt er doch sofort wieder, wenn man ihn seinem Schicksal überläßt.‹

Diese Behauptungen sind von jeder anderen Zeitung in Paris widerspruchslos hingenommen worden, mit Ausnahme des ›Moniteur‹[1]. Dieses letztgenannte Blatt bemühte sich, denjenigen Teil des Abschnitts zu entkräften, der sich mit den ›Körpern Ertrunkener‹ auseinandersetzt; und zwar lediglich dadurch, daß es fünf oder sechs Beispiele von Fällen heranzog, in denen man die Körper von Ertrunkenen nach wesentlich kürzerer Zeit an der Wasseroberfläche treiben sah, als dem Zeitraum, auf dem ›Etoile‹ bestand. Doch liegt etwas äußerst Unlogisches in dem Versuch seitens des ›Moniteur‹, die allgemeine Behauptung des ›Etoile‹ dadurch zu widerlegen, daß er einige besondere Beispiele nennt, welche gegen diese Behauptung sprechen. Wäre es möglich gewesen, statt der fünf Beispiele von Körpern, die nach zwei oder drei Tagen bereits an der Oberfläche schwammen, fünfzig anzuführen, so könnte man selbst diese fünfzig Beispiele nur als Ausnahmen zu der vom ›Etoile‹ aufgestellten Regel betrachten; solange bis diese Regel selbst widerlegt ist. Wenn man die Regel gelten läßt (und ›Le Moniteur‹ bestreitet sie keinesfalls, sondern besteht einzig darauf, daß es Ausnahmen dazu gibt), duldet man es, daß die Argumentation des ›Etoile‹ in ihrer ganzen Tragweite bestehen bleibt. Diese Argumentation nämlich gibt gar nicht erst vor, mehr zu enthalten als die Frage danach, wie hoch die *Wahrscheinlichkeit* ist, daß der Leichnam innerhalb weniger als dreier Tage an die Oberfläche trieb. Diese Wahrscheinlichkeit steht jedoch so lange zu Gunsten des ›Etoile‹, bis die auf so kindische Weise herangezogenen Beispiele von ausreichender Zahl sind, um eine gegenteilige Regel aufzustellen.

Wie Sie sofort erkennen werden, sollte sich in diesem Zusammenhang ein jegliches Argument, falls überhaupt,

---

[1] Der New Yorker Commercial Advertiser, herausgegeben von Col. Stone.

DAS GEHEIMNIS UM MARIE ROGÊT

gegen die Regel selbst richten; und zu diesem Zwecke müssen
wir die Stichhaltigkeit dieser Regel überprüfen. Der menschliche Körper ist im allgemeinen weder viel leichter noch wesentlich schwerer als das Wasser der Seine; will sagen, das spezifische Gewicht des menschlichen Körpers ist, in natürlichem
Zustande, ungefähr gleichzusetzen mit der Masse an Süßwasser, die er verdrängt. Die Körper fetter und fleischiger Menschen mit dünnen Knochen und von Frauen im allgemeinen
sind leichter als die Körper magerer und großknochiger Menschen und von Männern. Auch ist das spezifische Gewicht des
Flußwassers in gewisser Weise dem Einfluß der Meeresgezei-
ten unterworfen. Doch wenn wir diese Frage der Gezeiten einmal beiseite lassen, können wir ohne weiteres behaupten, daß
nur sehr wenige menschliche Körper überhaupt *von sich aus*
sinken, selbst in Süßwasser nicht. Fast ein jeder, der in einen
Fluß fällt, wird in der Lage sein, sich treiben zu lassen, sofern er
es ruhig geschehen läßt, daß sich das spezifische Gewicht des
Wassers im Verhältnis zu seinem eigenen Gewicht angleicht –
will sagen, wenn er es zuläßt, daß sein ganzer Körper ins Wasser eintaucht, mit so wenigen Ausnahmen wie möglich. Die
richtige Lage für jemanden, der nicht schwimmen kann, ist diejenige eines Aufrechtgehenden an Land, mit weit zurückge-
worfenem, ins Wasser getauchtem Kopf, wobei nur Mund und
Nase an der Oberfläche bleiben sollten. Man wird feststellen,
daß man sich in dieser Haltung ohne große Mühe und Anstrengung treiben lassen kann. Es liegt jedoch auf der Hand, daß
das Gewicht des Körpers und das der verdrängten Wassermassen sehr genau ausbalanciert ist und daß eine Kleinigkeit
genügt, um eines von beiden die Überhand gewinnen zu lassen. Ein Arm, den man aus dem Wasser hebt und ihn so seiner
Stütze beraubt, ist zum Beispiel ein zusätzliches Gewicht, das
dazu ausreicht, den gesamten Kopf unterzutauchen, während
die zufällige Hilfe eines winzigen Stück Holzes uns dazu
befähigt, den Kopf so weit aus dem Wasser zu heben, daß wir
uns umschauen können. Ein Mensch, der des Schwimmens
nicht mächtig ist, wird in seinen hilflosen Anstrengungen

unweigerlich die Arme in die Höhe werfen und gleichzeitig versuchen, den Kopf in seiner gewohnt waagerechten Position zu halten. Das Ergebnis ist, daß Mund und Nase untertauchen und daß bei den Bemühungen, unter Wasser zu atmen, letzteres in die Lunge eindringt. Eine recht große Menge davon gelangt auch in den Magen, und der gesamte Körper wird durch den Unterschied schwerer, der zwischen dem Gewicht der Luft besteht, die ursprünglich diese Hohlräume aufblähte, und dem Gewicht der Flüssigkeit, die sie nun ausfüllt. Dieser Unterschied reicht im Normalfalle aus, um den Körper zum Sinken zu bringen; im Falle von Personen mit dünnen Knochen und einer ungewöhnlichen Menge an schlaffem oder fettem Fleisch ist er jedoch nicht hinreichend. Solche Personen treiben auch nach dem Ertrinken noch an der Oberfläche.

Die Leiche, von der wir annehmen, daß sie sich am Grunde des Flusses befindet, wird dort liegen bleiben, bis ihr spezifisches Gewicht auf irgendeine Weise wieder geringer wird als das Gewicht der Wassermassen, die sie verdrängt. Dieser Effekt wird durch den Zersetzungsprozeß erzielt oder durch etwas anderes. Die Zersetzung hat eine Erzeugung von Gasen zur Folge, die sich im Zellgewebe und allen Hohlräumen ausdehnen und so jenes *aufgeblähte* Aussehen hervorrufen, das so entsetzlich ist. Wenn diese Aufblähung so weit fortgeschritten ist, daß sich der Umfang des Leichnams um einiges vergrößert hat, ohne daß sich entsprechend die Masse oder das Gewicht verändert hätten, wird sein spezifisches Gewicht geringer als das des verdrängten Wassers, und er taucht unverzüglich an die Oberfläche auf. Der Zersetzungsprozeß wird jedoch von unzähligen Umständen beeinflußt – von zahllosen Einwirkungen beschleunigt oder verlangsamt; zum Beispiel von der Hitze oder Kälte der jeweiligen Jahreszeit, davon, wie mineralienreich oder klar das Wasser ist, wie tief oder flach, wie schnell es fließt oder ob es ein stehendes Gewässer ist, von der Temperatur des Körpers, oder davon, ob der Tote vor seinem Dahinscheiden krank oder gesund war. Es wird daraus ersichtlich, daß wir zu keiner Zeit mit Sicherheit sagen können, wann die Zersetzung soweit fortgeschritten ist, daß der Leichnam auftaucht. Unter gewissen Umständen könnte sich dieses Ergebnis bereits nach einer Stunde einstellen; unter anderen Umständen ist es denkbar, daß es überhaupt nicht geschieht. Es gibt chemische Infusionen, vermittels derer man die Verwesung der physischen Gestalt für immer verhüten kann; das Quecksilberchlorid ist eine davon. Doch von dem Verwesungsprozeß abgesehen könnten sich, was zumeist auch geschieht, im Innern des Magens Gase bilden, bedingt durch die Gärung pflanzlicher Stoffe (oder innerhalb anderer Hohlräume aus anderen Gründen), die ausreichend sind, um den Körper derart aufzublähen, daß er zur Wasseroberfläche aufsteigt. Das Abfeuern einer Kanone hat den simplen Effekt, gewisse Schwingungen zu erzeugen. Diese könnten einerseits bewirken, daß die Leiche sich aus dem weichen Schlamm oder Morast löst, in dem sie festsaß, und es ihr so ermöglichen aufzusteigen, nachdem andere Faktoren sie bereits dafür vorbereitet haben; oder sie könnten die Ursache dafür sein, daß der hartnäckige Widerstand gewisser Teile des verwesenden Zellgewebes bricht, so daß sich die Hohlräume unter dem Einfluß der Gase aufblähen können.

Da wir nun alles nur Denkbare zu diesem Punkt in Betracht gezogen haben, können wir aufgrund dessen die Behauptungen des ›Etoile‹ ohne weiteres überprüfen. ›Jede Erfahrung lehrt uns‹, schreibt diese Zeitung, ›daß es sechs bis zehn Tage dauert, bis die Körper Ertrunkener oder derer, die unmittelbar nach einem gewaltsamen Tod ins Wasser geworfen wurden, in ihrer Verwesung so weit fortgeschritten sind, daß sie an der Wasseroberfläche auftauchen. Selbst wenn man über einem Leichnam eine Kanone abfeuert und dieser dann aufsteigt, bevor er fünf oder sechs Tage unter Wasser war, so sinkt er doch sofort wieder, wenn man ihn seinem Schicksal überläßt.‹

Dieser gesamte Abschnitt muß uns nun wie ein einziges Gespinst aus unlogischen und unzusammenhängenden Behauptungen erscheinen. Es lehrt uns eben *nicht* jede Erfahrung, daß es sechs bis zehn Tage dauert, bis ›die Körper Ertrun-

kener‹ in ihrer Verwesung soweit fortgeschritten sind, daß sie
an die Oberfläche steigen. Sowohl die Wissenschaft als auch
die Erfahrung lehren, daß der Zeitraum bis zu ihrem Aufsteigen unbestimmbar ist und dies notwendigerweise auch sein
muß. Wenn, darüber hinaus, ein Körper an der Oberfläche aufgetaucht ist, weil man eine Kanone über ihm abgefeuert hat, so
wird er nicht wieder *sinken,* ›wenn man ihn seinem Schicksal
überläßt‹. Dies tut er erst dann, wenn die Verwesung so weit
fortgeschritten ist, daß das entstandene Gas ausweichen kann.
Doch möchte ich Ihre Aufmerksamkeit auf die Unterscheidung
richten, die man zwischen den ›Körpern Ertrunkener‹ und den
Körpern ›derer, die unmittelbar nach einem gewaltsamen Tod
ins Wasser geworfen wurden‹, macht. Obwohl der Verfasser
einen solchen Unterschied anerkennt, faßt er doch beide in
derselben Kategorie zusammen. Ich habe Ihnen erklärt, wie es
kommt, daß der Körper eines Ertrinkenden in seinem spezifi-
schem Gewicht schwerer wird als die Wassermassen, die er
verdrängt, und daß er gar nicht erst sinken würde, wenn er
nicht in seinen hilflosen Anstrengungen die Arme aus dem
Wasser heben und nach Atem ringen würde, während er unter
Wasser ist – was dazu führt, daß die ursprünglich in der Lunge
enthaltene Luft durch Wasser ersetzt wird. Bei einem Körper
jedoch, den man ›unmittelbar nach einem gewaltsamen Tod
ins Wasser geworfen hat‹, geschähen diese Anstrengungen und
verzweifelten Atemzüge gar nicht erst. Daraus folgt, daß in diesem letzten Fall *der Körper*, im Normalfall, *überhaupt nicht
untergeht* – eine Tatsache, die dem ›Etoile‹ offensichtlich unbekannt ist. Nur wenn die Verwesung sehr weit fortgeschritten ist
– wenn sich das Fleisch zum größten Teil von den Knochen
gelöst hat –, dann, und *nicht eher,* würden wir die Leiche in der
Tat aus den Augen verlieren.

Und was bleibt nun also noch übrig von dem Argument, daß
die gefundene Leiche nicht Marie Rogêt sein konnte, weil der Körper an der Oberfläche schwamm, obwohl erst drei Tage vergangen waren? Fall sie ertrunken wäre, ist es denkbar, daß sie, weil sie
eine Frau ist, gar nicht erst unterging; oder sie hätte, nachdem sie

unterging, bereits nach vierundzwanzig Stunden oder noch kürzerer Zeit wieder auftauchen können. Niemand behauptet jedoch, daß sie ertrunken ist; und da sie starb, bevor sie in den Fluß geworfen wurde, hätte man sie zu jeder beliebigen Zeit danach an der Oberfläche schwimmend entdecken können.

›Falls‹, so schreibt ›Etoile‹, ›man die Leiche in jenem so übel zugerichteten Zustand bis Dienstag abend am Flußufer gelassen hätte, ließe sich dort gewißlich eine Spur der Mörder finden.‹ Es ist hier zunächst recht schwierig, die Absicht zu erkennen, die hinter dieser Schlußfolgerung steckt. Der Verfasser beabsichtigt, einem möglichen Widerspruch gegen seine These zuvorzukommen – nämlich: daß die Leiche zwei Tage lang am Ufer liegen gelassen worden sein könnte und dort verweste – *schneller,* als dies unter Wasser geschehen wäre. Er nimmt an, daß, wäre dies der Fall gewesen, die Leiche bereits am Mittwoch aufgetaucht sein *könnte,* und denkt, daß dies nur unter den obengenannten Umständen möglich gewesen wäre. Er hat es dementsprechend eilig zu beweisen, daß man sie nicht am Ufer liegen ließ; denn in diesem Falle ›ließe sich dort gewißlich eine Spur der Mörder finden‹. Ich vermute, Sie lächeln über das *sequitur.* Sie vermögen nicht einzusehen, warum die bloße *Dauer* der Zeit, die der Leichnam am Ufer lag, es bewerkstelligen könnte, daß sich die Spuren der Mörder vervielfachen. Ich vermag es ebensowenig.

›Und es ist darüber hinaus höchst unwahrscheinlich‹, so fährt unsere Zeitung fort, ›daß irgendwelche Halunken, die einen solchen Mord begehen, den Körper ins Wasser geworfen hätten, ohne ihn durch Gewichte zum Sinken zu bringen. Eine solche Vorsichtsmaßnahme hätte nur zu leicht getroffen werden können.‹ Beachten Sie, auf welch lachhafte Weise sich hier die Gedanken verwirrt haben! Niemand, nicht einmal ›Etoile‹ – bestreitet, daß an dem *gefundenen Leichnam* ein Mord verübt wurde. Die Spuren einer Gewalttat sind zu offensichtlich. Es liegt lediglich in der Absicht des Verfassers, zu beweisen, daß dies nicht Maries Leiche ist. Er möchte beweisen, daß Marie nicht ermordet wurde – nicht, daß besagter Leichnam nicht umgebracht wurde. Doch beweisen seine Bemerkungen nur letzteres. Wir haben hier eine Leiche ohne zusätzliche Gewichte. Mörder hätten es beim Versenken derselben nicht verabsäumt, solche hinzuzufügen. Daher wurde die Leiche nicht von Mördern ins Wasser geworfen. Das ist alles, was dadurch bewiesen wird, wenn überhaupt irgend etwas bewiesen wird. Die Frage der Identität wird nicht einmal berührt, und ›Etoile‹ hat die größten Mühen daran verwendet, zu widerlegen, was er nur einen Augenblick zuvor zugegeben hat. ›Wir sind restlos davon überzeugt‹, so heißt es, ›daß die gefundene Leiche eine ermordete Frau ist.‹

Auch ist dies keineswegs das einzige Mal, selbst in diesem Teil seiner Argumentation, daß der Verfasser sich unbewußt selbst widerspricht. Seine offensichtliche Absicht ist es, wie ich bereits sagte, den Zeitraum zwischen Maries Verschwinden und dem Auffinden der Leiche so kurz wie möglich zu gestalten. Und doch stellen wir fest, daß er die Tatsache mit Nachdruck erwähnt, niemand habe das Mädchen von dem Augenblick an gesehen, an dem sie das Haus ihrer Mutter verließ. ›Wir haben keinen Beweis‹, schreibt er, ›daß Marie Rogêt nach neun Uhr am Sonntag, den zweiundzwanzigsten Juni, noch unter den Lebenden weilte.‹ Da sein Argument offensichtlich *ex parte* ist, hätte er die Sache zumindest außer acht lassen sollen; denn wäre es bekannt geworden, daß irgend jemand Marie beispielsweise am Montag oder Dienstag sah, wäre der fragliche Zeitraum um einiges verkürzt worden, so daß die Wahrscheinlichkeit, daß es sich bei der Leiche um die grisette handelte, seiner eigenen Argumentation zufolge, weit geringer gewesen wäre. Nichtsdestoweniger ist es recht amüsant, daß ›Etoile‹ auf diesem Punkt in dem festen Glauben besteht, dadurch würde seine Beweisführung in ihrer Gesamtheit bekräftigt.

Lesen Sie sich nun noch einmal den Teil der Argumentation durch, der sich auf die Identifikation der Leiche durch Beauvais bezieht. Was die *Haare* auf dem Arm anbetrifft, so war ›Etoile‹ offensichtlich unaufrichtig. Monsieur Beauvais, der sicherlich kein Idiot ist, hätte niemals die Identifikation einer

Leiche einfach nur darauf gestützt, daß sie *Haare an ihrem Arm* hatte. Kein Arm ist *frei* von Haaren. Die *Verallgemeinerung*, derer ›Etoile‹ sich hier bedient, ist nichts als eine Verdrehung der Aussage des Zeugen. Er muß von irgendeiner *Eigentümlichkeit* der Haare gesprochen haben. Es muß sich dabei um eine Besonderheit in der Farbe, der Anzahl, der Länge oder der Anordnung der Haare gehandelt haben.

›Sie hatte‹, schreibt die Zeitung, ›kleine Füße – doch gibt es Tausende davon. Weder ihre Strumpfbänder noch ihre Schuhe beweisen das geringste, denn Schuhe und Strumpfbänder werden *en masse* verkauft. Dasselbe gilt für die Blumen auf ihrem Hut. Worauf Monsieur Beauvais insbesondere hinweist, ist die Tatsache, daß der Verschluß der Strumpfbänder versetzt worden ist, um diese zu straffen. Auch das beweist rein gar nichts, denn die meisten Frauen halten es für schicklicher, ein Paar Strumpfbänder mit nach Hause zu nehmen und sie dort der Größe der Glieder anzupassen, welche umspannt werden sollen; anstatt sie in dem Laden anzuprobieren, wo sie gekauft werden.‹ Es ist schwer zu glauben, daß der Verfasser es hier ernst meint. Hätte M. Beauvais bei seiner Suche nach Marie eine Leiche entdeckt, die in ihrer allgemeinen Größe und Erscheinung dem vermißten Mädchen entspricht (von der Frage der Bekleidung ganz abgesehen), so wäre er durchaus berechtigt gewesen, zu der Meinung zu gelangen, daß seine Suche erfolgreich war. Wenn er zusätzlich zu diesem Punkt der allgemeinen Größe und Gestalt auf dem Arm noch eine eigentümliche Behaarung gefunden hätte, welche er zu Lebzeiten an Marie bemerkte, hätte er sich zu Recht in seiner Meinung bestätigt gesehen; und es ist sehr wohl möglich, daß die Behaarung, je eigentümlicher oder ungewöhnlicher sie war, seine Gewißheit um so mehr gesteigert hätte. Wenn die Füße Maries klein waren und die der Leiche ebenfalls, erhöht sich die Wahrscheinlichkeit, daß es sich um den Körper Maries handelt, nicht im bloß arithmetischen Sinne, sondern in einem höchst geometrischen oder kumulativen Sinne. Fügen wir zu all dem noch Schuhe hinzu, die dem Paar gleichen, das sie am

Tag ihres Verschwindens trug, auch wenn solche Schuhe möglicherweise *en masse* verkauft werden, dann vergrößert sich
die Wahrscheinlichkeit derart, daß sie an Gewißheit grenzt.
Was für sich allein genommen kein Beweis für eine Identität
wäre, wird dadurch, daß es etwas anderes bestätigt, ein mehr
als sicherer Beleg dafür. Nun braucht man uns nur noch die
Blumen auf ihrem Hut zu zeigen, die mit denen übereinstimmen, welche das vermißte Mädchen trug, und wir verlangen
keine weiteren Beweise mehr. Zeigt man uns nur *eine* Blume,
sind wir schon zufrieden – was aber ist, wenn man uns zwei
oder drei oder mehr zeigt? Jede einzelne Blume ist verviel-
fachter Beweis – nicht ein Beweis, den man anderen *hinzu-
fügt*, sondern der diese ins Hundert- und Tausendfache *multi-
pliziert*. Falls wir nun noch an der Verstorbenen Strumpfbänder entdecken, wie sie die Lebende benutzte, wäre es gerade
zu närrisch, noch weiter zu suchen. Doch wurden diese
Strumpfbänder darüber hinaus noch dadurch gestrafft, daß man
den Verschluß versetzte, in genau derselben Weise, in der
Marie ihre eigenen Bänder straffte, kurz bevor sie das Haus
verließ. Es wäre nun Wahnsinn oder Heuchelei, noch Zweifel
zu hegen. Wenn ›Etoile‹ behauptet, daß die Verkürzung von
Strumpfbändern eine ganz gewöhnliche Erscheinung ist,
beweist dies nur, wie beharrlich die Zeitung in ihrem Irrtum
befangen ist. Die Tatsache, daß es sich hier um elastische
Strumpfbänder handelt, zeigt nur zu deutlich, wie *ungewöhnlich* eine solche Verkürzung ist. Was geschaffen wurde, um sich
von alleine anzugleichen, das benötigt logischerweise nur sehr
selten eine Angleichung von fremder Hand. Es muß reiner
Zufall gewesen sein, in der engsten Bedeutung dieses Wortes,
daß diese Strumpfbänder Maries einer Straffung in der
beschriebenen Weise bedurften. Diese allein hätten bereits
mehr als genügt, um ihre Identität unter Beweis zu stellen.
Doch handelt es sich hier nicht allein darum, daß man an der
Leiche die Strumpfbänder des vermißten Mädchens fand oder
entdeckte, daß diese ihre Schuhe trug oder ihren Hut oder die
die Blumen auf ihrem Hut oder dieselben Füße besaß oder die

DAS GEHEIMNIS UM MARIE ROGÊT

eigentümliche Behaarung auf dem Arm oder ihre allgemeine Größe und Erscheinung – sondern darum, daß die Leiche jedes einzelne dieser Merkmale aufwies und alle zusammen. Könnte man nachweisen, daß der Herausgeber des ›Etoile‹ tatsächlich noch einen Zweifel hegte, wäre es unter den gegebenen Umständen in seinem Falle gar nicht erst nötig, eine Kommission *de lunatico inquirendo* einzusetzen. Er hat es für klug gehalten, das oberflächliche Gefasel der Anwälte nachzuäffen, die sich ihrerseits meistenteils darauf beschränken, sich die verknöcherte Denkweise der Gerichtshöfe anzueignen. Ich möchte dazu bemerken, daß sehr viel von dem, was man in einem Gerichtssaal als Beweismaterial verwirft, für den Verstand der bestmögliche Beweis ist. Denn das Gericht, das sich von den allgemeinen Prinzipien der Beweisführung leiten läßt – den anerkannten und *schriftlich* festgehaltenen Prinzipien –, weigert sich zumeist, selbst in besonderen Fällen von diesen Prinzipien abzuweichen. Und dieses unerschütterliche Festhalten am Prinzip, vereint mit einer strikten Mißachtung der diesem Prinzip widersprechenden Ausnahme, ist ein sicheres Mittel, um über jedweden längeren Zeitraum hinweg das *Maximum* aller erreichbarer Wahrheiten zu ermitteln. Es ist dies daher eine Praxis, die, wenn man sie *en masse* anwendet, durchaus ihre Berechtigung hat, doch es ist ebenso gewiß, daß dadurch unzählige individuelle Irrtümer erzeugt werden.[1]

Was den Verdacht gegen Beauvais anbetrifft, so können wir

---

[1] »Eine Theorie, welche sich auf die spezifischen Eigenschaften eines Gegenstands gründet, vereitelt, daß sie diesen nach etwelchen Zweckbegriffen beurteilt; und wer bei einem Fall auf die Ursachen sieht, hört auf, ihn nach seinen Ergebnissen einzuschätzen. So zeigt die Jurisprudenz einer jeden Nation, daß das Gesetz immer dann aufhört, Gerechtigkeit zu sein, wenn es zur Wissenschaft und zum System wird. Die Irrtümer, in welche ein blinder Prinzipienkult das gemeine Recht führt, lassen sich daran ersehen, wie oft die Gesetzgebung gezwungen war, das Billigkeitsrecht wiederherzustellen, das ihrem Schema verlorengegangen.« LANDOR.

ihn ohne weiteres gänzlich von der Hand weisen. Sie haben bereits den wahren Charakter dieses guten Herrn erfaßt. Er ist einer jener Wichtigtuer, die sich in alles einmischen, mit großen romantischen Anwandlungen und wenig Verstand. Jeder, der so geschaffen ist, wird sich bei Gelegenheiten tatsächlicher Aufregung ohne weiteres in einer Weise verhalten, die ihn den Neunmalklugen oder Übelgesinnten verdächtig macht. M. Beauvais hatte (wie aus Ihren Aufzeichnungen hervorzugehen scheint) einige persönliche Gespräche mit dem Herausgeber des ›Etoile‹ und hat diesen dadurch beleidigt, daß er es wagte, die Meinung zu äußern, es handle sich bei dem Leichnam, ungeachtet der Theorie des Herausgebers, schlicht und einfach um Marie. ›Er behauptet unverwandt‹, schreibt das Blatt, ›daß es sich bei der Leiche um Marie handelt, doch kann er keinen Umstand nennen, zusätzlich zu denen, über die wir uns bereits geäußert haben, um auch andere zu diesem Glauben zu bewegen.‹ Wenn wir einmal von der Tatsache absehen, daß man stichhaltigere Beweise, ›um auch andere zu diesem Glauben zu bewegen‹, *unmöglich* hätte anführen können, ließe sich darüber hinaus bemerken, daß man es in einem Fall wie diesem sehr wohl verstehen kann, wenn ein Mensch an etwas glaubt, ohne daß er in der Lage wäre, auch nur einen einzigen Beweis zu erbringen, der andere hinlänglich überzeugen könnte. Nichts ist so unbestimmt wie die Eindrücke einer individuellen Identität. Jeder Mensch erkennt seinen Nachbarn wieder, und doch sieht sich zumeist keiner in der Lage anzugeben, *aus welchem Grund* er ihn wiedererkennt. Der Herausgeber des ›Etoile‹ hatte kein Recht, wegen der unsinnigen Überzeugung des M. Beauvais beleidigt zu sein.

Man wird feststellen, daß die ihm angelasteten verdächtigen Umstände viel eher mit meiner Hypothese des romantisch veranlagten, sich überall einmischenden Wichtigtuers übereinstimmen als mit irgendeiner Schuld, die der Verfasser ihm unterstellen möchte. Sobald man sein Verhalten auf meine, etwas wohlwollendere Weise auslegt, ergeben sich keine

Schwierigkeiten, solche Dinge zu erklären wie die Rose im Schlüsselloch, der Name ›Marie‹ auf der Tafel, das ›Beiseite-drängen der männlichen Verwandten‹, das ›Widerstreben, zuzulassen, daß diese den Leichnam zu Gesicht bekamen‹, die Aufforderung an Madame B-, sich mit dem Gendarm auf keinen Fall zu unterhalten, bevor er (Beauvais) nicht zurückgekehrt sei; und schließlich seine Entschlossenheit, ›daß sich keiner außer ihm mit der Handhabung der Angelegenheit zu beschäftigen hat‹. Es scheint mir außer Frage zu stehen, daß Beauvais um Maries Gunst gefreit hat, daß sie mit ihm koketierte und daß er den Ehrgeiz hatte, den Eindruck zu erwecken, als stünde er ihr äußerst nah und genösse ihr vollstes Vertrauen. Ich werde zu diesem Punkt nichts weiter sagen; und da die Tatsachen jene Behauptung des ›Etoile‹ gänzlich widerlegen, die sich auf die Gleichgültigkeit der Mutter und anderer Verwandter bezieht – eine *Gleichgültigkeit,* die mit der Annahme, daß diese den Leichnam für den des Parfümerie-Mädchens hielten, nicht vereinbar gewesen wäre –, werden wir nun fortfahren, ganz so als sei die Frage der *Identität* zu unserer vollsten Zufriedenheit geklärt.«

»Und was«, fragte ich an dieser Stelle, »halten Sie von der Auffassung des ›Commerciel‹?«

»Daß sie ihrem Charakter nach weit mehr Aufmerksamkeit verdient als irgend etwas anderes, das zu diesem Thema verbreitet worden ist. Die aus den Prämissen gezogenen Schlußfolgerungen sind logisch und scharfsinnig; doch beruhen die Prämissen in mindestens zwei Fällen auf ungenauen Beobachtungen. ›Le Commerciel‹ möchte die Vermutung nahelegen, daß Marie von einer Bande übler Schurken nicht weit von der Tür ihres Hauses ergriffen wurde. ›Es ist völlig unmöglich‹, so betont das Blatt, ›daß eine Person, die unter Tausenden von Leuten derart bekannt war wie diese junge Frau, drei Block weit gegangen sein soll, ohne daß sie jemand gesehen hätte.‹ Dies ist die Vorstellung eines Mannes, der lange in Paris gewohnt hat – ein Mann des öffentlichen Lebens –, der seine Spaziergänge innerhalb der Stadt zumeist auf die Nachbar-

schaft der Zeitungsbüros beschränkt. Er ist sich der Tatsache
bewußt, daß er sich nur selten mehr als ein Dutzend Häuser-
blocks von seinem Bureau entfernen kann, ohne daß ihn
jemand erkennt und anspricht. Und in dem Wissen um den
Umfang seiner persönlichen Bekanntschaft mit anderen, und
dieser anderen mit ihm, vergleicht er seine Berühmtheit mit
derjenigen des Parfümerie-Mädchens, findet keinen großen
Unterschied und kommt unverzüglich zu dem Schluß, daß sie
auf ihren Spaziergängen ebenso unvermeidlich erkannt wird
wie er auf den seinen. Dies könnte jedoch nur dann der Fall
sein, wenn ihre Spaziergänge denselben, unveränderlichen
und methodischen Charakter hätten und innerhalb eines ähnlich begrenzten Gebietes stattfänden wie seine eigenen. Er
geht in regelmäßigen Abständen innerhalb eines begrenzten
Gebietes umher, in welchem es von Personen nur so wimmelt,
denen er notwendigerweise deshalb auffällt, weil sie einer
ähnlichen Beschäftigung nachgehen wie er. Die Spaziergänge
jedoch, die Marie unternahm, erstreckten sich vermutlich auf
ein recht ausgedehntes Gebiet. In diesem besonderen Falle
kann man es für höchst wahrscheinlich halten, daß sie einem
Weg folgte, der sie in noch abgelegenere Gebiete führte, als
dies gewöhnlich geschah. Die Parallele, die vermutlich in der
Vorstellung des ›Commerciel‹ existierte, könnte nur dann auf-
rechterhalten werden, wenn beide Personen auf ihren Wegen
die ganze Stadt durchstreiften. In diesem Falle wäre es wahrscheinlich, wenn wir einmal annehmen, daß die Anzahl persönlicher Bekanntschaften gleich hoch ist, daß auch eine entsprechend gleiche Anzahl an Zusammentreffen mit diesen
Bekannten stattfände. Was mich anbetrifft, so halte ich es nicht
nur für möglich, sondern für weit mehr als wahrscheinlich, daß
Marie zu jeder beliebigen Zeit irgendeinen der zahlreichen verschiedenen Wege zwischen ihrem eigenen Wohnhaus und
dem ihrer Tante gegangen sein könnte, ohne einer einzigen
Person zu begegnen, die sie selbst kannte oder von der sie
erkannt worden wäre. Wenn wir diese Frage im rechten Licht
betrachten wollen, so müssen wir im Auge behalten, was für

ein großes Mißverhältnis besteht zwischen der Anzahl persönlicher Bekanntschaften auch der berühmtesten Persönlichkeit von Paris und der Zahl der gesamten Bevölkerung der Stadt selbst.

Was jedoch von der Überzeugungskraft der im ›Commerciel‹ geäußerten Vermutung noch übrig bleibt, wird reichlich eingeschränkt, sobald wir in Betracht ziehen, zu welcher Zeit das Mädchen ausging. ›Sie ging zu einer Zeit aus‹, schreibt ›Le Commerciel‹, ›da die Straßen voll von Leuten waren.‹ Keineswegs. Es war neun Uhr morgens. Nun ist es um neun Uhr früh an jedem Morgen der Woche, mit *Ausnahme des Sonntags,* tatsächlich der Fall, daß sich die Leute auf den Straßen drängen. An einem Sonntag jedoch befindet sich der überwiegende Teil der breiten Öffentlichkeit um neun Uhr zu Hause, um sich für den Kirchgang vorzubereiten. Keiner aufmerksamen Person kann es entgangen sein, wie seltsam verlassen die Stadt zwischen acht und zehn Uhr morgens an einem jeden Feiertag wirkt. Zwischen zehn und elf füllen sich die Straßen wieder mit Menschen, nicht aber zu einer so frühen Zeit wie der genannten.

Es gibt einen zweiten Punkt, in dem sich ›Le Commerciel‹ offensichtlich einer ungenauen Beobachtung schuldig machte. ›Man hat‹, so heißt es, ›ein Stück aus einem der Unterröcke des unglückseligen Mädchens, zwei Fuß lang und ein Fuß breit, herausgerissen, um den Hinterkopf geschlungen und es unter ihrem Kinn zusammengebunden, wahrscheinlich, um sie am Schreien zu hindern. Das haben Kerle getan, die sich nicht einmal im Besitz eines Taschentuchs befanden.‹ Ob dies auf Tatsachen beruht oder nicht, werden wir später zu klären versuchen. Mit ›Kerlen, die sich nicht einmal im Besitz eines Taschentuchs befanden‹ meint der Herausgeber jene Schurken, die auf der Sprossenleiter der Gesellschaft am tiefsten gesunken sind. Gerade hier handelt es sich jedoch um Leute, die immer ein Taschentuch mit sich tragen, selbst wenn sie ihr letztes Hemd verloren haben. Es kann Ihnen nicht entgangen sein, wie vollkommen unverzichtbar dem ausgemachten

Halunken in letzter Zeit das Taschentuch geworden ist.«

»Und was«, fragte ich, »sollen wir von dem Artikel in ›Le Soleil‹ halten?«

»Daß es überaus bedauerlich ist, daß der Verfasser nicht als Papagei geboren wurde – in welchem Fall er der berühmteste Papagei seiner Zeit geworden wäre. Er hat lediglich die einzelnen Bestandteile der bereits veröffentlichten Meinungen wiederholt, wobei er diese mit lobenswertem Fleiß aus den verschiedensten Zeitungen zusammensuchte. ›Die Gegenstände‹, heißt es, ›befanden sich *offensichtlich* seit mindestens drei oder vier Wochen an diesem Ort. Es kann also *kein Zweifel* bestehen, daß man den Ort entdeckt hat, an dem diese entsetzliche Schandtat geschehen ist.‹ Die Fakten, die ›Le Soleil‹ hier zum wiederholten Male vorträgt, sind jedoch keineswegs dazu geeignet, meine eigenen Zweifel zu diesem Thema zu zerstreuen. Doch werden wir diese später einer genaueren Prüfung unterziehen, im Zusammenhang mit einem anderen Element dieser Angelegenheit.

Im Augenblick müssen wir uns jedoch mit etwas anderem auseinandersetzen. Es kann Ihnen nicht entgangen sein, wie außerordentlich nachlässig die Untersuchung der Leiche geführt wurde. Gewiß, die Frage der Identität war bald genug beantwortet oder hätte es jedenfalls sein sollen; doch gab es andere Punkte, die man hätte klären müssen. War die Leiche in irgendeiner Weise *ausgeraubt* worden? Trug die Verstorbene irgendwelchen Schmuck, als sie das Haus verließ? Falls ja, trug sie diesen noch, als man sie fand? Das sind wichtige Fragen, die in der Beweisführung völlig außer acht gelassen wurden; und es gibt andere von ähnlicher Bedeutung, die genausowenig beachtet wurden. Wir müssen uns bemühen, dies durch persönliche Erkundigungen zu klären. Der Fall St. Eustache muß erneut untersucht werden. Ich habe diese Person nicht im Verdacht, doch sollten wir methodisch vorgehen. Wir werden jeden Zweifel an der Gültigkeit der eidesstattlichen Erklärungen ausräumen, die sich auf seinen Verbleib an jenem Sonntag beziehen. Solche Erklärungen werden leicht zum Zwecke der

Verschleierung benutzt. Sollte sich jedoch herausstellen, daß sie völlig in Ordnung sind, werden wir St. Eustache in unseren Untersuchungen fürderhin außer acht lassen. Sein Selbstmord, der äußerst verdächtig wirken würde, falls man in diesen Erklärungen einen Betrug entdeckt, ist ohne einen solchen Betrug in keinster Weise ein unerklärliches Vorkommnis oder eines, das uns vom Wege einer gewöhnlichen Analyse abbringen sollte.

Was ich nunmehr vorschlagen werde, ist, daß wir uns vom Kern der Tragödie entfernen und unsere Aufmerksamkeit auf die Randgebiete lenken. Einer der häufigsten Irrtümer in einer Ermittlung wie dieser ist die Begrenzung der Nachforschungen auf das Naheliegende, unter völliger Mißachtung der nebensächlichen oder beiläufigen Ereignisse. Es ist das in Gerichten übliche Fehlverhalten, die Beweisführung und Diskussion auf die Grenzen des scheinbar Relevanten zu beschränken. Doch hat die Erfahrung uns gelehrt, so wie es auch jedes wahrhaft logische Denken tut, daß sich ein gewaltiger, vielleicht gar der größere Teil der Wahrheit aus dem scheinbar Irrelevantem ergibt. Es ist der Geist, der in diesem Prinzip steckt, wenn auch nicht gerade das eigentliche Prinzip selbst, vermittels dessen sich die moderne Wissenschaft entschloß, *das Unvorhersehbare mit einzuberechnen.* Aber vielleicht verstehen Sie mich nicht ganz. Die Geschichte des menschlichen Wissens hat uns ununterbrochen gezeigt, daß wir die wertvollsten und häufigsten Entdeckungen den nebensächlichen, zufälligen oder beiläufigen Ereignissen zu verdanken haben. Es ist daher schließlich unerläßlich geworden, im Sinne eines zukünftigen Fortschritts, daß man solchen Erfindungen, die aus dem Zufall entspringen und über die gewöhnlichen Erwartungen weit hinausgehen, große, wenn nicht gar die größte Beachtung schenkt. Es ist nicht länger mehr wahrhaft philosophisch, die Vision dessen, was sein wird, auf dem zu gründen, was war. Man hat den *Zufall* als Teil des Weltfundaments erkannt. Das willkürliche Ereignis ist Gegenstand der absoluten Berechnung geworden. Wir unterwerfen das Unerwartete und außerhalb unserer Vorstellung Liegende den formulae mathematischer Lehrsätze.

Ich wiederhole noch einmal: Es ist eine unleugbare Tatsache, daß der *größere* Teil der Wahrheit aus dem Beiläufigen geboren wird; und es steht daher im Einklang mit dem Prinzip, welches diese Tatsache enthält, daß ich die Nachforschungen im gegenwärtigen Fall von dem vielbetretenen und bisher unfruchtbaren Grund des Ereignisses selbst ablenke zu den zeitgleichen Begleitumständen, die es umgeben. Während Sie sich über die Gültigkeit jener Erklärungen Gewißheit verschaffen, werde ich die Zeitungen in größerem Umfang durchforschen, als Sie dies bisher getan haben. Bis jetzt haben wir lediglich das Feld der Ermittlungen erkundet; doch es sollte mich in der Tat wundern, wenn eine umfassende Begutachtung der öffentlichen Zeitungen, wie ich sie vorschlage, uns nicht zumindest ein paar winzige Punkte an die Hand gibt, die unseren Nachforschungen eine *Richtung* verleihen.«

Ich folgte dem Vorschlag Dupins und führte eine gewissenhafte Untersuchung der eidesstattlichen Erklärungen durch. Das Ergebnis war die feste Überzeugung, daß diese Gültigkeit besaßen und daß somit die Unschuld St. Eustaches erwiesen war. In der Zwischenzeit beschäftigte sich mein Freund damit, die verschiedenen Zeitungsakten zu durchforschen; und er tat dies mit einer Genauigkeit, die mir recht überflüssig scheinen wollte. Am Ende der Woche legte er mir die folgenden Auszüge vor:

»Vor ungefähr dreieinhalb Jahren gab es einen Aufruhr, der dem gegenwärtigen sehr ähnlich war, und der davon verursacht wurde, daß eben dieselbe Marie Rogêt aus der Parfümerie des Monsieur Le Blanc im Palais Royal verschwand. Nachdem eine Woche vergangen war, erschien sie jedoch wieder auf ihrem gewohnten Platz hinter dem Ladentisch, in vollster Gesundheit, abgesehen von einer leichten Blässe, die ihr für gewöhnlich nicht zu eigen war. Monsieur Le Blanc und ihre Mutter gaben bekannt, daß sie lediglich ein paar Verwandte auf dem Land besucht habe; und man vertuschte die Angele-

DAS GEHEIMNIS UM MARIE ROGÊT

genheit so schnell es eben ging. Wir nehmen an, daß es sich bei der gegenwärtigen Abwesenheit um eine Kaprice ähnlicher Art handelt und daß wir sie nach Verlauf einer Woche oder vielleicht eines Monats wieder unter uns begrüßen können« – *Abendzeitung[1]*, Montag, 23. Juni.

»Eine Abendzeitung des gestrigen Tages erwähnt ein früheres, geheimnisvolles Verschwinden der Mademoiselle Marie Rogêt. Wie jeder weiß, war sie während der Woche ihrer Abwesenheit von Le Blancs Parfümerie in der Gesellschaft eines jungen Marineoffiziers, der für seine Ausschweifungen mehr als berüchtigt ist. Man nimmt an, daß ein Streit stattfand, der glücklicherweise dazu führte, daß sie wieder heimkehrte. Der Name dieses Wüstlings, der gegenwärtig in Paris stationiert ist, ist uns bekannt, doch nehmen wir aus verständlichen Gründen davon Abstand, ihn zu veröffentlichen« – *Le Mercurie[2]*, Dienstag morgen, 24. Juni.

»Vorgestern wurde in der Nähe dieser Stadt eine Schandtat entsetzlichster Art verübt. Ein Herr hatte sechs junge Männer, die in einem Boot nahe dem Ufer der Seine träge hin und her ruderten, um den Gefallen gebeten, ihn zusammen mit seiner Frau und Tochter über den Fluß zu fahren. Als sie das gegenüberliegende Ufer erreicht hatten, stiegen die drei Passagiere aus und waren bereits so weit gegangen, daß sie außer Sichtweite des Bootes waren, als die Tochter bemerkte, daß sie ihren Sonnenschirm vergessen hatte. Sie ging zurück, um ihn zu holen, wurde von der Bande ergriffen, in die Mitte des Flusses gerudert, geknebelt, brutal behandelt und schließlich wieder zum Ufer zurückgebracht, an einer Stelle, die nicht weit von dem Ort entfernt lag, an dem sie ursprünglich zusammen mit ihren Eltern in das Boot eingestiegen war. Die Schurken befinden sich zur Zeit noch auf freiem Fuß, doch ist ihnen die Polizei auf den Fersen, und einige von ihnen wird man wohl bald verhaften können« – *Morgenzeitung[1]*, 25. Juni.

[1] New York Express   [2] New York Herald

DAS GEHEIMNIS UM MARIE ROGÊT

»Wir haben ein oder zwei Zuschriften erhalten, deren Absicht es ist, die kürzlich begangene Untat Monsieur Mennais[2] anzulasten. Da dieser Herr jedoch durch eine gerichtliche Untersuchung vollkommen entlastet wurde und die Argumente der verschiedenen Verfasser dieser Briefe mehr Eifer als Verstand beweisen, halten wir es nicht für ratsam, diese zu veröffentlichen« – *Morgenzeitung*[3], 28. Juni.

»Wir haben zahlreiche, eindringliche Zuschriften erhalten, offensichtlich aus verschiedensten Quellen, die es mehr oder weniger zur Gewißheit werden lassen, daß die unglückselige Marie Rogêt das Opfer einer jener zahlreichen Banden von Halsabschneidern geworden ist, die die Umgebung unserer Stadt des Sonntags unsicher machen. Unsere eigene Ansicht stimmt mit dieser Vermutung entschieden überein. Wir werden uns bemühen, einigen dieser Argumente in einer künftigen Ausgabe Platz zu gewähren« – *Abendzeitung*[4], Dienstag, 30. Juni.

»Am Montag bemerkte einer der Schiffer, die für den städtischen Zolldienst arbeiten, ein leeres Boot, das die Seine hinabtrieb. Am Grund des Bootes des Bootes lagen Segel. Der Schiffer schleppte das Boot zum Hafenamt. Am nächsten Morgen wurde das Boot von dort entfernt, ohne daß einer der Beamten davon unterrichtet worden wäre. Das Ruder befindet sich nun im Hafenbüro« – *La Diligence*[5], Donnerstag, 26. Juni.

Nachdem ich diese verschiedenen Auszüge gelesen hatte, schienen sie mir nicht nur völlig nebensächlich, sondern ich konnte darüber hinaus beim besten Willen nicht entdecken,

---

[1] New York Courier and Inquirer
[2] Mennais gehörte zu denen, die ursprünglich verdächtigt und verhaftet worden waren, wurde jedoch wegen Fehlens jeglicher Beweise wieder freigelassen.
[3] New York Courier and Inquirer
[4] New York Evening Post
[5] New York Standard

was irgendeiner davon mit der vorliegenden Angelegenheit zu tun haben sollte. Ich wartete auf einige Erläuterungen von Dupin.

»Es liegt gegenwärtig nicht in meiner Absicht«, sagte er, »mich lange bei dem ersten und zweiten Auszug aufzuhalten. Ich habe sie hauptsächlich deshalb abgeschrieben, weil ich Ihnen die unglaubliche Nachlässigkeit der Polizei vor Augen führen wollte, die, so weit ich dies aus den Bemerkungen des Präfekten entnehmen konnte, sich nicht die Mühe gemacht hat, irgendwelche Nachforschungen hinsichtlich des erwähnten Marineoffiziers anzustellen. Und doch wäre es reinste Narrheit zu behaupten, daß es zwischen dem ersten und dem zweiten Verschwinden keine denkbare Verbindung gibt. Nehmen wir an, die erste Entführung habe mit einem Streit zwischen den Liebenden geendet, woraufhin die im Stich Gelassene heimkehrte. Wir sind nun geneigt, eine zweite Entführung (falls wir wissen, daß erneut eine solche stattgefunden hat) als Anzeichen dafür zu nehmen, daß der untreue Geliebte sein Werben wiederaufgenommen hat, anstatt anzunehmen, daß eine zweite Person ganz neue Anträge gemacht haben soll. Wir sind viel eher geneigt, es als eine Versöhnung in der früheren amour zu betrachten, denn als den Beginn einer neuen. Die Chancen stehen zehn zu eins, daß derjenige, der bereits einmal mit Marie ausgerissen ist, ein zweites Mal etwas Derartiges vorschlagen würde, anstatt daß ein Mädchen, dem bereits einmal eine solche Flucht von einer Person angetragen wurde, einen solchen Antrag von einer ganz anderen Person empfangen sollte. An dieser Stelle möchte ich Ihre Aufmerksamkeit auf die Tatsache lenken, daß die Zeit, die zwischen der ersten, nachgewiesenen und der zweiten, vermuteten Entführung verstrichen ist, nur einige Monate mehr beträgt als eine unserer Galeeren für gewöhnlich für eine ihrer Weltumsegelungen benötigt. War ihr Geliebter in seinem niederträchtigen Vorhaben das erste Mal dadurch unterbrochen worden, daß er sich gezwungen sah, in See zu stechen, und hat er sodann bei seiner Rückkehr die erste sich bietende Gelegenheit ergriffen, um dieses sein Vorhaben zu erneuern, das noch nicht gänzlich ausgeführt war – oder von ihm selbst noch nicht ausgeführt worden war? Von all diesen Dingen wissen wir nichts.

Sie werden mir jedoch entgegnen, daß es in diesem zweiten Fall keine Entführung gab, wie behauptet. Gewiß nicht – doch können wir mit Sicherheit sagen, daß es sich nicht um eine verhinderte Absicht handelte? Außer St. Eustache, und vielleicht Beauvais, können wir keine anerkannten, keine unverhohlenen, keine ehrbaren Bewerber um Maries Gunst entdecken. Von keinem anderen ist jemals die Rede. Wer also ist der heimliche Geliebte, von dem die Verwandten (*oder zumindest die meisten von ihnen*) nichts wissen, mit dem sich Marie jedoch am Sonntag morgen trifft, und der ihr Vertrauen in einem solchen Maße besitzt, daß sie ohne zu zögern bei ihm bleibt, bis sich die Dämmerung herab senkt, inmitten der einsamen Haine des Barrière du Roule? Wer ist dieser heimliche Geliebte, frage ich, von dem zumindest die *meisten* ihrer Verwandten überhaupt nichts wußten? Und was hat die seltsame Prophezeiung der Madame Rogêt zu bedeuten, an dem Morgen, als Marie das Haus verließ – ›Ich fürchte, daß ich Marie niemals wiedersehen werde‹?

Doch selbst wenn wir uns nicht vorstellen können, daß Madame Rogêt in die beabsichtigte Flucht eingeweiht war, können wir nicht zumindest annehmen, daß das Mädchen diese Absicht hegte? Als sie aus dem Haus ging, ließ sie verlauten, daß sie im Begriffe sei, ihre Tante in der Rue des Drômes zu besuchen, und daß St. Eustache sie nach Einbruch der Dunkelheit dort abholen solle. Auf den ersten Blick scheint nun diese Tatsache meiner Vermutung zu widersprechen; – doch lassen Sie uns nachdenken. Daß sie tatsächlich einen Freund traf, mit ihm über den Fluß fuhr und das Barrière du Roule erreichte, als es bereits drei Uhr nachmittags war, das wissen wir. Als sie sich aber bereit erklärte, diese Person zu begleiten (*zu welchem Zweck auch immer – mit oder ohne Wissen ihrer Mutter*), muß sie an die von ihr geäußerte Absicht beim Verlassen des Hauses gedacht haben und an die Überraschung und

DAS GEHEIMNIS UM MARIE ROGÊT

den Argwohn, den ihr Verlobter, St. Eustache, empfinden würde, wenn er sie zur verabredeten Stunde in der Rue des Drômes abholen käme und festzustellen, daß sie gar nicht dort gewesen war; und wenn er dann darüber hinaus mit dieser beunruhigenden Nachricht zur Pension zurückkehrte, um dort zu erfahren, daß sie noch immer nicht nach Hause zurückgekehrt war. Sie muß, so meine ich, an diese Dinge gedacht haben. Sie muß den Kummer St. Eustaches vorausgesehen haben und den Argwohn aller. Sie kann unmöglich daran gedacht haben zurückzukehren und sich diesem Argwohn mutig zu stellen; indes verlieren die Verdächtigungen anderer gänzlich an Bedeutung für sie, falls wir annehmen, daß es *nicht* ihre Absicht war, zurückzukehren.

Sie könnte folgendermaßen gedacht haben – ›Ich soll eine gewisse Person treffen, um mit ihr davonzulaufen oder für gewisse andere Zwecke, die nur mir selbst bekannt sind. Es ist notwendig, daß wir auf keinen Fall aufgehalten werden – es muß genügend Zeit vorhanden sein, damit wir uns einer Verfolgung entziehen können – ich werde verlauten lassen, daß ich meine Tante in der Rue des Drômes besuchen und den Tag mit ihr verbringen werde – ich werde St. Eustache sagen, mich nicht vor Einbruch der Dunkelheit abzuholen – auf diese Weise wird meine Abwesenheit von zu Hause für den längstmöglichen Zeitraum erklärt, ohne daß man sich Sorgen machen müßte oder argwöhnisch würde, und ich werde mehr Zeit gewinnen als auf irgendeine andere Weise. Wenn ich St. Eustache auffordere, mich bei Einbruch der Dunkelheit abzuholen, wird er sicherlich nicht vorher kommen; wenn ich es jedoch ganz verabsäume, ihn dazu aufzufordern, wird sich die Zeit, die ich zur Flucht habe, verringern, weil man dann erwartet, daß ich früher zurückkehre, und meine Abwesenheit würde viel eher Besorgnis erregen. Wenn ich nun aber die Absicht hätte, *tatsächlich* zurückzukehren – wenn ich lediglich vorhätte, mit der fraglichen Person einen Spaziergang zu machen – dann wäre es unklug von mir, St. Eustache dazu aufzufordern, mich abzuholen; denn er würde daraufhin *gewiß* entdecken, daß ich ihn hintergangen habe – eine Tatsache, die er niemals zu wissen brauchte, falls ich nämlich das Haus verließe, ohne ihn von meiner Absicht zu unterrichten, um dann vor Einbruch der Dunkelheit zurückzukehren und zu behaupten, daß ich bei meiner Tante in der Rue des Drômes zu Besuch war. Da es jedoch meine Absicht ist, *niemals* zurückzukehren – oder jedenfalls nicht für einige Wochen – oder nicht bevor es mir gelungen ist, gewisse Dinge zu vertuschen – besteht meine einzige Sorge darin, soviel Zeit als möglich zu gewinnen.‹

Sie haben in ihren Aufzeichnungen bemerkt, daß die weitverbreitetste Meinung bezüglich dieser traurigen Angelegenheit von Anfang an darin bestand, daß das Mädchen einer Bande von Halunken zum Opfer gefallen ist. Nun sollte man die Meinung der Allgemeinheit, unter gewissen Umständen, keineswegs abtun. Wenn sie von sich aus entsteht – wenn sie sich in vollkommen spontaner Weise bekundet – dann sollten wir sie als gleichbedeutend mit jener Intuition betrachten, welche dem individuellen, genialen Geiste zu eigen ist. In neunundneunzig Fällen von hundert würde ich mich ihrer Entscheidung beugen. Doch ist es wichtig, daß wir keine offensichtlichen Spuren der *Beeinflussung* finden. Die Meinung muß ausnahmslos diejenige der *Öffentlichkeit* selbst sein; und der Unterschied ist oft genug äußerst schwierig zu erkennen und aufrechtzuerhalten. Im gegenwärtigen Fall hat es den Anschein, als wäre diese ›öffentliche Meinung‹ hinsichtlich einer *Bande* durch einen begleitenden Umstand herbeigeführt worden, und zwar durch das Ereignis, das in dem dritten meiner Auszüge beschrieben wird. Ganz Paris ist durch die Entdeckung der Leiche Maries aufgeregt, ein junges, schönes und berühmtes Mädchen. Diese Leiche wird im Fluß schwimmend gefunden und weist Spuren von Gewaltanwedung auf. Doch wird nun bekannt, daß zur selben Zeit, oder fast zur selben Zeit, von der man annimmt, daß das Mädchen ermordet wurde, ein seiner Natur nach ähnliches Verbrechen verübt wurde wie das, dem die Verstorbene zum Opfer fiel, wenn auch von geringerem Ausmaß, und zwar von einer Bande junger Grobiane an einer zweiten jungen Frau. Ist es da noch verwunderlich, daß das eine, bekannte Verbrechen die öffentliche Meinung hinsichtlich des anderen, unbekannten Verbrechens beeinflußt? Besagte Meinung wartete darauf, daß man ihr eine Richtung wiese, und das Bekanntwerden dieses zweiten Verbrechens kam zu diesem Zwecke äußerst gelegen! Auch Marie wurde im Fluß gefunden; in genau demselben Fluß, auf dem das andere Verbrechen verübt wurde. Daß man die beiden Ereignisse in Verbindung bringen würde, lag so offensichtlich auf der Hand, daß es wahrlich ein Wunder gewesen wäre, wenn die breite Öffentlichkeit es *verabsäumt* hätte, diese Tatsache zu entdecken und sich zu eigen zu machen. Doch beweist das eine Verbrechen, von dem man weiß, wie es verübt wurde, allenfalls, wenn überhaupt etwas, daß das andere Verbrechen, das fast zur selben Zeit geschah, *nicht* auf diese Weise verübt wurde. Man hätte es in der Tat ein Wunder nennen müssen, wenn genau zur gleichen Zeit, zu der eine Bande von Halunken an einem bestimmten Ort ein noch nie dagewesenes Unrecht beging, es eine andere, ähnliche Bande gegeben haben soll, die an einem ähnlichen Ort, in derselben Stadt und unter denselben Umständen, mit denselben Mitteln und Vorrichtungen genau dasselbe Unrecht beging! Denn was anders als diese Kette von unglaublichen Übereinstimmungen will uns die von einem Zufall *beeinflußte* öffentliche Meinung bedeuten zu glauben?

Bevor wir jedoch in dieser Richtung fortfahren, lassen Sie uns den angeblichen Ort der Ermordung, das Gebüsch im Barrière du Roule, einmal näher betrachten. Diese Gebüsch war zwar dicht, befand sich jedoch in der Nähe einer öffentlichen Straße. Im Innern entdeckte man drei oder vier große Steine, die eine Art Sitz mitsamt einer Rückenlehne und einer Fußbank bildeten. Auf dem oberen Stein lag ein weißer Unterrock; auf dem zweiten ein seidener Schal. Man fand dort ebenfalls einen Sonnenschirm, ein Paar Handschuhe und ein Taschentuch, auf dem der Name ›Marie Rogêt‹ stand. Auf den umgebenden Dornenzweigen entdeckte man Kleiderfetzen. Die

Erde war niedergetrampelt, die Büsche abgeknickt, und es sprach alles dafür, daß hier ein Kampf stattgefunden hatte.

Obgleich die Entdeckung dieses Gebüschs in der Presse mit großem Beifall begrüßt wurde und alle sich darin einig waren, daß dies genau den Ort bezeichnete, an dem das Verbrechen verübt wurde, so muß man dennoch zugeben, daß es guten Grund gab, daran zu zweifeln. Daß es sich hier *wahrhaftig* um den Ort des Verbrechens handelte, mag ich glauben oder nicht – doch bestand der äußerst begründete Verdacht, daß dies nicht der Fall war. Hätte sich der *tatsächliche* Ort in der Nachbarschaft der Rue Pavée St. Andrée befunden, wie es ›Le Commerciel‹ vermutete, so wären die Täter, angenommen, sie befanden sich noch in Paris, zweifellos von panischer Angst ergriffen worden ob der Tatsache, wie scharfsinnig die Aufmerksamkeit der Öffentlichkeit in die richtige Richtung gelenkt worden war. In gewissen Köpfen wäre daher unverzüglich der Gedanke aufgetaucht, daß es unbedingt notwendig sei, sich dahingehend anzustrengen, daß dieser Aufmerksamkeit wieder eine andere Richtung verliehen wurde. Demnach hätte man also ohne weiteres auf die Idee kommen können, besagte Gegenstände in das bereits unter Verdacht stehende Gebüsch des Barrière du Roule zu legen, wo man sie dann gefunden hat. Es gibt keinen tatsächlichen Beweis dafür, auch wenn ›Le Soleil‹ dies annimmt, daß die entdeckten Gegenstände länger als ein paar Tage in dem Gebüsch gelegen hatten; wohingegen es zahlreiche Indizien dafür gibt, daß sie dort während der zwanzig Tage, die zwischen dem tragischen Sonntag und dem Nachmittag, an dem sie von den Jungen gefunden wurden, vergingen, nicht dort hätten liegen bleiben können, ohne Aufmerksamkeit zu erregen. ›Durch die Einwirkung des Regens waren sie alle von heftigem Schimmel befallen und klebten zusammen‹, schreibt ›Le Soleil‹, wobei die Zeitung sich die Meinung ihrer Vorgänger aneignete. ›Das Gras ist um sie herum und teils auch über sie gewachsen. Die Seide des Sonnenschirms war von guter Qualität; dennoch waren an der Innenseite die Fäden ineinandergelaufen. Das obere, zusammengefaltete Ende war gänzlich von Schimmel überzogen und verfault, und als man den Sonnenschirm öffnete, zerriß der Stoff.‹ Was das Gras anbetrifft, das ›um sie herum und teils auch über sie gewachsen ist‹, so ist es offensichtlich, daß einzig das Wort und somit die Erinnerung zweier kleiner Jungen diese Tatsache gewährleistet; denn diese Jungen entfernten die Gegenstände und nahmen sie mit sich nach Hause, bevor irgendeine andere Person sie hätte sehen können. Auch wächst Gras für gewöhnlich sogar zwischen drei und vier Zoll am Tag, insbesondere bei warmem und feuchtem Wetter (so wie es zur Zeit des Mordes herrschte). Ein Sonnenschirm, der auf frisch umgegrabener Erde liegt, könnte innerhalb einer Woche von dem hochschießenden Gras völlig verdeckt werden. Und was den Schimmel anbetrifft, auf dem der Herausgeber des ›Soleil‹ mit einer solchen Hartnäckigkeit besteht, daß er das Wort in dem kurzen Abschnitt, den ich eben zitierte, nicht weniger als dreimal benutzt, so müssen wir uns fragen, ob er sich tatsächlich über den wahren Charakter dieses *Schimmels* nicht im klaren ist? Muß man ihm erst noch sagen, daß es sich dabei um eine der vielen Arten von *Pilzbefall* handelt, deren bekannteste Eigenschaft ist, daß sie sich innerhalb von vierundzwanzig Stunden ausbreiten und wieder verschwinden?

So können wir also auf den ersten Blick sehen, daß gerade das, was man so triumphierend als Unterstützung der These angeführt hat, die Gegenstände hätten sich ›bereits seit mindestens drei oder vier Wochen‹ in dem Gebüsch befunden, vollkommen nichtig und bedeutungslos wird, sobald es sich darum handelt, diese Tatsache auch zu beweisen. Auf der anderen Seite ist es jedoch äußerst schwer zu glauben, daß diese Gegenstände in besagtem Gebüsch länger als eine einzige Woche hätten liegen bleiben können – länger, als von einem Sonntag bis zum nächsten. Ein jeder, der sich in der Nachbarschaft von Paris irgend auskennt, wird wissen, wie überaus schwierig es ist, einen abgeschiedenen Ort zu finden, falls man sich nicht in weiter Entfernung von den Vororten befindet. So etwas wie eine unentdeckte oder auch nur selten besuchte Stelle inmitten der Wälder und Haine von Paris ist vollkommen undenkbar. Stellen wir uns einen beliebigen Menschen vor, im Herzen ein Liebhaber der Natur, und doch an den Staub und die Hitze dieser gewaltigen Metropole gefesselt – stellen wir uns vor, dieser Mensch versuchte, und sei es auch nur während der Wochentage, seinen Durst nach Einsamkeit inmitten der herrlichen landschaftlichen Gefilde zu stillen, die uns unmittelbar umgeben. Er wird auf Schritt und Tritt feststellen müssen, daß der wachsende Liebreiz der Natur von den Stimmen und der Gegenwart irgendeines Grobians oder einer Bande von Halunken durchbrochen wird. Vergeblich wird er inmitten des dichtesten Laubwerks nach Abgeschiedenheit suchen. Es ist gerade an solchen Orten, daß sich das ungewaschene Gesindel am zahlreichsten herumtreibt – es ist hier, daß die Tempel der Natur in schlimmster Weise entweiht worden sind. Mit wehem Herzen wird der Wanderer zurück in die schmutzverpestete Stadt fliehen, die er als weniger abstoßend empfindet, weil ihre Verschmutzung nicht ganz so widersinnig erscheint. Doch wenn die Umgebung der Stadt bereits an den Werktagen der Woche in solcher Weise heimgesucht wird, wie muß es dann erst an einem Sonntag sein! Es ist insbesondere zu dieser Zeit, daß der in der Stadt ansässige Spitzbube die Randgebiete der Stadt aufsucht, sei es, weil er sich von der Notwendigkeit zu arbeiten befreit sieht oder weil er seiner gewohnten Gelegenheiten zu verbrecherischem Tun beraubt ist. Dies tut er nicht aus Liebe zum Ländlichen, welches er aus tiefstem Herzen verachtet, sondern vielmehr, um den Schranken und Gebräuchen der Gesellschaft zu entfliehen. Er sehnt sich weniger nach der frischen Luft und den grünen Bäumen als vielmehr nach der vollkommenen *Freiheit* der Natur. In einem Gasthaus am Straßenrand oder unter dem Laubwerk der Wälder wird er sich sodann, von niemandem gehindert und einzig in Gesellschaft seiner fröhlichen Kumpanen, in all jenen wilden Ausschweifungen fälschlicher Heiterkeit ergehen – berauscht vom Gefühl der Freiheit ebenso wie vom Rum. Ich sage dabei nicht mehr, als einem jeden objektiven Beobachter offenkundig sein muß, wenn ich wiederhole, daß man es als nichts weniger als ein Wunder betrachten muß, falls die fraglichen Gegenstände tatsächlich für eine längere Zeit als von einem Sonntag auf den anderen unentdeckt in *irgendeinem* der Gebüsche in der unmittelbaren Umgebung von Paris gelegen haben sollen.

Doch fehlt es nicht an anderen Dingen, die Grund zum Verdacht geben, daß die Gegenstände mit der Absicht in das Gebüsch gelegt wurden, die Aufmerksamkeit von dem tatsächlichen Ort des Verbrechens abzulenken. Ich möchte zunächst einmal Ihr Augenmerk auf das *Datum* richten, an dem die Gegenstände entdeckt wurden. Vergleichen Sie dieses mit dem Datum des fünften Auszuges, den ich aus den Zeitungen abgeschrieben habe. Sie werden feststellen, daß die Entdeckung nahezu unmittelbar auf jene dringlichen Zuschriften folgte, die man an die Abendzeitung schickte. Diese Briefe neigten, obwohl sie aus zahlreichen verschiedenen Quellen eintrafen, alle in dieselbe Richtung – nämlich dahin, daß jenes abscheuliche Verbrechen von einer *Bande* verübt worden sein soll, und zwar in der Gegend des Barrière du Roule. Nun ist die Sachlage hier natürlich nicht so, daß die Gegenstände erst infolge dieser Zuschriften oder der öffentlichen Aufmerksamkeit, die sich dadurch hat beeinflussen lassen, von den Jungen gefunden wurden. Es könnte und kann jedoch sehr wohl der Verdacht entstehen, daß die Gegenstände nicht *eher* von den Jungen gefunden wurden, weil sie sich zuvor nicht in dem Gebüsch befanden. Sie könnten erst an dem Tag oder kurz vor dem Tag, an dem die Zuschriften eintrafen, dort hingelegt worden sein, und zwar von den schuldbeladenen Verfassern dieser Zuschriften selbst.

Das Gebüsch war von eigenartiger Natur – äußerst eigenartig. Es war ungewöhnlich dicht. Inmitten der grünumwallten Lichtung befanden sich drei außergewöhnliche Steine, die *einen Sitz mitsamt einer Lehne und einer Fußbank bildeten.* Und dieses Gebüsch, das so reich war an seltsamen Gebilden, befand sich in unmittelbarer Nachbarschaft, nur wenige Meter

entfernt von dem Wohnsitz der Madame Deluc, deren Jungen
es sich zur Gewohnheit gemacht hatten, die ringsum liegenden
Büsche auf ihrer Suche nach Sassafrasrinde gründlichst zu
durchforsten. Wäre es unbesonnen zu wetten – eine Wette die
tausend zu eins steht –, daß kein einziger *Tag* verging, ohne
daß sich zumindest einer der Jungen inmitten des schattigen
Palastes aufgehalten hätte, gleich einem König herrschend auf
seinem natürlichen Throne? Die, die bei einer solchen Wette
zögern würden, waren entweder selbst niemals ein Junge oder
haben vergessen, worin die Wesensart eines jeden Jungen
besteht. Ich wiederhole – es ist äußerst schwer zu verstehen,
wie die Gegenstände in dem Gebüsch länger als einen oder
zwei Tage unentdeckt hätten bleiben können; und demnach
haben wir guten Grund für den Verdacht, daß sie, der dogma-
tischen Unwissenheit des ›Soleil‹ zum Trotz, zu einem vergleichsweise spätem Datum an den Ort gelegt wurden, wo
man sie gefunden hat.

Doch gibt es immer noch andere und zwingendere Gründe
für diese Ansicht, als irgendeinen derjenige, die ich bisher her-
angezogen habe. Und nun bitte ich Sie, Ihre Aufmerksamkeit
einmal auf die höchst künstliche Anordnung der Gegenstände
zu richten. Auf dem *oberen* Stein lag ein weißer Unterrock; auf
dem *zweiten* ein Seidenschal; über die Lichtung verteilt lagen
ein Sonnenschirm, Handschuhe und ein Taschentuch, auf dem
der Name ›Marie Rogêt‹ stand. Es handelt sich dabei um eine
derartige Anordnung, wie sie ein nicht allzu schlauer Mensch
notwendigerweise vorgenommen hätte, der beim Verteilen der
Gegenstände einen *natürlichen* Eindruck hervorrufen wollte.
Ich hätte eher erwartet, daß die Dinge *alle* zertrampelt auf der
Erde liegen. Innerhalb des engen Raumes dieser Lichtung wäre
es kaum möglich gewesen, daß der Unterrock und der Schal
auf den Steinen hätten liegen bleiben können, während um sie
herum das Hin und Her zahlreicher kämpfenden Personen
tobte. ›Die Erde war niedergetrampelt, die Büsche abgeknickt
und es sprach alles dafür, daß hier ein Kampf stattgefunden
hatte‹, heißt es – doch der Unterrock und der Schal liegen da,

als befänden sie sich friedlich in einem Regal. ›Die Fetzen ihrer Kleider, die an den Büschen hängengeblieben waren, betrugen ungefähr drei Zoll in Breite und sechs Zoll in Länge. Ein Teil davon war der Saum ihres Kleides, der offensichtlich einmal geflickt worden war. Sie sahen wie *herausgerissene Stücke* aus.‹ Hier hat ›Le Soleil‹ ungewollt einen äußerst verdächtigen Ausdruck benutzt. Die Fetzen, so wie sie beschrieben wurden, sehen in der Tat ›wie herausgerissene Stücke‹ aus; was aber absichtlich und mit der Hand geschehen ist. Es ist ein überaus seltener Zufall, wenn ein Fetzen von *einem Dorn* ›herausgerissen‹ wird. Solche Stoffe haben an sich die Eigenschaft, daß ein rechteckiger Riß entsteht, sobald sich ein Dorn oder ein Nagel in ihnen verfängt. Dieser Riß entsteht der Länge nach jeweils an zwei Stellen, die im rechten Winkel zueinander stehen und sich an dem Punkt treffen, an dem die Dorne eingetreten ist. Es ist jedoch kaum denkbar, daß der Fetzen dabei ›herausgerissen‹ wird. Ich habe das nie so erlebt, und Sie auch nicht. Um ein Stück aus einem solchen Stoff herauszureißen, sind in fast allen Fällen zwei unterschiedliche Krafteinwirkungen in verschiedene Richtungen notwendig. Falls der Stoff zweierlei Ränder hat – falls es sich zum Beispiel um ein Taschentuch handelte, und man ein Stück herausreißen möchte, dann, und nur dann, wird eine Kraft genügen, um diesen Zweck zu erfüllen. Doch im gegenwärtigen Fall handelt es sich um ein Kleid, bei dem sich nur ein Rand bietet. Um einen Fetzen aus der Mitte zu reißen, wo kein Rand vorhanden ist, wäre ein Wunder vonnöten, falls es sich nur um die Einwirkungen von Dornen handelt, und auf gar keinen Fall würde *ein einziger Dorn* dazu genügen. Doch selbst wenn sich ein Rand bietet, sind immer noch zwei Dornen vonnöten, von denen sich der eine in zwei unterschiedliche Richtungen auswirkt, der andere in eine. Und dies kann nur unter der Voraussetzung geschehen, daß der Rand ungesäumt ist. Falls er gesäumt ist, ist die Sache nahezu vollkommen unmöglich. Wir können somit die zahlreichen und gewaltigen Hindernisse erkennen, die sich einem ›Herausreißen‹ von Kleiderfetzen durch einen einfachen Dorn in den

Weg stellen; und nun erwartet man, daß wir glauben sollen, daß nicht nur ein Stück, sondern mehrer Fetzen in dieser Weise herausgerissen wurden. Darüber hinaus war ›ein Teil davon‹ auch noch ›der Saum ihres Kleides‹! Und ein anderes Stück ›stammte vom Rock selbst und gehörte nicht zum Saum‹ – was also heißen soll, daß es durch die Einwirkung von Dornen gänzlich aus der randlosen Mitte des Kleides herausgerissen wurde! Diesen Dingen keinen Glauben zu schenken, ist, so meine ich, eine durchaus verzeihliche Haltung. Doch bieten sie, selbst wenn man sie zusammen nimmt, meines Erachtens immer noch weniger Grund zum Verdacht als der erstaunliche Umstand, daß die Gegenstände überhaupt in dem Gebüsch von irgendwelchen Mördern zurückgelassen worden sein sollen, welche auf der anderen Seite über genug Geistesgegenwart verfügten, um sich der Leiche zu entledigen. Doch verstehen Sie mich nicht falsch; meine Absicht bestand nicht darin *zu bestreiten,* daß das Verbrechen in besagtem Gebüsch stattfand. Es hätte hier durchaus eine Übeltat geschehen können, oder, was wahrscheinlicher ist, im Gasthaus Madame Delucs. Doch ist dies eigentlich ein Punkt von geringer Bedeutung. Es geht uns nicht darum, den Ort des Verbrechens zu finden, sondern den Täter desselben. Was ich hier angeführt habe, tat ich, trotz der Umständlichkeit meiner Ausführungen, mit der Absicht, zunächst einmal zu zeigen, wie töricht und übereilt die Behauptungen des ›Soleil‹ sind. Vor allem jedoch möchte ich Ihnen auf dem direktesten Wege noch einmal gewisse Zweifel daran nahelegen, daß es sich bei diesem Mord um das Werk einer *Bande* handelt.

Wir können diese Frage dadurch erneut aufgreifen, indem wir auf die abscheulichen Einzelheiten Bezug nehmen, die der Mediziner bei der gerichtlichen Untersuchung darlegte. Es genügt bereits völlig zu bemerken, daß die von ihm veröffentlichten *Schlußfolgerungen,* was die Anzahl der Täter betrifft, zu Recht von allen angesehenen Anatomen der Stadt Paris lächerlich gemacht wurden, weil sie ebenso ungerechtfertigt wie unbegründet waren. Das soll nicht heißen, daß die Sache sich nicht vielleicht tatsächlich so verhalten *könnte,* sondern daß es keinen stichhaltigen Grund für diese Schlußfolgerungen gab – hingegen, gab es nicht guten Grund für die gegenteilige Annahme?

Lassen Sie uns nun über die ›Spuren eines Kampfes‹ nachdenken; wobei ich die Frage stellen möchte, was diese Spuren überhaupt beweisen sollen. Eine Bande. Doch beweisen sie nicht vielmehr die Abwesenheit einer solchen? Was für ein Kampf hätte denn stattfinden können – ein Kampf, der so verzweifelt war und von so langer Dauer, daß er seine ›Spuren‹ in allen Himmelsrichtungen hinterließ – zwischen einem schwachen, wehrlosen Mädchen und einer *Bande von Halunken,* wie man sie sich einbildet? Das geräuschlose Zupacken mehrerer unbarmherziger Arme, und alles wäre vorbei gewesen. Das Opfer wäre ihnen völlig hilflos ausgeliefert gewesen. Ich möchte Sie bitten, im Auge zu behalten, daß die Argumente, die ich gegen die These anführte, das Gebüsch sei der Ort des Verbrechens, zum größten Teil nur dann gültig sind, wenn man voraussetzt, daß das Verbrechen von mehr als *einer einzigen Person* ausgeführt wurde. Wenn wir uns lediglich einen schändlichen Täter denken, dann, und nur dann, können wir uns einen Kampf vorstellen, der verzweifelt und hartnäckig genug gewesen wäre, um solche ›Spuren‹ zu hinterlassen.

Noch einmal möchte ich auf den von mir bereits erwähnten Verdacht hinweisen, der durch die Tatsache erregt wird, daß die fraglichen Gegenstände überhaupt in dem Gebüsch liegen gelassen wurden, wo man sie entdeckt hat. Es scheint mir nahezu vollkommen undenkbar, daß dieses Zeugnis von Schuld versehentlich an dem Ort, wo man es fand, zurückgelassen worden sein soll. Man besaß genügend Geistesgegenwart (so wird angenommen), um den Leichnam zu entfernen; und doch läßt man ein zwingenderes Beweisstück als die Leiche selbst (deren Gesichtszüge nach kurzer Zeit durch die Verwesung unkenntlich gemacht worden wären) deutlich sichtbar am Ort der schändlichen Tat zurück – ich spiele auf das Taschentuch an, auf dem der Name der Verstorbenen stand.

Falls dies ein Versehen war, dann war es nicht das Versehen einer *Bande*. Wir können es uns nur als das Versehen einer einzelnen Person vorstellen. Denken wir einmal nach. Eine einzelne Person beging den Mord. Er blickt nun dem Geist der Verstorbenen allein ins Gesicht. Er ist entsetzt über das, was dort bewegungslos zu seinen Füßen liegt. Die wilde Wut seiner Leidenschaft ist vorüber, und es ist in seinem Herzen genügend Raum für das naturgemäße Grauen vor einer solchen Tat. Er besitzt nicht jene Zuversicht, welche die Gesellschaft anderer unweigerlich einflößt. Er ist allein mit der Toten. Er zittert und weiß nicht ein noch aus. Und doch ist es notwendig, sich der Leiche zu entledigen. Er trägt sie zum Fluß, wobei er jene anderen Zeugnisse seiner Schuld hinterläßt; denn es ist schwierig, wenn nicht gar unmöglich, die ganze Bürde auf einmal zu tragen, und es ist leicht möglich, das Übrige später zu holen. Doch auf seinem mühevollem Weg zum Wasser kehrt seine Furcht verdoppelt zurück. Lebendige Geräusche dringen von allen Richtungen auf ihn ein. Ein dutzendmal hört er den Schritt eines ihn beobachtenden Menschen, oder glaubt ihn zu hören. Selbst die Lichter der Stadt verwirren ihn. Schließlich jedoch, nach langen und häufigen Unterbrechungen voll tiefster Seelenpein, erreicht er das Ufer des Flusses und entledigt sich seiner entsetzlichen Bürde – vielleicht mit Hilfe eines Bootes. Doch welche weltlichen Reichtümer – welche wie furchtbar auch immer gearteten Drohungen – hätten *nun* noch die Macht, jenen einsamen Mörder zur Rückkehr auf dem mühsamen und gefahrvollen Weg zu dem Gebüsch und seinen grauenerregenden Erinnerungen zu bewegen? Er kehrt *nicht* zurück, mögen die Folgen auch sein, wie sie wollen. Er *könnte* nicht zurückkehren, selbst wenn er wollte. Sein einziger Gedanke gilt der sofortigen Flucht. Er kehrt jenen entsetzlichen Büschen *für immer* den Rücken und flieht vor dem Zorn, der ihn erwartet.

Doch wie steht es mit einer Bande? Die Zahl ihrer Gesellschaft hätte sie mit Zuversicht erfüllt; falls es in der Brust eines eingeschworenen Halunken überhaupt je an Zuversicht fehlt;

und nur aus solchen besteht eine *Bande* wie die, welche den Leuten vorschwebt. Ihre Zahl, so meine ich, hätte sie also davor bewahrt, jener verworrenen und kopflosen Angst zum Opfer zu fallen, von der ich mir vorstellte, daß sie den einzelnen lähmte. Wäre es auch denkbar, daß sich einer, zwei oder gar drei eines solchen Versehens schuldig machten, so hätte doch ein Vierter dem sicherlich Abhilfe geschaffen. Sie hätten nichts zurückgelassen; denn ihre Anzahl hätte sie dazu in die Lage versetzt, *alles* auf einmal zu tragen. Es hätte gar nicht erst die Notwendigkeit bestanden *zurückzukehren.*

Bedenken Sie nun den Umstand, daß aus dem Überkleid, das die Leiche trug, ›ein Stück Stoff, ungefähr einen Fuß breit, vom Saum bis zur Tailles herausgetrennt, aber nicht ganz abgerissen‹ worden war. ›Es war dreifach um die Taille gewickelt worden und am Rücken in einer Art Schlaufe verknotet.‹ Dies war in der offenkundigen Absicht getan worden, einen *Griff* herzustellen, mit dessen Hilfe man den Körper tragen konnte. Doch hätte eine Schar von Männern je daran gedacht, zu einem solchen Mittel Zuflucht zu nehmen? Für drei oder vier Personen hätten die Arme und Beine der Leiche einen nicht nur hinreichenden, sondern sogar den bestmöglichen Halt geboten. Es ist dies eine Vorrichtung, derer sich eine einzelne Person bediente. Das bringt uns wiederum zu der Tatsache, daß man ›zwischen dem Gebüsch und dem Fluß den Zaun niedergerissen hatte‹ und daß sich ›am Boden alle Anzeichen dafür fanden, daß man eine schwere Last darüber hinweggeschleift hatte‹! Doch hätte eine *Schar* von Männern sich die überflüssige Mühe gemacht, einen Zaun niederzureißen, um eine Leiche hindurchzuschleifen, welche sie in Sekundenschnelle mit Leichtigkeit hinüber hätten *heben* können? Hätte eine *Schar* von Männern einen Leichnam so *geschleift,* daß solch offenkundige *Spuren* davon zurückgeblieben wären?

An dieser Stelle müssen wir auf eine Beobachtung des ›Commerciel‹ Bezug nehmen, zu der ich bereits einige Bemerkungen gemacht habe. ›Man hat‹, schreibt diese Zeitung, ›ein Stück aus einem der Unterröcke des unglückseligen Mädchens, zwei

Fuß lang und ein Fuß breit, herausgerissen, um den Hinterkopf geschlungen und es unter ihrem Kinn zusammengebunden, wahrscheinlich, um sie am Schreien zu hindern. Das haben Kerle getan, die sich nicht einmal im Besitz eines Taschentuchs befanden.‹

Ich habe bereits zuvor die Überzeugung geäußert, daß der wahre Schurke *immer* ein Taschentuch zur Hand hat. Doch ist es nicht diese Tatsache, auf die ich nun besonders hinweisen möchte. Daß diese Schlinge nicht dem Zwecke dienen sollte, den ›Le Commerciel‹ im Sinn hat, wird durch das Taschentuch offenkundig, das man im Gebüsch zurückgelassen hatte; und daß das Ziel nicht darin lag, ›sie am Schreien zu hindern‹, ergibt sich ebenso aus der Tatsache, daß man die Schlinge einem Gegenstand vorzog, der zu diesem Zwecke wesentlich besser geeignet gewesen wäre. Doch in der Zeugenaussage ist die Rede davon, daß das fragliche Stück Stoff ›lose um ihren Hals gelegt und durch einen Knoten befestigt‹ worden war. Diese Worte sind sind zwar äußerst vage, doch unterscheiden sie sich in wesentlicher Hinsicht von denen des ›Commerciel‹. Der Streifen war achtzehn Zoll breit, und obgleich es sich dabei um Musselin handelte, ließe sich ein kräftiger Riemen daraus herstellen, sofern man ihn zusammenfaltet oder der Länge nach zusammenknüllt. Und tatsächlich war er zusammengeknüllt, als man ihn entdeckte. Ich ziehe folgende Schlüsse daraus. Der einzelne Mörder hat die Leiche eine Strecke lang mit Hilfe des um die Mitte des Körpers geschlungenen Bandes getragen (ob von dem Gebüsch aus oder von einem anderen Ort) und hat dann festgestellt, daß bei dieser Vorgehensweise das Gewicht seine Kräfte überforderte. Er beschloß, die Bürde hinter sich her zu schleifen – die Spuren weisen darauf hin, daß *tatsächlich* etwas am Boden entlang geschleift wurde. Zu diesem Zwecke wurde es notwendig, etwas Ähnliches wie einen Strick an der Leiche zu befestigen. Dazu war der Hals am besten geeignet, denn der Kopf würde ein Abrutschen verhindern. Nun dachte der Mörder zweifelsohne an das um die Lenden geknüpfte Band. Er hätte dies wohl auch benutzt, wäre es nicht um den Körper geschlungen und mit einer *Schlaufe* befestigt gewesen. Hinzu kam noch, daß das Stück Stoff nicht gänzlich aus dem Kleid ›herausgerissen‹ worden war. Es war leichter, ein neues Stück aus dem Unterrock zu reißen. Er tat dies, band es um den Hals seines Opfers und schleifte den Körper zum Ufer des Flusses. Daß diese ›Schlinge‹, die sich nur mit Mühe herstellen ließ, dadurch für eine Verzögerung sorgte und ihrem Zwecke nur ungenügend diente, *überhaupt* benutzt wurde, beweist, daß sich die Notwendigkeit für ihre Anwendung erst ergab, als das Taschentuch nicht mehr zur Verfügung stand – will sagen, sie entstand, als der Mörder, unserer Vermutung entsprechend, das Gebüsch bereits verlassen hatte (falls es sich tatsächlich um das Gebüsch handelte), und sich auf dem Weg zum Fluß befand.

Doch Sie werden sagen, daß die Aussage Madame Delucs (!) ausdrücklich darauf hinweist, daß sich eine *Bande* ungefähr zur selben Zeit, als der Mord geschah, in der Nähe des Gebüschs befand. Das gebe ich zu. Ich frage mich, ob sich nicht ein *Dutzend* Banden von der Art, wie sie Madame Deluc beschreibt, zur Zeit dieser Tragödie innerhalb oder in der Nähe des Barrière du Roule befanden. Doch die Bande, welche durch die reichlich späte und äußerst verdächtige Aussage der Madame Deluc solch große Mißbilligung auf sich zog, ist die einzige, die von jener ehrbaren und gewissenhaften alten Dame bezichtigt wird, ihren Kuchen gegessen und ihren Brandy getrunken zu haben, ohne sich darum zu scheren, dies auch mit einer Bezahlung zu vergelten. *Et hinc illae irae?*

Doch worin besteht eigentlich genau die Aussage der Madame Deluc? ›Eine Schar üblen Gelichters trat in Erscheinung. Die Kerle führten sich prahlerisch auf, aßen und tranken, ohne zu bezahlen, folgten dem Weg, den der junge Mann und das Mädchen genommen hatten, kehrten in der *Dämmerung* ins Gasthaus zurück und ruderten wieder über den Fluß, als befänden sie sich in großer Eile.‹

Nun mag diese ›große Eile‹ der Madame Deluc mit einiger Sicherheit deshalb *größer* erschienen sein, weil sie immer noch voller Bedauern ihrer entweihten Kuchen und Bierfässer gedachte, – wobei sie vielleicht noch die stille Hoffnung hegte, man möge sie für diese entschädigen. Aus welchem Grund sollte sie sonst eine solche Betonung auf die Eile legen, während es bereits *dämmerte*? Es ist doch gewiß nicht erstaunlich, daß eine Bande von Halunken sich eilt, nach Hause zu gelangen, wenn sie in winzigen Booten noch einen breiten Fluß zu überqueren hat, wenn ein Gewitter droht und wenn der Einbruch der Dunkelheit bevorsteht.

Ich sage bevorsteht; denn die Nacht war noch nicht angebrochen. Es war noch in der *Dämmerung*, daß die anstößige Hast jenes ›üblen Gelichters‹ die ehrbaren Augen der Madame Deluc beleidigte. Doch wird uns mitgeteilt, daß Madame Deluc und ihr ältester Sohn eben an jenem Abend ›die Schreie einer weiblichen Person in der Nähe des Gasthauses‹ hörten. Und mit welchen Worten bezeichnet Madame Deluc den Zeitpunkt des Abends, an dem man die Schreie hörte? ›Es war *bald nach Einbruch der Dunkelheit*‹, sagt sie. Doch ›*bald nach* Einbruch der Dunkelheit‹ heißt, daß es zumindest bereits dunkel ist; und ›in der *Dämmerung*‹ heißt ebenso sicher, daß noch Tageslicht herrscht. Somit geht deutlich genug hervor, daß die Bande das Barrière du Roule verließ, *bevor* Madame Deluc die Schreie hörte (?). Und obgleich in all den zahlreichen Berichten über die Aussage Madame Delucs die fraglichen Ausdrücke unverkennbar und unverändert benutzt wurden, genau so wie ich sie in diesem Gespräch mit Ihnen benutzt habe, hat doch keine der öffentlichen Zeitungen und keiner der polizeilichen Häscher diese krasse Diskrepanz bemerkt.

Ich werde nur noch ein weiteres Argument gegen die Theorie einer *Bande* anführen; doch dieses *eine* hat, zumindest meiner eigenen Ansicht nach, eine Überzeugungskraft, der man sich unmöglich entziehen kann. Wenn man in Betracht zieht, daß eine gewaltige Belohnung ausgesetzt und einem jeden Zeugen völlige Straffreiheit zugesichert wurde, ist es auch nicht eine Sekunde lang denkbar, daß eines der Mitglieder einer *Bande* niedriger Schurken oder irgendeiner Schar

Das Geheimnis um Marie Rogêt

von Männern nicht schon längst seine Komplizen verraten hätte. Jedes Mitglied einer Bande, das sich in dieser Lage befindet, ist weniger gierig auf eine Belohnung oder um eine Möglichkeit zur Flucht besorgt, als vielmehr von Angst erfüllt, *selbst verraten zu werden*. Ein jeder würde bald und bereitwillig die anderen verraten, *damit er nicht selbst verraten werde*. Daß das Geheimnis nicht preisgegeben wurde, ist das sicherste Anzeichen dafür, daß es sich in der Tat um ein Geheimnis handelt. Das Entsetzliche dieser finsteren Tat ist nur *einem einzigen* oder zwei lebendigen Menschen bekannt – und Gott.

Lassen Sie uns nun die mageren, wenn auch unleugbaren Früchte unserer langen Analyse zusammenfassen. Wir sind zu der Überzeugung gelangt, daß entweder ein verhängnisvoller Unfall im Hause der Madame Deluc oder ein Mord in dem Gebüsch im Barrière du Roule geschah, und zwar durch den Liebhaber oder zumindest einen sehr engen und geheimen Freund der Verstorbenen. Dieser Gefährte war von dunkler Gesichtsfarbe. Besagte dunkle Gesichtsfarbe, die ›Schlaufe‹ in dem Band, und der ›Seemannsknoten‹, mit dem die Hutbänder befestigt waren; all dies weist auf einen Seemann hin. Seine Vertrautheit mit der Verstorbenen – ein fröhliches, aber keineswegs verworfenes junges Mädchen – bedeutet, daß er mehr sein muß als nur ein gewöhnlicher Matrose. Zur Bestätigung dieser These dienen auch die in gutem Stile gehaltenen und dringlichen Zuschriften an die Zeitungen. Der Umstand der ersten, von ›Le Mercure‹ erwähnten Entführung bedingt, daß man die Vorstellung des Matrosen mit der des ›Marineoffiziers‹ verbindet, welcher als erster dafür verantwortlich war, daß das unglückselige Mädchen vom rechten Wege abkam.

Und hierzu gesellt sich, äußerst passend, der Umstand, daß jener dunkelgesichtige Herr nach wie vor nicht in Erscheinung getreten ist. Erlauben Sie, daß ich mich hier noch einmal unterbreche, um zu bemerken, daß die Gesichtsfarbe jenes Mannes sowohl bräunlich als auch dunkel war; es war nicht nur herkömmliche Bräune, welche sowohl von Valence als auch von Madame Deluc als der *einzige* übereinstimmende Punkt genannt wurde. Aber warum ist dieser Mann abwesend? Wurde er von der Bande ermordet? Wenn dem so ist, warum gibt es dann nur von dem ermordeten Mädchen *Spuren*? Man wird natürlich annehmen, daß die beiden Untaten am selben Ort geschahen. Und wo ist die Leiche? Die Mörder hätten sich der beiden Leichen notwendigerweise auf dieselbe Weise entledigt. Nun wäre es jedoch möglich zu sagen, daß dieser Mann lebt und sich aus Angst davor, man könnte ihm den Mord zur Last legen, nicht zu melden wagt. Es könnte diese Überlegung auch jetzt noch sein Handeln bestimmen – nachdem bereits so viel Zeit verstichen ist -, denn es ist ausgesagt worden, daß man ihn mit Marie gesehen hat. Doch hätte sie zum Zeitpunkt der Tat unmöglich den Ausschlag geben können. Der erste Impuls eines unschuldigen Mannes wäre gewesen, die Schandtat bekanntzugeben und bei der Identifizierung der Ganoven behilflich zu sein. Das wäre zweifelsohne das Klügste gewesen. Er war mit dem Mädchen gesehen worden. Er hatte mit ihr den Fluß in einem offenen Fährboot überquert. Die Anzeige der Schurken wäre selbst einem Schwachsinnigen als das sicherste und einzige Mittel erschienen, sich selbst von jeglichem Verdacht zu befreien. Wir können uns unmöglich vorstellen, daß er am Abend jenes verhängnisvollen Sonntags sowohl unschuldig als auch in Unkenntnis des begangenen Unrechts gewesen sein soll. Doch nur unter diesen Umständen wäre es denkbar, daß er es verabsäumte, falls er noch lebendig war, die Mörder anzuzeigen.

Und welche Mittel stehen uns nun zur Verfügung, um zur Wahrheit zu gelangen? Wir werden diese Mittel finden, denn je weiter wir fortschreiten, desto klarer und deutlicher werden sich die Dinge erkennen lassen. Lassen Sie uns zunächst dieser Affäre der ersten Entführung auf den Grund gehen. Wir werden die gesamte Geschichte jenes ›Offiziers‹ erforschen, seine gegenwärtigen Verhältnisse, und wo er sich zum genauen Zeitpunkt des Mordes aufhielt. Wir werden sorgfältig die verschiedenen Zuschriften an die Abendzeitung miteinander vergleichen, worin die Absicht verfolgt wurde, *eine Bande* zu bezichtigen. Sobald dies getan ist, werden wir diese Zuschriften sowohl hinsichtlich ihres Stils als auch ihrer Handschrift mit jenen vergleichen, die zu einem früheren Zeitpunkt an die Morgenzeitung geschickt wurden und so heftig darauf bestanden, Mennais sei der Schuldige. Und nachdem all dies vollbracht ist, lassen Sie uns erneut diese verschiedenen Zuschriften mit der Handschrift des Marineoffiziers vergleichen. Wir werden uns bemühen, durch wiederholtes Befragen der Madame Deluc und ihrer Jungen sowie des Omnibuskutschers Valence etwas mehr über das persönliche Erscheinungsbild und Auftreten jenes ›Mannes mit der dunklen Gesichtsfarbe‹ in Erfahrung zu bringen. Falls man die Fragen geschickt stellt, ist es gewißlich möglich, durch eine dieser Personen Informationen zu diesem Punkt (oder zu anderen Punkten) ans Tageslicht zu bringen – Informationen, von denen die Personen selbst nicht einmal wissen, daß sie sie besitzen. Und sodann sollten wir ausfindig machen, woher *das Boot* kam, welches ein Schiffer am Morgen des dreiundzwanzigsten Juni fand und das ohne das Wissen der dortigen Beamten aus dem Hafenamt entfernt wurde, und zwar *ohne das Ruder* und zu einem Zeitpunkt, der vor der Entdeckung der Leiche lag. Mit genügend Umsicht und Beharrlichkeit werden wir die Spur dieses Bootes genauestens zurückverfolgen können; denn wir haben nicht nur den Schiffer, der das Boot fand und es identifizieren könnte, sondern es ist *auch das Ruder vorhanden.* Das Steuerruder *eines Segelboots* hätte ein gänzlich unbefangener Besitzer nicht einfach zurückgelassen, ohne nachzufragen. Und hier möchte ich erneut innehalten, um eine Frage aufzuwerfen. Es gab keine *Anzeige,* die das Auffinden des Bootes bekanntgemacht hätte. Es wurde stillschweigend zu dem Hafenamt gebracht und genauso stillschweigend von dort entfernt. Doch sein Besitzer oder Benutzer – wie kam es, daß er *zufällig* zu so früher Stunde am Dienstag morgen davon Kenntnis hatte, wo sich das am Montag aufgelesene Boot befand, ohne daß dies veröffentlicht worden wäre? Dies können wir uns nur erklären, falls wir eine

Verbindung mit der *Marine* voraussetzen – irgendeine persönliche, ständige Verbindung, die zu einer Kenntnis aller auch noch so geringfügigen Vorkommnisse führt – aller belanglosen städtischen Neuigkeiten.

Als ich von dem einsamen Mörder sprach, der seine Bürde zum Flußufer schleifte, legte ich bereits die Möglichkeit nahe, daß er sich eines Bootes bedient haben könnte. In diesem Falle müssen wir uns vorstellen, daß Marie Rogêt *tatsächlich* aus einem Boot ins Wasser geworfen wurde. Das hätte notwendigerweise der Fall sein müssen. Es wäre äußerst unklug gewesen, die Leiche den seichten Gewässern nahe dem Ufer anzuvertrauen. Die seltsamen Abschürfungen am Rücken und an den Schultern des Opfers zeugen von den Verstrebungen am Grunde eines Bootes. Daß die Leiche ohne zusätzliche, sie beschwerende Gewichte gefunden wurde, bestätigt diesen Gedanken. Hätte man sie vom Ufer aus ins Wasser geworfen, wäre sie mit Gewichten belastet worden. Wir können uns die Abwesenheit derselben nur mit der Annahme erklären, daß der Mörder es verabsäumte, solche Gewichte voraussorgend mit an Bord zu nehmen, bevor er vom Ufer abstieß. Als er sich anschickte, die Leiche dem Wasser anzuvertrauen, wird er dieses Versäumnis ohne Zweifel bemerkt haben; doch in diesem Augenblick hatte er keine Abhilfe zur Hand. Doch hätte er es zweifelsohne vorgezogen, ein jedes andere Risiko einzugehen, als zu jenem verhaßten Ufer zurückzukehren. Nachdem er sich seiner schaurigen Bürde entledigt hatte, beeilte er sich, zur Stadt zurückzukehren. Dort muß er an irgendeinem abgelegenen Ankerplatz an Land gegangen sein. Doch das Boot, hat er es festgemacht? Er wird wohl in zu großer Eile für solche Dinge wie das Festmachen eines Bootes gewesen sein. Darüber hinaus hätte er das Anbinden des Bootes an den Ankerplatz so empfunden, als sichere er damit ein Beweisstück gegen sich selbst. Es ist ihm verständlicherweise ein Bedürfnis gewesen, ein jegliches Ding, das mit dem Verbrechen in Zusammenhang stand, weit von sich stoßen. Er ist nicht nur selbst von dem Ankerplatz geflohen, sondern er hat auch das Boot keinesfalls

dort gelassen. Ohne Zweifel hat er es der Strömung über-
antwortet. Lassen Sie uns unsere Geschichte weiterspinnen. –
Am nächsten Morgen wird der Schuft von unaussprechlichem
Entsetzen erfüllt, als er feststellen muß, daß das Boot gefunden
wurde und an einem Orte aufbewahrt wird, an dem er tagtäg-
lich ein und aus geht – an einem Ort, den regelmäßig zu betreten vielleicht sogar seine Pflicht ist. In der nächsten Nacht entfernt er das Boot, *ohne es zu wagen, nach dem Steuerruder zu
verlangen.* Wo also befindet sich nun jenes steuerlose Boot? Es
sollte eines unserer vorrangigen Ziele sein, es zu entdecken.
Sobald es uns gelingt, einen ersten Blick darauf zu erhaschen,
ist uns der Erfolg bereits nahezu sicher. Dieses Boot wird uns
mit einer Schnelligkeit, die uns selbst überraschen wird, zu der
Person führen, die es um Mitternacht an jenem verhängnisvollen Sonntag benutzte. Bei jedem Schritt wird sich unsere Theorie mehr und mehr bestätigt finden, und der Mörder wird
gestellt.«

[Aus Gründen, die wir nicht näher erläutern möchten, welche jedoch vielen Lesern leicht verständlich sein werden,
haben wir uns die Freiheit genommen, von dem Manuskript,
das man in unsere Hände legte, jenen Teil auszulassen, der
beschreibt, wie man den scheinbar geringfügigen Anhalts-
punkten, zu welchen Dupin gelangte, nachging. Wir halten es
für ratsam, lediglich in aller Kürze zu bemerken, daß die
erwünschten Ergebnisse erzielt wurden; und daß der Präfekt
pünktlich, wenn auch widerstrebend, die Bedingungen des
Vertrags mit dem Chevalier erfüllte. Mr. Poes Artikel schließt
mit den folgenden Worten. – *Der Herausgeber*]

Ich möchte zu verstehen geben, daß ich *von nichts weiter*
spreche als von Zufällen. Was ich bereits zu diesem Thema
gesagt habe, sollte genügen. In meinem eigenen Herzen ist
kein Raum für den Glauben an das Übernatürliche. Daß die
Natur und ihr Gott zweierlei sind, wird kein denkender
Mensch leugnen wollen. Daß letzterer, indem er erstere
erschuf, es vermag, diese zu beherrschen oder zu verändern,
wie es seinem Willen beliebt, steht ebenso außer Frage. Ich

DAS GEHEIMNIS UM MARIE ROGÊT

sage ›wie es seinem Willen beliebt‹; denn es ist eine Frage des Willens, und nicht, wie es die Logik in ihrem Irrsinn behauptete, der Macht. Es verhält sich nicht so, daß die Gottheit ihre Gesetze nicht verändern *kann,* sondern daß wir sie beleidigen, indem wir uns einbilden, es bestehe eine Notwendigkeit zur Veränderung. In ihrem Ursprung wurden diese Gesetze geschaffen, um *alle* nur möglichen Gegebenheiten zu umfassen, die in der Zukunft liegen *könnten.* Für Gott ist alles *Jetzt.*

Ich wiederhole also noch einmal, daß ich von diesen Dingen nur als von Zufällen spreche. Auch folgendes will ich sagen: Aus dem, was ich berichte, wird man erkennen, daß zwischen dem Schicksal der unglücklichen Mary Cecilia Rogers, insoweit dieses Schicksal bekannt ist, und dem Schicksal der Marie Rogêt bis zu einem gewissen Punkt ihrer Geschichte eine solch erstaunlich genaue Parallele besteht, daß die Vernunft bei der Betrachtung derselben in Verlegenheit gerät. Wie gesagt, all dies wird man erkennen. Wenn ich jedoch in meiner traurigen Erzählung des Schicksals Maries von jenem eben erwähnten Zeitpunkt an fortfahre und die Auflösung des Geheimnisses, das sie umgab, bis zu dessen Ursprung zurückverfolge, sollte man auch nicht einen Augenblick lang annehmen, daß es meine versteckte Absicht wäre, eine Ausweitung jener Parallele anzudeuten. Genausowenig möchte ich nahelegen, daß die Maßnahmen, die man in Paris zur Entdeckung des Mörders einer gewissen *grisette* ergriff, oder Maßnahmen, die auf ähnlichen Schlußfolgerungen gegründet wären, irgendwelche vergleichbaren Ergebnisse zeitigen würden.

Was nämlich den letzteren Teil einer solchen Annahme betrifft, so sollte man bedenken, daß auch nur die geringste Abweichung innerhalb der Gegebenheiten der beiden Fälle zu den gewichtigsten Irrtümern Anlaß geben könnten. Es würde so der Verlauf der beiden Ereignisse auf das gründlichste getrennt; ähnlich wie es in der Arithmetik nur eines an sich sehr geringfügigen Fehlers bedarf, um schließlich am Ende, ausgelöst durch dessen Vervielfachung an jedem Punkte des

Fortschreitens, ein Ergebnis zu verursachen, das sich von der Wahrheit gewaltig unterscheidet. Und was den ersteren Teil dieser Annahme betrifft, dürfen wir es nicht versäumen, im Auge zu behalten, daß eben jene Wahrscheinlichkeitsrechnung, auf die ich mich bezog, einen jeden Gedanken an die Ausweitung der Parallele geradezu verbietet, – und je ausgedehnter und genauer diese Parallele bereits war, desto nachdrücklicher und endgültiger ist die Bestimmtheit, mit der sie dies verbietet. Hierbei handelt es sich um einen jener ungewöhnlichen Sätze, die zwar scheinbar das vom Mathematischen ganz unabhängige Denken ansprechen, die jedoch nur von einem Mathematiker in ihrer Gänze nachvollzogen werden können. Nichts ist zum Beispiel schwieriger, als den bloß durchschnittlichen Leser davon zu überzeugen, daß, wenn ein Spieler im Würfelspiel zweimal in Folge nur Sechsen geworfen hat, dies ein hinreichender Grund dafür ist, getrost die höchstmögliche Summe darauf zu wetten, daß im dritten Versuch keine Sechsen geworfen werden. Eine solche Behauptung wird für gewöhnlich vom Verstand umgehend verworfen. Es hat nicht den Anschein, als könnten die beiden Würfe, die vollendet wurden und nun unwiderruflich in der Vergangenheit liegen, irgendeinen Einfluß auf den Wurf nehmen, der einzig in der Zukunft existiert. Die Wahrscheinlichkeit dafür, daß Sechsen geworfen werden, scheint genauso groß zu sein wie sie es zu jeder anderen Zeit war – das heißt, sie wäre lediglich den Einflüssen der verschiedenen anderen Würfe ausgesetzt, die mit den Würfeln gemacht werden könnten. Und dies ist ein Gedanke, der so überaus offensichtlich scheint, daß ein jeglicher Versuch, ihm eine andere Richtung zu verleihen, in den meisten Fällen mit einem verächtlichen Lächeln beantwortet wird, eher denn mit achtungsvoller Aufmerksamkeit. Innerhalb der mir gegenwärtig auferlegten Grenzen kann ich nicht den Anspruch erheben, den hier zum Tragen kommmenden Irrtum – ein grober Irrtum, der böses Unheil stiften könnte – in seiner Gänze bloßzulegen; und einem logisch denkenden Menschen gegenüber wäre dies auch gar nicht notwendig. Es mag hier soweit genügen, festzustellen, daß er einen Teil jener unendlichen Kette von Irrtümern bildet, die sich auf dem Wege der Vernunft ergibt, sobald diese ihrer Neigung nachgibt, die Wahrheit im *Einzelfall* zu suchen.

Der Goldkäfer

> Holla! Holla! dieser Kerl tanzt wie verrückt!
> Er wurde von der Tarantel gestochen.
> *All in the Wrong*

Vor vielen Jahren schloß ich enge Freundschaft mit einem Mr.
William Legrand. Er entstammte einer alten hugenottischen
Familie und war einst sehr reich gewesen; eine Reihe verhäng-
nisvoller Fehlschläge hatte ihn jedoch in bittere Armut versetzt.
Um die Demütigungen zu vermeiden, die seinem Unglück auf
dem Fuße folgen würden, verließ er New Orleans, die Stadt
seiner Vorväter, und verlegte seinen Wohnsitz auf die Sullivan
Insel, in der Nähe von Charleston, South Carolina.

Diese Insel ist äußerst ungewöhnlich. Sie besteht nahezu ausschließlich aus Meeressand und ist ungefähr drei Meilen lang.
An keiner Stelle ist sie breiter als eine viertel Meile. Ein kaum
wahrnehmbares Rinnsal, das durch eine Wildnis aus Schilf und
Schlamm mühsam hindurchsickert und ein bevorzugter Auf-
enthaltsort des Sumpfhuhns ist, trennt die Insel vom Festland.
Der Pflanzenwuchs ist, wie man sich denken kann, nur sehr
spärlich oder zumindest von zwerghaften Ausmaßen. Nirgend-
wo sieht man Bäume, die eine gewisse Höhe erreicht hätten. In
der Nähe des westlichsten Zipfels, wo Fort Moultrie liegt, befinden sich einige kümmerliche Holzhäuser, in denen während
des Sommers Menschen wohnen, die vor dem Staub und den
Fieberepidemien Charlestons die Flucht ergriffen haben. Dort
kann man in der Tat die ein oder andere stachelige Zwergpal-
me finden; doch mit Ausnahme dieses Landstrichs im Westen
und einer Fläche harten, weißen Sandstrandes an der Meeresküste ist der Rest der Insel mit einem dichten Gestrüpp der süß
duftenden Myrte bedeckt, die von englischen Gärtnern so
überaus hoch geschätzt wird. Die Büsche gewinnen hier oft
eine Höhe von fünfzehn oder zwanzig Fuß und bilden ein

nahezu undurchdringliches Dickicht, welches die Luft mit seinem Aroma überschwemmt.

Im innersten Winkel dieses Dickichts, nicht weit von dem östlichen und somit entlegeneren Ende der Insel, bewohnte Legrand eine kleine Hütte, die er sich selbst gebaut hatte. Dort machte ich auch das erste Mal, ganz zufällig, seine Bekanntschaft. Diese wuchs bald zur Freundschaft heran – denn es besaß jener Einsiedler zahlreiche Eigenschaften, die sowohl Interesse als auch Hochachtung verdienten. Ich stellte fest, daß er sehr gebildet war und eine ungewöhnlich hohe Geisteskraft besaß, jedoch unter Menschenfeindlichkeit litt und das Opfer widernatürlicher Stimmungen war, die ihn zwischen Enthusiasmus und Melancholie hin und her schwanken ließen. Er hatte sich aus der Stadt zahlreiche Bücher mitgebracht, benutzte diese jedoch nur selten. Hauptsächlich vertrieb er sich seine Zeit mit Jagen und Fischen oder suchte bei seinen Spaziergängen am Strand und im Myrtengehölz nach Muscheln und seltenen Insekten; – um seine Sammlung der letzteren hätte ihn der leidenschaftlichste Biologe beneiden können. Bei diesen Ausflügen begleitete ihn für gewöhnlich ein alter Neger namens Jupiter, der freigelassen worden war, ehe noch das Schicksal der Familie eine üble Wendung nahm. Doch ließ er sich weder durch Drohungen noch durch Versprechungen von dem abhalten, was er für sein gutes Recht hielt, nämlich seinem jungen »Massa Will« auf Schritt und Tritt zu folgen. Es ist durchaus möglich, daß die Verwandten Legrands, die ihn wohl für ein wenig geistesgestört hielten, es zu Wege gebracht hatten, Jupiter eben diese Hartnäckigkeit einzuimpfen, damit der Neger den Verirrten bewachen und beschützen möge.

In den Breiten der Sullivan Insel herrscht nur sehr selten ein strenger Winter, und es ist äußerst ungewöhnlich, daß man es im Herbst als notwendig empfindet, ein Feuer anzuzünden. Gegen Mitte Oktober jedoch, im Jahre 18-, gab es einen Tag von wahrlich bemerkenswerter Kälte. Kurz vor Sonnenuntergang suchte ich mir mühsam meinen Weg durch das Immergrün zur Hütte meines Freundes, den ich seit einigen Wochen

nicht mehr besucht hatte – denn mein Wohnsitz befand sich zu
jener Zeit in Charleston, das neun Meilen von der Insel entfernt ist. Darüber hinaus blieben die Möglichkeiten, derer man
sich für eine Hin- und Rückreise hätte bedienen können, weit
hinter den heutigen zurück. Nachdem ich bei der Hütte angekommen war, klopfte ich, wie es meine Gewohnheit war. Als
ich keine Antwort erhielt, holte ich den Schlüssel aus dem mir
bekannten Versteck, schloß die Türe auf und trat ein. Im
Kamin loderte ein prächtiges Feuer. Das war ungewohnt, wenn
auch keineswegs unwillkommen. Ich warf meinen Mantel ab,
zog mir einen Lehnstuhl in die Nähe der knisternden Scheite
und wartete geduldig auf die Rückkehr meiner Gastgeber.

Bald nach Einbruch der Dunkelheit trafen sie ein und hießen
mich überaus herzlich willkommen. Jupiter, der von einem
Ohr zum anderen grinste, machte sich geschäftig daran, einige
Sumpfhühner für das Abendessen zuzubereiten. Legrand hatte
wieder einmal einen seiner Anfälle von – wie anders soll ich es
nennen? – Enthusiasmus. Er hatte eine unbekannte Art der
zweischaligen Muschel gefunden, welche eine neue Gattung
darstellte, und darüber hinaus hatte er, mit Jupiters Hilfe, einen
Skarabäus gejagt und gefangen, den er für etwas völlig Neuar-
tiges hielt und zu dem er am nächsten Morgen meine Meinung
zu hören wünschte.

»Und warum nicht heute abend?« fragte ich, während ich mir
über den lodernden Flammen die Hände rieb und die gesamte Gattung der Skarabäen zum Teufel wünschte.

»Ah, hätte ich nur gewußt, daß Sie hier sind!« sagte Legrand.
»Aber es ist so lange her, seit ich Sie das letzte Mal sah, und wie
hätte ich wissen können, daß Sie mir ausgerechnet heute
abend einen Besuch abstatten würden? Auf meinem Heimweg
traf ich Leutnant G–, aus dem Fort, und habe ihm törichterwei-
se den Käfer geliehen; deshalb können Sie ihn unmöglich
heute noch sehen. Übernachten Sie heute hier, und ich werde
Jup danach schicken, gleich zum Sonnenaufgang. Er ist das
Schönste, was es gibt auf der Welt!«

»Was? – der Sonnenaufgang?«

»Unsinn! Nein! – der Käfer. Er ist von strahlend goldener Farbe und ungefähr so groß wie eine Hickorynuß – mit zwei pechschwarzen Punkten am einen Ende des Rückens und einem anderen, etwas breiteren Punkt am anderen Ende. Die antennae sind-«

»Da sein kein Zinn da drin, Massa Will, ich sagen Ihnen die ganze Zeit«, unterbrach ihn Jupiter hier; »Käfer sein ganz aus Gold, innen und außen, ganze Tier, durch und durch, überall, außer sein Flügel – im ganzen Leben nich hab ich ein so schwere Käfer gefühlt.«

»Schön, nehmen wir an, das sei der Fall, Jup«, antwortete Legrand, ein wenig ernsthafter, als es mir angebracht schien, »aber mußt du deshalb die Vögel anbrennen lassen? Die Farbe« – hier wandte er sich mir zu – »reicht beinahe schon aus, um Jupiters Ansicht zu rechtfertigen. Der Panzer funkelt in einem solch strahlenden, metallischen Glanz, wie Sie es sicher noch nie zuvor gesehen habe – doch das müssen Sie morgen selbst beurteilen. In der Zwischenzeit kann ich Ihnen zumindest von seiner Form eine Vorstellung geben.« Während er dies sagte, setzte er sich an einen schmalen Tisch, auf dem sich Feder und Tinte befand, jedoch kein Papier. Auch in einer Schublade, in der er danach suchte, fand sich keines.

»Macht nichts«, sagte er schließlich, »das hier wird genügen«; und er zog einen Fetzen aus seiner Westentasche, der wie sehr schmutziges Kanzleipapier aussah, und warf mit der Feder in groben Zügen eine Zeichnung darauf. Während er dies tat, blieb ich in meinem Stuhl am Kamin sitzen, denn ich fror noch immer. Als die Zeichnung vollendet war, reichte er sie mir, ohne sich zu erheben. Während ich das Blatt entgegennahm, erklang ein lautes Knurren, gefolgt von einem Kratzen an der Tür. Jupiter öffnete, und ein gewaltiger Neufundländer, der Legrand gehörte, schoß durchs Zimmer, sprang mir an die Schultern und überschüttete mich mit Liebkosungen; denn ich hatte ihn während meiner vormaligen Besuche immer sehr freundschaftlich behandelt. Als er mit seinen Tollereien zu Ende gekommen war, schaute ich mir das Papier an. Doch war

DER GOLDKÄFER

ich, um ehrlich zu sein, nicht wenig verwirrt beim Anblick dessen, was mein Freund gezeichnet hatte.

»Nun!« sagte ich, nachdem ich es einige Minuten betrachtet hatte, »ich muß zugeben, das ist ein seltsamer Skarabäus; ist mir völlig neu; habe nie etwas derartiges gesehen – es sei denn, es wäre ein Schädel oder ein Totenkopf – dem ähnelt er mehr als irgend etwas anderem, das mir je unter die Augen gekommen wäre.«

»Ein Totenkopf!« wiederholte Legrand – »Oh – ja – nun, er sieht auf dem Papier zweifelsohne ein wenig danach aus. Die oberen beiden schwarzen Punkte sehen wie Augen aus, nicht? und der breitere ganz unten wie ein Mund – und dann ist die Form des Ganzen auch oval.«

»Nun, vielleicht«, sagte ich, »aber ich fürchte, Legrand, Sie sind kein Künstler. Ich muß warten, bis ich den Käfer selbst sehe, bevor ich mir einen Eindruck von seiner äußeren Erscheinung machen kann.«

»Ja, aber ich weiß nicht ganz«, sagte er, ein wenig verstimmt, »Ich zeichne eigentlich recht gut – sollte es zumindest – hatte gute Lehrer und habe mir bisher eingebildet, daß ich kein gänzlicher Trottel bin.«

»Aber mein lieber Freund, dann müssen Sie wohl scherzen«, sagte ich, »dies ist ein sehr passabel getroffener *Schädel* – in der Tat könnte man sagen, es ist ein *ausgezeichnet* getroffener Schädel, was die volkstümliche Vorstellung dieses Teils der menschlichen Anatomie anbetrifft – und Ihr Skarabäus muß der eigenartigste Käfer der Welt sein, wenn er dieser Zeichnung ähnelt. Wahrhaftig, wir könnten auf dieser Ähnlichkeit einen äußerst spannenden Aberglauben aufbauen. Ich nehme an, Sie werden den Käfer *scarabaeus caput homini* nennen, oder so etwas ähnliches – es gibt zahlreiche ähnliche Bezeichnungen in der Naturkunde. Aber wo sind die Fühler, von denen Sie gesprochen haben?«

»Die Fühler!« sagte Legrand, der sich in der Sache in einer mir unverständlichen Weise zu erhitzen schien; »aber Sie müssen doch sicher die Fühler sehen. Ich habe sie ebenso deutlich

181

gezeichnet, wie sie beim Insekt selbst zu erkennen sind, und ich nehme an, das sollte genügen.«

»Nun wohl«, sagte ich, »das mag ja sein – trotzdem sehe ich sie nicht«; und ich gab ihm das Blatt ohne weitere Bemerkungen zurück, da es nicht in meiner Absicht lag, ihn zu verärgern. Ich war jedoch recht erstaunt darüber, was für eine Wendung die Angelegenheit genommen hatte; seine Verstimmung verwirrte mich – und was die Zeichnung des Käfers anbetraf, so waren beim besten Willen keine Fühler zu sehen, und das Ganze hatte *tatsächlich* große Ähnlichkeit mit den herkömmlichen Umrissen eines Totenkopfs.

Er nahm das Papier in äußerst gereizter Verfassung entgegen und war im Begriff, es zu zerknüllen, als ein zufälliger Blick auf die Zeichnung plötzlich seine ganze Aufmerksamkeit zu fesseln schien. Innerhalb von einer Sekunde wurde er blutrot im Gesicht – innerhalb der nächsten außergewöhnlich bleich. Einige Minuten lang blieb er am selben Ort sitzen und fuhr fort, die Skizze zu betrachten. Schließlich erhob er sich, nahm eine Kerze vom Tisch und begab sich in den hintersten Winkel des Raumes, wo er sich auf eine Seemannskiste setzte. Dort untersuchte er erneut begierig das Papier, während er es in alle Richtungen drehte und wendete. Er sagte indessen nichts, und sein Verhalten erstaunte mich in nicht geringem Maße; doch hielt ich es für klüger, seine immer schlechter werdende Stimmung nicht noch durch eine Bemerkung zu verschlimmern. Bald darauf entnahm er seinem Mantel eine Brieftasche, verstaute das Papier sorgfältig darin und legte dann beides in seinen Schreibtisch, welchen er verschloß. Er schien sich nun weitgehend beruhigt zu haben, doch das ihm ursprünglich anhaftende enthusiastische Gebaren war so gut wie verschwunden. Gleichwohl schien er mir weniger verstimmt als vielmehr geistesabwesend zu sein. Der Abend nahm seinen Lauf, und von Stunde zu Stunde vergrub er sich tiefer in seinen Träumereien, aus denen ich ihn mit keiner noch so spitzen Bemerkung aufzurütteln vermochte. Es war meine Absicht gewesen, die Nacht in der Hütte zu verbringen, wie ich es oft

DER GOLDKÄFER

zuvor getan hatte, doch als ich meinen Gastgeber in dieser
Stimmung sah, hielt ich es für das beste, mich zu verabschie-
den. Er drängte mich nicht zu bleiben, aber als ich ging, drückte er meine Hand mit einer Wärme, die seine übliche Herzlichkeit noch übertraf.

Es war ungefähr einen Monat später (und während dieser
Zeit hatte ich von Legrand nichts gesehen noch gehört), da
erhielt ich, in Charleston, einen Besuch seines Dieners Jupiter.
Ich hatte den guten alten Neger noch nie so niedergeschlagen
gesehen und fürchtete, daß irgendein ernsthaftes Unglück
über meinen Freund hereingebrochen war.

»Nun, Jup«, sagte ich, »was gibt es? – wie geht es deinem
Herrn?«

»Tja, um Wahrheit zu sagen, Massa, ihm nich so wohl sich
fühlen, wie sein soll.«

»Nicht wohl! Das tut mir sehr leid zu hören. Über was klagt er
denn?«

»Da! Das isses ja! – er nich nie klagen tun – aber trotzdem
sehr krank sein.«

»*Sehr* krank, Jupiter! – warum hast du das nicht gleich gesagt?
Ist er ans Bett gefesselt?«

»Nein, das nich! – ihm lassen an gar nichts fesseln – das sein
ja grad, wo drücken der Schuh – ich mir machen groß Sorge
um armer Massa Will.«

»Jupiter, ich würde gerne verstehen, wovon du eigentlich
sprichst. Du sagst, dein Herr ist krank. Hat er dir nicht gesagt,
was ihm fehlt?«

»Ach, Massa, nich bös werden, sein Sache nich wert – Massa
Will sagen, es tut ihm nichts fehlen – aber dann, warum er
gehen durch Gegend un tut so komisch aussehen, mit sein
Kopf nach unten un sein Schultern nach oben, un so weiß wie
ein Gans? Un dann sammelt ihm Zahlen ganze Zeit-«

»Sammelt was, Jupiter?«

»Sammelt Zahlen auf die Schiefertafel – die komischsten Zahlen, wie ich je gesehen hab. Ich tu es mit die Angst kriegen,
können Sie mir glauben. Muß ihm letzte Zeit ganz feste in mein

Auge behalten. Vor paar Tagen sein vor mir abgehauen, früher
als die Sonne aufgehen, un war ganze liebe lange Tag weg. Ich
hab mir ein Stock richtig gut zurecht geschnitzt, um ihm verdammt gut Prügel zu geben, wenn er wieder da sein – aber ich
war so dumm, ich hatte nich die Herz, um das zu tun – er tat so
schlecht aussehen.«

»Hä? – Was? – ah ja! – nun, ich denke, im großen und ganzen
solltest du vielleicht nicht allzu streng mit dem armen Kerl sein
– verprügle ihn lieber nicht, Jupiter – er wird es nicht sehr gut
vertragen – aber hast du denn überhaupt keine Vorstellung
davon, was diese seltsame Krankheit verursacht hat oder, besser gesagt, warum er sich so anders verhält? Ist irgend etwas
Unerquickliches geschehen, seit ich Euch zuletzt besuchte?«

»Nein, Massa, war nich irgendwas Quickliches *nach* Ihr
Besuch – war *vorher,* fürchten ich – war gerade die Tag, als Sie
da waren.«

»Wie? Was meinst du damit?«

»Tja, Massa, ich meinen die Käfer – so isses.«

»Die was?«

»Die Käfer – ich mir sehr sicher sein, daß die Goldkäfer
Massa Will irgendwo am Kopf beißen hat.«

»Und was für einen Grund hast du für diese Vermutung, Jupiter?«

»Sein Mund sein groß genug, Massa, und Zangen hat er auch.
Ich hab nie so ein verdammt Käfer sehen – er treten un beißen
alles, was sich in sein Näh kommt. Massa Will ihn erst fangen,
aber er muß ihm loslassen ganz richtig schnell, können Sie mir
glauben – das war die Augenblick, wo er muß beißen worden
sein. Hat mir nich gefallen wie aussehen das große Mund von
die Käfer, ganz un gar nich, also hab ich ihn nich nehmen mit
mein Finger, sondern hab ihm mit groß Stück Papier gefangen,
was ich gefunden hab. Ich hab ihm in Papier gewickelt und
ihm eine Stück davon in sein Mund gestopft – so hab ich das
gemacht.«

»Und du denkst also, daß dein Herr tatsächlich von dem
Käfer gebissen wurde und dieser Biß ihn krank gemacht hat?«

»Ich nich denken gar nichts – ich wissen das. Was macht, daß er so oft träumen von die Gold, wenn nich, weil er von die Goldkäfer beißen worden is? Ich hab schon früher viel hören von diese Goldkäfer.«

»Aber woher weißt du, daß er von Gold träumt?«

»Woher ich weiß? Na, weil er sprechen in sein Schlaf, natürlich – daher weiß ich das.«

»Nun, Jupiter, vielleicht hast du recht. Indessen, welch glücklichem Schicksal verdanke ich die Ehre deines heutigen Besuches?«

»Was tun Sie sagen, Massa?«

»Hast du irgendeine Nachricht von Mr. Legrand?«

»Nein, Massa, ich nur bringen diese Brief hier«, und mit diesen Worten reichte mir Jupiter ein Schreiben, das folgendermaßen lautete:

MEIN LIEBER –

Warum habe ich Sie so lange Zeit nicht gesehen? Ich hoffe, Sie waren nicht so töricht, wegen irgendeiner kleinen Schroffheit meinerseits gekränkt zu sein; doch nein, das kann ich nicht glauben.

Seit ich Sie das letzte Mal sah, hat mich aus vielerlei Gründen eine äußerst gespannte Unruhe erfaßt. Es gibt etwas, das ich Ihnen erzählen muß, doch weiß ich kaum, wie ich es in Worte fassen oder ob ich es überhaupt erzählen soll.

Seit einigen Tagen fühle ich mich nicht besonders wohl, und der arme alte Jup fällt mir in nahezu unerträglicher Weise zur Last mit seiner wohlgemeinten Besorgnis. Werden Sie es für möglich halten? – neulich hatte er sich einen riesigen Stock geschnitzt, um mich damit zu züchtigen, weil ich ihm entwischt war und den Tag ganz allein in den Hügeln auf dem Festland verbracht hatte. Ich glaube fürwahr, daß nur mein elendes Aussehen mich vor einer Tracht Prügel bewahrte.

Seit wir uns das letzte Mal sahen, habe ich meiner Sammlung nichts mehr hinzugefügt.

Falls Sie es nur irgend ermöglichen können, kommen Sie

doch mit Jupiter herüber. Bitte tun Sie mir den Gefallen. Ich würde Sie gern *heute abend* sehen, wegen einer äußerst wichtigen Angelegenheit. Ich versichere Ihnen, es ist von *höchster* Bedeutung.

Stets der Ihre,
WILLIAM LEGRAND

Es lag etwas im Ton dieser Zeilen, das mir ein sehr unbehagliches Gefühl einflößte. Der Stil, in dem das Ganze gehalten war, sah Legrand überhaupt nicht ähnlich. Was konnte in ihn gefahren sein? Welche neuerliche Grille hatte von seinem erregbaren Gemüt Besitz ergriffen? Was für eine »Angelegenheit von höchster Bedeutung« konnte er schon zu erledigen haben? Jupiters Bericht von seinem Verhalten verhieß nichts Gutes. Ich fürchtete für den Fall, daß die Last des unglücklichen Schicksals, unter dem er nach wie vor litt, letzten Endes zu einer ernstlichen Verwirrung seines Geistes geführt haben könnte. Ohne auch nur einen Augenblick zu zögern, schickte ich mich daher an, den Neger zu begleiten.

Als wir den Anlegeplatz erreichten, bemerkte ich eine Sense und drei Spaten, allem Anschein nach vollkommen neu, die im Innern des Bootes lagen, auf dem wir uns einschiffen sollten.

»Was hat dies alles zu bedeuten, Jup?« erkundigte ich mich.

»Das sein Sense, Massa, und Spaten.«

»Sehr richtig; aber was sollen sie hier?«

»Das sein Sense und Spaten, von die Massa Will unbedingt wollen, daß ich für ihn kauf in die Stadt, und hab verteufelt groß viel Geld dafür geben müssen.«

»Aber was, im Namen des geheimnisvollsten aller Geheimnisse, will dein ›Massa Will‹ mit Sense und Spaten tun?«

»Ich nich haben keine Ahnung, und soll mich der Teufel holen, wenn er nich haben genauso keine Ahnung. Aber is all schuld die Käfer.«

Ich stellte fest, daß ich von Jupiter, dessen Gedanken ganz von »die Käfer« in Anspruch genommen wurden, keine befriedigende Antwort erhalten würde, begab mich daraufhin in das

DER GOLDKÄFER

Boot und setzte die Segel. Von einem frischen und kräftigen Wind getrieben, erreichten wir bald die kleine Bucht nördlich von Fort Moultrie und gelangten nach einem Marsch von ungefähr zwei Meilen zu der Hütte. Als wir dort ankamen, war es gegen drei Uhr nachmittags. Legrand hatte uns bereits ungeduldig erwartet. Er ergriff meine Hand und drückte sie mit einer nervösen Heftigkeit, die mich erschreckte und dem Verdacht, den ich hegte, neue Nahrung verlieh. Sein Gesicht war gespenstisch bleich, und seine tiefliegenden Augen funkelten in einem unnatürlichen Glanz. Nachdem ich mich mit einigen Worten nach seiner Gesundheit erkundigt hatte, fragte ich ihn, da ich nicht wußte, was ich anders sagen sollte, ob er den Skarabäus von Leutnant G- zurückbekommen habe.

»O ja«, antwortete er und wurde tiefrot im Gesicht, »er hat ihn mir am nächsten Morgen zurückgegeben. Nichts könnte mich dazu verleiten, mich von diesem Skarabäus zu trennen. Wissen Sie, daß Jupiter ganz recht hatte, was ihn betraf?«

»In welcher Weise?« fragte ich mit schwerem Herzen, das Schlimmste ahnend.

»Indem er annahm, es handle sich um einen Käfer aus echtem Gold.« Er sagte dies mit einer solch ernsthaften Überzeugung, daß ich eine unsägliche Bestürzung empfand.

»Dieser Käfer wird mich reich machen«, fuhr er mit einem triumphierenden Lächeln fort, »und mich in die Lage versetzen, meine Familiengüter zurückzuerwerben. Ist es da noch verwunderlich, daß ich ihn wie meinen Augapfel hüte? Das Schicksal gewährte ihn mir, und ich brauche ihn nur noch in der rechten Weise zu benutzen, um zu dem Gold zu gelangen, dessen Fingerzeig er ist. Jupiter, bringe mir den Skarabäus!«

»Was! die Käfer, Massa? Ich lieber nich gehen und die Käfer stören – Sie müssen ihn schon selber holen, ganz allein.« Daraufhin erhob sich Legrand mit feierlichem und würdevollem Gebaren, holte den Käfer aus einer gläsernen Schachtel, in der er ihn aufbewahrt hatte, und brachte ihn mir. Es war ein wunderschöner Skarabäus und zu jener Zeit den Naturkundlern noch gänzlich unbekannt – vom wissenschaftlichen Gesichtspunkt aus natürlich ein überaus wertvoller Fang. Zwei runde, schwarze Punkte befanden sich am einen Ende des Rückens, und ein breiter Punkt am anderen. Der Panzer war äußerst hart und glänzend und erweckte ganz den Anschein, als bestünde er aus poliertem Gold. Das Gewicht des Insekts war bemerkenswert hoch, und wenn ich all diese Dinge in Betracht zog, dann konnte ich es Jupiter kaum verdenken, sich eine solche Meinung über das Tier gebildet zu haben. Was jedoch Legrand dazu veranlaßt hatte, sich dieser Meinung anzuschließen, das konnte ich für mein Leben nicht erkennen.

»Ich habe nach Ihnen gesandt«, sagte er in schwülstigem Tone, sobald ich mit meiner Betrachtung des Käfers zum Ende gekommen war, »ich habe nach Ihnen gesandt, damit mir Ihr Rat und Ihre Hilfe zuteil werden möge, was die Ergründung des Schicksals anbetrifft und welche Rolle dieser Käfer darin-«

»Mein lieber Legrand«, rief ich, ihn unterbrechend, »Sie fühlen sich eindeutig nicht wohl und sollten lieber ein bißchen vorsichtig sein. Sie werden jetzt zu Bette gehen, und ich werde einige Tage bei Ihnen bleiben, bis Sie die Sache hier überstanden haben. Sie haben Fieber und-«

»Fühlen Sie meinen Puls«, sagte er.

Ich fühlte ihn, und fand, um die Wahrheit zu sagen, nicht das geringste Anzeichen von Fieber.

»Aber Sie könnten krank sein und doch kein Fieber haben. Erlauben Sie mir dies eine Mal, Ihnen etwas zu verordnen. Als erstes gehen Sie zu Bett. Als nächstes-«

»Sie irren sich«, warf er ein, »ich bin so gesund, wie ich es in der Erregung, unter der ich leide, nur eben erwarten kann. Wenn Sie mir wirklich Besserung wünschen, dann befreien Sie mich von dieser Erregung.«

»Und wie wäre das zu bewerkstelligen?«

»Ganz einfach. Jupiter und ich werden eine Expedition zu den Hügeln auf dem Festland unternehmen, und bei dieser Expedition werden wir die Hilfe einer Person benötigen, auf die wir uns verlassen können. Sie sind der einzige, dem wir Vertrauen schenken können. Ob wir nun Erfolg haben oder

DER GOLDKÄFER

scheitern, es wird auf jeden Fall den Aufruhr, in dem ich mich, wie Sie bemerkten, gegenwärtig befinde, zum Schweigen bringen.«

»Es könnte mir kaum mehr daran gelegen sein, Ihnen nur jeden erdenklichen Gefallen zu tun«, antwortete ich, »aber wollen Sie etwa andeuten, daß dieser gräßliche Käfer mit Ihrer Expedition zu den Hügeln irgend etwas zu tun hat?«

»Das hat er.«

»In diesem Fall, Legrand, weigere ich mich schlichtweg, an einem solch absurden Unternehmen teilzunehmen.«

»Das tut mir leid – sehr leid – denn dann müssen wir es alleine versuchen.«

»Alleine versuchen! Der Mann ist zweifelsohne verrückt geworden! – aber halt! – wie lange beabsichtigen Sie fortzubleiben?«

»Vermutlich die ganze Nacht. Wir werden unverzüglich aufbrechen und auf jeden Fall zum Sonnenaufgang wieder zurück sein.«

»Und versprechen Sie mir auf Ehre, daß Sie, sobald diese Ihre Manie ausgestanden ist und die Sache mit dem Käfer (du lieber Gott!) zu Ihrer Zufriedenheit erledigt wurde, nach Hause zurückkehren und dem, was ich Ihnen als Ihr Arzt zu raten habe, unbedingt Folge leisten werden?«

»Ja; das verspreche ich; und nun lassen Sie uns aufbrechen, denn wir haben keine Zeit zu verlieren.«

Ich begleitete meinen Freund schweren Herzens. Wir brachen gegen vier Uhr auf – Legrand, Jupiter, der Hund und ich. Jupiter hatte die Sense und die Spaten mitgenommen – wobei er sich nicht davon abbringen ließ, alles alleine zu tragen – mehr aus Angst davor, so schien es mir, daß irgendeines dieser Werkzeuge in Reichweite seines Herrn kommen könnte, als aus einem Überschuß an Fleiß oder Gefälligkeit. Er machte einen äußerst mißmutigen Eindruck, und die Worte ›diese verdammte Käfer‹ waren das einzige, was während des gesamten Marsches von seinen Lippen kam. Was mich betraf, so war mir die Verantwortung für ein paar Blendlaternen übertragen wor-

189

den, während sich Legrand darauf beschränkte, den Skarabäus zu tragen, den er am Ende eines Stücks Peitschenschnur befestigt hatte und während des Gehens mit der Miene eines Zauberers durch die Luft wirbelte. Als ich diesen neuerlichen, unübersehbaren Beweis für die geistige Verwirrung meines Freundes bemerkte, vermochte ich nur mit Mühe, meine Tränen zurückhalten. Ich hielt es jedoch für das beste, zumindest für den Augenblick, ihm seinen Willen zu lassen, bis ich hoffen konnte, durch ein entschlosseneres Auftreten Erfolg zu haben. In der Zwischenzeit versuchte ich, wenn auch vergeblich, ihn über den Zweck der Expedition auszuhorchen. Nachdem es ihm gelungen war, mich dazu zu bewegen, ihn zu begleiten, schien er nicht willens, sich über irgendein anderes belangloses Thema zu unterhalten, und die einzige Antwort, auf die er sich zu all meinen Fragen herabließ, war »Wir werden sehen!«

Wir überquerten den Bach am Kopfende der Insel in einem kleinen Nachen, stiegen zu den Hügeln am Ufer des Festlandes empor und machten uns in einer nordwestlichen Richtung auf den Weg, durch eine wilde und einsame Landschaft, in der kein menschlicher Fuß je seine Spur hinterlassen hatte. Legrand ging entschlossen voran, nur hier und da für einen Augenblick innehaltend, um einige Eigenheiten im Gelände zu prüfen, die er sich offenbar bei einer früheren Gelegenheit zu Wegweisern bestimmt hatte.

In dieser Weise marschierten wir ungefähr zwei Stunden lang, und die Sonne ging eben unter, als wir ein Gebiet betraten, das in seiner fürchterlichen Ödnis alles bisher Gesehene weit übertraf. Es war eine Art Hochplateau, nicht weit vom Gipfel eines nahezu unbezwingbaren Berges entfernt, der vom Fuße bis zur Spitze von einem dichten Wald bedeckt war, aus dem hier und da riesige Felsblöcke auftauchten. Diese Felsen schienen kaum in der Erde verankert, und zumeist war es nur der Stütze der Bäume zu verdanken, gegen die sie sich lehnten, daß sie nicht in die Tiefe des Tals hinunterstürzten. In allen Richtungen erstreckten sich bodenlose Schluchten, die der Gegend eine noch unbarmherzigere Trostlosigkeit verliehen.

DER GOLDKÄFER

Das Plateau, zu dem wir aufgestiegen waren, war über und über mit dornigen Büschen bewachsen, und wir entdeckten bald, daß es uns unmöglich geworden wäre, einen Weg durch diese Wildnis zu ebnen, wenn wir nicht die Sense mitgenommen hätten. Jupiter bahnte uns, den Anweisungen seines Herrn folgend, einen Weg bis zum Fuße eines riesigen Tulpenbaumes, der zusammen mit acht oder zehn Eichen auf der Hochebene stand. Dieser Baum jedoch übertraf sie alle bei weitem, und auch jeden anderen Baum, den ich je in meinem Leben gesehen hatte, in der Schönheit und Form seiner Blätter, in der weitausladenden Entfaltung seiner Äste und in der Majestät seiner ganzen Erscheinung. Als wir diesen Baum erreichten, wandte sich Legrand an Jupiter und fragte ihn, ob er glaube, ihn erklimmen zu können. Der alte Mann schien von der Frage zunächst höchst verwirrt zu sein und gab eine Zeitlang keine Antwort. Schließlich näherte er sich dem Baumstamm, ging langsam um diesen herum und betrachtete ihn sehr aufmerksam. Als er mit seiner Musterung fertig geworden war, sagte er bloß:

»Ja, Massa, Jup klimmen auf alle Baum, die er je in sein Leben gesehen haben.«

»Dann hoch mit dir, so bald als möglich, denn es wird bald zu dunkel sein, um überhaupt noch irgend etwas sehen zu können.«

»Wie weit müssen ich hochklettern, Massa?« erkundigte sich Jupiter.

»Steige zunächst den Stamm hinauf, und dann werde ich dir sagen, wohin du dich wenden mußt – und hier – halt! nimm diesen Käfer mit.«

»Die Käfer, Massa Will! – die Goldkäfer!« schrie der Neger und wich bestürzt zurück – »wozu sollen ich die Käfer bringen den Baum hoch? – verdamm mich, ich tun das nich!«

»Falls du Angst hast, Jup, ein großer, starker Neger wie du, diesen harmlosen, kleinen, toten Käfer zu nehmen, dann kannst du ihn ja an dieser Schnur hinauftragen – aber wenn du ihn nicht in irgendeiner Weise mit dir nach oben nimmst,

191

werde ich mich genötigt sehen, dir den Kopf mit dieser Schaufel einzuschlagen.«

»Was sein nu los, Massa?« sagte Jup, der sich offensichtlich zu sehr schämte, um nicht nachzugeben, »immer müssen Streit machen mit die alte Nigger. Hab nur wollen bißchen Spaß machen. Ich Angst vor die Käfer! Was scher ich mich um die Käfer?« Und mit diesen Worten ergriff er behutsam das äußerste Ende der Schnur, hielt das Insekt so weit von seinem Körper entfernt, wie es die Umstände erlaubten, und begann, den Baum zu erklimmen.

Der Tulpenbaum, oder auch *Liriodendron tulipiferum,* der herrlichste Baum, den Amerikas Wälder aufzuweisen haben, besitzt in seiner Jugend einen bemerkenswert glatten Stamm und erhebt sich oft zu einer großen Höhe, ohne daß seitliche Äste davon abzweigen; doch in reiferem Alter wird die Rinde knorrig und uneben, während zur gleichen Zeit zahlreiche kurze Äste aus dem Stamm sprießen. Deshalb war der Aufstieg im gegenwärtigen Fall nur scheinbar schwierig. Indem er den riesigen Stamm so eng wie möglich mit seinen Armen und Knien umfaßte, mit seinen Händen nach Vorsprüngen griff und seine nackten Zehen in andere Unebenheiten grub, hatte sich Jupiter, nachdem er ein oder zweimal dem Herabstürzen nur knapp entkommen war, zu der ersten größeren Astgabelung hinaufgewunden und schien nun der Ansicht zu sein, die Sache mehr oder weniger hinter sich gebracht zu haben. Die *Gefahr,* die das Klettern bereitet hatte, lag nun in der Tat hinter ihm, obgleich er sich augenblicklich an die sechzig oder siebzig Fuß hoch vom Erdboden entfernt sah.

»Wohin müssen ich jetzt gehen, Massa Will?« fragte er.

»Halte dich beim Hinaufsteigen an den größten Ast – denjenigen auf dieser Seite«, sagte Legrand. Der Neger gehorchte ihm sogleich, und allem Anschein nach ohne die geringste Mühe; und klomm höher und höher, bis man von seiner gedrungenen Gestalt durch das dichte Blattwerk, welches ihn umgab, nichts mehr zu sehen vermochte. Bald hörten wir seine Stimme von oben herabschallen.

DER GOLDKÄFER

»Wieviel höher müssen ich noch gehen?«

»Wie hoch bist du?« fragte Legrand.

»Ganz furchtbar weit hoch«, antwortete der Neger; »kann die Himmel sehen ganz oben über die Baum.«

»Kümmer dich nicht um den Himmel, paß lieber auf, was ich sage. Schau an dem Stamm hinunter und zähle die Äste auf dieser Seite. An wie vielen bist du vorbeigekommen?«

»Ein, zwei, drei, vier, fünf – ich haben fünf groß Ast vorbeigegangen an diese Seite, Massa.«

»Dann geh noch einen Ast höher.«

Innerhalb von wenigen Minuten hörten wir die Stimme erneut, die uns nun mitteilte, daß der siebte Ast erreicht war.

»Höre, Jup«, schrie Legrand, offensichtlich sehr aufgeregt, »ich möchte, daß du dich auf diesem Ast so weit es geht vorarbeitest. Wenn du irgend etwas Seltsames siehst, dann laß es mich wissen.«

Mittlerweile waren die letzten Zweifel, die ich noch daran gehegt haben mochte, daß mein Freund seinen Verstand verloren hatte, von mir gewichen. Es blieb mir nichts anderes übrig, als den Schluß zu ziehen, daß ihn der Wahnsinn befallen hatte; und ich wurde ernsthaft darum besorgt, wie ich ihn wohl nach Hause bringen könnte. Während ich darüber nachdachte, was am besten zu tun sei, ließ sich von oben erneut Jupiters Stimme hören.

»Ich hab Angst, zu weit diese Ast vorzuwagen – ist toter Ast fast ganze Weg.«

»Sagtest du, es sei ein *toter* Ast, Jupiter?« schrie Legrand mit zitternder Stimme.

»Ja, Massa, sein Ast mausetot – sein erledigt ganz sicher – hat sich Geist ausgehaucht.«

»Was um Himmels willen soll ich tun?« fragte Legrand, allem Anschein nach völlig verzweifelt.

»Tun!« sagte ich, froh um die Gelegenheit, ein Wort einwerfen zu können, »nun, nach Hause gehen und sich ins Bett legen. Kommen Sie schon! – Seien Sie ein braver Kerl. Es wird spät, und außerdem, denken Sie an Ihr Versprechen.«

»Jupiter«, schrie er, ohne mich auch nur im geringsten zu beachten, »hörst du mich?«

»Ja, Massa Will, höre Sie ganz richtig deutlich.«

»Dann prüfe das Holz genau, mit deinem Messer, und schau, ob es einen sehr morschen Eindruck macht.«

»Sein *morsch,* Massa, ganz bestimmt«, entgegnete der Neger nach einer Weile, »aber nich so ganz morsch, wie ich gedacht haben. Könnte vielleicht ein wenig weiter vorwagen auf die Ast ganz ich allein, das stimmt.«

»Allein! – was meinst du damit?«

»Ich meinen die Käfer, Massa. Sein *sehr* schwer, die Käfer. Wie wären, wenn ich ihm erst fallen lassen, und dann wird die Ast nich brechen mit die Gewicht von ganz allein nur ein klein Nigger.«

»Du verteufelter Schurke!« schrie Legrand, allem Anschein nach sehr erleichtert, »was ist in dich gefahren, daß du mir solchen Unsinn erzählst? Wenn du diesen Käfer fallen läßt, werde ich dir das Genick brechen! Paß auf, Jupiter! hörst du mich?«

»Ja, Massa, nich brauchen armen Nigger so anzuschreien.«

»Nun gut! Jetzt hör mir zu! – Wenn du dich auf diesem Ast so weit vorwagst, wie du es für gefahrlos hältst, und den Käfer nicht losläßt, werde ich dir einen Silberdollar zum Geschenk machen, sobald du wieder nach unten gekommen bist.«

»Ich geh ja schon, Massa Will – ganz bestimmt«, antwortete der Neger prompt – »sein schon fast am Ende ankommmen.«

»*Am Ende angekommen!*« brüllte Legrand in diesem Augenblick laut, »willst du damit sagen, daß du das Ende des Astes erreicht hast?«

»Sein bald am Ende, Massa – o-o-o-o-oh! Lieb Gott, steh mich bei! was sein das hier auf die Baum?«

»Nun!« schrie Legrand, hoch erfreut, »was ist es?«

»Sein nur irgendein Schädel – jemand hat seine Kopf auf die Baum liegen lassen, und die Krähen haben all das ganze Fleisch aufgefressen mit Haut und Haar.«

»Ein Schädel, sagst du! – sehr gut! – wie ist er am Ast befestigt? – was hält ihn fest?«

»Ja gut, Massa, muß nachschauen. Sein ganz komische Sache, das, viel komisch – da sein groß dick Nagel in die Schädel, was ihn auf die Baum festmacht.«

»Also schön, Jupiter, jetzt tue genau, was ich dir sage – hörst du?«

»Ja, Massa.«

»Dann paß auf! – Finde das linke Auge des Schädels.«

»Hmm! hoho! das sein gut! da sein gar kein Auge hier mehr übrig.«

»Zum Teufel mit deiner Dummheit! Kannst du deine rechte Hand von deiner linken unterscheiden?«

»Ja, das wissen ich – wissen ganz genau – sein linke Hand, wo ich Holz mit hacken.«

»Sehr richtig! Du bist Linkshänder; und dein linkes Auge ist auf derselben Seite wie deine linke Hand. Nun kannst du, so nehme ich an, das linke Auge des Schädels finden oder jedenfalls den Ort, wo dieses linke Auge gewesen ist. Hast du es gefunden?«

Hierauf erfolgte eine lange Pause. Schließlich fragte der Neger:

»Sein linkes Auge von Schädel auch auf selbe Seite wie Hand vom Schädel? – weil nämlich sein gar nichts mehr übrig von die Hand vom Schädel – aber macht nichts! Ich haben jetzt gefunden linke Auge – hier sein linke Auge! Was sollen ich tun damit?«

»Laß den Käfer hindurchgleiten, so weit wie die Schnur reicht – aber paß auf, daß du die Schnur nicht losläßt.«

»Das haben ich alles gemacht, Massa; war groß viel einfach, die Käfer durch das Loch zu tun – passen auf, da kommt er jetzt runter!«

Während dieser Unterhaltung war von Jupiter auch nicht das geringste zu sehen gewesen; aber der Käfer, den er hinunterließ, kam nun am Ende der Schnur baumelnd zum Vorschein, und glitzerte wie eine goldene Kugel in den letzten Strahlen der untergehenden Sonne, von denen einige wenige noch die Erhebung beleuchteten, auf der wir standen. Der Skarabäus

195

hing dort, ohne irgendwelche Äste zu berühren, und sobald Jupiter ihn losließe, mußte er direkt zu unseren Füßen auf die Erde fallen. Legrand ergriff sogleich die Sense und schuf damit gerade unter dem Insekt eine kreisrunde Rodung von etwa drei oder vier Ellen im Durchmesser. Sobald er dies vollbracht hatte, wies er Jupiter an, die Schnur loszulassen und vom Baume herunterzukommen.

An exakt der Stelle, an welcher der Käfer niederfiel, trieb er mit peinlicher Genauigkeit einen Pflock in die Erde und holte dann aus seiner Tasche ein Maßband hervor. Dieses befestigte er an dem Punkt am Fuße des Baumes, welcher sich dem Pflock am nächsten befand, entrollte es, bis es den Pflock erreicht hatte, und rollte es dann fortlaufend in einer Entfernung von fünfzig Fuß auf, in der Richtung, die bereits durch die zwei Punkte des Baumes und des Pflocks bestimmt worden war – indessen Jupiter die Dornbüsche mit der Sense entfernte. An dem Punkt, an dem er solchermaßen angelangt war, trieb er einen zweiten Pflock in die Erde und beschrieb um diesen Mittelpunkt einen groben Kreis von ungefähr vier Fuß im Durchmesser. Dann ergriff er selbst einen Spaten, reichte einen an Jupiter und einen an mich und bat uns dann, so schnell wie möglich zu graben.

Um die Wahrheit zu sagen, hatte ich an einem derartigen Zeitvertreib noch nie besonderen Geschmack gefunden und hätte mich gerade in diesem Augenblick nur zu gern gesträubt; denn die Nacht brach an und ich war bereits von den körperlichen Mühen, die hinter mir lagen, äußerst erschöpft; doch sah ich keine Möglichkeit des Entwischens und befürchtete zudem, das seelische Gleichgewicht meines armen Freundes durch eine Weigerung zu stören. Hätte ich mich auf Jupiters Beistand verlassen können, dann hätte ich in der Tat keinen Augenblick mit dem Versuch gezögert, den Wahnsinnigen gewaltsam nach Hause zu schaffen. Indessen kannte ich die Gesinnung des alten Negers nur zu genau, um zu hoffen, daß er mich, unter welchen Umständen auch immer, bei einem Kampf mit seinem Herrn unterstützen würde. Ich hegte keinen

DER GOLDKÄFER

Zweifel daran, daß letzterer sich durch eine jener im Süden so
häufigen abergläubischen Geschichten um vergrabene Schätze
hatte anstecken lassen und daß er seine Phantasien durch den
Fund des Skarabäus bestätigt sah, oder vielleicht auch durch
Jupiters hartnäckige Überzeugung, daß es sich bei dem Insekt
um einen »Käfer aus echtem Gold« handle. Ein Gemüt, das sich
bereits dem Wahnsinn zuneigte, würde sich bereitwillig von
einer solchen Vermutung mitreißen lassen – insbesondere,
wenn sie so wunderbar zu bereits vorgefaßten und mit Vorliebe gehegten Ideen paßte. Auch rief ich mir die Worte ins
Gedächtnis, mit denen der arme Kerl den Käfer als »einen Fingerzeig zu seinem Reichtum« bezeichnet hatte. Alles in allem
war ich reichlich verstört und ratlos, doch entschloß ich mich
schließlich, aus der Not eine Tugend zu machen – beim Graben guten Willen zu zeigen und so den Phantasten um so eher
durch einen sichtbaren Beweis davon zu überzeugen, welch
irrtümlicher Überzeugung er anheimgefallen war.

Nachdem wir die Laternen angezündet hatten, begaben wir
uns alle mit einem Eifer an die Arbeit, der einer vernünftigeren
Sache würdig gewesen wäre; und als der Lichtschein auf uns
und unsere Werkzeuge fiel, drängte sich mir der Gedanke auf,
was für ein malerisches Bild wir abgeben mußten und wie seltsam und verdächtig unsere Mühen einem jeglichen Eindringling erscheinen würden, der zufällig auf unseren Aufenthalts-
ort stieße.

Wir gruben zwei Stunden lang ohne abzusetzen. Es wurde
kaum gesprochen; und was uns hauptsächlich Verdruß bereitete, war das Bellen des Hundes, der größtes Interesse an unserer Beschäftigung zeigte. Das Tier wurde schließlich derart auf-
sässig, daß wir befürchteten, es könne die Aufmerksamkeit
irgendwelcher nächtlichen Wanderer erregen, die sich in der
Nähe befinden mochten – oder zumindest war dies die Sorge
Legrands –, was mich anbetraf, so wäre ich über jede Unterbrechung entzückt gewesen, die es mir vielleicht ermöglicht
hätte, den Verirrten nach Hause zu bringen. Jupiter brachte das
Getöse schließlich sehr wirksam zum Schweigen, indem er mit

bedächtiger Entschlossenheit aus der Grube stieg, die Schnauze des Tieres mit einem seiner Hosenträger zusammenband und dann mit einem dürsteren Kichern wieder zu seiner Arbeit zurückkehrte.

Als die eben genannte Zeit verstrichen war, hatten wir eine Tiefe von fünf Fuß erreicht und waren dennoch nicht auf die geringste Spur eines Schatzes gestoßen. Wir hielten in unserem Tun inne, und ich hoffte, daß hiermit die Farce ihr Ende gefunden haben möge. Allein, Legrand, obgleich sichtlich beunruhigt, trocknete sich nachdenklich den Schweiß von der Stirne und begann von neuem. Wir hatten den gesamten Kreis von vier Fuß im Durchmesser ausgehoben. Nun vergrößerten wir den Umfang ein wenig und gruben uns weitere zwei Fuß tief in die Erde. Gleichwohl kam nichts zum Vorschein. Der Goldsucher, den ich aus tiefstem Herzen bemitleidete, kletterte schließlich aus der Grube, während ihm die bitterste Enttäuschung ins Gesicht geschrieben stand, und begann, langsam und widerstrebend seinen Mantel anzuziehen, den er zu Beginn der Ausgrabungen abgelegt hatte. Ich versagte mir indes auch nur die geringste Bemerkung. Einem Wink seines Herrn folgend, begann Jupiter, die Werkzeuge zusammenzusuchen. Sobald dies getan war und wir den Hund von seinem Knebel befreit hatten, machten wir uns in tiefem Schweigen auf den Heimweg.

Wir waren vielleicht ein Dutzend Schritte in diese Richtung gegangen, als Legrand plötzlich mit einem lauten Fluch auf Jupiter zuging und ihn am Kragen faßte. Der erstaunte Neger riß Augen und Mund sperrangelweit auf, ließ die Spaten fallen und sank in die Knie.

»Du Schurke« sagte Legrand, während er die Silben zwischen den zusammengebissenen Zähnen zischend hervorpreßte – »du verteufelter schwarzer Wicht! – sprich, sage ich dir! – antworte mir sofort ohne jede Ausflüchte! – welches – welches ist dein linkes Auge?«

»O du liebe Güte, Massa Will! sein nich das hier mein linke Auge, ganz bestimmt?« schrie der entsetzte Jupiter, während er seine Hand auf sein rechtes Sehorgan legte und sie dort mit einer solch verzweifelten Beharrlichkeit liegen ließ, als befürchte er, sein Herr möge ihm jeden Moment das Auge ausstechen.

»Ich dachte es mir! – Ich wußte es! – hurrah!« johlte Legrand, ließ den Neger los und vollführte eine Reihe von Kapriolen und Luftsprüngen, sehr zum Erstaunen seines Dieners, der sich von seinen Knien erhob und stumm von seinem Herrn zu mir und dann von mir zu seinem Herrn schaute.

»Kommt! Wir müssen umkehren«, sagte letzterer, »das Spiel ist noch nicht verloren«, und er ging uns erneut zu dem Tulpenbaum voraus.

»Jupiter«, sagte er, als wir den Fuß des Baumes erreicht hatten, »komm her! War der Schädel mit dem Gesicht zum Baum oder mit dem Gesicht nach außen an den Ast genagelt?«

»Die Gesicht sein nach außen gewesen, Massa, so daß die Krähen ganz gut leicht an die Augen kommen können, ohne groß Mühe.«

»Also schön, war es dieses Auge oder dieses, durch welches du den Käfer hast fallen lassen?« – mit diesen Worten berührte Legrand eins nach dem anderen Jupiters Augen.

»Sein dies Auge gewesen, Massa – linke Auge – ganz wie Sie mir befehlen«, und währenddessen zeigte der Neger auf sein rechtes Auge.

»Das genügt – wir müssen es noch einmal versuchen.«

Hierauf entfernte mein Freund, in dessen Wahnsinn ich nunmehr eine gewisse Methode sah – oder sie zu sehen glaubte – den Pflock, der den Ort markiert hatte, an welchem der Käfer niedergefallen war, und steckte ihn ungefähr drei Zoll westwärts seiner ursprünglichen Position in die Erde. Dann legte er erneut das Maßband an den Punkt des Baumes, der dem Pflock am nächsten war, und beschrieb sodann eine gerade Linie vom Baum über den Pflock bis zu einem Punkt in einer Entfernung von fünfzig Fuß, der einige Ellen weit von dem Punkt entfernt lag, an welchem wir gegraben hatten.

Um diesen neuen Punkt wurde nun ein etwas größerer Kreis

DER GOLDKÄFER

als beim ersten Mal gezogen, und wir begannen erneut unsere
Arbeit mit den Spaten. Ich war furchtbar erschöpft, doch war
ich nun den mir auferlegten Mühen nicht länger gänzlich abgeneigt, ohne daß ich recht verstanden hätte, was diesen Sinnes-
wandel bewirkt haben mochte. Es hatte mich eine vollkommen
unerklärliche Neugier erfaßt – ja, man hätte mich sogar als aufgeregt bezeichnen können. Vielleicht gab es inmitten all jenes
überspannten Gebarens, das Legrand an den Tag legte, etwas –
einen Eindruck des Vorbedachts, der Besonnenheit – das mich
beeindruckte. Ich grub eifrig und ertappte mich ein ums andere Mal dabei, daß ich tatsächlich mit so etwas wie gespannter
Erwartung nach dem imaginären Schatz Ausschau hielt, dessen
Trugbild meinem unglückseligen Gefährten den Verstand
geraubt hatte. Zu einer Zeit, da diese verschwommenen
Gedanken ganz von mir Besitz ergriffen hatten und wir seit
nahezu eineinhalb Stunden gegraben hatten, wurden wir
erneut von dem wilden Heulen des Hundes unterbrochen.
Seine Rastlosigkeit war beim ersten Male offensichtlich nur
eine Folge seiner Verspieltheit oder seines Übermuts gewesen,
doch nun schlug er einen bitter-ernsten Ton an. Als Jupiter versuchte, ihn erneut zu knebeln, leistete er wütenden Widerstand, sprang in die Grube und scharrte mit seinen Pfoten
ungestüm in der Erde. Innerhalb weniger Sekunden legte er
einen Haufen menschlicher Knochen frei, welche zwei voll-
ständige Gerippe bildeten. Darin zerstreut lagen mehrere
metallene Knöpfe und etwas, das aussah, wie zu Staub zerfal-
lene Wolle. Ein oder zwei Spatenstiche förderten die Klinge
eines großen spanischen Messers zutage, und als wir weiter-
gruben, fanden wir drei oder vier verstreute Goldstücke und
Silbertaler.

Beim diesem Anblick konnte Jupiter seine Begeisterung
kaum noch bezwingen, indessen das Gesicht seines Herrn von
unendlicher Enttäuschung gezeichnet war. Er drängte uns
gleichwohl, in unseren Anstrengungen fortzufahren, und
kaum hatte er diese Worte ausgesprochen, da stolperte ich und
stürzte nach vorn, nachdem sich mein Stiefel in einem großen

200

DER GOLDKÄFER

eisernen Ring verfangen hatte, welcher zu Hälfte aus der losen Erde herausragte.

Wir gruben nun mit verdoppelter Kraft, und ich habe wohl nie eine Viertelstunde verbracht, die von solch angespannter Erregung gezeichnet gewesen wäre. In dieser Zeit war es uns gelungen, eine rechteckige hölzerne Truhe fast zur Gänze auszugraben, die ihrer vollkommenen Unversehrtheit und makellosen Festigkeit nach zu urteilen offensichtlich Gegenstand eines Mineralisierungsprozesses gewesen war – vielleicht durch Quecksilbersublimat. Diese Truhe war dreieinhalb Fuß lang, drei Fuß breit und einen halben Fuß tief. Sie war mit schmiedeeisernen, vernieteten Bändern bestückt, die sie rundum gleich einem Gitterwerk umgaben. An jeder Seite der Truhe befanden sich nahe der Oberfläche drei eiserne Ringe – sechs im ganzen – welche für ebensoviele Personen einen sicheren Halt während des Tragens gewährten. Auch als wir das Äußerste unserer vereinten Kräfte anstrengten, gelang es uns lediglich, die Kiste geringfügig in ihrem Bette zu verrücken. Wir sahen sogleich ein, wie unmöglich es für uns war, ein solches Gewicht von der Stelle zu rühren. Glücklicherweise war der Deckel nur mit zwei verschiebbaren Riegeln verschlossen. Diese zogen wir aus ihrer Halterung – bebend und keuchend vor gespannter Erwartung. Im nächsten Augenblick breitete sich vor unseren Augen ein funkelnder Schatz von unermeßlichem Wert aus. Als der Schein der Laternen in die Grube fiel, blitzte uns von dem wirren Haufen aus Gold und Edelsteinen ein solch glühendes, gleißendes Strahlen entgegen, daß unsere Augen vollkommen geblendet wurden.

Ich will gar nicht erst versuchen, die Gefühle zu beschreiben, mit denen ich hinunterschaute. Mehr als alles andere empfand ich natürlich ein grenzenloses Erstaunen. Legrand schien vor Aufregung vollkommen erschöpft und sprach nur wenige Worte. Jupiters Gesicht war einige Minuten lang von einer solch tödlichen Blässe überzogen, wie sie wohl das Antlitz eines Negers, der Natur der Dinge gemäß, tiefer nicht erfüllen könnte. Er schien gelähmt – wie vom Donner gerührt. Im nächsten Augenblick sank er mitten in der Grube auf die Knie, vergrub seine nackten Arme bis zu den Ellenbogen im Gold und behielt sie dort, als schwelgte er im Genuß eines Bades. Schließlich seufzte er tief und rief wie in einem Selbstgespräch aus:

»Und das sein all von die Goldkäfer gekommen! die hübsche Goldkäfer! die arm klein Goldkäfer, wo ich so furchtbar bös hab schimpfen darauf! Schämst du dich nicht ganz viel groß, Nigger? – sag mir das!«

Schließlich sah ich mich genötigt, sowohl Herrn als auch Diener wachzurütteln und ihnen die Notwendigkeit vor Augen zu führen, den Schatz von seinem gegenwärtigen Ort zu entfernen. Es war spät geworden, und es oblag uns die mühsame Aufgabe, alles noch vor Tagesanbruch sicher unterzubringen. Es war schwierig zu entscheiden, was zu tun war, und es verging eine lange Zeit mit umständlichen Beratungen – so verwirrt waren unsere Gedanken. Schließlich verringerten wir das Gewicht der Kiste, indem wir zwei Drittel ihres Inhaltes entfernten. Dadurch wurden wir in die Lage versetzt, sie, wenn auch mit einiger Mühe, aus der Grube zu heben. Die herausgeholten Gegenstände verstauten wir im Dornengebüsch und ließen den Hund zurück, der darüber wachen sollte. Jupiter hatte ihm den strikten Befehl erteilt, sich unter keinen Umständen von der Stelle zu rühren, noch irgendeinen Laut von sich zu geben, bevor wir nicht zurückgekehrt waren. Sodann machten wir uns eilig mit der Truhe auf den Weg nach Hause. Wir erreichten die Hütte um ein Uhr morgens, nach übermäßigen Anstrengungen, aber unversehrt. So entkräftet wie wir waren, lag es nicht im Bereich des menschlich Möglichen, uns in diesem Augenblick noch mehr abzuverlangen. Wir ruhten uns eine Stunde lang aus, setzten uns zu einer Mahlzeit nieder und machten uns unmittelbar danach wieder zu den Hügeln auf, ausgestattet mit drei kräftigen Säcken, die sich glücklicherweise in der Hütte befunden hatten. Kurz vor vier Uhr erreichten wir die Grube, teilten den Rest der Beute so gut es eben ging unter uns auf und brachen erneut in Richtung der Hütte auf, ohne daß wir uns die Mühe gemacht hätten, die gegrabenen Löcher wieder aufzufüllen. Zu Hause angekommen, entledigten wir uns zum zweiten Mal unserer goldenen Bürde, während eben im Osten die ersten Strahlen der Morgendämmerung über den Baumspitzen aufglühten.

Wir waren nun vollkommen ermattet; doch die übermäßige Aufregung versagte uns jegliche Ruhe. Nach einem unruhigen Schlummer von drei oder vier Stunden erhoben wir uns, so als hätten wir es verabredet, um unseren Schatz in Augenschein zu nehmen.

Die Truhe war bis zum Rand gefüllt gewesen, und wir verbrachten den ganzen Tag sowie den größten Teil der nächsten Nacht damit, ihren Inhalt zu untersuchen. Es war keinerlei Ordnung innerhalb der Gegenstände ersichtlich. Alles war wild durcheinander darin gehortet worden. Nachdem wir die Dinge sorgfältig geordnet hatten, fanden wir uns im Besitz eines noch größeren Reichtums, als wir ursprünglich angenommen hatten. In Münzen waren etwas mehr als vierhundertfünfzigtausend Dollar vorhanden – wobei wir den Wert der Stücke so genau es ging mit Hilfe der zur damaligen Zeit gültigen Tabellen zu bestimmen suchten. Es war nicht ein einziges Körnchen Silber darunter. Alles bestand aus Gold uralten Datums und verschiedenster Herkunft – französisches, spanisches und deutsches Geld, dazu ein paar englische Guineen und einige Münzen, von denen wir nie zuvor ein Exemplar zu Gesicht bekommen hatten. Es gab mehrere sehr große und schwere Geldstücke, die so abgenutzt waren, daß wir ihre Inschriften nicht zu erkennen vermochten. Amerikanisches Geld war nicht vorhanden. Den Wert der Edelsteine zu schätzen, bereitete uns größere Schwierigkeiten. Es gab Diamanten – einige davon überaus groß und formvollendet – hundertzehn im ganzen, und kein einziger war klein zu nennen; achtzehn Rubine von bemerkenswertem Glanz; dreihundertzehn Smaragde, alle ausnehmend schön; einundzwanzig Saphire und einen Opal. Diese Steine waren alle aus ihrer Fassung gebrochen und lose in die Kiste geworfen worden. Die Fassungen selbst, die

wir aus dem übrigen Gold heraussuchten, waren dem Anschein nach alle zu unförmigen Klumpen zusammengehäm-
mert worden, als wollte man dadurch jedes Wiedererkennen
verhindern. Zusätzlich zu all diesen Dingen gab es eine riesige
Menge Schmuckstücke aus gediegenem Gold – nahezu zwei-
hundert massive Finger- und Ohrringe; schwere Ketten –
dreißig an der Zahl, wenn ich mich recht erinnere; dreiund-
achtzig sehr große und schwere Kruzifixe; fünf goldene Räu-
chergefäße von hohem Wert; eine prächtige goldene Punsch-
terrine, die mit reich ziseliertem Weinlaub und bacchantischen
Figuren verziert war; sowie zwei Schwertgriffe, die eine vorzügliche Reliefarbeit aufwiesen; und zahlreiche andere, kleinere Gegenstände, an die ich mich nicht erinnern kann. Das
Gewicht dieser Reichtümer überstieg dreihundertfünfzig
Pfund Avoirdupois; und in diese Schätzung habe ich einhun-
dertsiebenundneunzig herrliche Golduhren nicht mit einbezo-
gen; allein drei davon waren jeweils fünfhundert Dollar wert.
Viele davon waren sehr alt und als Zeitmesser wertlos geworden, da das Uhrwerk mehr oder weniger unter Korrosion gelitten hatte – es war jedoch eine jede reich mit Edelsteinen verziert und in eine Fassung von hohem Wert gearbeitet. Wir
schätzten in jener Nacht den gesamten Inhalt der Truhe auf
eineinhalb Millionen Dollar; und als wir später die Schmuckstücke und Edelsteine veräußerten (wobei wir ein paar Stücke
davon für uns selbst behielten), stellte sich heraus, daß wir den
Wert des kostbaren Fundes weidlich unterschätzt hatten.

Als wir endlich mit unserer Untersuchung zu Ende gekommen waren und die angespannte Erregung, in der wir uns
befanden, ein wenig nachgelassen hatte, erkannte Legrand,
daß ich vor Ungeduld, die Lösung dieses außergewöhnlichen
Rätsels zu erfahren, fast verging, und begann, mir ausführlich
von all jenen Umständen zu erzählen, die damit im Zusammenhang standen.

»Sie erinnern sich«, sagte er, »an den Abend, als ich Ihnen die
grobe Skizze reichte, die ich von dem Skarabäus gefertigt hatte.
Sie werden sich ebenso entsinnen, daß ich recht ärgerlich auf

Sie wurde, als Sie darauf bestanden, bei meiner Zeichnung handle es sich um einen Totenkopf. Als Sie diese Behauptung machten, dachte ich zunächst, Sie scherzten; doch später rief ich mir die eigentümlichen Punkte auf dem Rücken des Insekts in Erinnerung und mußte mir eingestehen, daß Ihre Bemerkung nicht gänzlich unbegründet schien. Gleichwohl verstimmte mich Ihre verächtliche Haltung gegenüber meinen zeichnerischen Fähigkeiten – denn man hält mich für einen guten Künstler – und war daher, als Sie mir den Pergamentfetzen reichten, im Begriffe, diesen zu zerknüllen und wütend ins Feuer zu werfen.«

»Den Fetzen Papier, meinen Sie«, sagte ich.

»Nein; zwar hatte es sehr den Anschein, als handle es sich um Papier, und zunächst hielt ich es auch dafür, aber als ich darauf zeichnete, entdeckte ich sofort, daß es sich um ein Stück sehr dünnen Pergaments handelte. Es war äußerst schmutzig, wie Sie sich erinnern werden. Nun, als ich gerade im Begriffe war, es zu zerknüllen, fiel mein Blick auf die Skizze, die Sie betrachtet hatten, und Sie werden sich mein Erstaunen vorstellen können, als ich bemerkte, daß sich in der Tat ein Totenkopf an der Stelle befand, auf der ich, so schien es mir, die Umrisse des Käfers festgehalten hatte. Einen Augenblick lang war ich zu verblüfft, um einen klaren Gedanken fassen zu können. Ich wußte, daß sich meine eigene Zeichnung von der vorliegenden in allen Einzelheiten grundsätzlich unterschied – auch wenn der grobe Umriß eine gewisse Ähnlichkeit aufwies. Ich nahm mir sogleich eine Kerze, setzte mich an das andere Ende des Zimmers und begann, das Pergament genauer zu untersuchen. Als ich es umdrehte, entdeckte ich auf der Rückseite meine eigene Skizze, genau wie ich sie gezeichnet hatte. Meine erste Regung war nun bloßes Erstaunen über die wirklich bemerkenswerte Ähnlichkeit der Umrisse – über den seltsamen Zufall, daß auf der anderen Seite des Pergaments, ohne daß ich dies gewußt hätte, ein Totenkopf war, der sich direkt unter meiner Skizze des Skarabäus befand; und daß dieser Totenkopf, nicht nur in seinen Umrissen, sondern auch in der

Größe, meiner Zeichnung so ausnehmend ähnelte. Die Einzigartigkeit dieses Zufalls machte mich eine Weile ganz benommen. Dies ist für gewöhnlich die Wirkung eines solchen Zufalls. Der Verstand bemüht sich, eine Verbindung herzustellen – eine Abfolge von Ursache und Wirkung –, und da er sich nicht in der Lage sieht, dies zu tun, erleidet er eine Art vorübergehende Lähmung. Doch als ich mich von dieser Benommenheit erholte, dämmerte mir allmählich eine Gewißheit auf, die mich noch weit mehr verblüffte, als es dieser Zufall getan hatte. Ich begann, mich deutlich und ohne jeden Zweifel daran zu erinnern, daß sich auf dem Pergament *keine* Zeichnung befunden hatte, als ich meine Skizze des Skarabäus darauf machte. Ich war mir dessen vollkommen gewiß, denn ich entsann mich, das Pergament zunächst von einer Seite auf die andere gewendet zu haben, um die am wenigsten verschmutzte Stelle zu suchen. Wäre der Schädel in jenem Augenblick dort gewesen, hätte ich es natürlich unmöglich verabsäumen können, ihn zu bemerken. Hier stand ich in der Tat einem Geheimnis gegenüber, das zu erklären ich mich nicht in der Lage sah; doch selbst zu jenem frühen Zeitpunkt schien in den innersten und geheimsten Winkeln meines Verstandes eine ganz entfernt aufflackernde Ahnung jener Wahrheit aufzusteigen, welche in dem Abenteuer der letzten Nacht eine solch herrliche Bestätigung gefunden hat. Ich erhob mich sofort, verstaute das Pergament sorgfältig und verbannte jeden weiteren Gedanken daran aus meinem Kopf bis zu einem Zeitpunkt, da ich allein sein würde.

Als Sie gegangen waren und Jupiter im tiefsten Schlummer lag, machte ich mich daran, die ganze Angelegenheit methodischer zu untersuchen. Als erstes überlegte ich, wie das Pergament in meinen Besitz gekommen sein könnte. Die Stelle, wo wir den Skarabäus entdeckten, befand sich an der Küste des Festlands, ungefähr eine Meile östlich der Insel und nur geringfügig oberhalb der Flutlinie. Als ich den Käfer in die Hand nahm, biß er mich heftig, woraufhin ich ihn fallen ließ. Jupiter schaute sich, bevor er das Insekt packte, das ihm im Wasser entgegentrieb, mit seiner gewohnten Vorsicht nach einem Blatt oder etwas Ähnlichem um, mit dessen Hilfe er es dingfest machen konnte. In diesem Moment fiel sein Blick, ebenso wie der meine, auf den Pergamentfetzen, den ich zu dieser Zeit noch für Papier hielt. Er lag halb im Sand vergraben, und nur ein Zipfel schaute heraus. Nahe der Stelle, wo wir ihn gefunden hatten, bemerkte ich die Überreste des Rumpfes von etwas, was einmal das Beiboot eines Schiffes gewesen zu sein schien. Das Wrack hatte allem Anschein nach bereits seit urdenklichen Zeiten dort gelegen; denn man vermochte kaum noch, eine Ähnlichkeit mit Schiffsplanken zu erkennen.

Nun, Jupiter hob das Pergament auf, wickelte den Käfer hinein und gab es mir. Bald darauf begaben wir uns auf den Heimweg. Unterwegs trafen wir den Leutnant G-. Ich zeigte ihm das Insekt, und er bat mich, es mit zum Fort nehmen zu dürfen. Als ich dem zustimmte, steckte er den Käfer ohne Umschweife in seine Westentasche, jedoch ohne das Pergament, in das er eingewickelt gewesen war und das ich während seiner Betrachtung des Insekts die ganze Zeit in der Hand gehalten hatte. Vielleicht war er besorgt, ich könne es mir anders überlegen, und hielt es für das beste, die Beute so schnell wie möglich sicherzustellen – Sie wissen, wie sehr er sich für alles begeistert, das auch nur im entferntesten mit Naturkunde zu tun hat. Im selben Augenblick muß ich, ohne daß mir dies bewußt geworden wäre, das Pergament in meine eigene Tasche gesteckt haben.

Sie werden sich erinnern, daß ich, als ich zu meinem Schreibtisch ging, um eine Skizze des Käfers zu zeichnen, kein Papier mehr an dem Ort fand, wo ich es für gewöhnlich aufhebe. Ich öffnete die Schublade und fand auch dort keines. Dann durchsuchte ich meine Taschen in der Hoffnung, vielleicht einen alten Brief zu finden – in diesem Augenblick berührte meine Hand das Pergament. Ich beschreibe Ihnen hier ganz genau die Art und Weise, in der es in meinen Besitz gelangte; denn die Umstände prägten sich mir mit eigentümlicher Schärfe ein.

Sie werden mich zweifellos für einen Phantasten halten, aber ich hatte bereits eine Art von *Verbindung* hergestellt. Ich verband zwei Glieder einer gewaltigen Kette miteinander. Da gab es zunächst einmal ein Boot, das an der Meeresküste gestrandet war, und nicht weit von diesem Boot lag ein Pergament – *kein Papier* – auf das man einen Totenkopf gezeichnet hatte. Sie werden narürlich fragen, worin da die Verbindung besteht. Meine Antwort darauf ist, daß der Schädel oder Totenkopf das weithin bekannte Symbol der Piraten ist. Die Flagge mit dem Totenkopf wird bei jedem Gefecht gehißt.

Wie ich bereits sagte, handelte es sich bei dem Fetzen um Pergament, nicht um Papier. Pergament ist sehr haltbar – nahezu unvergänglich. Man vertraut dem Pergament nur in den seltensten Fällen Angelegenheit an, die von geringer Bedeutung sind; denn für die herkömmlichen Zwecke des Zeichnens und Schreibens eignet es sich nicht annähernd so gut wie Papier. Dieser Gedanke legte es nahe, daß es mit dem Totenkopf irgendeine Bewandtnis auf sich hatte – daß er irgendeine Bedeutung besaß. Genausowenig entging mir die Form des Pergaments. Obwohl eine der Ecken aus irgendeinem Grunde abgerissen war, konnte man erkennen, daß die ursprüngliche Form rechteckig gewesen war. Es war dies eben ein solches Blatt, wie man es für eine wichtige Mitteilung verwenden würde – für die Aufzeichnung von etwas, an das man sich noch lange erinnern sollte, und das es zu bewahren galt.«

»Aber«, unterbrach ich ihn, »Sie sagten doch, daß sich der Schädel *nicht* auf dem Papier befand, als Sie die Zeichnung des Käfers machten. Wie wollen Sie da also irgendeine Verbindung zwischen dem Boot und dem Schädel herstellen – wenn letzterer, wie Sie selbst zugaben, zu einer Zeit gezeichnet worden sein muß (Gott allein weiß wie und von wem), die nach Ihrer Skizzierung des Skarabäus lag?«

»Ah, darum eben dreht sich das ganze Geheimnis; obwohl ich beim Lösen dieses besonderen Rätsels verhältnismäßig wenig Mühe hatte. Meine gedanklichen Schritte waren von Gewißheit erfüllt und konnten nur ein einziges Ergebnis haben. Ich argumentierte dabei folgendermaßen: Als ich den

Skarabäus zeichnete, war auf dem Pergament kein Schädel erkennbar gewesen. Als ich mit der Zeichnung fertig war, reichte ich sie Ihnen und beobachtete Sie genau, bis Sie es mir wieder zurückgaben. *Sie* hatten daher den Schädel nicht gezeichnet, und es war auch niemand anderes zugegen, der das hätte tun können. Also war es nicht von menschlicher Hand geschehen. Und dennoch war es geschehen.

An diesem Punkte angelangt, versuchte ich mich mit umfassender Deutlichkeit an jeden Vorfall zu erinnern, der sich während der fraglichen Zeit begeben hatte – was mir auch gelang. Es herrschte ein kaltes Wetter (o seltener und glücklicher Zufall!) und im Kamin loderte ein Feuer. Ich war von unserem Marsch noch erhitzt und saß in der Nähe des Tisches. Sie hingegen hatten Ihren Stuhl nah an den Kamin gezogen. Eben als ich Ihnen das Pergament in die Hand gab und Sie im Begriff waren, es zu betrachten, kam Wolf, der Neufundländer, ins Zimmer gelaufen und sprang Ihnen an die Schultern. Mit Ihrer linken Hand streichelten Sie ihn und wehrten ihn ab, während Sie Ihre rechte Hand, mit der Sie das Pergament hielten, achtlos zwischen den Knien hängen ließen, wodurch sich das Blatt in nächster Nähe zum Feuer befand. Einen Augenblick lang dachte ich, daß die Flammen es erfaßt hätten, und war im Begriff, Sie zu warnen, aber bevor ich ein Wort sagen konnte, hatten Sie es aus der Reichweite des Feuers entfernt und waren damit beschäftigt, es zu betrachten. Als ich all diese Einzelheiten in Betracht zog, zweifelte ich keinen Moment daran, daß die *Hitze* dafür verantwortlich gewesen war, auf dem Pergament die Zeichnung des Schädels zu Tage zu fördern, welche nun darauf zu sehen war. Wie Sie sehr wohl wissen, gibt es schon seit urdenklichen Zeiten chemische Mittel, mit deren Hilfe es möglich wird, sowohl auf Papier als auch auf Pergament in einer Weise zu schreiben, bei der das Geschriebene erst sichtbar wird, wenn es dem Einfluß von Flammen ausgesetzt ist. Manchmal verwendet man dazu Zaffer, in *aqua regia* gelöst und mit dem vierfachen Gewicht an Wasser verdünnt; dadurch erhält man eine grüne Färbung. Der Regulus von Kobalt, in Salpetergeist gelöst, ergibt Rot. Diese Farben verschwinden über kurz oder lang, nachdem das Material, das beschrieben wurde, abgekühlt ist. Sobald man es jedoch erneut der Hitze aussetzt, werden sie wieder sichtbar.

Ich unterwarf nun den Totenkopf einer eingehenden Musterung. Seine äußeren Umrisse – die Umrisse, die sich dem Rand des Pergaments am nächsten befanden – waren wesentlich *deutlicher* als die anderen. Es war klar, daß der Einfluß der Wärme nur unvollständig oder ungleichmäßig gewirkt hatte. Ich zündete umgehend ein Feuer an und setzte jeden Zoll des Pergaments der glühenden Hitze aus. Zunächst bestand die Wirkung lediglich in einer Verdeutlichung der schwachen Umrisse des Schädels; doch als ich mit dem Experiment fortfuhr, wurde an einer Ecke des Blattes, der Zeichnung des Totenkopfs diagonal gegenüberliegend, eine Figur sichtbar, die ich zunächst für eine Ziege hielt. Eine genauere Betrachtung überzeugte mich jedoch davon, daß es die Darstellung eines Zickleins sein sollte.«

»Haha!« sagte ich, »gewiß, ich habe nicht das geringste Recht, Sie auszulachen – eineinhalb Millionen Dollar sind eine zu ernste Angelegenheit für Scherze –, aber Sie sind doch wohl nicht im Begriffe, ein drittes Glied in Ihre Kette aufzunehmen – Sie werden beim besten Willen keine Verbindung zwischen Ihren Piraten und einer Ziege finden können – Piraten haben, müssen Sie wissen, mit Ziegen nichts zu tun; die gehören nämlich eher ins Gebiet der Landwirte.«

»Aber ich habe Ihnen doch gerade gesagt, daß es nicht die Figur einer Ziege war.«

»Nun, dann eben ein Zicklein – das kommt doch mehr oder weniger auf dasselbe heraus.«

»Mehr oder weniger, aber eben nicht ganz«, sagte Legrand. »Sie haben vielleicht einmal von Captain Kid[1] gehört. Ich gewann sogleich den Eindruck, als handle es sich bei der Tier-

---

[1] ›Kid‹ ist das englische Wort für Zicklein [Anm. d. Übers.]

figur um eine Art Wortspiel oder hieroglyphische Unterschrift. Ich sage Unterschrift; denn ihre Anordnung auf dem Pergament schien mir diese Idee nahezulegen. Der Totenkopf in der diagonal gegenüberliegenden Ecke gewann entsprechend den Anschein einer Insigne oder eines Siegels. Doch das Fehlen eines jeglichen Zusatzes – des Inhaltes zu meiner vermeintlichen Urkunde – des Bildes zu meinem Rahmen – bereitete mir argen Verdruß.«

»Ich nehme an, Sie erwarteten, einen Brief zwischen Siegel und Unterschrift vorzufinden.«

»Etwas in der Art. Tatsächlich drängte sich mir unwiderstehlich die Ahnung auf, daß ein nie dagewesener Glücksfall meiner harrte. Ich vermag kaum zu sagen, warum. Vielleicht war es ja mehr der Wunsch als der eigentliche Glaube daran – aber werden Sie mir glauben, daß Jupiters törichte Worte, der Käfer sei aus massivem Gold, eine außerordentliche Wirkung auf meine Phantasie hatte? Und dann diese Reihe unabsichtlich herbeigeführter Ereignisse und Zufälle – die so hochgradig ungewöhnlich waren. Ist Ihnen klar, was für ein unglaublicher Zufall es war, daß alle diese Dinge gerade an dem – bis jetzt – *einzigen* Tag des ganzen Jahres geschahen, an dem es kalt genug war, um ein Feuer anzuzünden? Und daß ich ohne das Feuer oder das Dazwischenkommen des Hundes in genau jenem Augenblick niemals von dem Vorhandensein des Totenkopfs gewußt hätte und so niemals in den Besitz des Schatzes gekommen wäre?«

»Ja, aber fahren Sie doch fort – ich brenne vor Ungeduld.«

»Nun, Sie haben natürlich die vielen Geschichten gehört, die im Umlauf sind – die zahllosen, unbestimmten Gerüchte, die man sich überall erzählt, Captain Kidd und seine Kumpane hätten irgendwo an der Küste des Atlantik Gold vergraben. Und daß sich diese Gerüchte so lange Zeit und so beharrlich gehalten haben, konnte, so schien es mir, nur von der Tatsache herrühren, daß der Schatz bisher in seinem unterirdischen Grab *unangetastet* geblieben war. Hätte Kidd seine Beute eine Zeitlang verborgen, um sie dann später wieder in Besitz zu nehmen, wären uns die Gerüchte kaum in ihrer gegenwärtigen, unveränderten Form zu Ohren gekommen. Wie Sie bemerken werden, handeln die Geschichten ausnahmslos von Schatzsuchern, nicht aber von Schatzfindern. Hätte der Pirat sein Geld zurückgeholt, wäre die Sache damit in Vergessenheit geraten. Es hatte für mich den Anschein, als habe ihn irgendein Mißgeschick – wie zum Beispiel der Verlust eines wichtigen Schriftstücks, das den Ort des Verstecks bezeichnet – der Möglichkeit beraubt, den Schatz wieder in Besitz zu nehmen. Dieses Mißgeschick muß dann seinen Gefolgsleuten bekannt geworden sein, die sonst vielleicht gar nicht erst erfahren hätten, daß überhaupt je ein Schatz versteckt wurde, und die dann durch ihr vergebliches, weil zielloses Bemühen, das Gold wiederzufinden, jene Gerüchte in die Welt setzten, die sich hernach so weit verbreiten sollten und uns noch heute geläufig sind. Haben Sie je davon gehört, daß ein Schatz entlang der Küste ausgegraben worden wäre?«

»Nie.«

»Aber daß Kidd immense Reichtümer angehäuft hatte, war bekannt. Ich betrachtete es daher als selbstverständlich, daß sie immer noch unter der Erde lagen; und es wird Sie kaum überraschen, wenn ich Ihnen sage, daß ich von einer fast an Gewißheit grenzenden Hoffnung erfüllt war, das auf so seltsame Weise gefundene Pergament könne eine verlorengegangene Beschreibung des Verstecks enthalten.

»Doch wie gingen Sie nun vor?«

»Ich hielt das Pergament erneut gegen das Feuer, nachdem ich letzteres zu größerer Hitze entfacht hatte; doch kam nichts zum Vorschein. Daraufhin erwog ich die Möglichkeit, daß der verkrustete Schmutz auf dem Blatt etwas damit zu tun haben könnte, daß mein Bemühen vergeblich war. Ich wusch das Pergament also vorsichtig, indem ich warmes Wasser darüber goß, und nachdem ich dies getan hatte, legte ich es in eine zinnerne Pfanne, mit dem Totenkopf nach unten, und stellte die Pfanne über ein Becken voll brennender Holzkohle. Als die Pfanne nach einer Weile durch und durch heiß geworden war, ent-

DER GOLDKÄFER

fernte ich das Blatt daraus und fand zu meiner unaussprechlichen Freude an den verschiedensten Stellen die Anzeichen von etwas Geschriebenem, das so aussah, als handle es sich um Zahlen, die man in Reihen geordnet hatte. Ich legte das Blatt erneut in die Pfanne und ließ es dort eine weitere Minute lang. Als ich es herausnahm, stellte sich das Ganze genauso dar, wie Sie es hier sehen können.«

Mit diesen Worten reichte mir Legrand das Pergament, nachdem er es erneut erhitzt hatte, damit ich es betrachten konnte. Zwischen dem Totenkopf und der Ziege war in rötlicher Farbe und rohen Schriftzügen folgendes vermerkt:

53‡‡†305))6*;4826)4‡.)4‡);806*;48†8¶60))85;]8*;‡*8†83(88)5*
†;46(;88*96*?;8)*‡(;485);5*†2:*‡(;4956*2(5*–4)8¶8*;4069285);)6
†8)4‡‡;1(‡9;48081;8:8‡1;48†85;4)485†528806*81(‡9;48;(88;4(‡
?34;48)4‡;161;:188;‡?;

»Aber«, sagte ich und gab ihm das Blatt zurück, »ich tappe noch ebenso im dunkeln wie zuvor. Selbst wenn bei der Lösung dieses Rätsels alle Edelsteine Golkondas meiner harrten, so bin ich doch sicher, daß ich nicht in der Lage wäre, sie mir zu verdienen.«

»Und doch ist die Lösung keineswegs so schwierig, wie es beim ersten flüchtigen Blick auf die Schriftzüge den Anschein haben mag«, sagte Legrand. »Diese Schriftzüge bilden, wie man leicht erraten kann, eine Art Chiffre – will sagen, sie übermitteln eine Botschaft. Ausgehend von dem, was über Kidd allgemein bekannt ist, konnte ich jedoch nicht annehmen, daß er in der Lage gewesen sein sollte, eine komplizierte Geheimschrift zu erstellen. Ich entschied sogleich, daß diese Schrift zu den simplen Varianten gehörte – welche nichtsdestoweniger dem unbeholfenen Verstand eines Matrosen ohne den dazugehörigen Schlüssel schlechthin unlösbar erscheinen mußte.«

»Und Sie haben das Rätsel tatsächlich gelöst?«

»Ganz leicht; ich habe andere gelöst, die zehntausendmal verwirrender waren. Die Umstände und eine gewisse geistige

213

Neigung haben dazu geführt, daß ich mich für solche Rätsel interessierte. Auch ist es sehr zu bezweifeln, daß der menschliche Verstand es vermag, ein Rätsel zu konstruieren, welches nicht auch, bei richtiger Anwendung, von eben diesem Verstand gelöst werden kann. Tatsächlich habe ich, als ich erkannte, daß es sich hier um lesbare und miteinander in Verbindung stehende Schriftzüge handelte, kaum einen Gedanken daran verschwendet, wie schwierig es etwa sein mochte, sie auszudeuten.

Im vorliegenden Fall – ja, in der Tat in allen Fällen, bei denen man es mit einer Geheimschrift zu tun hat – muß man als erstes danach fragen, mit welcher *Sprache* man es zu tun hat, denn die Prinzipien, auf denen eine Lösung beruht, hängen von der Eigenart des jeweiligen Idioms ab; insbesondere dann, wenn es sich um eine der simpleren Chiffren handelt. Im allgemeinen hat derjenige, der den Versuch einer Lösung unternimmt, keine andere Wahl, als jede einzelne, ihm bekannte Sprache auszuprobieren (sich immer danach richtend, was am wahrscheinlichsten ist), bis er die richtige findet. Doch bei der vorliegenden Chiffre wird eine jegliche Schwierigkeit durch die Unterschrift beseitigt. Das Wortspiel mit dem Begriff ›Kidd‹ ist in keiner anderen Sprache als der Englischen nachvollziehbar. Wäre diese Überlegung nicht gewesen, hätte ich meine Lösungsversuche mit dem Spanischen und Französischen begonnen, da dies die Sprachen sind, in denen ein in den spanischen Weltmeeren umherziehender Pirat wohl am ehesten ein Geheimnis dieser Art niedergeschrieben haben mochte. So wie die Dinge standen, nahm ich jedoch an, daß die Geheimschrift in Englisch gehalten war.

Wie Sie sehen könne, wurde zwischen den Wörtern kein Raum gelassen. Wären Zwischenräume vorhanden gewesen, hätte es sich um eine vergleichsweise einfache Aufgabe gehandelt. In einem solchen Fall hätte ich damit begonnen, die kürzeren Wörter miteinander zu vergleichen und zu analysieren. Wäre ein Wort mit nur einem Buchstaben darunter gewesen, was höchst höchstwahrscheinlich der Fall gewesen wäre (wie

DER GOLDKÄFER

zum Beispiel ›a‹ oder ›I‹), so hätte ich die Lösung bereits für gesichert gehalten. Da es jedoch keine Zwischenräume gab, bestand mein erster Schritt darin, die am häufigsten vorkommenden Zeichen zu ermitteln, ebenso wie die seltensten. Ich zählte also jedes einzelne Zeichen und gewann so die folgende Tabelle:

Das Zeichen 8 kommt 33mal vor.

;	26mal
4	19mal
‡)	16mal
*	13mal
5	12mal
6	11mal
† 1	8mal
0	6mal
9 2	5mal
: 3	4mal
?	3mal
¶	2mal
—.	1mal

Im Englischen kommt der Buchstabe e am häufigsten vor. Danach sieht die Reihenfolge so aus: a o i d h n r s t u y c f g l m w b k p q x z. Das e ist dabei jedoch in einer solchen Übermacht vorhanden, daß man nur äußerst selten einem längerem Satz begegnet, in dem es nicht der vorherrschende Buchstabe wäre.

Hier haben wir also bereits zu Beginn unserer Enträtselung den Grundstein für etwas gelegt, das über das bloße Vermuten hinausgeht. Der allgemeine Nutzen, den man aus der Tabelle ziehen kann, liegt auf der Hand – doch bei der vorliegenden Chiffre werden wir ihre Hilfe nur in begrenztem Maße benötigen. Da das vorherrschende Zeichen in unserem Falle eine 8 ist, werden wir mit der Annahme beginnen, daß es sich dabei um das e des natürlichen Alphabets handelt. Um diese Vermu-

215

tung zu bestätigen, sollten wir prüfen, ob die 8 des öfteren in Paaren vorkommt – denn das e wird im Englischen sehr häufig verdoppelt – in solchen Worten wie zum Beispiel ›meet‹, ›fleet‹, ›speed‹, ›seen‹, ›been‹, ›agree‹ etc. Im gegenwärtigen Fall ist es nicht weniger als fünfmal doppelt vorhanden, obwohl es sich nur um eine kurze Geheimschrift handelt.

Lassen Sie uns also annehmen, die 8 stünde für den Buchstaben e. Nun, von allen Wörtern in der englischen Sprache kommt das Wort ›the‹ am häufigsten vor. Wir sollten also prüfen, ob nicht drei Zeichen in derselben Zusammenstellung mehrfach wiederholt werden, wobei das letzte von ihnen eine 8 wäre. Falls wir solche Wiederholungen in einer entsprechenden Anordnung entdecken, so stehen diese aller Wahrscheinlichkeit nach für das Wort ›the’. Bei einer Untersuchung der Chiffre stoßen wir auf nicht weniger als sieben solcher Anordnungen, wobei es sich um die Zeichen ;48 handelt. Wir können also annehmen, daß das Semikolon für t steht, die 4 für h, und die 8 für e – welchletztere Vermutung wir nun als bestätigt betrachten können. So sind wir einen großen Schritt weitergekommen.

Indem wir aber ein einzelnes Wort ermittelt haben, haben wir noch einen weiteren, äußerst wichtigen Punkt ermittelt, nämlich zahlreiche Anfänge und Endsilben anderer Wörter. Betrachten wir zum Beispiel einmal das vorletzte Beispiel, in dem die Kombination ;48 zu finden ist – nicht weit vom Ende der Geheimschrift entfernt. Wir wissen, daß das unmittelbar darauf folgende Semikolon der Beginn des nächsten Wortes ist, und von den sechs Zeichen, die auf dieses ›the‹ folgen, sind uns nicht weniger als fünf bekannt. Setzen wir also für die Zeichen die entsprechenden Buchstaben ein, wobei wir bei der Niederschrift einen Zwischenraum für das uns unbekannte Zeichen lassen –

t eeth.

Wir können hierbei sogleich ausschließen, daß das th einen Teil des Wortes bildet, das mit dem ersten t beginnt; denn wenn wir das gesamte Alphabet durchgehen, um nach einem

DER GOLDKÄFER

Buchstaben zu suchen, der die leere Stelle ausfüllen könnte, werden wir feststellen, daß es unmöglich ist, ein Wort zu bilden, das dieses th enthält. Uns bleibt demnach also noch

t ee,

und wenn wir das Alphabet, soweit nötig, wie zuvor durchgehen, dann kommen wir zu dem Wort ›tree‹ als der einzig möglichen Lesart. Auf diese Weise gewinnen wir einen weiteren Buchstaben, das r, das durch das Zeichen (dargestellt wird, sowie die beiden nebeneinanderstehenden Worte ›the tree‹.

Wenn wir ein Stück weit über diese Wörter hinausgehen, entdecken wir erneut die Kombination ;48, die wir nun als eine Art Abschluß für das unmittelbar Vorhergehende benutzen. Daraus ergibt sich die folgende Anordnung:

the tree ;4(‡?34 the,

oder, wenn wir die uns bekannten Buchstaben einsetzen, lautet es so:

the tree thr‡?3h the.

Wenn wir nun statt der uns unbekannten Zeichen leere Stellen lassen, oder Punkte einsetzen, lesen wir folgendes:

the tree thr...h the,

woraus sich sofort das Wort ›through‹ erkennen läßt. Diese Entdeckung gibt uns jedoch drei weitere Buchstaben an die Hand, nämlich o, u und g, die durch die Zeichen ‡ ? und 3 dargestellt werden.

Nun durchsuchen wir die Chiffre genau nach weiteren Kombinationen der uns bekannten Buchstaben und finden so, nicht weit vom Beginn der Schrift entfernt, die folgende Anordnung:

83(88, oder egree,

wobei es sich offensichtlich um das Ende des Wortes ›degree‹ handelt. Dadurch gewinnen wir einen weiteren Buchstaben, nämlich das d, welches durch das Zeichen † dargestellt wird.

Vier Zeichen hinter dem Wort ›degree‹ bemerken wir die Kombination

;46(;88*.

Übertragen wir die uns bekannten Zeichen in Buchstaben und

217

ersetzen die unbekannten durch Punkte, wie zuvor, lesen wir folgendes:

th.rtee.

eine Anordnung, die uns sogleich das Wort ›thirteen‹ vermuten läßt und uns so erneut zwei neue Buchstaben beschert, das i und das n, dargestellt durch 6 und *.

Wenn wir nun den Anfang der Geheimschrift betrachten, so finden wir dort die Kombination

53‡‡†.

Übertragen wir diese wie zuvor, ergibt sich

.good,

was uns zu der Überzeugung gelangen läßt, daß es sich bei dem ersten Zeichen um ein A handelt, und daß die beiden ersten Wörter ›A good‹ lauten.

Um eine Verwirrung zu vermeiden, ist es nun an der Zeit, daß wir unseren Schlüssel, insoweit wir ihn ermittelt haben, in einer tabellarischen Form darstellen. Das sieht dann folgendermaßen aus:

5 steht für	a
†	d
8	e
3	g
4	h
6	i
*	n
‡	o
(	r
;	t

Wir haben somit also nicht weniger als zehn der wichtigsten Buchstaben ermittelt, und es wäre unnötig, mit den Einzelheiten der Auflösung hier noch weiter fortzufahren. Ich habe genug gesagt, um Sie davon zu überzeugen, daß Chiffren dieser Art leicht zu lösen sind, und um Ihnen ein wenig Einblick in das geistige Verfahren zu gewähren, das man bei der Enträtselung anwendet. Doch seien Sie versichert, daß das hier vorliegende Beispiel zu den allereinfachsten Sorten der Geheimschriften zählt. Es bleibt mir nun nur noch übrig, Ihnen die volle Übertragung der auf dem Pergament befindlichen Zeichen zu geben, so wie ich sie enträtselt habe. Hier ist sie:

›*A good glass in the bishop's hostel in the devil›s seat twentyone degrees and thirteen minutes northeast and by north main branch seventh limb east side shoot from the left eye of the death's-head a bee-line from the tree through the shot fifty feet out.*‹

›Ein gutes Glas im Bishops Hostel im Teufelssitz einundzwanzig Grad und dreizehn Minuten Nordnordost Hauptast siebenter Zweig Ostseite schieße aus dem linken Auge des Totenkopfes eine gerade Linie vom Baum durch den Schuß fünfzig Fuß nach außen.‹«

»Aber«, sagte ich, »das Rätsel ist, scheint mir, noch genauso undurchdringlich wie zuvor. Wie soll es möglich sein, all diesem Gerede über ›Teufelssitze‹, ›Totenköpfe‹ und ›Bishops Hostels‹ einen Sinn abzugewinnen?«

»Ich gebe zu«, antwortete Legrand, »daß sich die Angelegenheit nach wie vor recht ernst ausnimmt, wenn man sie flüchtig betrachtet. Mein erstes Bestreben war es, die Sätze in der natürlichen Weise aufzuteilen, wie sie in der Absicht des Verfassers der Geheimschrift gelegen hatte.«

»Sie meinen, Sie haben Satzzeichen hinzugefügt?«

»Etwas in der Art.«

»Doch wie war es möglich, dies zustande zu bringen?«

»Ich überlegte, daß der Schreiber die Wörter *absichtlich* ohne Unterteilung hatte aufeinanderfolgen lassen, um so die Lösung weiter zu erschweren. Nun, ein nicht allzu scharfsinniger Mensch würde beim Verfolgen dieses Ziels die Sache zweifelsohne übertreiben. Sobald er während seiner Niederschrift bei einem inhaltlichen Wechsel anlangte, auf welchen natürlicherweise eine Pause erfolgen müßte, oder ein Punkt, so wäre er gerade hier besonders eifrig darum bemüht, die Zeichen ganz dicht zusammenzudrängen. Wenn Sie einmal das vorliegende Manuskript betrachten, werden Sie leicht feststellen können, daß es fünf Fälle eines solch ungewöhnlichen Gedränges gibt. Ich folgte diesem Fingerzeig und gelangte so zu folgender Unterteilung:

›Ein gutes Glas im Bishops Hostel im Teufelssitz – einundzwanzig Grad und dreizehn Minuten – Nordnordost – Hauptast siebenter Zweig Ostseite – schieße aus dem linken Auge des Totenkopfes – eine gerade Linie vom Baum durch den Schuß fünfzig Fuß nach außen.‹«

»Selbst diese Unterteilung«, sagte ich, »ändert nichts daran, daß ich nach wie vor im dunkeln tappe.«

»Auch ich tappte noch einige Tage im dunkeln«, antwortete Legrand, »während derer ich in der Umgegend der Sullivan Insel eifrige Nachforschungen nach einem Gebäude anstellte, das unter dem Namen ›Bishops Hotel‹ bekannt wäre; denn die altertümliche Schreibweise ›Hostel‹ ließ ich natürlich außer acht. Da ich jedoch zu diesem Punkt nichts in Erfahrung bringen konnte, war ich im Begriffe, das Gebiet meiner Suche weiter auszudehnen und in einer mehr systematischen Weise vorzugehen, als mir eines Morgens ganz plötzlich der Gedanke kam, daß sich dieses ›Bishops Hostel‹ möglicherweise auf eine alteingesessene Familie namens Bessop beziehen könnte, die sich seit Urgedenken im Besitz eines alten Herrenhauses vier Meilen nördlich der Insel befindet. Ich begab mich also daraufhin zu der Pflanzung und wiederholte meine Nachfragen bei den älteren Negern, die dort arbeiteten. Schließlich sagte eine der ältesten unter den Frauen, daß sie von einem Ort namens *Bessops Burg* gehört habe, und glaubte, mich dorthin geleiten zu können, daß es sich dabei jedoch weder um eine Burg noch um eine Schenke handle, sondern um einen hohen Felsen.

Ich bot ihr an, sie für ihre Mühe reichlich zu belohnen, und nach einigem Zögern erklärte sie sich schließlich bereit, mich dorthin zu begleiten. Wir fanden den Ort ohne große Schwierigkeiten, woraufhin ich sie entließ und mich daran machte, die Gegend zu untersuchen. Die ›Burg‹ bestand aus einer wir-

DER GOLDKÄFER

ren Ansammlung von Klippen und Felsen – unter denen sich
einer befand, der von bemerkenswerter Höhe war und wegen
seiner isolierten und künstlichen Erscheinung auffiel. Ich
erklomm seine Spitze und war sodann gänzlich ratlos, was ich
als nächstes tun sollte.

Während ich so noch in Gedanken versunken war, fiel mein
Blick auf einen schmalen Vorsprung in der östlichen Felswand,
der sich vielleicht eine Elle unter dem Gipfel befand, auf dem
ich stand. Dieser Vorsprung ragte ungefähr achtzehn Zoll weit
vor und war nicht mehr als ein Fuß breit. Dabei verlieh ihm
eine Einbuchtung im Felsen gerade darüber eine grobe Ähnlichkeit mit einem jener hochlehnigen Stühle, die unsere Vorfahren benutzten. Ich hegte keinen Zweifel daran, daß es sich
hier um den ›Teufelssitz‹ handelte, auf den in der Handschrift
angespielt worden war, und es schien mir, als hätte ich nun das
Geheimnis des Rätsels gänzlich ergründet.

Das ›gute Glas‹ konnte sich, wie ich wußte, auf nichts anderes beziehen als auf ein Fernrohr, denn das Wort ›Glas‹ wird
von einem Seemann höchst selten in irgendeiner anderen
Bedeutung gebraucht. In diesem Falle, das erkannte ich
sogleich, sollte man ein Fernrohr benutzen, und zwar von
einem ganz bestimmten Punkt aus, *von dem man nicht abwei-
chen durfte*. Auch zweifelte ich keine Sekunde daran, daß die
Worte ›einundzwanzig Grad und dreizehn Minuten‹ und ›Nordnordost‹ eine Anweisung bezüglich der Richtung enthielten, in
die man das Glas richten sollte. In heller Aufregung über diese
Entdeckungen eilte ich nach Hause, besorgte mir ein Fernrohr
und kehrte zu dem Felsen zurück.

Ich ließ mich zu dem Vorsprung hinunter und stellte fest,
daß es unmöglich war, darauf zu sitzen, wenn man sich nicht
in einer ganz bestimmten Stellung befand. Diese Tatsache
bestätigte meine vorgefaßte Meinung. Also machte ich mich
daran, das Glas zu benutzen. Die ›einundzwanzig Grad und
dreizehn Minuten‹ konnten sich natürlich nur auf die Erhebung über den sichtbaren Horizont beziehen, da die horizon-
tale Richtung ja deutlich durch das Wort ›Nordnordost‹ ange-

221

geben war. Diese letztgenannte Richtung ermittelte ich
sogleich mit Hilfe eines Taschenkompasses. Dann richtete ich
das Glas so genau in einem Winkel von einundzwanzig Grad
nach oben, wie es mir eben durch bloßes Vermuten gelingen
wollte, und bewegte es vorsichtig auf und nieder, bis meine
Aufmerksamkeit von einer kreisrunden Spalte oder Öffnung
im Laubwerk eines gewaltigen Baumes in der Ferne angezogen wurde, der weit über seine Artgenossen hinausragte. In
der Mitte dieser Spalte bemerkte ich einen weißen Punkt,
konnte jedoch zunächst nicht ausmachen, worum es sich
dabei handelte. Nachdem ich das Fernrohr schärfer eingestellt
hatte, schaute ich nochmals hin und konnte nun erkennen, daß
es ein menschlicher Schädel war.

Diese Entdeckung machte mich so zuversichtlich, daß ich
nun das Rätsel als gelöst betrachtete; denn die Worte ›Hauptast,
siebenter Zweig, Ostseite‹ konnten sich nur auf die Lage des
Schädels in dem Baum beziehen, während die Wendung
›schieße aus dem linken Auge des Totenkopfes‹ ebenfalls nur
eine einzige Deutung zuließ, sobald es sich um die Suche nach
einem vergrabenen Schatz handelte. Ich begriff, daß gemeint
war, man solle eine Kugel aus dem linken Auge des Schädels zu
Boden fallen lassen, dann eine gerade Linie von dem nächstgelegenen Punkt am Stamm des Baumes durch den ›Schuß‹ ziehen (oder die Stelle, wohin die Kugel gefallen war) und von
dort aus weitere fünfzig Fuß verlängern, wodurch man einen
ganz bestimmten Punkt gewinnen würde. Daß unter diesem
Punkt etwas verwahrt sein könnte, das einigen Wert besaß,
hielt ich zumindest für *möglich*.«

»All dies«, sagte ich, »ist überaus einleuchtend, und obwohl es
listig ausgedacht ist, doch recht einfach und verständlich. Was
taten Sie, nachdem Sie das ›Bishops Hostel‹ verlassen hatten?«

»Nun, ich prägte mir sorgsam die genaue Lage des Baumes
ein und machte mich dann auf den Heimweg. Kaum hatte ich
jedoch den ›Teufelssitz‹ verlassen, da verschwand die kreisrunde Öffnung aus meinem Blickfeld, und ich konnte danach keinen Blick mehr darauf erhaschen, mochte ich mich auch dre-

hen und wenden wie ich wollte. Was mir demnach das Findig-
ste an dieser ganzen Sache zu sein scheint, ist das Faktum
(denn ich überzeugte mich durch wiederholte Versuche
davon, daß es sich hier *tatsächlich* um ein Faktum handelt),
daß die fragliche kreisrunde Öffnung von keinem anderen
erreichbaren Punkt zu sehen ist als von jenem schmalen Vorsprung in der Felswand.

Bei diesem Ausflug zum ›Bishops Hotel‹ hatte mich Jupiter
begleitet, der ohne Zweifel bereits seit einigen Wochen meine
abwesende Art bemerkt hatte und besonders eifrig darauf
bedacht war, mich auf keinen Fall allein zu lassen. Am nächsten
Tag gelang es mir jedoch, ihm zu entwischen, indem ich
äußerst früh aufstand, und ich begab mich zu den Hügeln, um
nach dem Baum zu suchen. Nach langen Mühen fand ich ihn.
Als ich des Abends nach Hause kam, drohte mein Diener, mir
eine Tracht Prügel zu verabreichen. Der Rest des Abenteuers ist
Ihnen, glaube ich, ebenso bekannt wie mir.«

»Ich nehme an«, sagte ich, »bei dem ersten Versuch, den
Schatz auszugraben, verfehlten Sie die richtige Stelle, weil Jupiter so dumm gewesen war, den Käfer durch das rechte Auge
des Schädels fallen zu lassen statt durch das linke.«

»Genau. Dieser Irrtum bewirkte einen Unterschied von
ungefähr zweieinhalb Zoll bei der Stelle des ›Schusses‹ – also in
der Lage des Pflocks, der sich dem Baum am nächsten befand.
Hätte sich der Schatz unter dem ›Schuß‹ befunden, wäre dieser
Irrtum von geringer Bedeutung gewesen; da jedoch der
›Schuß‹ zusammen mit dem nächstgelegenen Punkt am Stamm
des Baumes lediglich zwei Punkte einer Richtlinie bildete, ver-
größerte sich der Irrtum, wie geringfügig er zu Beginn auch
gewesen sein mochte, natürlich immer mehr, je weiter wir die
Linie fortführten, und als wir fünfzig Fuß weit gekommen
waren, hatten wir uns von der richtigen Stelle weit entfernt.
Wäre ich nicht zutiefst davon überzeugt gewesen, daß irgendwo in der Nähe tatsächlich ein Schatz vergraben lag, so wäre
unsere ganze Mühe vielleicht umsonst gewesen.«

»Ich nehme an, die Idee mit dem *Totenkopf,* aus dessen Auge man eine Kugel fallen lassen sollte, kam Kidd wegen der Piratenflagge. Ohne Zweifel verspürte er eine Art poetischer Stimmigkeit darin, sein Gold durch dieses unheilverkündende Wahrzeichen zurückzugewinnen.«

»Das mag sein. Doch kann ich nicht umhin zu denken, daß der gesunde Menschenverstand ebensoviel mit der Sache zu tun hatte wie die poetische Stimmigkeit. Um vom Teufelssitz sichtbar zu sein, war es notwendig, daß der Gegenstand, sofern er klein war, von weißer Farbe sein mußte; und es gibt nichts, das dem menschlichen Schädel vergleichbar wäre, wenn es darum geht, die weiße Farbe zu bewahren oder unter den Unbilden eines jeglichen Wetters sogar noch weißer zu werden.«

»Aber Ihre schwülstigen Reden, und die Art, wie Sie den Käfer durch die Luft wirbelten – wie überaus absonderlich war dies! Ich war mir sicher, daß Sie verrückt geworden waren. Und warum bestanden Sie darauf, den Käfer durch den Schädel fallen zu lassen anstatt einer Kugel?«

»Nun, um offen zu sein, Ihre sichtlichen Zweifel an meiner geistigen Gesundheit bereiteten mir einigen Verdruß, und so entschloß ich mich, Sie stillschweigend auf meine eigene Weise dafür zu bestrafen, indem ich Ihnen ein paar bescheidene Rätsel aufgab. Aus diesem Grunde wirbelte ich den Käfer durch die Luft, und deshalb ließ ich ihn aus dem Baum fallen. Eine Bemerkung Ihrerseits bezüglich des hohen Gewichts dieses Tieres brachte mich auf letztere Idee.«

»Ja, jetzt verstehe ich. Und nun gibt es nur noch einen Punkt, der mir einige Verwirrung bereitet. Was sollen wir von den Gerippen halten, die wir in dem Loch fanden?«

»Das ist eine Frage, die ich ebensowenig beantworten kann wie Sie. Doch scheint es mir, als gäbe es nur eine einzige Möglichkeit der Erklärung – obgleich es entsetzlich ist, an eine solche Greueltat zu glauben, wie meine Vermutung sie nahelegt. Es liegt auf der Hand, daß Kidd – falls Kidd tatsächlich diesen Schatz vergrub, woran ich keine Zweifel hege –, daß Kidd bei dieser Arbeit Helfer gehabt haben muß. Nachdem jedoch die

DER GOLDKÄFER

schlimmsten Mühen vollbracht waren, mag er es für ratsam
gehalten haben, einen jeglichen Mitwisser seines Geheimnisses auszulöschen. Vielleicht genügten zwei kräftige Hiebe mit
dem Spaten, während seine Helfershelfer in der Grube
beschäftigt waren; vielleicht brauchte es derer ein Dutzend –
wer kann es sagen?«

Der entwendete Brief

Nil sapientiae odiosius acumine nimio.
SENECA

In Paris, an einem stürmischen Herbstabend des Jahres 18-,
kurz nach Einbruch der Dämmerung, befand ich mich im
Genusse des doppelten Vergnügens, meinen Gedanken nachzuhängen und eine Meerschaumpfeife zu rauchen. Dies tat ich
in Gesellschaft meines Freundes C. Auguste Dupin, in dessen
kleiner, zum Hof hin gelegenen Bibliothek oder Bücherkam-
mer, *au troisème, Nr. 33, Rue Dunôt, Faubourg St. Germain.*
Nahezu eine Stunde lang hatten wir uns in tiefstes Schweigen
gehüllt; während ein jeder, so mochte es einem zufälligen
Beobachter scheinen, ausschließlich und auf das eindringlich-
ste mit den sich kräuselnden Rauchwolken beschäftigt war, die
auf der Luft des Zimmers lasteten. Was mich anbetraf, so war
ich in Gedanken bei gewissen Themen, die früher am Abend
Gegenstand unseres Gesprächs gewesen waren; ich meine die
Geschehnisse in der Rue Morgue und den Mord an Marie
Rogêt. Ich betrachtete es dementsprechend als eine Art höheren Zufall, als die Türe unserer Wohnung schwungvoll geöffnet wurde, und unser alter Bekannter, Monsieur G-, der Präfekt
der Pariser Polizei, eintrat.

Wir hießen ihn herzlich willkommen; denn der Mann war
nahezu ebenso unterhaltend wie töricht und war uns darüber
hinaus seit einigen Jahren nicht mehr begegnet. Wir hatten im
Dunkeln gesessen, und Dupin erhob sich nun, um ein Licht
anzuzünden, setzte sich jedoch wieder hin, ohne diese Absicht
in die Tat umgesetzt zu haben, als G. verlauten ließ, daß er
gekommen sei, um uns um einen Rat oder vielmehr meinen
Freund um seine Meinung in einer amtlichen Angelegenheit
zu bitten, die ihm großen Ärger bereitete.

»Wenn es sich um eine Sache handelt, die ein gewisses Nachdenken erforderlich macht«, bemerkte Dupin, indem er beim Entzünden des Dochtes innehielt, »so ist es zweckdienlicher, sie im Dunkeln zu besprechen.«

»Das ist wieder so eine kuriose Idee von Ihnen,« sagte der Präfekt, der die Gewohnheit hatte, all das »kurios« zu nennen, was sein Begriffsvermögen überstieg, und so inmitten einer wahrhaften Armee von Kuriositäten lebte.

»Sehr richtig«, sagte Dupin, während er seinen Besucher mit einer Pfeife versorgte und ihm einen bequemen Sessel hinschob.

»Und worin bestehen nun Ihre Schwierigkeiten?« fragte ich. »Nichts, hoffe ich, was mit Mord zu tun hätte?«

»O nein, damit hat es nichts zu tun. Die Sache ist die, daß die Angelegenheit eigentlich sehr *einfach* ist, und ich hege keine Zweifel daran, daß wir sehr wohl alleine mit ihr fertig werden; doch dann dachte ich, daß es Dupin interessieren würde, etwas über die Einzelheiten des Ganzen zu hören, weil es nämlich überaus *kurios* ist.«

»Einfach und kurios«, sagte Dupin.

»Nun ja; und dann auch wieder nicht. Die Sache ist die, daß wir alle ziemlich verwirrt sind, weil die Angelegenheit so einfach ist und uns trotzdem vor ein vollkommenes Rätsel stellt.«

»Vielleicht ist es ja gerade die Einfachheit der Sache, die Sie so ratlos macht«, sagte mein Freund.

»Was Sie nicht für einen Unsinn reden!« entgegnete der Präfekt und lachte herzlich.

»Vielleicht ist das Geheimnis ein wenig zu klar erkennbar«, sagte Dupin.

»Du lieber Himmel! wer hat je von einer solchen Idee gehört?«

»Ein wenig *zu* offensichtlich.«

»Hahaha! – hahaha! – hohoho!« – brüllte unser Besucher, zutiefst belustigt, »ach Dupin, ich werde mich noch einmal über Sie totlachen!«

»Aber worum handelt es sich denn nun eigentlich?« fragte ich.

»Nun, ich werde es Ihnen erzählen«, antwortete der Präfekt, tat einen langen, nachdenklichen Zug an seiner Pfeife und lehnte sich im Sessel zurück. »Ich werde es Ihnen in wenigen Worten erzählen; doch ehe ich beginne, möchte ich Sie warnen, daß dies eine Angelegenheit ist, die absolutes Stillschweigen erfordert, und daß ich wahrscheinlich den Posten verlieren würde, den ich gegenwärtig innehabe, wenn man herausfände, daß ich mich irgend jemandem anvertraut habe.«

»Fahren Sie fort«, sagte ich.

»Oder auch nicht«, sagte Dupin.

»Nun gut. Ich bin von höchster Stelle persönlich darüber in Kenntnis gesetzt worden, daß ein gewisses Dokument von größter Bedeutung aus den königlichen Gemächern entwendet worden ist. Die Person, die es entwendet hat, ist bekannt; und das ohne jeden Zweifel; man hat ihn dabei beobachtet. Es ist ebenfalls bekannt, daß das Dokument nach wie vor in seinem Besitz ist.«

»Woher weiß man das?« fragte Dupin.

»Man kann es zweifelsfrei aus der Art des Dokuments schließen, um das es sich hier handelt«, antwortete der Präfekt, »und daraus, daß gewisse Folgen sich nicht eingestellt haben, die sich unverzüglich ergeben würden, sobald es nicht mehr im Besitz des Diebes wäre; das heißt, sobald er es in der Weise benutzt hat, wie es letztlich in seiner Absicht liegen muß.«

»Drücken Sie sich ein wenig deutlicher aus«, sagte ich.

»Nun, ich kann das Wagnis eingehen, so viel zu sagen, daß das Papier seinem Besitzer eine gewisse Macht in gewissen Kreisen verleiht, in denen eine solche Macht von unschätzbarem Wert ist.« Der Präfekt hatte eine Vorliebe für die Ausdrucksweise der Diplomatie.

»Ich verstehe noch immer nicht«, sagte Dupin.

»Nein? Nun, die Enthüllung des Dokuments gegenüber einer dritten Person, deren Namen nicht genannt werden soll, würde die Ehre einer Persönlichkeit von äußerst hohem Rang in Frage stellen; und diese Tatsache gibt dem Besitzer des Dokuments grenzenlose Macht über jene erhabene Persönlichkeit, deren

Ehre und Seelenfrieden somit in höchster Gefahr schweben.«

»Aber diese Macht«, unterbrach ich, »würde von dem Wissen des Diebes darum, daß seine Identität dem Bestohlenen bekannt ist, abhängen. Wer würde es wagen – «

»Der Dieb«, sagte G-, »ist der Minister D-, der alles wagt; solche Dinge, die sich für einen Mann ziemen, ebenso wie solche, die seiner unwürdig sind. Die Art, wie er den Diebstahl ausgeführt hat, war ebenso kühn wie genial. Die bestohlene Persönlichkeit erhielt das fragliche Dokument – ein Brief, um offen zu sein – während diese sich allein im königlichen *boudoir* befand. Während sie das Papier las, wurde sie plötzlich von dem Eintreten jener anderen, hochgestellten Persönlichkeit unterbrochen, vor der sie es besonders zu verbergen wünschte. Nach dem ebenso hastigen wie vergeblichen Versuch, den Brief in eine Schublade zu werfen, blieb ihr nichts anderes übrig, als ihn, geöffnet wie er war, auf den Tisch zu legen. Da jedoch die Anschrift zuoberst lag und der Inhalt demnach nicht erkennbar war, wurde ihm keine Beachtung geschenkt. In diesem Augenblick tritt der Minister D- ins Zimmer, seine Luchsaugen entdecken sofort das Papier, erkennen, von welcher Hand die Anschrift stammt, bemerken die Verwirrung der Persönlichkeit, an die der Brief gerichtet ist, und begreifen ihr Geheimnis. Daraufhin geht er in der ihm eigenen hastigen Art einige politischen Angelegenheiten durch, holt dann einen Brief hervor, der dem fraglichen Papier recht ähnlich sieht, öffnet diesen, gib vor, ihn zu lesen, und legt ihn dann unmittelbar neben den anderen. Anschließend redet er erneut über Staatsangelegenheiten, nahezu eine Viertelstunde lang. Schließlich verabschiedet er sich und nimmt dabei denjenigen Brief vom Tisch, welcher ihm keineswegs gehörte. Dessen rechtmäßige Besitzerin sah dies, doch wagte sie es natürlich nicht, in Gegenwart der dritten Person, welche direkt neben ihr stand, Einspruch zu erheben. Der Minister machte sich aus dem Staub; wobei er seinen eigenen Brief – der völlig belanglos war – auf dem Tisch liegen ließ.«

»Da haben wir also«, sagte Dupin zu mir, »genau das, was Sie für unerläßlich hielten, damit die Macht uneingeschränkt wirken kann – das Wissen des Diebes darum, daß die bestohlene Person seine Identität kennt.«

»Ja«, antwortete der Präfekt; »und die solcherart errungene Macht wurde, seit einigen Monaten nun schon, in sehr gefährlichem Maße für politische Zwecke benutzt. Die bestohlene Persönlichkeit ist mit jedem Tag mehr davon überzeugt, daß es zwingend notwendig ist, ihren Brief zurückzuerlangen. Doch kann dies natürlich nicht auf offenem Wege geschehen. Kurzum, in ihrer Not und Verzweiflung hat sie die Sache mir anvertraut.«

»Man kann sich, glaube ich, kaum einen scharfsinnigeren Helfer wünschen oder auch nur vorstellen«, sagte Dupin, inmitten eines wahrhaften Wirbelsturms von Rauchwolken.

»Sie schmeicheln mir«, erwiderte der Präfekt; »doch ist es möglich, daß man eine ähnliche Meinung gehegt haben könnte.«

»Es liegt auf der Hand«, sagte ich, »daß sich der Brief, wie Sie bereits bemerkten, nach wie vor im Besitz des Ministers befindet; denn es ist ja der Besitz, und nicht das Benutzen des Briefes, welcher Macht verleiht. Sobald er benutzt wird, geht die Macht verloren.«

»Sehr richtig«, sagte G-, »und auf dieser Überzeugung habe ich mein Vorgehen gegründet. Mein erstes Anliegen war es, das Palais des Ministers auf das gründlichste zu durchsuchen. Was mich dabei am meisten in Verlegenheit brachte, war die Notwendigkeit, die Suche durchzuführen, ohne daß der Minister davon erfuhr. Ich bin vor allem davor gewarnt worden, wie äußerst gefährlich es wäre, wenn er aus irgendeinem Grund dazu Anlaß hätte, einen Argwohn über unsere Absichten zu hegen.«

»Aber Sie sind doch ganz *au fait* in diesen Untersuchungen«, sagte ich. »Die Pariser Polizei hat sich bereits oft mit einer solchen Sache beschäftigt.«

»O ja; und aus diesem Grund verlor ich den Mut auch nicht. Darüber hinaus gaben mir die Gewohnheiten des Ministers einen großen Vorteil an die Hand. Er ist häufig die ganze Nacht nicht zu Hause. Seine Dienstboten sind von nur geringer Zahl. Sie schlafen recht weit von den Gemächern ihres Herrn entfernt und sind, da es sich hauptsächlich um Neapolitaner handelt, leicht betrunken zu machen. Wie Sie wissen, besitze ich Schlüssel, mit denen sich ein jedes Zimmer oder Kämmerchen in Paris öffnen läßt. In den letzen drei Monaten ist keine einzige Nacht verstrichen, in der ich nicht – höchstpersönlich – damit beschäftigt war, das Palais D- auf den Kopf zu stellen. Es geht um meine Ehre, und darüber hinaus ist die Belohnung immens – was jedoch streng geheim bleiben soll. Also habe ich die Suche nicht aufgegeben, bis ich schließlich zu der unumstößlichen Überzeugung gelangt bin, daß der Dieb schlauer ist als ich. Ich bilde mir ein, jede Nische und jeden Winkel des Gebäudes, in denen das Papier verborgen sein könnte, durchsucht zu haben.«

»Aber ist es denn nicht möglich«, schlug ich vor, »daß der Minister den Brief, obwohl dieser sich zweifelsohne in seinem Besitz befindet, an einem anderen Ort versteckt haben könnte, als in seinem Palais?«

»Das ist kaum möglich«, sagte Dupin. »Die gegenwärtige besondere Lage, in der sich die Angelegenheiten am Hofe befinden, und insbesondere die Intrigen, in die D-, wie man weiß, verwickelt ist, machen es unumgänglich erforderlich, daß das Dokument jeden Augenblick verfügbar ist – daß die Möglichkeit besteht, es jederzeit zum Vorschein zu bringen – , ein Punkt, der nahezu ebenso wichtig ist wie der Besitz des Papiers.«

»Die Möglichkeit, es zum Vorschein zu bringen?« sagte ich.

»Oder besser gesagt, es zu zerstören«, sagte Dupin.

»Richtig«, bemerkte ich; »das Papier ist ganz offensichtlich im Palais. Die Möglichkeit, daß es der Minister am eigenen Körper tragen könnte, dürfen wir wohl bedenkenlos ausschließen.«

»Völlig unmöglich«, sagte der Präfekt. »Man hat ihm zweimal aufgelauert, als Wegelagerer getarnt, und seine Person wurde unter meiner eigenen Aufsicht peinlich genau durchsucht.«

»Sie hätten sich die Mühe sparen können«, sagte Dupin. »D-ist, wie ich annehme, kein völliger Dummkopf, und wird diese Überfälle selbstverständlich vorausgesehen haben.«

»Kein *völliger* Dummkopf,« sagte G., »aber er ist ein Dichter, was meines Erachtens einem Dummkopf sehr nahe kommt.«

»Sehr wahr«, sagte Dupin, nachdem er einen langen, gedankenschweren Zug an seiner Pfeife getan hatte, »obwohl ich mich selbst einiger Verse schuldig gemacht habe.«

»Wie wäre es«, schlug ich vor, »wenn Sie uns die Einzelheiten Ihrer Suche beschreiben würden.«

»Nun, Tatsache ist, daß wir uns Zeit dazu genommen haben, *überall* zu suchen. Ich besitze eine langjährige Erfahrung in diesen Dingen. Ich habe mir das gesamte Gebäude vorgenommen, ein Zimmer nach dem anderen, und jedem einzelnen die Nächte einer ganzen Woche gewidmet. Als erstes haben wir die Möbel in jedem Raum untersucht. Wir haben jede auch nur denkbare Schublade geöffnet; und ich nehme an, Sie sind sich der Tatsache bewußt, daß für einen gut ausgebildeten Polizisten so etwas wie eine *geheime* Schublade überhaupt nicht existiert. Ein Mann, der in einer Durchsuchung dieses Kalibers eine ›geheime‹ Schublade übersieht, läßt sich nur als Tölpel bezeichnen. Die Sache ist ja *so* einfach. Ein jeder Schrank hat ein gewisses Volumen – einen Hohlraum –, den man in Betracht zu ziehen hat. Dafür haben wir genaue Regeln. Uns könnte auch nicht das Hundertstel eines Zolls entgehen. Nach den Schränken haben wir uns die Stühle vorgenommen. Die Stuhlkissen haben wir mit jenen langen dünnen Nadeln durchstochen, die Sie mich haben benutzen sehen. Von den Tischen haben wir die Platten entfernt.«

»Warum das?«

»Manchmal entfernt eine Person, die etwas zu verbergen wünscht, eine Tischplatte oder den Aufsatz eines ähnlich gebauten Möbelstücks, höhlt sodann das Bein aus, legt den Gegenstand in die Höhlung und setzt die Platte wieder obenauf. Das untere oder obere Ende eines Bettpfostens wird in ähnlicher Weise benutzt.«

DER ENTWENDETE BRIEF

»Könnte man die Höhlung denn nicht durch Klopfen ausfindig machen?« fragte ich.

»Auf gar keinen Fall; wenn nämlich der versteckte Gegenstand mit einer ausreichenden Menge Stoff umwickelt wird. Davon abgesehen waren wir in unserem Fall gezwungen, vollkommen geräuschlos vorzugehen.«

»Aber Sie können unmöglich von *allen* Möbelstücken die Oberfläche entfernt – *alle* in ihre Kleinteile zerlegt haben, bei denen ein Versteck in der von Ihnen beschriebenen Weise möglich wäre. Ein Brief läßt sich leicht zu einer spiralförmigen Rolle verkleinern, die man in Form oder Umfang kaum von einer großen Stricknadel unterscheiden kann, und könnte so zum Beispiel im Innern eines Stuhlrahmens versteckt werden. Sie haben sicher nicht alle Stühle auseinander genommen?«

»Natürlich nicht. Aber wir haben etwas viel Besseres getan – wir haben einen jeden Stuhlrahmen und, wahrhaftig, die Fugen jedes nur erdenklichen Möbelstücks im Palais mit Hilfe einer überaus scharfen Lupe untersucht. Hätte es Spuren irgendeiner kürzlich erfolgten Veränderung gegeben, wären uns diese sofort aufgefallen. Ein einziges, von einem Bohrer herrührendes Körnchen Staub hätten wir zum Beispiel so klar erkennen können wie einen Apfel. Eine jegliche Unregelmäßigkeit in der Verleimung – eine jegliche, ungewöhnliche Spalte zwischen den Fugen – wäre ausreichend gewesen, um ein etwaiges Versteck unvermeidlich zu entdecken.«

»Ich nehme an, Sie haben die Spiegel untersucht, zwischen Rhamen und Glasplatte, und auch die Betten und Bettwäsche, ebenso wie die Vorhänge und Teppiche.«

»Natürlich; und nachdem wir jedes einzelne Möbelstück in dieser Weise auf das gründlichste durchsucht hatten, nahmen wir uns das Haus selbst vor. Wir haben seine gesamte Oberfläche in abgegrenzte Flächen eingeteilt, welche wir dann mit fortlaufenden Nummern versahen, damit uns keine entging. Sodann haben wir jeden einzelnen Zoll auf dem ganzen Grundstück wie zuvor mit der Lupe untersucht, einschließlich der beiden angrenzenden Häuser.«

»Die beiden angrenzenden Häuser!« rief ich; »Sie müssen sich eine unglaubliche Mühe gemacht haben.«

»Das haben wir; aber die versprochene Belohnung ist ungeheuerlich.«

»Sie haben den *Grund,* der das Haus umgibt, mit eingeschlossen?«

»Der gesamte Erdboden ist mit Backsteinen gepflastert. Sie haben uns nicht allzuviel Mühe gemacht. Wir haben das Moos zwischen den Steinen untersucht und keine Veränderungen daran gefunden.«

»Sie haben natürlich zwischen D-s Papieren und in den Büchern der Bibliothek gesucht?«

»Gewiß: wir haben jedes Päckchen und Paket geöffnet; wir haben nicht nur jedes Buch aufgeschlagen, sondern auch jede einzelne Seite in jedem Band umgeblättert, denn im Gegensatz zu manchen Polizeibeamten haben wir uns nicht damit zufriedengegeben, das Buch einfach zu schütteln. Darüber hinaus haben wir mit äußerst genauen Vermessungen geprüft, wie dick ein jeder *Buchumschlag* ist, und diesen mit der Lupe auf das sorgfältigste untersucht. Hätte sich jemand in letzter Zeit an irgendeinem der Einbände zu schaffen gemacht, so hätte uns dies unmöglich entgehen können. Fünf oder sechs Bände, die eben erst vom Buchbinder gekommen waren, haben wir der Länge nach gründlich mit den Nadeln untersucht.«

»Sie haben den Fußboden unter den Teppichen überprüft?«

»Dessen können Sie gewiß sein. Wir haben jeden Teppich zusammengerollt und die Bodendielen mit der Lupe untersucht.«

»Und die Tapeten an den Wänden?«

»Ja.«

»Sie haben im Keller nachgeschaut?«

»Das haben wir.«

»Dann müssen Sie sich geirrt haben«, sagte ich, »und der Brief befindet sich *nicht* im Palais, wie Sie angenommen haben.«

»Ich fürchte, daß Sie da recht haben«, sagte der Präfekt.

»Und was würden Sie mir jetzt raten zu tun, Dupin?«

»Das Gebäude noch einmal gründlich zu durchsuchen.«

»Das ist vollkommen überflüssig«, entgegnete G-. »Ich weiß, daß der Brief nicht im Palais ist, ebenso sicher, wie ich weiß, daß ich atme.«

»Es gibt keinen besseren Rat, den ich Ihnen geben könnte«, sagte Dupin. »Sie sind, ohne Zweifel, im Besitz einer genauen Beschreibung des Briefes?«

»O ja!« – Und mit diesen Worten zog der Präfekt ein Notizbüchlein hervor und las uns einen überaus detaillierten Bericht über das innere und insbesondere das äußere Erscheinungsbild des gesuchten Dokuments vor. Kurz nachdem er mit der Lektüre dieser Beschreibung geendet hatte, brach er auf, wobei er sich in einer derart niedergedrückten Stimmung befand, wie ich sie an dem guten Manne noch nie zuvor gesehen hatte.

Ungefähr einen Monat später stattete er uns einen zweiten Besuch ab und fand uns in ganz ähnlicher Weise beschäftigt wie zuvor. Er nahm sich einen Stuhl und eine Pfeife und begann eine ganz gewöhnliche Unterhaltung. Schließlich sagte ich:

»Ja, aber G-, was ist denn nun mit dem entwendeten Brief? Ich nehme an, Sie haben sich letztendlich eingestehen müssen, daß man dem Minister nicht am Zeug flicken kann?«

»Verfluchter Kerl, sag ich Ihnen – ja. Zwar habe ich die Durchsuchung noch einmal neu durchgeführt, wie Dupin vorgeschlagen hat, aber es war vergebliche Mühe, wie ich bereits von vornherein wußte.«

»Wie hoch war die versprochene Belohnung, haben Sie gesagt?« fragte Dupin.

»Nun, eine sehr hohe Summe – eine *sehr* großzügige Belohnung – wie hoch genau, möchte ich nicht sagen; aber eines sage ich Ihnen, nämlich, daß ich mit Freuden einem jeden, der mir diesen Brief beschaffen kann, einen persönlichen Scheck über fünfzigtausend Francs ausstellen würde. Mit jedem Tag, der verstreicht, wird die Sache dringender, und man hat die

Belohnung vor kurzem verdoppelt. Aber selbst wenn man sie verdreifachen würde, könnte ich nicht mehr tun, als ich getan habe.«

»Nun ja«, dehnte Dupin schleppend die Worte, indes er an seiner Pfeife sog, »ich glaube – tatsächlich, G-, daß Sie sich – in dieser Angelegenheit – nicht bis zum Äußersten – bemüht haben. Sie könnten sich – noch ein wenig mehr anstrengen, denke ich, mmh?«

»Wie? – In welcher Weise?«

»Nun – paff, paff – Sie könnten – paff, paff – in der Sache einen Ratgeber heranziehen, nicht? – Paff, paff, paff. Erinnern Sie sich an die Geschichte, die man sich von Abernethy erzählt?«

»Nein; zum Teufel mit diesem Abernethy!«

»Sehr richtig! zum Teufel mit ihm, herzlich gern. Indes, es war einmal ein gewisser reicher Geizhals, der sich mit der listigen Absicht trug, jenem Abernethy einen unentgeltlichen, ärztlichen Ratschlag abzuluchsen. Zu diesem Zwecke begann er in privater Gesellschaft eine ganz gewöhnliche Unterhaltung, und legte dann seinen Fall dem Arzt dar, so als handle es sich um eine erfundene Person.

›Nehmen wir an‹, sagte der Geizhals, ›seine Symptome seien das und das. Nun, Doktor, was hätten *Sie* ihm denn zum Einnehmen verordnet?‹

›Einnehmen!‹ sagte Abernethy, ›nun, daß er sich einen *Rat* zur Brust nehmen soll, natürlich.‹«

»Aber«, sagte der Präfekt, ein wenig aus der Fassung gebracht, »ich bin ja *absolut* gewillt, mir einen Rat einzuholen und auch dafür zu bezahlen. Ich würde *wirklich* fünfzigtausend Francs an einen jeden bezahlen, der mir in der Angelegenheit helfen könnte.«

»In diesem Fall«, entgegnete Dupin, öffnete eine Schublade und holte ein Scheckbuch hervor, »können Sie mir ruhig den Scheck über den erwähnten Betrag ausfüllen. Sobald Sie ihn unterschrieben haben, werde ich Ihnen den Brief aushändigen.«

DER ENTWENDETE BRIEF

Ich war fassungslos. Der Präfekt schien wie vom Blitz getroffen. Einige Minuten lang blieb er stumm und völlig bewegungslos, während er meinen Freund ungläubig anstarrte, mit offenem Mund und mit Augen, die aus ihren Höhlen zu treten schienen. Dann kam er offenkundig wieder mehr oder weniger zu sich, ergriff eine Feder und füllte, nachdem er einige Male innegehalten und mit leerem Blick in die Luft gestarrt hatte, schließlich einen Scheck über fünfzigtausend Francs aus, unterschrieb diesen und reichte ihn dann über den Tisch hinweg an Dupin. Letzterer überprüfte ihn sorgfältig und verwahrte ihn dann in seiner Brieftasche. Daraufhin schloß er eine Schublade auf, entnahm ihr einen Brief und gab diesen dann dem Präfekten. Der Beamte ergriff das Dokument in wahrhaft qualvoller Freude, öffnete es mit zitternder Hand, überflog hastig seinen Inhalt und stürzte dann schließlich Hals über Kopf, wild drängelnd und stolpernd aus dem Zimmer und sodann aus dem Haus, ohne daß er auch nur eine Silbe von sich gegeben hatte, seit Dupin ihn aufforderte, den Scheck auszufüllen.

Nachdem er gegangen war, begann mein Freund, mir die Sache zu erklären.

»Die Pariser Polizei«, sagte er, »ist auf ihre Art überaus tüchtig. Sie ist hartnäckig, schlau, gerissen und beherrscht von Grund auf jenes Wissen, welches ihre Pflichten hauptsächlich von ihr zu verlangen scheinen. Als also G- uns die Einzelheiten seiner Suche im Palais D-s beschrieb, war ich vollkommen davon überzeugt, daß seine Ermittlungen durchaus angemessen waren – so weit wie sich seine Bemühungen erstreckten.«

»So weit wie sich seine Bemühungen erstreckten?« fragte ich.

»Ja«, sagte Dupin. »Die Maßnahmen, die man ergriff, waren nicht nur die besten ihrer Art, sondern wurden auch bis zur Perfektion in die Tat umgesetzt. Wäre der Brief in Reichweite ihrer Suche versteckt gewesen, so hätten diese Kerle ihn zweifelsohne gefunden.«

Ich lachte bloß – doch er schien es völlig ernst zu meinen mit dem, was er gesagt hatte.

»Was also die Maßnahmen betrifft«, fuhr er fort, »so waren diese recht gut für ihre Art und wurden auch gut ausgeführt. Ihr Fehler bestand darin, daß man sie auf diesen Fall und auf den Mann, mit dem man es zu tun hatte, unmöglich anwenden konnte. Der Präfekt hat sich aus einer bestimmten Ansammlung sehr findiger Hilfsmittel eine Art Prokrustesbett geschaffen, in das er sein Vorgehen gewaltsam hineinzwängt. Doch befindet er sich immer wieder im Irrtum, weil er für die jeweilige Angelegenheit entweder zu gründlich oder zu oberflächlich vorgeht; und es gibt zahlreiche Schuljungen, die vernünftiger denken können als er. Ich kannte einmal einen solchen, der ungefähr acht Jahre alt war, und dessen Erfolg im Raten bei dem Spiel ›Gerade und Ungerade‹ allgemeine Bewunderung erregte. Es ist dies ein ganz simpler Zeitvertreib, der mit Murmeln gespielt wird. Ein Spieler hält eine Reihe dieser Kugeln in der Hand, und fragt den anderen, ob es sich dabei um eine gerade oder ungerade Anzahl handelt. Wenn der Ratende die richtige Anzahl wählt, gewinnt er eine Murmel; falls er falsch rät, verliert er eine. Der Junge, von dem ich erzähle, hat alle Murmeln der ganzen Schule gewonnen. Dabei ging er natürlich beim Raten nach einem gewissen Prinzip vor; und dies bestand einzig darin, daß er seinen jeweiligen Gegner beobachtete und einschätzte, wie schlau dieser war. Nehmen wir zum Beispiel an, sein Gegner sei ein hoffnungsloser Einfaltspinsel. Dieser hält seine geschlossene Hand hoch und fragt: ›Sind sie gerade oder ungerade?‹ Unser Schuljunge antwortet ›Ungerade‹ und verliert; aber beim zweiten Versuch gewinnt er, denn er hat sich gesagt: ›Dieser Trottel hatte beim ersten Mal eine gerade Zahl, und das Maß seiner Gerissenheit ist eben groß genug, daß er sie beim zweiten Mal ungerade macht; ich werde also auf ungerade raten‹; – er rät auf ungerade und gewinnt. Handelt es sich um einen Schwachkopf mit einer etwas größeren Geisteskraft, als sie der erste besaß, hätte er sich folgendes gesagt: ›Dieser Kerl stellt fest, daß ich das erste Mal auf ungerade geraten habe, und wird also beim zweiten Mal, einem Impuls folgend, die einfache Variation von gerade zu ungerade wählen, wie es jener erste Trottel getan hat; dann aber wird ihm der Gedanke kommen, daß dies eine zu einfache Änderung ist, und wird sich letztendlich dazu entschließen, es wie zuvor mit einer geraden Zahl zu versuchen. Ich werde also auf gerade raten.‹ – Er rät auf gerade und gewinnt. Diese Art von Schlußfolgerung, derer sich der Schuljunge bedient, von dem seine Kameraden sagen, daß er ›Glück hat‹ – als was würde man sie letzten Endes bezeichnen?«

»Es handelt sich dabei lediglich darum, daß sich der Schlußfolgernde in den Intellekt seines Gegners hineinversetzt«, sagte ich.

»So ist es«, sagte Dupin; »und als ich den Jungen fragte, auf welche Weise er jene *vollkommene* Identifikation erreichte, in der sein Erfolg bestand, bekam ich folgende Antwort: ›Wenn ich herausfinden möchte, wie klug, oder wie dumm, wie gut oder wie böse irgend jemand ist, oder woran er im Augenblick denkt, dann ändere ich meinen eigenen Gesichtsausdruck, um ihn dem seinen so weit wie möglich ähneln zu lassen, und warte dann darauf, welche Gedanken oder Gefühle in meinem Gemüt entstehen, so als wollten diese sich dem Gesichtsausdruck angleichen oder ihm entsprechen.‹ Diese Antwort des Schuljungen ist letztlich das, was all jener vermeintlichen Tiefsinnigkeit eines Rochefoucauld, eines La Bougive, eines Machiavelli oder eines Campanella zugrunde liegt.«

»Und die Identifikation des scharfsinnigen Denkers mit dem Intellekt seines Gegners hängt, wenn ich Sie richtig verstehe, von der Genauigkeit ab, mit der von der Geisteskraft des Gegners Maß genommen wird«, sagte ich.

»Sein praktischer Wert hängt davon ab«, antwortete Dupin; »und der Präfekt scheitert, zusammen mit seiner Truppe, deswegen so oft, weil er erstens diese Identifikation verabsäumt, und zweitens, weil der Intellekt, mit dem man es zu tun hat, falsch oder gar nicht abgeschätzt wird. Diese Herren ziehen nur ihre *eigene* Vorstellung von Scharfsinnigkeit in Betracht; und wenn sie nach einem versteckten Gegenstand suchen, dann wenden sie sich nur denjenigen Methoden zu, mit deren

Hilfe sie selbst etwas versteckt hätten. Sie haben dabei zumindest insoweit recht, als daß ihre eigene Scharfsinnigkeit diejenige der Menge treulich widerspiegelt; aber sobald sich die Gerissenheit eines einzelnen Übeltäters von der ihren wesentlich unterscheidet, macht dieser ihnen natürlich einen Strich durch die Rechnung. Das geschieht unumgänglich immer dann, wenn dessen Intellekt dem ihren überlegen ist, und für gewöhnlich auch, wenn er unterlegen ist. Sie ändern nie die Prinzipien, auf denen ihre Nachforschungen beruhen; falls irgendeine ungewöhnlich Dringlichkeit sie antreibt, dann weiten sie bestenfalls ihre alten Methoden aus oder übertreiben diese, ohne an den Prinzipien selbst zu rühren. Was hat man, zum Beispiel, in diesem Fall mit D- getan, um die Prinzipien, die der Vorgehensweise zugrundeliegen, zu variieren? Ist nicht all dies Bohren und Sondieren und Klopfen, dies Untersuchen mit Lupen und Aufteilen der Gebäudeoberfläche in abgezählte Quadrate bloß ein maßloses Übertreiben in der Umsetzung eines oder mehrerer Prinzipien, welche ihrerseits auf einer ganz bestimmten Vorstellung des menschlichen Scharfsinns beruhen, an die sich der Präfekt während der langen Routine seiner Pflichtausübung gewöhnt hat? Haben Sie gesehen, für wie selbstverständlich er es hielt, daß *alle* Menschen einen Brief verstecken, indem sie – nun, nicht unbedingt ein Loch in ein Stuhlbein bohren – aber zumindest *irgendeinen* abgelegenen Winkel oder Hohlraum wählen, der sich ihnen aus denselben gedanklichen Gründen anbietet, die jemanden dazu bringen könnten, ein Loch in ein Stuhlbein zu bohren? Und ist Ihnen nicht auch bewußt, daß solch ausgefallene Verstecke nur zu gewöhnlichen Gelegenheiten benutzt werden, und auch nur von Menschen mit gewöhnlicher Geisteskraft? Denn wann immer etwas versteckt wird, ist vorhersehbar – und es wird auch vorhergesehen – daß der zu versteckende Gegenstand an einem solch ausgefallenen Ort verborgen wird; wodurch letztlich seine Entdeckung in keinster Weise vom Scharfsinn, sondern allein von der Sorgfalt, Geduld und Entschlossenheit der Suchenden abhängt. Und wenn es sich um einen Fall von hoher Bedeutung handelt – oder, was in den Augen der Polizei auf das gleiche hinausläuft, um eine Belohnung von besonderem Umfang – dann ist es noch nie vorgekommen, daß diese Tugenden versagt hätten. Sie werden nun verstehen, was ich damit meine, wenn ich nahelege, daß der entwendete Brief, wäre er irgendwo in Reichweite der vom Präfekten unternommenen Nachforschungen versteckt gewesen – oder in anderen Worten, hätten die Prinzipien des Präfektes jene Prinzipien, nach welchen er versteckt worden ist, mit eingeschlossen –, ganz unweigerlich gefunden worden wäre. Besagter Beamter stand jedoch vor einem völligen Rätsel; und der ursprüngliche Grund für seine Niederlage liegt darin, daß er den Minister für einen Dummkopf hielt, weil dieser sich einen Namen als Dichter gemacht hat. Alle Dummköpfe sind Dichter; das hat der Präfekt im Gefühl; und er hat sich lediglich einer *non distributio medii* schuldig gemacht, indem er daraus schloß, daß alle Dichter Dummköpfe sind.«

»Aber handelt es sich hier wirklich um den Dichter?« fragte ich. »Ich weiß, daß es zwei Brüder gibt; und daß sie sich beide einen Namen als Schriftsteller erworben haben. Der Minister hat, wie ich glaube, eine sehr gelehrte Abfassung über die Differentialrechnung geschrieben. Er ist Mathematiker, kein Dichter.«

»Sie irren sich; ich kenne ihn gut; er ist beides. Als Dichter und Mathematiker besitzt er ein hohes logisches Denkvermögen; als Mathematiker allein hätte er überhaupt nicht logisch denken können und wäre so dem Präfekten auf Gnade oder Ungnade ausgeliefert gewesen.«

»Sie erstaunen mich mit dieser Meinung«, sagte ich. »Alle Welt würde Ihnen da widersprechen. Sie wollen doch nicht etwa die alteingesessene Vorstellung von Jahrhunderten als nichtig erklären. Der mathematische Verstand wird seit eh und je als das logische Denkvermögen überhaupt betrachtet.«

»*Il y a à parier*«, entgegnete Dupin, indem er Chamfort zitierte, »*que toute idée publique, toute convention reçue, est une sottise, car elle a convenu au plus grand nombre.*‹ Die

Mathematiker, da gebe ich Ihnen recht, haben ihr Bestes getan, um den populären Irrtum zu verbreiten, auf den Sie anspielen; und es bleibt dies ein Irrtum, trotz der Tatsache, daß man ihn als Wahrheit verbreitet hat. Man hat zum Beispiel mit einem Geschick, das einer besseren Sache würdig gewesen wäre, den Begriff ›Analyse‹ kurzerhand in die Algebra eingeschmuggelt. Die Franzosen sind die Urheber dieses besonderen Betrugs; doch falls ein Begriff irgendeine Bedeutung besitzt – falls Worte ihren Wert daraus gewinnen, wie man sie anwenden kann – dann steht das Wort ›Analyse‹ ebenso sehr für ›Algebra‹ wie im Lateinischen das Wort ambitus für ›Ambition‹, *religio* für ›Religion‹, oder *homines honesti* für eine Reihe von ›honorablen Männern‹.«

»Sie werden, wie ich sehe, mit einigen Mathematikern in Paris einen schönen Strauß auszufechten haben«, sagte ich; »doch fahren Sie fort.«

»Ich bestreite die Verfügbarkeit und somit den Wert einer Vernunft, die in irgendeiner besonderen Weise anders als der abstrakt logischen erzogen wird. Ich fechte insbesondere jene Art von Vernunft an, die sich aus den mathematischen Studien entwickelt. Die Mathematik ist die Wissenschaft der Form und der Menge; mathematisches Denken besteht einzig aus der Art von Logik, welche auf die Betrachtung der Form und der Menge angewandt wird. Der verhängnisvolle Irrtum liegt darin, anzunehmen, daß selbst die Wahrheiten dessen, was man die reine Algebra nennt, abstrakte oder allgemeingültige Wahrheiten sind. Und dieser Irrtum ist so ungeheuerlich, daß ich nicht begreifen kann, wie er zu einer derart umfassenden und nahezu ausnahmslosen Verbreitung kommen konnte. Mathematische Axiome sind keine Axiome von Allgemeingültigkeit. Was für Relationen – der Menge und Form – wahr sein mag, das ist oft fürchterlich falsch, sobald es, zum Beispiel, auf die Moral angewandt wird. In dieser letztgenannten Wissenschaft ist es für gewöhnlich nicht wahr, daß die Summe der einzelnen Teile gleich derjenigen des Ganzen ist. Auch in der Chemie versagt dieses Axiom. Es versagt in der Betrachtung von Beweggründen; denn zwei Motive, deren jedes einen bestimmten Wert hat, ergeben, wenn man sie zusammennimmt, nicht unbedingt eine Summe aus den jeweiligen Werten des einzelnen. Es gibt zahllose andere mathematische Axiome, die nur insofern als Wahrheit betrachtet werden können, als sie sich innerhalb des Gebietes der *Relationen* bewegen. Doch der Mathematiker behauptet, aus Gewohnheit, daß seine *finiten Wahrheiten* absolut allgemein anwendbar sind – was, in der Tat, die Welt auch von ihnen glaubt. Bryant hat in seiner sehr gelehrten Abhandlung über Mythologie eine ähnliche Quelle von Irrtümern genannt. Er schreibt, daß, ›obwohl wir nicht an die 'heidnischen Mythen' glauben, wir uns ein ums andere Mal selbst vergessen, und aus ihnen unsere Schlüsse ziehen, als handle es sich dabei um die Wirklichkeit.‹ Bei den Algebraikern, die selbst eine Art von Heiden sind, *glaubt* man an die heidnischen Mythen und zieht aus ihnen seine Schlüsse, nicht der Vergeßlichkeit halber, sondern wegen einer unerklärlichen Benebelung des Verstandes. Kurz und gut, ich bin noch nie einem Mathematiker begegnet, dem man über die Quadratwurzeln hinaus hätte trauen können; oder einem, der nicht im geheimen den festen Glauben daran gehegt hätte, daß $x^2 + px$ absolut und bedingungslos gleich q ist. Nehmen wir an, Sie wagten den Versuch, einem dieser Herren zu sagen, daß Sie glauben, es könnte Gelegenheiten geben, bei denen $x^2 + px$ nicht unbedingt gleich q sein muß. Sobald es Ihnen gelungen ist, sich ihm verständlich zu machen, sollten Sie sich bemühen, so schnell wie möglich außerhalb seiner Reichweite zu gelangen, denn er wird ohne Zweifel bestrebt sein, Sie niederzuschlagen.

Ich will damit sagen«, fur Dupin fort, während ich über seine letzten Bemerkungen lachte, »daß der Präfekt sich keinesfalls der Notwendigkeit gegenüber gesehen hätte, mir diesen Scheck auszustellen, falls der Minister nur ein mathematisch denkender Kopf gewesen wäre. Ich wußte jedoch, daß er sowohl Mathematiker als auch Dichter war, und meine Vorgehensweise paßte sich seinen Fähigkeiten an, unter Miteinbeziehung der Umstände, von denen er umgeben war. Ich kannte ihn ebenso als Höfling wie als kühnen Intriganten. Ein solcher Mann, so erwägte ich, war zweifelsohne vertraut mit den in der Politik gebräuchlichen Handlungsweisen. Er muß erwartet haben – und wie sich herausstellte, hat er es auch erwartet –, daß man ihn unterwegs überfallen würde. Er muß, so überlegte ich, vorausgesehen haben, daß man sein Haus heimlich durchsuchen würde. Seine häufige Abwesenheit des Nachts, welche der Präfekt als willkommene Hilfe zum Erfolg begrüßte, war meiner Ansicht nach nichts als eine List, die dazu dienen sollte, der Polizei Gelegenheit für eine ausgiebige Suche zu geben und ihnen in dieser Weise um so eher die Überzeugung aufzudrängen, daß sich der Brief nicht im Gebäude befand – eine Überzeugung, zu der G- schließlich auch in der Tat gelangte. Ich empfand es ebenso als wahrscheinlich, daß die Kette von Gedanken, die ich Ihnen eben mit so großer Mühe auseinandersetzte, hinsichtlich der unveränderlichen Prinzipien, nach denen die Polizei bei der Suche nach verborgenen Gegenständen vorgeht; daß all diese Gedanken notwendigerweise auch dem Minister durch den Kopf gegangen sein mußten. Dies würde unweigerlich dazu führen, daß er all jene für gewöhnlich benutzten Winkel voller Verachtung verschmähte. Er konnte, so überlegte ich, nicht so dumm sein, die Tatsache zu übersehen, daß die kompliziertesten und ausgefallensten Nischen, die sein Palais aufzuweisen hatte, den Augen, Nadeln, Bohrern und Lupen des Präfekten ebenso leicht zugänglich sein würden wie der gewöhnlichste Schrank. Kurzum, ich dachte mir, daß er sich gezwungen sehen würde, auf ganz einfache Weise vorzugehen, falls er nicht ohnehin aus eigenem Entschluß dazu neigte. Sie werden sich vielleicht daran erinnern, wie fürchterlich der Präfekt lachte, als ich während unseres ersten Gesprächs nahelegte, daß dies Geheimnis ihm vielleicht deshalb so viele Schwierigkeiten bereitete, weil es so überaus *offensichtlich* ist.«

»Ja«, sagte ich, »ich erinnere mich sehr gut an sein Gelächter. Ich dachte tatsächlich, der Schlag würde ihn treffen.«

DER ENTWENDETE BRIEF

»Die Welt der Materie«, fuhr Dupin fort, »ist im Überflusse mit strikten Analogien zur Welt des Geistes versehen; und somit gewinnt jene rhetorische Lehre ein wenig an Wahrheit, welche aussagt, daß die Metapher oder das Gleichnis sowohl dazu dienen kann, einem Argument Nachdruck zu verleihen, als auch eine Beschreibung auszuschmücken. Das Prinzip des *vis inertiae*, zum Beispiel scheint in der Physik und in der Metaphysik gleichermaßen zu gelten. Was für erstere gilt; nämlich, daß ein umfangreicher Körper mit größerer Schwierigkeit in Bewegung zu setzen ist als ein kleinerer, und daß sein darauffolgendes *momentum* im analogen Verhältnis zu dieser Schwierigkeit steht, das gilt nicht weniger für letztere: ein Intellekt von gewaltigem Vermögen ist, auch wenn er in seinen Bewegungen zwingender, beständiger und bewegter ist als ein Geist von geringerer Kraft, doch schwerer in Bewegung zu setzen, und ist in den ersten Schritten seines Fortkommens viel unbeholfener und zögerlicher. Und außerdem: ist Ihnen jemals aufgefallen, welche Ladenschilder, über den Türen der Geschäfte, die meiste Aufmerksamkeit auf sich ziehen?«

»Ich habe noch nie darüber nachgedacht,« sagte ich.

»Es gibt ein Rätselspiel«, nahm er den Faden wieder auf, »das man mit einer ausgebreiteten Karte spielt. Eine Gruppe verlangt von der anderen, ein bestimmtes Wort zu finden – den Namen eine, Stadt, eines Flusses, eines Staates oder eines Reiches –, kurzum, irgendein Wort, das sich inmitten des bunt gemischten Wirrwarrs der Karte versteckt. Ein Neuling in diesem Spiel versucht für gewöhnlich, es seinen Gegenspielern dadurch besonders schwer zu machen, daß er ihnen einen Namen zu suchen gibt, der aus allerkleinsten Schriftzügen besteht; der erfahrene Spieler wählt jedoch solche Worte aus, die sich in großen Buchstaben von einem Ende der Karte bis zum anderen erstrecken. Diese, ähnlich wie die mit übergroßen Buchstaben geschriebenen Zeichen und Schilder auf der Straße, entgehen der Aufmerksamkeit dadurch, daß sie viel zu offensichtlich sind; und genau analog dazu, wie hier das Auge etwas übersieht, steht die Blindheit des Geistes gegenü-

245

ber denjenigen Erkenntnissen, die sich ihm in zu offensichtlicher und eindeutiger Weise unmittelbar aufdrängen. Doch ist dies eine Überlegung, die, wie es scheint, ein wenig über die Verstandeskraft des Präfekten hinausgeht, oder aber unter ihrer Würde ist. Er hat nicht einen Augenblick an die Wahrscheinlichkeit oder auch nur Möglichkeit geglaubt, daß der Minister den Brief sozusagen direkt unter der Nase der ganzen Welt aufgehoben haben könnte, um so am sichersten zu gewährleisten, daß kein einziger Mensch ihn bemerkt.

Je mehr ich indes über den waghalsigen, kühnen und einfallsreichen Geist D-s nachdachte; über die Tatsache, daß das Dokument immer *zur Hand* sein mußte, falls er beabsichtigte, es gewinnbringend zu benutzen; und darüber, daß der Präfekt den unwiderruflichen Beweis erbracht hatte, daß es nicht innerhalb der Reichweite einer durch ebendiesen Würdenträger erfolgten Suche lag – desto mehr war ich davon überzeugt, daß der Minister, um den Brief zu verbergen, Zuflucht zu der ausgeklügelten und wagemutigen Variante genommen hatte, gar nicht erst zu versuchen, ihn zu verbergen.

Den Kopf voll von solchen Gedanken stattete ich mich mit einer grünlich getönten Brille aus und sprach eines Morgens, wie durch Zufall, im Palais des Ministers vor. Ich fand D- zu Hause. Wie gewöhnlich gab er vor, sich in tiefster Langeweile zu befinden, gähnte, saß müßig umher und vertrödelte die Zeit. Er ist vielleicht die tatkräftigste Person, die gegenwärtig auf der Erde wandelt – doch ist er dies nur, wenn ihn keiner dabei sieht.

Da ich ihm in nichts nachstehen wollte, sprach ich voll Bedauern von der Schwäche meiner Augen und beklagte die Notwendigkeit, eine Brille tragen zu müssen. Unter dem Schutz derselben musterte ich vorsichtig und eindringlich das Zimmer, während ich so tat, als lausche ich aufmerksam der Konversation meines Gastgebers.

Ich schenkte insbesondere einem großen Schreibtisch meine Aufmerksamkeit, in dessen Nähe er saß und auf dem in wirrer Unordnung einige Briefe und andere Papiere lagen,

zusammen mit ein oder zwei Musikinstrumenten und ein paar
Büchern. Ich sah dort jedoch auch nach einer langen und aus-
gedehnten Betrachtung nichts, was besonderen Verdacht hätte
erregen können.

Schließlich fiel mein im Raume umherschweifender Blick
auf eine kitschige Filigranarbeit aus Pappe, die als Behälter für
Visitenkarten diente. Sie baumelte an einem schmutzigen blau-
en Band, das an einem kleinen, gerade unter der Mitte des
Kaminsims befindlichen Messingknopf befestigt war. In diesem Kartengestell, das drei oder vier Fächer hatte, befanden
sich fünf oder sechs Visitenkarten und ein einzelner Brief.
Letzterer war äußerst beschmutzt und zerknittert. Er war mitten hindurch nahezu in zwei Hälften zerrissen – als habe man
in der ursprünglichen Absicht, ihn seiner Wertlosigkeit halber
in kleine Stücke zu zerreißen, innegehalten und dann doch
davon Abstand genommen. Es befand sich ein großes schwarz-
es Siegel darauf, mit dem sehr ins Auge fallenden Monogramm
D-s, und war in winziger Schrift von weiblicher Hand an D-,
den Minister, persönlich adressiert. Der Brief war achtlos und,
wie es schien, sogar verächtlich in eines der oberen Fächer des
Gestells geworfen worden.

Kaum hatte ich einen Blick auf diesen Brief geworfen, kam
ich zu dem Schluß, daß es sich hier um das gesuchte Dokument handelte. Gewiß, er unterschied sich, allem Anschein
nach, grundlegend von dem Brief, von dem uns der Präfekt
eine so ausgiebige Beschreibung vorgelesen hatte. Bei dem
einen war das Siegel groß und schwarz, mit dem Monogramm
D-s; bei dem anderen klein und rot, mit dem herzöglichen
Wappen der Familie S-. Bei dem einen war die an den Minister
gerichtete Anschrift in winzigen Buchstaben gehalten und von
weiblicher Hand; die Anschrift des anderen war an eine gewisse königliche Persönlichkeit gerichtet, und dies in besonders
kühnen und entschlossenen Schriftzügen; allein die Größe
war ihnen gemeinsam. Doch gerade die Tatsache, daß der
Unterschied so gewaltig war und übertrieben; der Schmutz;
der Umstand, daß das Papier befleckt und zerrissen war, was

sich so schlecht mit den *wahren,* methodische Gewohnheiten des Ministers vertrug und daher den Verdacht nahelegte, man wolle den Betrachter zu der irrtümlichen Auffassung verleiten, daß es sich hier um ein wertloses Dokument handelt; all diese Dinge, zusammen mit der Tatsache, daß sich das Dokument an einem äußerst auffälligen Ort befand, deutlich sichtbar für einen jeden Besucher, was in genauer Übereinstimmung mit der Schlußfolgerung stand, zu der ich vorher gekommen war; all diese Dinge bekräftigten nur zu sehr meinen Verdacht, den zu bestätigen ich ja gekommen war.

Ich zog meinen Besuch so lange es ging in die Länge, und während ich ein überaus lebhaftes Gespräch mit dem Minister aufrecht erhielt, über ein Thema, das es, wie ich wußte, noch nie verfehlt hatte, sein Interesse und seine Anteilnahme zu wecken, hielt ich meine Aufmerksamkeit auf den Brief gerichtet. Während ich ihn betrachtete, prägte ich meiner Erinnerung seine äußere Erscheinung und seine Lage in dem Gestell ein und stieß schließlich auf eine Entdeckung, welche jeden geringfügigen Zweifel, den ich noch gehegt haben mochte, restlos beseitigte. Ich hatte, als ich die Kanten des Papiers in Augenschein nahm, bemerkt, daß sie in größerem Maße abgescheuert waren, als nötig wäre. Sie boten den brüchigen Anschein, der entsteht, sobald man ein steifes Papier, das bereits einmal gefaltet und mit dem Falzbein geglättet worden ist, in umgekehrter Richtung erneut faltet, entlang derselben Kanten wie die ursprüngliche Falz. Diese Entdeckung genügte mir. Es lag auf der Hand, daß der Brief wie ein Handschuh von innen nach außen gekehrt, neu adressiert und erneut versiegelt worden war. Ich wünschte dem Minister einen guten Morgen und verließ unverzüglich das Haus, wobei ich jedoch eine goldene Schnupftabakdose auf dem Tisch liegen ließ.

Am nächsten Morgen kam ich, um die Dose abzuholen, woraufhin wir recht eifrig die Unterhaltung des vorigen Tages wiederaufnahmen. Als wir uns mitten im Gespräch befanden, gab es plötzlich unmittelbar unter den Fenstern des Palais einen lauten Knall wie von einer Pistole, gefolgt von einer Reihe

DER ENTWENDETE BRIEF

fürchterlicher Schreie und dem Gebrüll einer Menschenmenge. D- stürzte zum Fenster, riß es auf und blickte nach draußen. In der Zwischenzeit trat ich zu dem Kartengestell, nahm den Brief, steckte diesen in meine Tasche und ersetzte ihn durch ein Faksimile (insoweit es sein Äußeres betraf), das ich mit größter Sorgfalt zu Hause vorbereitet hatte. Dabei war es mir ohne große Schwierigkeiten gelungen, das Monogramm D-s mit Hilfe eines aus Brot geformten Siegels nachzuahmen.

Der Aufruhr auf der Straße war durch einen Mann verursacht worden, der mit einer Muskete Amok lief. Er hatte damit in eine Menge von Frauen und Kindern gefeuert. Wie sich jedoch herausstellte, befanden sich keine Kugeln im Lauf, und man ließ den Kerl, da man ihn für einen Irren oder Betrunkenen hielt, seines Weges gehen. Als er verschwunden war, trat D- vom Fenster zurück, wohin ich ihm gefolgt war, unmittelbar nachdem ich mir den fraglichen Gegenstand angeeignet hatte. Bald darauf verabschiedete ich mich von ihm. Der angebliche Irre stand in meinem Sold.«

»Aber welchen Zweck verfolgten Sie, als Sie den Brief durch ein Faksimile ersetzten?« fragte ich. »Wäre es nicht besser gewesen, ihn beim ersten Besuch unverhohlen an sich zu nehmen und wegzugehen?«

»D- ist ein zum Äußersten entschlossener Mann, der vor nichts zurückschreckt. Auch gibt es unter seinem Gefolge im Palais manchen, der sich ihm mit Leib und Seele verschrieben hat. Hätte ich den unbedachten Versuch unternommen, den Sie vorschlagen, wäre ich womöglich nie lebend aus dem Zimmer gekommen. Die guten Leute von Paris hätten nie wieder etwas von mir gehört. Indes verfolgte ich einen Zweck, der von diesen Bedenken ganz unabhängig war. Sie kennen meine politischen Überzeugungen. In dieser Sache handle ich als Parteigänger der betroffenen Dame. Achtzehn Monate lag ihr Schicksal in der Hand des Ministers. Nun liegt das seine in der ihren; denn da er nicht bemerkt hat, daß sich der Brief nicht mehr in seinem Besitz befindet, wird er weiter wie bisher seine Forderungen stellen. Damit liefert er sich jedoch sofort und unvermeidlich seiner eigenen politischen Zerstörung aus. Sein Sturz wird ebenso jäh wie unerquicklich sein. Es mag ja gebräuchlich sein, von dem *facilis descensus Averni* zu sprechen; doch wann immer es ums Klettern geht, so ist es, wie Catalani vom Singen gesagt hat, weit leichter, hinauf zu gelangen als hinunter. Im gegenwärtigen Fall empfinde ich keinerlei Mitgefühl – oder zumindest kein Mitleid – für denjenigen, der hinabstürzt. Es handelt sich bei ihm um ein sogenanntes monstrum horrendum, ein genialer Mensch ohne jede Skrupel. Sobald jedoch jene Dame, die der Präfekt als ›eine gewisse Persönlichkeit‹ bezeichnet hat, ihm Trotz bietet, und er sich dazu gezwungen sieht, den Brief zu öffnen, den ich für ihn in dem Kartengestell hinterließ, dann, das gebe ich zu, wüßte ich nur zu gern, was für Gedanken ihm durch den Kopf gehen.«

»Warum? Haben Sie etwas Besonderes hineingeschrieben?«

»Nun – es schien mir nicht ganz angemessen, das Innere vollkommen leer zu lassen – das wäre beleidigend gewesen. D- hat mir einmal in Wien einen üblen Streich gespielt, und ich sagte ihm damals gut gelaunt, daß ich ihm das nicht vergessen würde. Ich wußte, daß er hinsichtlich der Identität der Person, der es gelungen war, ihn zu überlisten, einige Neugier empfinden würde, und es wäre doch zu schade gewesen, wenn ich ihm keinen Hinweis gegeben hätte. Er ist mit meiner Handschrift wohlvertraut, und so habe ich auf die Mitte des leeren Blattes einzig die Worte geschrieben:

Un dessein si funeste,
S'il n'est digne d'Atrée, est digne de Thyeste.

Man kann sie in Crébillons ›Atrée‹ nachlesen.«

Faszination des Grauens

William Wilson

Wie sag ich's nur? Welch Worte kann ich finden für das uner-
bittliche GEWISSEN, jenes Gespenst, das sich erhebt auf meinem Wege?

Chamberlayne, *Pharronida*

Laßt uns annehmen, für den Augenblick, mein Name sei William Wilson. Es wäre müßig, das jungfräuliche Blatt Papier, das
nun vor mir liegt, mit meinem wahren Namen zu besudeln.
Dieser ist der Menschheit bereits zu sehr zum Gegenstand der
Abscheu – des Grauens – der Verachtung geworden. Haben
nicht die empörten Winde seine beispiellose Schande bis zu
den entlegensten Orten des Erdballs getragen? Ah, geächtet,
unter allen Geächteten der Einsamste! – bist du nicht der Welt
auf immer gestorben? Tot für ihre Ehren, ihre Blüten, ihre goldenen Erwartungen? – und hängt nicht zwischen dem Himmel
und deinem Hoffen in Ewigkeit eine Wolke, dicht, düster und
grenzenlos?

Es ist nicht mein Wille, selbst wenn ich es könnte, hier und
heute die Geschichte meines späteren Lebens in Worte zu kleiden; ein Leben voll unbeschreiblichem Elend und abscheuli-
cher Verbrechen. In dieser Zeit – während jener späteren Jahre
– wuchs meine Verderbtheit plötzlich ins Unermeßliche. Den
Ursprung dieser Verderbtheit zu bestimmen – das allein ist
gegenwärtig mein Bestreben. Die Niedertracht eines Menschen reift für gewöhnlich nach und nach heran. Meine
Tugend jedoch fiel von mir ab wie ein Mantel, von einem
Augenblick auf den anderen, ganz und gar. Verhältnismäßig
gering war der Grad meiner Schlechtigkeit, bevor ich mit dem
Schritt eines Riesen überging zu Ungeheuerlichkeiten, welche
selbst die eines Elagabal in den Schatten stellten. Welcher
Zufall – welch alleinige Begebenheit es war, die solches Übel

bewirkte, das laßt mich Euch nun erzählen. Der Tod nähert sich; und der Schatten, den er vorauswirft, hat einen mildernden Einfluß auf mein Gemüt genommen. Indem ich durch dies düstere Tal schreite, sehne ich mich nach dem Verständnis – beinahe hätte ich gesagt, nach dem Mitleid – meiner Mitmenschen. Ich wäre glücklich, wenn ich in ihnen den Glauben erwecken könnte, daß ich, in einem gewissen Grade, der Sklave von Umständen war, die außerhalb jeder menschlichen Macht lagen. Ich wünschte mir, daß sie zu meinen Gunsten in der Geschichte, die zu erzählen ich im Begriffe bin, inmitten einer Wildnis voller Irrtümer eine winzige Oase der *Unabwendbarkeit* entdecken. Ich wünschte mir, daß sie mir zugestehen – wie sie nicht umhin können, mir zuzugestehen – daß, mag es auch auf Erden vordem solch große Versuchung gegeben haben, zumindest nie ein Mensch *derart* versucht worden ist – gewißlich nie derart zu Fall kam. Und ist es nicht folglich so, daß nie ein Mensch derart gelitten hat? Habe ich nicht fürwahr in einem Traume gelebt? Und sterbe ich nicht als das Opfer des Schreckens und des Mysteriums einer Vision, wie es sie furchtbarer auf Erden nicht hätte geben können?

Ich bin der Abkömmling eines Geschlechts, das zu jeglicher Zeit bemerkenswert war für seinen Einfallsreichtum und sein leicht erregbares Temperament; und es ward bereits in meiner frühesten Kindheit offensichtlich, daß ich den Charakter der Familie zur Gänze geerbt hatte. Als ich mit den Jahren heranwuchs, bildete er sich immer stärker heraus; was aus vielerlei Gründen sehr zur Besorgnis meiner Freunde gereichte und mir selbst den größten Schaden zufügte. Ich wurde eigensinnig, überließ mich einer ungezügelten Launenhaftigkeit und wurde das Opfer unbeherrschbarer Leidenschaften. Meine Eltern, willensschwach und heimgesucht von körperlichen Gebrechen, unter denen auch ich zu leiden hatte, konnten recht wenig tun, um den üblen Neigungen Einhalt zu gebieten, die mich auszeichneten. Die ein oder andere klägliche und unbedachte Bemühung ihrerseits war restlos zum Scheitern verurteilt und führte unweigerlich zu einem völligen Triumph meinerseits. Von da an ward mein Wort zum Gesetz des Hauses; und in einem Alter, in dem die wenigsten Kinder sich des Gängelbands entledigt haben, war ich der Herrschaft meines eigenen Willens überlassen und wurde, wenn auch nicht dem Namen nach, zum Gebieter meines eigenen Handelns.

Meine frühesten Erinnerungen an die Schulzeit sind mit einem großen, weitläufigen Haus im elisabethanischen Stile verbunden, welches in einem von Nebel erfüllten, englischen Dorf gelegen war. Dort wuchsen unzählige riesige, knorrige Bäume, und ein jedes Haus war unendlich alt. Fürwahr, jenes ehrwürdige alte Dorf war ein Ort wie aus einem Traume, ein friedenspendender Ort. Selbst heute noch spüre ich, im Geiste, die erfrischende Kühle der schattigen Alleen, atme ich den Duft der allgegenwärtigen Sträucher und werde durchströmt von einer unbestimmten Freude bei dem tiefen, dumpfen Klang der Kirchglocke, die zu jeder Stunde mit ihrem düsteren, plötzlichen Brausen die Stille jener dämmrigen Stimmung durchbrach, in welcher der reichverzierte gotische Kirchturm im Schlafe zu liegen schien.

Es erscheint mir, als erschöpfe sich die Freude, die ich nunmehr überhaupt zu empfinden vermag, in der bis ins Kleinste gehenden Erinnerung an die Schule und deren Angelegenheiten. Von Elend durchdrungen, wie ich es bin – Elend, das ach! wahrhaftiger nicht sein könnte –, wird man es mir vergeben, daß ich ein wenig Erleichterung suche, mag sie auch noch so flüchtig sein, indem ich mich einigen weitläufigen Einzelheiten hingebe. Überdies sind es völlig belanglose und sogar lächerliche Dinge, doch gewinnen sie in meiner Vorstellung unversehens an Bedeutung, da sie mit einer Zeit und einem Ort in Verbindung stehen, woselbst ich nun die ersten, vieldeutigen Anzeichen jenes Schicksals erkenne, das mich späterhin so gänzlich überschatten sollte. So hört denn meine Erinnerung.

Das Haus war, wie ich schon sagte, alt und von unregelmäßiger Bauweise. Die Anlagen waren ausgedehnt, und es umgab sie eine hohe, festgefügte Steinmauer, deren Oberfläche mit Mörtel und Glasscherben bedeckt war. Dieser gefängnisähnli-

che Wall bildete die Grenze unseres Gebiets; dessen andere
Seite sahen wir nur dreimal die Woche – einmal jeden Samstag-
nachmittag, wenn es uns in Begleitung von zwei Lehrern
erlaubt war, in geschlossener Gruppe kurze Spaziergänge
durch die benachbarten Felder zu machen – und zweimal am
Sonntag, wenn man uns in derselben förmlichen Weise morgens und abends zum Gottesdienst in die einzige Kirche des
Ortes marschieren ließ. Diese Kirche hatte den Rektor unserer
Schule zum Pfarrer. Mit welch großem Erstaunen, mit welch tiefer Verwirrung betrachtete ich ihn sodann von unserer fernen
Bank auf der Empore aus, wenn er mit feierlichem und langsa-
mem Schritt die Kanzel erstieg! Dieser ehrfurchtgebietende
Mann, mit einem Antlitz von so schlichter Güte, mit einem so
glänzenden und geistlich wallenden Gewand, mit einer so
sorgfältig gepuderten Perücke, welche ebenso steif war wie
gewaltig – konnte dies denn der nämliche Mann sein, der eben
noch mit säuerlichem Gesicht, in vom Schnupftabak besudel-
ten Kleidern und mit der Rute in der Hand die drakonischen
Gesetze unserer Anstalt vollstreckt hatte? Oh, gigantisches
Paradoxum, zu ungeheuerlich, um es begreifen zu können!

In einer Ecke der mächtigen Mauer tat sich drohend ein
noch mächtigeres Tor auf. Es war vernietet und mit eisernen
Riegeln beschlagen und wurde von gezackten eisernen Spitzen gekrönt. Welch unendliche Ehrfurcht flößte es uns ein! Nie
ward es geöffnet, außer zu den drei regelmäßigen Ausgängen,
die bereits Erwähnung fanden; wenn dies geschah, ging uns in
jedem Knarren seiner gewaltigen Scharniere die Fülle eines
Geheimnisses auf – eine Welt von Dingen, die Anlaß gaben zu
erhabenen Worten oder noch erhabeneren Betrachtungen.

Das ausgedehnte Grundstück war von unregelmäßiger Form
und gewährte zahlreiche geräumige Nischen. Drei oder vier
der größten von ihnen bildeten den Spielplatz. Er war eben
und mit feinem, harten Kies bedeckt. Ich erinnere mich gut,
daß es in seinem Innern weder Bäume, noch Bänke, noch
sonst etwas Derartiges gab. Natürlich befand er sich an der
Rückseite des Hauses. An der Vorderseite gab es einen kleinen

WILLIAM WILSON

Ziergarten, der mit Buchsbaum und anderen Sträuchern
bepflanzt war; doch diesen geheiligten Bereich durchschritten
wir nur zu ganz seltenen Anlässen – wie zum Beispiel beim
ersten Betreten der Schule oder beim endgültigen Verlassen
derselben oder vielleicht, wenn wir von den Eltern oder einem
Bekannten abgeholt wurden, um an Weihnachten oder zu den
Sommerferien freudig nach Hause zu reisen.

Doch das Haus! – welch seltsames altes Gebäude war dies! –
in meinen Augen fürwahr ein verzauberter Palast! Wirklich gab
es kein Ende der verwinkelten Gänge – der unbegreiflichen
Unterteilungen. Es war an jedem beliebigen Ort nahezu
unmöglich, mit Sicherheit zu sagen, in welchem der zwei
Stockwerke man sich gegenwärtig befand. Von jedem Raume
aus zu jedem anderen Raum gab es unweigerlich zwei oder
drei Stufen, die entweder hinauf oder hinab führten. Darüber
hinaus ging die Anzahl der seitlichen Abzweigungen ins
Unendliche – ins Unvorstellbare –, und sie waren derart verschlungen, daß sich das deutlichste Bild, das uns von dem
gesamten Gebäude vorschwebte, nicht allzusehr von der Vorstellung unterschied, die wir von der Unendlichkeit hegten.
Während der fünf Jahre meines dortigen Aufenthaltes war ich
niemals in der Lage, mit Genauigkeit sagen zu können, an
welch abgelegenem Orte sich die kleine Schlafkammer befand,
die mir und achtzehn oder zwanzig anderen Schülern zugeteilt
war.

Das Schulzimmer war der größte Raum des Hauses – der
Welt, wie ich nicht umhin konnte zu denken. Es war sehr lang,
schmal und bedrückend niedrig, mit spitz zulaufenden gotischen Fenstern und einer Decke aus Eichenholz. In einer entfernten und furchteinflößenden Ecke war ein viereckiger Verschlag von acht oder zehn Fuß Breite, der das Sanctum unseres
Rektors, des Reverend Dr. Bransby, während der Stunden bildete. Es war ein solider Aufbau mit einer gewichtigen Tür, die
zu öffnen während der Abwesenheit des »Domine« keinem
von uns eingefallen wäre; lieber wären wir gestorben unter
den schlimmsten Folterqualen. In den anderen Ecken waren

257

zwei weitere, ähnliche Verschläge, weit weniger gefürchtet, doch flößten auch sie große Ehrfurcht ein. Die eine war die Kanzel des Lehrers, der die klassischen Fächer unterrichtete, die andere gehörte dem Lehrer des Englischen und der Mathematik. Über den Raum verteilt, in endloser Unregelmäßigkeit kreuz und quer gestellt, waren unzählige Schulbänke und Pulte. Letztere waren schwarz, uralt und abgenutzt, hoffnungslos überladen mit zerfledderten Büchern und derart mit Initialen, ganzen Namenszügen, grotesken Bildnissen und anderen, zahllosen Messerschnitzereien bedeckt, daß sie ihre ursprüngliche Form, die ihnen vielleicht in längst vergangenen Tagen einmal zu eigen gewesen waren, gänzlich verloren hatten. Ein riesiger Eimer mit Wasser stand an dem einen Ende des Raumes, und eine Wanduhr von gewaltigen Ausmaßen an dem anderen.

Umgeben von den mächtigen Mauern dieser ehrwürdigen Anstalt verbrachte ich, damals noch unbelastet von Langeweile oder Ekel, die Jahre des dritten Lustrums meines Lebens. Das übervolle Gemüt der Kindheit bedarf nicht der Ereignisse einer Außenwelt, um es zu beschäftigen oder zu unterhalten; und die scheinbar trostlose Eintönigkeit des Schullebens war mit ungleich mehr Aufregung erfüllt, als ich in reiferer Jugend aus dem Luxus oder im vollen Mannesalter aus dem Verbrechen habe gewinnen können. Doch drängt sich mir der Glaube auf, daß meine frühe geistige Entwicklung viel Ungewöhnliches enthielt – um nicht zu sagen, vieles, das ausgefallen war. Selten nur verbleiben, beim Menschen im allgemeinen, von dem frühesten Lebensalter irgendwelche sichtbaren Spuren im reiferen Alter. Alles ist ein grauer Schatten – eine schwache und bruchstückhafte Erinnerung – ein verschwommenes Zusammensuchen matter Freuden und trugbildhafter Schmerzen. Bei mir ist das jedoch anders. Mit der Leidenschaft eines Mannes muß ich in der Kindheit das gefühlt haben, was nunmehr in meine Erinnerung eingeprägt ist, in Linien, die so lebendig, so tief und so bleibend sind wie die Exerguen auf den kathargischen Münzen.

Doch wie wenig gab es in Wirklichkeit – betrachtet mit den Augen der Welt – woran es sich zu erinnern lohnte! Das morgendliche Aufwachen, die allabendliche Aufforderung, zu Bette zu gehen; die Maßregelungen und Vorträge; die regelmäßigen Feiertage, die Spaziergänge; der Spielplatz mit seinen wilden Streitereien, seinen Spielen und seinen Intrigen – dies alles ward mittels einer längst verlernten seelischen Zauberei in eine Wildnis der Empfindungen verwandelt, in eine unermeßlich ereignisreiche Welt, in ein Universum der verschiedensten Gefühle, des leidenschaftlichsten und gemütsbewegenden Aufruhrs. *»Oh, le bon temps, que ce siècle de fer!«*

Tatsächlich führte die Glut, der Überschwang und das Gebieterische meines Wesens bald dazu, daß ich unter meinen Schulkameraden eine hervorstechende Persönlichkeit wurde, was mir, ganz allmählich, eine Vorherrschaft über all jene verlieh, die nicht wesentlich älter waren als ich – über alle, mit einer einzigen Ausnahme. Diese Ausnahme bestand in der Person eines Schülers, der, obwohl nicht mit mir verwandt, denselben Vor- und Nachnamen trug wie ich – ein Umstand, der in Wahrheit nicht sehr bemerkenswert war; denn trotz meiner noblen Herkunft war mein Name von jenem gewöhnlichen Charakter, wie er schon seit ewigen Zeiten das Vorrecht des Pöbels gewesen zu sein scheint. In dieser Erzählung habe ich mich daher William Wilson genannt – ein erfundener Name, jedoch dem wahren Namen recht ähnlich. Aus der Reihe derer, die, wie man in der Schülersprache sagt, »unsere Bande« bildeten, war es allein mein Namensvetter, der sich erdreistete, sich in den Studien der Klasse – bei den Übungen und Kämpfen auf dem Spielplatz – mit mir messen zu wollen, der sich weigerte, meinen Behauptungen stillschweigend Glauben zu schenken oder sich meinem Willen zu unterwerfen – und der tatsächlich meinen willkürlichen Geboten in jeder nur denkbaren Weise Widerstand leistete. Wenn es auf Erden eine uneingeschränkte und absolute Despotie gibt, dann ist es in der Kindheit die Despotie eines herrischen Gemüts über die weniger starken Naturen seiner Kameraden.

Wilsons Rebellion verursachte mir die größte Verlegenheit – um so mehr, als ich, trotz der Angriffslust, mit der ich in der Gegenwart anderer ihn und seine Anmaßungen zu behandeln wußte, im geheimen spürte, daß ich ihn fürchtete. Ich konnte nicht umhin, die Ebenbürtigkeit, die er so mühelos zwischen uns aufrecht erhielt, für einen Beweis seiner tatsächlichen Überlegenheit zu halten; da es mich ein endloses Ringen kostete, nicht bezwungen zu werden. Diese Überlegenheit jedoch – ja selbst die Ebenbürtigkeit – wurde in Wahrheit von niemandem als mir anerkannt; unsere Kameraden, geschlagen mit einer unerklärlichen Blindheit, schienen sie nicht einmal zu ahnen. In der Tat war sein Wettstreit mit mir, sein Widerstand, und insbesondere sein unverschämtes und beharrliches Durchkreuzen all meiner Absichten kaum eine öffentliche Herausforderung zu nennen. Sowohl der Ehrgeiz, der mich trieb, als auch die leidenschaftliche Kraft des Geistes, die es mir ermöglichte, andere zu übertreffen, schienen ihm völlig abzugehen. Man hätte annehmen können, daß seine Rivalität allein dem seltsamen Bedürfnis entsprang, mir hinderlich zu sein, mich zu verblüffen oder zu beschämen; obwohl es Augenblicke gab, in denen ich nicht umhin konnte, mit einer Mischung aus Erstaunen, Groll und dem Gefühl der Erniedrigung zu bemerken, daß er seinen Hohn, seine Kränkungen oder seinen Widerspruch mit einer gewissen, äußerst unpassenden und gewißlich höchst unwillkommenen *Zuneigung* zu vermengen schien. Ich konnte mir dieses sonderbare Verhalten einzig so erklären, als daß es einer unglaublichen Überheblichkeit entsprang, welche sich in dem geschmacklosen Gehabe der Bevormundung und der Gönnerhaftigkeit ausdrückte.

Vielleicht war es dieser eben erwähnte Zug in Wilsons Benehmen, verbunden mit der Identität unserer Namen und dem erstaunlichen Zufall, daß wir am selben Tag in die Schule eingetreten waren, der unter den höheren Klassen der Anstalt die Meinung entstehen ließ, wir seien Brüder. Diese Klassen befassen sich für gewöhnlich nur sehr flüchtig mit den Angelegenheiten der Jüngeren. Ich habe bereits zuvor erwähnt, oder hätte es erwähnen sollen, daß Wilson in keiner Weise, auch nicht im entferntesten, mit meiner Familie verwandt war. Doch ist gewiß, daß, *wären* wir Brüder gewesen, wir Zwillinge hätten sein müssen; denn nachdem ich die Anstalt Dr. Bransbys verlassen hatte, erfuhr ich zufällig, daß mein Namensvetter am neunzehnten Januar des Jahres 1813 geboren wurde – und dies ist ein recht bemerkenswerter Umstand, denn auch meine eigene Geburt hat genau an diesem Tage stattgefunden.

Es mag seltsam anmuten, daß ich es trotz der unablässigen Sorge, die mir Wilsons Rivalität und sein unerträgliches, ewiges Widersprechen bereitete, nicht über mich brachte, ihn gänzlich zu hassen. Wir hatten, fürwahr, fast jeden Tag einen Streit, wobei es ihm auf irgendeine Weise jedesmal gelang, mir zwar öffentlich die Siegespalme zu überlassen, mich jedoch gleichzeitig spüren zu lassen, daß eigentlich er sie verdient gehabt hätte. Doch eine Regung des Stolzes auf meiner Seite und echte Würde auf der seinen ließen es nie dazu kommen, daß wir uns ganz und gar zerstritten. Auch gab es in unserem Wesen einige stark geistesverwandte Züge, und dieser Umstand entfachte ein Gefühl in mir, das vielleicht einzig durch unsere Stellung daran gehindert wurde, zur Freundschaft heranzureifen. Es ist schwierig, fürwahr, meine tatsächlichen Gefühle für ihn zu bestimmen oder auch nur zu beschreiben. Es war ein mannigfaltiges und schillerndes Gemisch – ein wenig mürrische Feindseligkeit, die noch nicht zum Haß geworden war; ein wenig Wertschätzung, mehr Achtung, viel Furcht und eine Welt beklommener Neugier. Dem Menschenkenner brauche ich nicht erst noch zu sagen, daß Wilson und ich die unzertrennlichsten Gefährten waren.

Es war zweifelsohne dieser ungewöhnliche Stand der Dinge zwischen uns, der es bewirkte, daß all meine Angriffe gegen ihn (und es gab derer viele, seien sie nun offen oder versteckt) zu Neckereien oder Streichen wurden (die, auch wenn sie als Spaß verkleidet waren, dennoch verletzen sollten), anstatt sich als ernstliche und entschlossene Feindschaft zu gestalten.

Doch meine Bemühungen in diese Richtung waren durchaus nicht immer von Erfolg gekrönt, selbst wenn meine Pläne noch so geistreich ausgeheckt waren; denn mein Namensvetter hatte in seinem Wesen viel von jener bescheidenen und ruhigen Ernsthaftigkeit, die, während sie die Schärfe ihrer eigenen Scherze genießt, selbst keine Achillesferse besitzt und es gänzlich von sich weist, Gegenstand des Gelächters zu werden. Ich konnte tatsächlich nur einen verwundbaren Punkt finden, der in einer persönlichen Eigenart lag und womöglich von einem körperlichen Leiden herrührte und der daher von jedem anderen Gegner als mir, der ich mir keinen Rat mehr wußte, verschont geblieben wäre. Mein Rivale litt unter einer Schwäche der Sprechorgane, die es ihm verwehrte, sich anders als in einem sehr *leisen Flüstern* verständlich zu machen. Mir dieses Gebrechen, so gut es eben ging zu Nutze zu machen, scheute ich mich nicht.

Wilsons Vergeltungsschläge waren mannigfaltig; und es gab einen Streich, den er mir spielte, welcher mich über die Maßen verdroß. Wie es gekommen war, daß er in seiner Klugheit überhaupt erst entdeckt hatte, daß eine so geringfügige Sache mich peinigen würde, ist eine Frage, auf die ich nie eine Antwort finden konnte; doch nachdem er es einmal gefunden hatte, wandte er dies Ärgernis nur zu oft gegen mich an. Ich hatte schon immer eine Abneigung gegen meinen so wenig vornehmen Familiennamen und den sehr gewöhnlichen, wenn nicht gar plebejischen Vornahmen empfunden. Die Worte waren mir Gift in den Ohren; und als an dem Tag meiner Ankunft ein zweiter William Wilson in der Anstalt eintraf, ergriff mich eine Wut auf ihn, weil er diesen Namen trug, und es ekelte mich um so mehr vor diesem Namen, als er einem Fremden zu eigen war, der Anlaß zu dessen zwiefacher Wiederholung geben, unablässig in meiner Nähe sein würde und dessen Angelegenheiten, jenes verhaßten Zufalls wegen, im gewöhnlichen Ablauf der schulischen Belange unvermeidlich mit den meinigen verwechselt werden würden.

Das Gefühl des Verdrusses, das dadurch erzeugt worden

WILLIAM WILSON

war, wuchs mit jedwedem Umstand, in dem sich eine Ähnlichkeit, ob geistig oder körperlich, zwischen mir und meinem Rivalen ausdrückte. Zu jener Zeit hatte ich die bemerkenswerte Tatsache, daß wir gleichaltrig waren, noch nicht entdeckt; doch ich sah, daß wir gleich groß waren, und bemerkte, daß wir uns sogar außergewöhnlich ähnlich waren, sowohl in den allgemeinen Konturen des Körpers als auch in unseren Gesichtszügen. Auch ärgerte ich mich maßlos über das Gerücht unserer Verwandtschaft, das in den älteren Jahrgängen umging. In einem Wort, nichts konnte mich in größere Wut versetzen (obwohl ich dieses Gefühl sorgsam zu verbergen wußte), als jegliche Anspielung auf eine Ähnlichkeit des Geistes, der Gestalt oder der Verhältnisse, die zwischen uns bestehen mochte. In Wahrheit jedoch hatte ich keinerlei Grund zu glauben, daß diese Ähnlichkeit (mit Ausnahme der angeblichen Verwandtschaft und von Wilsons eigener Person) jemals Gegenstand einer Bemerkung gewesen oder überhaupt nur von unseren Mitschülern wahrgenommen worden wäre. Daß er sie in all ihrer Tragweite und genauso unverwandt bemerkte wie ich, war offensichtlich; doch daß er in solcherlei Umständen eine derart fruchtbare Quelle des Ärgernisses entdeckt hatte, konnte ich nur, wie ich bereits erwähnte, seinem außergewöhnlichen Scharfsinn zuschreiben.

Anregung für eine perfekte Imitation meiner Person gewann er aus Worten wie Taten; und er spielte seine Rolle ganz ausgezeichnet. Meine Kleidung nachzuahmen, war nicht im geringsten schwierig; meinen Gang und mein allgemeines Benehmen eignete er sich mit Leichtigkeit an; und trotz seines körperlichen Gebrechens ließ er selbst meine Stimme nicht aus. Daß er meine lauteren Töne nicht nachzuahmen versuchte, versteht sich von selbst; die Art und Weise des Sprechens jedoch stimmte ganz und gar überein; *und sein seltsames Flüstern wurde zum vollkommenen Echo meiner selbst.*

Zu beschreiben, wie ganz außerordentlich mir dieses vorzügliche Portrait zusetzte (denn es als Karikatur zu bezeichnen, wäre durchaus falsch), möchte ich hier und jetzt gar nicht erst versuchen. Ich besaß lediglich einen einzigen Trost – und dieser lag in der Tatsache, daß die Imitation anscheinend von niemandem als mir bemerkt wurde und ich so einzig das wissende und merkwürdig sarkastische Lächeln meines Namensvetters selbst zu ertragen hatte. Zufrieden, daß er in meinem Gemüt die beabsichtigte Wirkung erzielt hatte, schien er im geheimen über den Stachel zu kichern, den er mir ins Fleisch gesetzt hatte. Es schien ihm bezeichnenderweise nicht im geringsten an dem öffentlichen Applaus zu liegen, den der Erfolg seiner geistreichen Bemühungen so leicht hätte erringen können. Daß die Schule tatsächlich seine Absicht nicht ahnte, seine Geschicklichkeit nicht bemerkte und nicht an seinem Spotte teilnahm, das blieb mir viele bedrückende Monate lang ein Rätsel, das ich nicht zu lösen vermochte. Vielleicht waren es die *Schattierungen* in seiner Kopie, die es so schwierig machten, sie überhaupt zu bemerken; oder vielleicht verdankte ich meine Sicherheit auch dem meisterlichen Gebaren des Kopisten, der eine buchstabengetreue Darstellung verschmähte (welche alles ist, was der Begriffsstutzige in einem Gemälde zu sehen vermag) und der statt dessen den innewohnenden Geist seines Originals wiedergab, gedacht für meine individuelle Betrachtung und zu meinem Kummer.

Ich habe bereits mehr als einmal von jenem widerlichen Gehabe der Gönnerhaftigkeit gesprochen, das er mir gegenüber annahm, sowie von seiner häufigen und beflissenen Einmischung in meinen Willen. Diese Einmischung geschah oft in der rüden Gestalt eines Ratschlags; jedoch wurde dieser Rat nicht offen gegeben, sondern nur mittelbar angedeutet. Ich nahm ihn mit einem Abscheu entgegen, der mit den Jahren, in denen ich heranwuchs, immer stärker wurde. Doch nun, da ich dieser so weit zurückliegenden Zeit gedenke, möchte ich ihm Gerechtigkeit widerfahren lassen, indem ich eingestehe, daß ich mich an keine Gelegenheit erinnern kann, in der die Anregungen meines Rivalen auf der Seite jener Irrtümer und Torheiten gestanden hätten, die sonst für solch unreifes Alter und scheinbare Unerfahrenheit bezeichnend waren. Sein morali-

scher Sinn zumindest, wenn auch nicht seine allgemeine Bega-
bung oder seine Kenntnis der Welt, übertraf den meinen bei
weitem; und vielleicht wäre ich heute ein besserer und somit
glücklicherer Mensch, wenn ich nicht ganz so häufig von mir
gewiesen hätte, was er mir in seinem vielsagenden Flüstern zu
raten hatte; jenes Flüstern, das ich damals nur zu sehr von Herzen haßte und nur zu bitterlich verachtete.

So, wie die Dinge standen, wurde mir schließlich seine ver-
haßte Aufsicht immer unerträglicher, und ich ließ mir täglich
mehr anmerken, wie sehr ich ihm das, was ich für seine Überheblichkeit hielt, übelnahm. Ich sagte bereits, daß in den ersten
Jahren unseres Zusammenseins als Schulkameraden meine
Gefühle gegen ihn leicht hätten zur Freundschaft heranwach-
sen können; doch während der letzten Monaten meines Aufenthalts in der Anstalt waren meine Empfindungen, obgleich
das Störende in seinem alltäglichen Verhalten zweifelsohne in
gewissem Grade nachgelassen hatte, in fast demselben Maße
zum Haß geworden. Bei einer Gelegenheit bemerkte er dies,
so glaube ich, und mied mich daraufhin oder versuchte jedenfalls, den Eindruck zu erwecken, als meide er mich.

Es war ungefähr zur selben Zeit, wenn ich mich recht erinnere, im Verlaufe einer heftigen Auseinandersetzung mit ihm,
während derer er mehr als sonst aus dem Gleichgewicht geraten war und mit einer Offenheit sprach und handelte, die seinem Wesen ansonsten überhaupt nicht entsprach, daß ich in
seinem Tonfall, seiner Miene und seinem gesamten Auftreten
etwas entdeckte, das mich zunächst erschreckte und sodann
zutiefst meine Aufmerksamkeit fesselte, indem es mir ver-
schwommene Bilder aus meiner Kindheit durch den Kopf
gehen ließ – wirre, schattenhaft durcheinanderwirbelnde Erinnerungen aus einer Zeit, in der die Erinnerung selbst noch gar
nicht geboren war. Das auf mir lastende Gefühl läßt sich nur so
beschreiben, als daß ich von dem Eindruck übermannt wurde,
jenes Wesen, das vor mir stand, bereits zu kennen, aus längst
vergangenen Tagen – in einer unendlich weit in der Vergangenheit zurückliegenden Zeit. Dieses Trugbild verschwand

jedoch ebenso rasch, wie es gekommen war; und ich erwähne es nur, um einen Eindruck jenes Tages zu vermitteln, an dem ich mich zum letzten Mal mit meinem seltsamen Namensvetter unterhielt.

In dem riesigen alten Haus mit seinen zahllosen Unterteilungen gab es einige große, miteinander in Verbindung stehende Kammern, in welchen die meisten der Schüler ihre Schlafplätze hatten. Es fanden sich jedoch (wie es bei einem so ungünstig entworfenen Gebäude notwendig der Fall sein mußte) zahlreiche Winkel und Nischen, die Flicken des Bauwerks sozusagen, welche durch die erfinderische Sparsamkeit des Dr. Bransby ebenfalls zu Schlafräumen umgewandelt worden waren. Da es sich dabei jedoch lediglich um winzige Verschläge handelte, konnte immer nur eine Person in ihnen untergebracht werden. In einer dieser kleinen Kammern wohnte Wilson.

Eines Nachts, gegen Ende des fünften Jahres meines Aufenthalts in der Schule und unmittelbar nach der eben erwähnten Auseinandersetzung, erhob ich mich aus meinem Bett, nachdem ich mich davon überzeugt hatte, daß alle anderen in tiefem Schlaf lagen, und stahl mich mit der Lampe in der Hand durch die Wildnis der schmalen Gänge von meiner eigenen Schlafkammer zu derjenigen meines Rivalen. Ich hatte schon seit längerer Zeit den Plan zu einem jener geschmacklosen Streiche auf seine Kosten ausgeheckt, in denen ich bisher so gänzlich erfolglos geblieben war. Es war nunmehr meine Absicht, diesen Plan in die Tat umzusetzen, und ich war entschlossen, ihn das gesamte Ausmaß jener Böswilligkeit spüren zu lassen, von der ich durchdrungen war. An seinem Verschlag angekommen, ließ ich die mit einer Blende verhüllten Lampe vor der Türe stehen und trat geräuschlos ein. Dann tat ich einen Schritt vor und lauschte dem Klang seines ruhigen Atems. Überzeugt davon, daß er schlief, kehrte ich um, nahm die Lampe und näherte mich damit erneut seinem Bett. Es war von einem dichten Vorhang umgeben, den ich, meinem Plane folgend, langsam und leise auseinanderschob, als das helle

Licht plötzlich den Schlafenden erleuchtete und mein Blick im selben Moment auf sein Angesicht fiel. Ich sah – und sogleich befiel eine eisige Starre meinen ganzen Körper. Es wogte in meiner Brust, meine Knie schlugen zitternd zusammen, mein ganzes Gemüt wurde von einem ebenso gegenstandslosen wie unerträglichen Grauen erfaßt. Ich senkte, nach Atem ringend, die Lampe näher an sein Gesicht heran. Waren dies – *dies* die Züge William Wilsons? Ich sah in der Tat, daß es die seinen waren, doch der Wahn, sie seien es nicht, ließ mich zittern, als hätte ich Schüttelfrost. Was *war* es in ihnen, das mich derart verwirrte? Ich schaute – während sich mir der Kopf in einer Fülle wirrer Gedanken drehte. Dies war nicht seine Erscheinung – *so* ganz gewiß nicht – in der Lebhaftigkeit seiner wachen Stunden. Derselbe Name! dieselbe Gestalt! derselbe Tag der Ankunft in der Anstalt! Und dann seine hartnäckige und sinnlose Nachahmung meines Gangs, meiner Stimme, meiner Gewohnheiten und meines Verhaltens! Lag es denn, wahrhaftig, im Bereiche des menschlich Möglichen, daß das, *was ich nun sah,* einzig das Ergebnis jenes unablässigen, sarkastischen Nachäffens war? Mich überlief ein kalter Schauder, und betäubt vor Schrecken löschte ich die Lampe, huschte leise aus dem Zimmer und verließ auf der Stelle die Hallen jener ehrwürdigen Anstalt, um sie niemals wieder zu betreten.

Nachdem ich zu Hause einige Monate lang dem Müßiggang gefrönt hatte, fand ich mich als Student in Eton wieder. Dieser kurze Zeitraum war ausreichend gewesen, um meine Erinnerung an die Ereignisse im Hause Dr. Bransbys abzuschwächen,oder zumindest um eine grundlegende Veränderung in den Gefühlen zu bewirken, mit denen ich mich ihrer erinnerte. Die Wahrhaftigkeit – die Tragik – jenes Dramas war verschwunden. Ich fand nun den nötigen Abstand, um an dem Zeugnis meiner Sinne zu zweifeln; und selten nur rief ich mir die Begebenheit ins Gedächtnis, ohne daß ich über das Ausmaß menschlicher Leichtgläubigkeit gestaunt oder über die Lebhaftigkeit meiner Phantasie gelächelt hätte, welche ich von meinen Vorfahren geerbt hatte. Auch war das Leben, das ich in

Eton führte, keineswegs geeignet, um diese skeptische Haltung irgend zu beeinträchtigen. Der Strudel gedankenloser Torheiten, in den ich mich so unverzüglich und so leichtsinnig stürzte, spülte bis auf den flüchtigen Eindruck der eben erst vergangenen Stunden alles hinweg, ertränkte sogleich jeden klaren oder ernstlichen Gedanken und hinterließ der Erinnerung aus dem früheren Leben nichts als leichtfertiges Gelächter.

Doch soll es hier nicht mein Anliegen sein, den Spuren meiner dortigen, elenden Lasterhaftigkeit nachzugehen – eine Lasterhaftigkeit, welche die Gesetze gänzlich mißachtete, während sie sich gleichzeitig der Wachsamkeit ihrer Hüter zu entziehen wußte. Drei Jahre der Torheit, ohne jeglichen Gewinn verbracht, dienten einzig dazu, die Gewohnheiten des Lasters tief in mir zu verwurzeln und meiner Gestalt in recht ungewöhnlichem Maße größere Fülle zu verleihen. Eines Abends lud ich, nachdem ich bereits eine Woche voll seelenloser Zerstreuungen verbracht hatte, eine kleine Gesellschaft von denkbar zügellosen Studenten zu einem geheimen Gelage in meine Gemächer ein. Wir trafen uns zu später Stunde; denn unsere Ausschweifungen sollten sich gewohnheitsgemäß bis zum Morgen hinziehen. Der Wein floß in Strömen, und es fehlte nicht an anderen und womöglich gefährlicheren Verlockungen; so daß bereits das Grau der Dämmerung am Horizont aufgestiegen war, als unsere unmäßigen Exzesse ihren Höhepunkt fanden. Im wilden Taumel des Kartenspiels und der Trunkenheit war ich gerade im Begriffe, einen Trinkspruch von mehr als gewöhnlicher Lästerlichkeit in die Runde zu rufen, als meine Aufmerksamkeit plötzlich dadurch abgelenkt wurde, daß draußen die Türe zu meiner Wohnung heftig, wenn auch nur halb aufgerissen wurde und die pflichteifrige Stimme eines Dienstboten erklang. Er berichtete, daß eine Person, offensichtlich in größter Eile, in der Eingangshalle mit mir zu sprechen wünsche.

Vom Weine wild erregt, war ich von der unerwarteten Unterbrechung eher entzückt als überrascht. Ich taumelte sogleich zur Tür, und ein paar Schritte brachten mich zur Vorhalle des

Gebäudes. In diesem niedrigen und schmalen Raum hing keine Lampe; und zu dieser Zeit gab es dort so gut wie kein Licht, abgesehen von der matten Dämmerung, die sich durch die halbrunden Fenster hereinstahl. Als ich den Fuß über die Schwelle setzte, wurde ich der Gestalt eines Jünglings gewahr, der ungefähr meine Größe besaß und in einen Morgenrock aus weißem Kaschmir gekleidet war, geschnitten in demselben modernen Stile wie der meinige, den ich in diesem Augenblick trug. Soviel konnte ich bei dem schwachen Licht erkennen; die Züge seines Gesichtes jedoch konnte ich nicht ausmachen. Kaum war ich eingetreten, kam er mir hastig entgegen, nahm mich mit einer aufgebrachten Geste ungeduldig am Arm und flüsterte mir die Worte »William Wilson!« ins Ohr.

Auf der Stelle wurde ich völlig nüchtern.

Es lag etwas in dem Verhalten des Fremden und in dem Zittern seines erhobenen Fingers, welchen er zwischen meine Augen und das Licht hielt, das mich mit maßlosem Erstaunen erfüllte; doch das war es nicht, was mich so heftig erschüttert hatte. Es war die in so seltsamem, leisem und zischendem Tone gesprochene Ermahnung, ernst und bedeutungsschwer; und vor allem war es der Charakter, der Klang, *der Tonfall* der wenigen, einfachen, vertrauten und doch *geflüsterten Silben,* der tausend wirre Erinnerungen an längst vergangene Tage mit sich brachte und mir zutiefst in die Seele fuhr, so als hätte mich der Schock einer galvanischen Batterie getroffen. Noch ehe ich wieder zu mir kam, war er verschwunden.

Obwohl diese Begebenheit es nicht verfehlte, einen tiefen Eindruck auf meine verworrene Phantasie zu machen, war sie doch ebenso rasch wieder vergessen. Einige Wochen lang jedoch dachte ich tatsächlich ernsthaft darüber nach und hüllte mich in eine Wolke trübsinniger Spekulationen. Ich versuchte gar nicht erst, mir hinsichtlich der Identität jenes seltsamen Individuums etwas vorzugaukeln, das sich so hartnäckig in meine Angelegenheiten mischte und mich mit seinem aufdringlichem Rat belästigte. Doch wer oder was war dieser Wilson? – wo kam er her? – und was war seine Absicht? Keine dieser Fragen konnte ich beantworten; es gelang mir lediglich, über ihn in Erfahrung zu bringen, daß er die Anstalt Dr. Bransbys wegen eines plötzlichen Unglücks in seiner Familie am Nachmittag desselben Tages verlassen hatte, an dem ich selbst auf und davon gegangen war. Innerhalb kürzester Zeit jedoch gab ich es auf, über die Angelegenheit nachzudenken, denn meine Aufmerksamkeit wurde völlig von der Übersiedlung nach Oxford in Anspruch genommen, der ich entgegensah. Dorthin nahm ich dann auch baldigst meinen Weg. Die unbedachte Eitelkeit meiner Eltern hatte mich mit einer Ausstattung und einem jährlichen Einkommen versehen, mit Hilfe dessen ich mich nach Belieben jenen kostspieligen Ausschweifungen würde hingeben können, die mir bereits so unverzichtbar geworden waren – und welches mich in die Lage versetzte, mit den hochmütigsten Erben der vermögendsten Grafschaften Englands im Verschleudern des Geldes zu wetteifern.

Von einem solchen Freibrief zum Laster begeistert, brach mein ererbtes Temperament mit doppelter Glut hervor, und ich verschmähte es gar, mich in den wilden Narrheiten meiner Feste den üblichen Einschränkungen der Schicklichkeit zu unterwerfen. Doch wäre es unsinnig, mich mit den Einzelheiten meiner Verschwendungssucht aufzuhalten. Es mag genügen zu sagen, daß ich darin sogar dem Teufel Konkurrenz machte und daß ich dem langen Katalog des Lasters, welcher damals in der sittenlosesten aller Universitäten Europas üblich war, einen recht umfangreichen Anhang schenkte, indem ich einer Fülle nie gekannter Torheiten einen Namen verlieh.

Man wird es jedoch, selbst wenn man den Ort in Betracht zieht, kaum glauben wollen, daß ich, meines vornehmen Standes vergessend, so tief gefallen war, mit den übelsten Künsten der beruflichen Glücksspieler in Bekanntschaft zu treten, und daß ich, nachdem ich ein Meister ihrer verabscheuungswürdigen Wissenschaft geworden war, sie regelmäßig anwandte, um mein ohnehin riesiges Vermögen auf Kosten der Schwächeren unter meinen Kommilitonen noch zu vermehren. Dies war jedoch in der Tat der Fall. Und gerade die Unge-

WILLIAM WILSON

heuerlichkeit dieses Vergehens gegen jedes aufrechte und ehrhafte Gefühl war ohne Zweifel der hauptsächliche, wenn nicht gar der einzige Grund dafür, daß es ungeahndet blieb. Wer, in der Tat, selbst unter den verkommensten meiner Genossen hätte nicht lieber bezweifelt, was er nur zu deutlich mit eigenen Augen sah, als den fröhlichen, den offenherzigen, den freigiebigen William Wilson eines solchen Vergehens zu verdächtigen – den vornehmsten und großzügigsten Studenten Oxfords – dessen Torheiten (so sagten seine Parasiten) lediglich die Torheiten der Jugend und der ungezügelten Lebenslust waren – dessen Irrtümer nichts waren als unnachahmliche Launen – dessen schwärzeste Schandtaten nur einem unbekümmerten und schneidigen Hang zum Außergewöhnlichen gleichkamen?

Ich hatte mich zwei Jahre lang erfolgreich auf diese Weise beschäftigt, als ein junger Edelmann, ein Emporkömmling, an die Universität kam. Sein Name war Glendinning, und man sagte von ihm, er sei so reich wie Herodes Atticus – und habe seine Reichtümer auf ähnlich leichte Weise erworben. Ich entdeckte bald, daß er nicht allzu klug war, und behielt ihn mir daher natürlich als passendes Opfer meiner Geschicklichkeit vor. Oft forderte ich ihn zum Spiele auf und brachte es zuwege, nach Art erfahrener Spieler, ihn beträchtliche Summen gewinnen zu lassen, um ihn so nur um so mehr in meine Fallstricke zu verwickeln. Als mir schließlich die Zeit gekommen zu sein schien, da mein Plan Früchte tragen sollte, traf ich ihn (mit der vollen Absicht, daß diese Zusammenkunft entscheidenden und endgültigen Charakter haben sollte) in den Gemächern eines Kommilitonen (Mr. Preston), der mit uns beiden gleichermaßen vertraut war, der jedoch, um ihm Gerechtigkeit widerfahren zu lassen, nicht den geringsten Verdacht hinsichtlich meiner Absichten hegte. Um dem Ganzen einen besseren Anstrich zu verleihen, hatte ich es bewerkstelligt, dort eine Gruppe von acht oder zehn Leuten zu versammeln, und war darüber hinaus sorgsam darum bemüht, daß das Kartenspiel scheinbar zufällig vorgeschlagen wurde und daß dieser Vor-

WILLIAM WILSON

schlag von dem von mir ins Auge gefaßten Opfer selbst kam. Um mich jedoch über dies abscheuliche Thema kurz zu fassen, möchte ich nur anmerken, daß keine jener niedrigen Finessen ausgelassen wurde, die zu ähnlichen Gelegenheiten so üblich sind; und es ist nur zu erstaunlich, wie irgend jemand noch närrisch genug sein kann, ihnen zum Opfer zu fallen.

Unser Spiel hatte sich bis spät in die Nacht hingezogen, und es gelang mir schließlich zu bewirken, daß Glendinning mein alleiniger Gegner wurde. Darüber hinaus spielten wir das von mir bevorzugte Écarté. Die übrigen Mitglieder der Gesellschaft, deren Interesse durch das Ausmaß unseres Spiels geweckt worden war, brachen ihre eigenen Partien ab und standen als Zuschauer um uns herum. Der *Parvenu*, den ich durch eine List dazu gebracht hatte, während der frühen Abendstunden recht heftig zu trinken, zeigte nunmehr in der Art, wie er mischte, austeilte oder spielte, eine wilde Nervosität, die, wie ich dachte, nur zum Teil auf seine Trunkenheit zurückgeführt werden konnte. Innerhalb kürzester Zeit war er in hohem Maße mein Schuldner geworden. Schließlich, nachdem er einen tiefen Schluck Portwein aus seinem Glase genommen hatte, tat er genau das, was ich kaltblütig erwartet hatte – er schlug vor, unseren ohnehin überhöhten Einsatz noch zu verdoppeln. Mit gut gespieltem, scheinbarem Widerstreben und erst nachdem meine wiederholte Weigerung ihn zu einigen ärgerlichen Worten veranlaßt hatte, die meinem Nachgeben eine pikante Note verliehen, willfahrte ich ihm schließlich. Das Ergebnis diente natürlich einzig dem Beweis, wie tief sich das Opfer bereits in meinen Schlingen verfangen hatte; in weniger als einer Stunde hatten sich seine Schulden vervierfacht. Seit einiger Zeit bereits hatte sein Antlitz die lebhafte Farbe verloren, die der Wein ihm verliehen hatte; doch nun bemerkte ich zu meinem Erstaunen, daß es eine wahrhaft fürchterliche Blässe annahm. Ich sage, zu meinem Erstaunen. Glendinning war mir auf meine eifrigen Nachfragen hin als unermeßlich reich beschrieben worden; und die Summe, die er bis dahin verloren hatte, konnte ihn, wie ich annahm, wenn sie auch außerordentlich hoch war, nicht ernstlich in Verdruß bringen, noch viel weniger derart heftig betroffen machen. Daß ihn der eben getrunkene Wein übermannt hatte, war der Gedanke, der sich mir am ehesten aufdrängte; und ich war im Begriffe, mehr mit der Absicht, mein Ansehen in den Augen meiner Kameraden nicht zu gefährden als aus irgendwelchen uneigennützigen Beweggründen, nachdrücklich darauf zu bestehen, das Spiel abzubrechen, als einige Bemerkungen, die unter den neben mir stehenden Herren laut wurden, und ein Ausruf der höchsten Verzweiflung seitens Glendinnings mir zu verstehen gaben, daß ich seinen vollkommenen Ruin bewirkt hatte. Dies war unter Umständen geschehen, die ihm das Mitleid aller eintrugen und ihn vor den üblen Bedrängnissen selbst eines Teufels hätten schützen müssen.

Wie sich in der gegenwärtigen Lage mein Verhalten gestaltet hätte, ist schwer zu sagen. Der bemitleidenswerte Zustand meines Opfers hatte alle Anwesenden in eine peinlich bewegte, düstere Stimmung versetzt; und einige Augenblicke lang herrschte eine tiefe Stille, während derer ich nicht umhin konnte zu spüren, wie mir die Wangen brannten unter den flammenden Blicken des Vorwurfs und der Verachtung, die mir die weniger verderbten Mitglieder der Gesellschaft zuwarfen. Ich gestehe sogar, daß eine unerträgliche und beklemmende Last für einen kurzen Augenblick von mir gehoben wurde, als daraufhin eine plötzliche und außergewöhnliche Unterbrechung erfolgte. Die breiten, schweren Flügeltüren des Appartements wurden jählings mit einem solch heftigen und hastigen Ungestüm in ihrer ganzen Weite aufgerissen, daß jegliche Kerze im Zimmer wie durch Zauberei ausgelöscht wurde. Ihr ersterbendes Licht ermöglichte es uns eben noch zu erkennen, daß ein Fremder eingetreten war, der ungefähr meine Größe besaß und eng in einen Mantel geschlungen war. Es herrschte jedoch nunmehr völlige Dunkelheit; und wir konnten lediglich *spüren,* daß er in unserer Mitte stand. Bevor sich auch nur einer von uns von dem übermäßigen Erstaunen erholen konnte, in das uns diese Grobheit versetzt hatte, erklang die Stimme

des Eindringlings. »Werte Herren«, so sprach er, in einem leisen, deutlichen und unvergeßlichen *Flüstern,* das mir bis ins
Mark fuhr, »werte Herren, ich bitte Sie für mein Verhalten nicht
um Verzeihung, denn ich erfülle dadurch einzig meine Pflicht.
Sie sind, ohne Zweifel, nicht vertraut mit dem wahren Charakter jener Person, welche heute im Écarté eine riesige Summe
Geldes von Lord Glendinning gewonnen hat. Ich werde Ihnen
daher die Möglichkeit an die Hand geben, in prompter und
entschiedener Weise die so notwendige Auskunft zu erlangen.
Ich bitte Sie, sobald es Ihnen beliebt, das Innenfutter seines linken Ärmels zu untersuchen, ebenso wie mehrere kleine
Päckchen, die sich in den recht geräumigen Taschen seines
bestickten Morgenmantels finden lassen.«

Während er sprach, herrschte eine so vollkommene Stille,
daß man eine Stecknadel hätte fallen hören können. Nachdem
er geendet hatte, verschwand er so plötzlich und jäh, wie er
gekommen war. Kann ich – soll ich meine Gefühle beschreiben? – muß ich noch sagen, daß ich das übermäßige Grauen
eines Verdammten verspürte? Fest stand jedoch, daß ich wenig
Zeit hatte zum Nachdenken. Ich wurde sofort von zahlreichen
Händen ergriffen, und man zündete unverzüglich die Kerzen
wieder an.

Es folgte eine Durchsuchung. In dem Futter meines Ärmels
fand man all jene Bildkarten, die von wesentlicher Bedeutung
für das Écarté-Spiel sind, und in den Taschen meines Morgenmantels eine Anzahl von Kartenspielen, die eine genaue Kopie
derer waren, mit denen wir gespielt hatten, mit der einzigen
Ausnahme, daß die meinigen von einer Sorte waren, die man
in der Fachsprache *Arrondées* nennt und bei denen die
Trumpfkarten an der oberen Kante, die niedrigeren Karten
jedoch an der seitlichen Kante leicht gewölbt waren. In dieser
Weise wird der Betrogene, der, wie es üblich ist, die Karten der
Länge nach abhebt, seinem Gegner unvermeidlich zum Vorteile abheben, während der Falschspieler, indem er der Breite
nach abhebt, seinem Opfer ebenso gewiß ein Blatt zuteilen
wird, das für das Ergebnis des Spiels völlig wertlos ist.

Ein Ausbruch der Empörung hätte mich weit weniger gepeinigt als die stillschweigende Verachtung, ja, die sarkastische Fassung, mit der diese Entdeckung aufgenommen wurde.

»Mr. Wilson«, sprach unser Gastgeber, indem er sich bückte, um vom Boden einen äußerst luxuriösen Pelzmantel aus seltenem Fell aufzuheben, »Mr. Wilson, dies ist Ihr Eigentum.« (Es herrschte ein kaltes Wetter, und ich hatte mir, als ich meine Gemächer verließ, über meinen Morgenrock einen Mantel geworfen, den ich bei meiner Ankunft an der Stätte des Kartenspiels wieder ausgezogen hatte.) »Ich denke, es ist wohl überflüssig, hier (und er betrachtete die Falten des Kleidungsstückes mit einem bitteren Lächeln) nach weiteren Beweisen für Ihre Fertigkeit zu suchen. In der Tat, wir hatten bereits genug davon. Sie werden erkennen, so hoffe ich, daß es notwendig ist, daß Sie Oxford verlassen – auf jeden Fall jedoch bitte ich Sie, unverzüglich meine Gemächer zu verlassen.«

Erniedrigt und zu Tode gedemütigt, wie ich es in diesem Augenblicke war, hätte ich wahrscheinlich eine solch giftige Rede unverzüglich mit einem Faustschlag beantwortet, wenn nicht gegenwärtig meine ganze Aufmerksamkeit von einer höchst erstaunlichen Tatsache in Anspruch genommen worden wäre. Der Mantel, den ich getragen hatte, war aus einem äußerst seltenen Fell gefertigt; wie selten und wie verschwenderisch kostbar, wage ich kaum zu sagen. Auch der Schnitt des Kleidungsstücks entstammte meinem eigenen, ausgefallenen Entwurf; denn ich war in solch frivolen Dingen überaus heikel, und war in absurdem Maße dem Stutzertum anheimgefallen. Als mir daher Mr. Preston den Mantel reichte, den er nahe den Flügeltüren vom Boden aufgehoben hatte, bemerkte ich mit Erstaunen, ja, fast mit Schrecken, daß mir mein eigener Mantel bereits über dem Arme lag (wohin ich ihn zweifelsohne ganz unbewußt gehängt hatte) und daß das Kleidungsstück, das er mir hinhielt, in jeder Hinsicht, bis hinein in die winzigsten Einzelheiten, sein genaues Gegenstück war. Das seltsame Wesen, das mich auf so verheerende Weise bloßgestellt hatte, war, wie ich mich erinnerte, in einen Mantel gehüllt gewesen; und kein anderes Mitglied der Gesellschaft außer mir hatte überhaupt einen Mantel getragen. Da ich mir ein gewisses Maß an Geistesgegenwart hatte bewahren können, nahm ich den Mantel, den Preston mir darbot, legte ihn unbemerkt über meinen eigenen, verließ die Wohnung mit ebenso trotzigem wie finsterem Gesicht und verließ am nächsten Morgen, noch vor Anbruch der Dämmerung, hastig die Stadt Oxford, um zum Kontinent zu reisen, in einer wahren Agonie des Grauens und der Schande.

Ich floh vergebens. Gleichsam frohlockend verfolgte mich mein böses Schicksal und bewies mir in der Tat, daß seine geheimnisvolle Herrschaft über mich eben erst begonnen hatte. Kaum daß mein Fuß Paris betreten hatte, da begegneten mir neuerlich Spuren der abscheulichen Anteilnahme, die Wilson für meine Angelegenheiten hegte. Die Jahre flogen vorüber, und es wurde mir keine Erleichterung zuteil. Schurke! – in Rom, zu welcher Unzeit, mit welch gespenstigem Übereifer trat er zwischen mich und mein ehrgeiziges Streben! In Wien ebenso, – in Berlin – und in Moskau! Wahrlich, an welchem Orte hatte ich nicht allzu bitteren Grund, ihn im Innersten meines Herzens zu verfluchen? Vor seiner unergründlichen Schreckensherrschaft floh ich schließlich, in kopfloser Panik, wie vor einem Pesthauch; und bis ans Ende der Welt *floh ich vergebens.*

Wieder und wieder fragte ich mich in heimlicher Zwiesprache mit meinen eigenen Gedanken: »Wer ist er? – woher kam er? – und was ist seine Absicht?« Doch fand ich keine Antwort. Und so prüfte ich bis ins Kleinste die Form und Methode, die wichtigsten Wesenszüge seiner dreisten Überwachung. Doch selbst hier fand ich nur sehr wenig, auf das ich eine Vermutung hätte stützen können. Es war in der Tat bemerkenswert, daß er bei jeder der zahlreichen Gelegenheiten, bei denen er in letzter Zeit meinen Weg gekreuzt hatte, nichts anderes getan hatte, als diejenigen meiner Pläne zunichte zu machen oder jene Handlungen zu verhindern, die, wenn sie gänzlich ausgeführt worden wären, unermeßlichen Schaden angerichtet hätten.

WILLIAM WILSON

Welch armselige Rechtfertigung, wahrlich, für eine derart gebieterisch angeeignete Autorität! Welch armselige Entschädigung für das natürliche Recht auf die Bestimmung meines eigenen Daseins, das mir auf so beharrliche, so beleidigende Weise verweigert wurde!

Ich war ebenso gezwungen zu bemerken, daß mein Peiniger es über einen sehr langen Zeitraum hinweg (währenddessen er gewissenhaft der Laune frönte, sich haargenau so zu kleiden, wie ich es tat,) in der Vollstreckung seiner zahlreichen Behinderungen meiner Absichten bewerkstelligt hatte, daß ich nie, zu keinem Augenblick, die Züge seines Gesichtes zu sehen bekam. Mochte Wilson auch sein, wer er wollte, dies zumindest war die reinste Künstelei, die reinste Torheit. Konnte er denn auch nur einen Augenblick lang glauben, daß ich in dem Mahner in Eton – in dem Zerstörer meiner Ehre in Oxford – in dem Manne, der nicht nur meinen Ehrgeiz in Rom zunichte machte, sondern auch meine Rache in Paris, meine leidenschaftliche Liebe in Neapel, oder das, was er in Ägypten fälschlich meine Habgier nannte – daß ich in ihm, meinem Erzfeind und bösen Geist, nicht den William Wilson meiner Schultage wiedererkannt hätte – den Namensvetter, den Gefährten, den Rivalen, den verhaßten und gefürchteten Rivalen in der Anstalt Dr. Bransbys? Unmöglich! – Doch laßt mich rasch berichten, was sich in der letzten, ereignisreichen Szene der Tragödie zutrug.

Bisher hatte ich mich willenlos dieser gebieterischen Herrschaft unterworfen. Das Gefühl der Ehrfurcht, mit dem ich stets dem erhabenen Wesen, der majestätischen Weisheit, der offenbaren Allgegenwart und Allmacht Wilsons begegnet war, vereint mit einem Gefühl der Furcht, welches mir gewisse andere Züge seines Wesens und Verhaltens einflößten, hatte mich bis dahin von meiner eigenen, restlosen Schwäche und Hilflosigkeit überzeugt und mich veranlaßt, mich unbedingt, wenn auch erbittert und widerwillig seinem diktatorischen Willen zu unterwerfen. Seit einiger Zeit jedoch hatte ich mich gänzlich dem Weine hingegeben; und dessen aufreizender

Einfluß auf mein ererbtes Temperament führte dazu, daß ich von Mal zu Mal ungeduldiger wurde unter dem Joch seiner Macht. Ich begann zu murren – zu zögern – begann, mich zu sträuben. Und war es nur eine Einbildung, die mich glauben ließ, daß mit dem Anwachsen meiner eigenen Entschlossenheit die seinige eine genau entsprechende Verminderung erfuhr? Wie dem auch immer sei, ich fühlte mich nunmehr von einer brennenden Hoffnung beflügelt, und es bildete sich heimlich in meinen Gedanken der feste und verzweifelte Entschluß, daß ich mich nicht länger so sklavisch unterdrücken lassen würde.

Es war in Rom, während des Karnevalszeit, im Jahre 18-, als ich an einem Maskenball im Palast des aus Neapel stammenden Herzog Di Broglio teilnahm. Ich hatte mir mehr als üblich von dem reichlich fließenden Weine gegönnt; und die erstickende Luft der überfüllten Gemächer war mir daher unerträglich geworden. Auch trug die Tatsache, daß ich mich nur mit größten Schwierigkeiten durch das Gewirr der Menschen zu drängen vermochte, nicht wenig zur Verschlechterung meiner Laune bei, denn ich suchte begierig (erspart es mir zu sagen, mit welch unlauteren Absichten) die junge, fröhliche und wunderschöne Gemahlin des bejahrten, gebrechlichen Di Broglio. Mit einer allzu bedenkenlosen Vertrauensseligkeit hatte sie mir zuvor das Geheimnis der Kostümierung verraten, in der sie erscheinen würde, und nun, da ich einen flüchtigen Blick auf ihre Gestalt erhascht hatte, war ich im Begriffe, zu ihr zu eilen. – In diesem Augenblick spürte ich, wie sich mir eine Hand leicht auf die Schulter legte, und vernahm jenes unvergeßliche, leise, gräßliche *Flüstern* in meinem Ohr.

Von unmäßiger Wut überwältigt, stürzte ich mich sogleich auf den, der es gewagt hatte, mich solcherart zu unterbrechen, und packte ihn gewaltsam am Kragen. Er war, wie ich es nicht anders erwartet hatte, in ein Kostüm gekleidet, das dem meinen in jeder Hinsicht entsprach, und trug einen spanischen Mantel aus blauem Samt sowie einen purpurnen Gürtel um die Hüften, in welchem ein Rapier steckte. Eine Maske aus

schwarzem Samt bedeckte sein Gesicht zur Gänze. »Schurke!«
rief ich, mit vor Wut heiserer Stimme, während jede Silbe, die
ich sprach, meinem Zorn neue Nahrung zu geben schien,
»Schurke! Betrüger! verfluchter Schuft! Du wirst mich nicht –
du *wirst mich nicht* bis ans Ende meiner Tage unterjochen!
Folge mir, oder ich erdolche dich an Ort und Stelle!« – und ich
brach mir Bahn mitten durch den Ballsaal hindurch zu einem
kleinen, angrenzenden Vorzimmer – ihn widerstandslos mit
mir ziehend auf meinem Wege.

Kaum waren wir eingetreten, stieß ich ihn wutentbrannt von
mir. Er taumelte gegen die Wand, während ich mit einem Fluch
die Türe schloß und ihm befahl, seine Waffe zu ziehen. Er
zögerte nur eine Sekunde, dann zog er mit einem leisen Seufzer wortlos sein Rapier und begab sich in Abwehrstellung.

Der Kampf war von äußerst kurzer Dauer. Ich war vollkommen außer mir, übermannt von einem wahren Aufruhr wilde-
ster Gefühle, und verspürte in meinem Arm die Kraft und Stär-
ke einer tausendköpfigen Schar. In wenigen Sekunden hatte
ich ihn durch schiere Gewalt gegen die Täfelung gedrängt, und
als er mir solcherart ausgeliefert war, stieß ich mein Schwert
mit grimmiger Roheit wieder und wieder in seine Brust.

In diesem Augenblick versuchte jemand, die Türe zu öffnen.
Ich beeilte mich, ein Eindringen zu verhindern, und wandte
mich dann sogleich wieder meinem sterbenden Gegner zu.
Doch welch menschliche Sprache kann *solch* Erstaunen, *solch*
Grauen hinreichend wiedergeben, wie es mich bei dem
Anblick erfaßte, der sich mir nun bot? Der kurze Moment, in
dem ich meinen Blick abwandte, hatte offenbar genügt, um
eine tiefgreifende Veränderung im oberen oder hinteren
Bereich des Raumes zu bewirken. Ein riesiger Spiegel – so schien
es mir zunächst in meiner Verwirrung – stand nunmehr an
einer Stelle, an der zuvor keiner zu sehen gewesen war; und als
ich mich ihm, von Entsetzen überwältigt, näherte, da kam mir
mein eigenes Bild entgegen, taumelnd und kraftlosen Schrittes, mit bleichem und blutüberströmtem Angesicht.

So schien es mir, sage ich, doch war es nicht so. Es war mein

William Wilson

Gegner – es war Wilson, der dort vor mir stand, inmitten seiner Todesqual. Seine Maske und sein Mantel lagen auf der Erde, auf die er sie geworfen hatte. Es gab nicht einen einzigen Faden seines Gewands – nicht eine Linie in seinen einzigartigen und ausgeprägten Gesichtszügen, welche nicht ganz und gar, bis hinein in die vollkommenste Entsprechung, *meine* eigene gewesen wäre!

Es war Wilson, doch sprach er nicht länger in einem Flüstern, und es wollte mir scheinen, als sei ich es selbst, der da sprach:

»Du hast mich bezwungen, und ich weiche. Doch von nun an bist auch du des Todes – tot für die Welt, für den Himmel und für die Hoffnung! Durch mich hast du gelebt – und in meinem Tode, sieh es in diesem Bilde, das dein eigenes ist, hast du dich unwiderruflich selbst gemordet.«

Die Grube und das Pendel

Impia tortorum longos hic turba furores
Sanguinis innocui, non satiata, aluit.
Sospite nunc patriâ, fracto nunc funeris antro,
Mors ubi dira fuit vita salusque patent.

Vierzeiler, verfaßt für ein Markttor,
das auf dem Gelände des Jakobinerklub-Hauses
in Paris errichtet werden sollte.

Ich war krank – zu Tode krank durch die nicht enden wollen-
de Qual; und als sie mich schließlich losbanden und es mir
erlaubt wurde, mich zu setzen, da fühlte ich, wie mir die Sinne
schwanden. Das Urteil – das gefürchtete Todesurteil – war das
letzte deutliche Wort, das an meine Ohren drang. Danach schien
der Klang der inquisitorischen Stimmen in einem träumerisch
verschwommenen Gemurmel zu verschmelzen. Es rief dies in
meinem Gemüt den Eindruck der *Umdrehung* hervor – vielleicht weil es in meiner Einbildung dem Murmeln eines Mühl-
rads so ähnlich klang. Doch währte es nur einen flüchtigen
Augenblick; denn bald hörte ich nichts mehr. Wohl sah ich
noch; doch in welch schrecklich überspitzter Weise! Ich sah die
Lippen der schwarzgewandeten Richter. Sie schienen mir weiß
zu sein – weißer als das Papier, auf dem ich diese Worte nie-
derschreibe – und so schmal, daß sie grotesk wirkten; schmal
durch den Nachdruck, mit dem sie ihre Beharrlichkeit aus-
drückten – ihre unumstößliche Entschlossenheit – ihre scharfe
Verachtung menschlicher Qualen. Ich sah, daß jene Lippen
immer noch Verfügungen über das kundtaten, was mir mein
Schicksal bedeutete. Ich sah, wie sie sich wanden voll tödlicher
Reden. Ich sah sie die Silben meines Namens formen; und ich
erschauerte, weil daraufhin kein Laut erklang. Ich sah auch, in
einem flüchtigen Taumel des Grauens, das sanfte und fast

unmerkliche Wehen der nachtschwarzen Vorhänge, welche die Wände des Raumes bedeckten. Und dann fiel mein Blick auf die sieben hohen Kerzen, die auf dem Tisch standen. Zunächst trugen sie das Gewand der Barmherzigkeit, sie schienen wie weiße, schlanke Engel, die mich erretten würden; doch dann, ganz unvermittelt, überwältigte ein tödlicher Ekel meinen Geist, und ich fühlte jede Faser meines Körpers erschauern, so als hätte ich den Draht einer galvanischen Batterie berührt. Im selben Augenblick verwandelten sich jene engelhaften Gestalten in absurde Gespenster mit flammenden Köpfen; und ich sah, daß ich von ihnen keine Hilfe zu erwarten hatte. Und dann stahl sich, gleich der Musik eines vollklingenden Tones, der Gedanke in mein Gemüt, welch süße Ruhe wohl im Grabe zu finden sei. Der Gedanke kam ganz sachte und verstohlen, und es schien mir eine lange Zeit zu vergehen, bis ich seine Bedeutung gänzlich erfaßte; doch gerade in dem Augenblick, als mein Geist ihn schließlich restlos in sich aufgenommen und erwogen hatte, verschwanden vor meinen Augen die Gestalten der Richter wie durch Zauberhand; die hohen Kerzen versanken ins Nichts, ihre Flammen erstarben ganz und gar; die Schwärze der Dunkelheit trat dazwischen; und jegliche Empfindung schien verschlungen in einem wirbelnden, rasenden Fall in die Tiefe, so als stürze die Seele in den Hades hinab. Dann herrschte Schweigen, Stille und Nacht allüberall.

Ich war ohnmächtig geworden, und doch meine ich, daß ich das Bewußtsein nicht völlig verloren hatte. Zu bestimmen oder auch nur zu beschreiben, was mir davon geblieben war, will ich nicht versuchen; und doch war nicht alles verloren. Im tiefsten Schlummer – nein! Im Delirium – nein! In der Ohnmacht – nein! Im Tode – nein! Selbst im Grab *ist nicht* alles verloren. Sonst gäbe es für die Menschen keine Unsterblichkeit. Indem wir aus dem Schlafe erwachen, war er auch noch so selbstvergessen, durchbrechen wir das hauchdünne Gewebe *irgendeines* Traumes. Doch nur eine Sekunde später (so überaus zerbrechlich mag das Gewebe gewesen sein) erinnern wir uns

DIE GRUBE UND DAS PENDEL

nicht, geträumt zu haben. In der Rückkehr zum Leben, die einer Ohnmacht folgt, gibt es zwei Stufen; als erstes diejenige des geistigen oder seelischen Bewußtseins; als zweites diejenige des körperlichen Bewußtseins, des Daseins. Vermöchten wir es, uns nach Erreichen der zweiten Stufe noch die Eindrücke der ersten in Erinnerung zu rufen, so glaube ich, daß wir diese Eindrücke noch ganz beredt finden würden von dem Abgrund, welcher jenseits liegt. Und dieser Abgrund – was ist er? Wie können wir seine Schatten zumindest von denen des Grabes unterscheiden? Jedoch, selbst wenn wir die Eindrücke dessen, was ich die erste Stufe nannte, nicht willentlich heraufbeschwören können, ist es nicht dennoch so, daß sie, nachdem eine lange Zeit vergangen, ungerufen wieder emportauchen, dieweil wir uns staunend fragen, wo sie wohl herkommen mögen? Ein Mensch, der nie in Ohnmacht fiel, vermag auch keine seltsamen Paläste oder wirr vertrauten Gesichter zu entdecken, sobald er in die glühenden Kohlen schaut; er wird nichts erblicken von den schmerzlichen, inmitten der Luft schwebenden Visionen, die zu sehen der Menge nicht gegeben ist; er wird nicht verweilen, um den Duft einer neuartigen Blüte zu erwägen – sein Geist hält nicht verwundert inne über der Bedeutung einer musikalischen Melodie, die noch nie zuvor seine Aufmerksamkeit erregt hat.

Inmitten der zahlreichen und gedankenschweren Bemühungen; inmitten der ernsthaften Anstrengungen, einen Unterpfand zu gewinnen, der Zeugnis ablegen könnte für den Zustand des scheinbaren Nichts, in den meine Seele verfallen war, gab es Augenblicke, in denen ich träumte, zum Ziel gekommen zu sein; es gab flüchtige, sehr flüchtige Momente, während derer ich Erinnerungen heraufbeschwor, von denen mir der hernach zurückkehrende klare Verstand versicherte, daß sie nur jenem Zustand scheinbarer Bewußtlosigkeit entstammen konnten. Diese schattenhaften Erinnerungen erzählen in verschwommenen Bildern von hochwüchsigen Gestalten, die mich hochhoben und schweigend in die Tiefe trugen – tiefer – immer tiefer – bis ein grauenhafter Schwindel auf mir lastete bei dem bloßen Gedanken an die Unendlichkeit des Abstiegs. Sie erzählen auch von einem unbestimmten Entsetzen, das sich in meinem Herzen ausbreitete, weil eine solch unnatürliche Stille von ihm Besitz ergriffen hatte. Dann durchströmte ein Gefühl plötzlicher Reglosigkeit ein jegliches Ding; als hätten jene, die mich in die Tiefe trugen (ein gespenstisches Gefolge!), in ihrem Abstieg die Grenzen selbst der Grenzenlosigkeit überschritten und als müßten sie nun von der Beschwerlichkeit ihres Tuns ausruhen. Darauf folgend erinnere ich mich an etwas Ebenes und Feuchtes; und dann wird alles zum *Wahnsinn* – der Wahnsinn einer Erinnerung, die sich inmitten von unantastbaren Dingen erging.

Ganz plötzlich kehrten Bewegungen und Geräusche in meine Seele zurück – das stürmische Flattern meines Herzens und der Klang seines Klopfens in meinen Ohren. Dann gab es ein Innehalten, in welchem völlige Leere herrschte. Dann wiederum Geräusche, Bewegung, Berührung – ein Erschauern, das meinen ganzen Körper erfaßte. Dann folgte das bloße Bewußtsein meiner Existenz, ohne jeden Gedanken – ein Zustand, der lange andauerte. Dann, ganz plötzlich, *Gedanken,* und ein erzitternder Schrecken, sowie ein ernsthaftes Bemühen, meinen tatsächlichen Zustand zu erfassen. Dann der heftige Wunsch, wieder in Bewußtlosigkeit zurückzufallen. Dann eine blitzartige Wiederbelebung des Geistes und der erfolgreiche Versuch, sich zu bewegen. Und dann die volle Erinnerung an das Gerichtsverfahren, an die Richter, die nachtschwarzen Vorhänge, das Urteil, die Übelkeit, die Ohnmacht. Dann vollkommenes Vergessen all dessen, was dem gefolgt sein mußte; all dessen, was in späteren Tagen, durch wiederholte, ernsthafte Anstrengungen, verschwommen in meine Erinnerung zurückkehrte.

Bis jetzt hatte ich meine Augen nicht geöffnet. Ich spürte, daß ich auf dem Rücken lag, ungefesselt. Ich streckte meine Hand aus, und sie fiel schwer auf etwas Feuchtes und Hartes. Dort ließ ich sie lange Zeit liegen, während ich mich bemühte, mir vorzustellen, wo und *was* ich sein könnte. Ich sehnte mich danach, die Augen zu öffnen, und doch wagte ich es nicht. Ich hatte Angst vor dem ersten Blick auf das, was mich umgab. Es war nicht so, als hätte ich mich davor gefürchtet, grauenhafte Dinge zu entdecken, sondern es schauderte mir vielmehr vor der Möglichkeit, es könne *gar nichts* zu sehen geben. Schließlich, mit einer wilden Verzweiflung im Herzen, öffnete ich rasch die Augen. Meine schlimmsten Gedanken wurden nun bestätigt. Die Schwärze einer unendlichen Nacht umgab mich. Ich rang nach Atem. Die Dichte der Dunkelheit schien mich niederdrücken und ersticken zu wollen. Die Luft war von unerträglicher Schwüle. Ich blieb reglos liegen und versuchte, meinen Verstand zu benützen. Ich rief mir das Vorgehen der Inquisition ins Gedächtnis und versuchte, aus diesem Wissen meine tatsächliche Lage zu ermitteln. Das Urteil war gesprochen; und es schien mir, als sei seitdem eine sehr lange Zeit verstrichen. Doch nicht einen Augenblick lang hielt ich mich für tot. Solch eine Mutmaßung ist, ungeachtet dessen, was wir in Romanen lesen, völlig unvereinbar mit dem wirklichen Leben. Wo aber war ich und in welchem Zustand? Die zum Tode Verurteilten, das wußte ich, wurden für gewöhnlich während der *autos-da-fé* hingerichtet, und eine davon war in derselben Nacht abgehalten worden, die auf meine Gerichtsverhandlung folgte. Hatte man mich zurück in meinen Kerker geworfen, um die nächste Opferung abzuwarten, die erst in einigen Monaten stattfinden würde? Dies, so erkannte ich sofort, konnte nicht sein. Man hatte nach sofortigen Opfern verlangt. Darüber hinaus hatte mein Kerker, genau wie alle andern Zellen, die man in Toledo für Verurteilte bereithielt, einen Steinboden, und dort hatte auch das Licht nicht gänzlich gefehlt.

Ein furchtbarer Gedanke ließ plötzlich das Blut in einem Schwall zu meinem Herzen fluten, und einen kurzen Augenblick lang fiel ich erneut zurück in die Bewußtlosigkeit. Nachdem ich wieder zu mir gekommen war, sprang ich unverzüglich auf die Füße, am ganzen Körper krampfartig zitternd. Ich streckte wild meine Arme in alle Richtungen, in die Höhe und um mich her. Ich spürte nichts; doch graute es mir davor, mich auch nur einen Schritt zu bewegen, aus Angst davor, mein Fuß könne an die Wände eines Grabes stoßen. Mir brach der Schweiß aus allen Poren und sammelte sich in großen, kalten Tropfen auf meiner Stirn. Die Qual der Ungewißheit wurde schließlich unerträglich, und ich tat vorsichtig einen Schritt nach vorn, mit ausgestreckten Armen, während mir die Augen aus den Höhlen traten in der Hoffnung, irgendeinen schwachen Lichtstrahl zu entdecken. Ich ging eine ganze Strecke voran; doch nach wie vor begegnete mir nichts als Schwärze und Leere. Ich begann, etwas freier zu atmen. Es schien offensichtlich, daß mir zumindest nicht das Grauenhafteste aller Schicksale bestimmt worden war.

Doch nun, während ich immer noch vorsichtig einen Fuß vor den anderen setzte, kamen mir zahllose, unbestimmte Gerüchte über die Schrecken von Toledo in den Sinn. Von den Verliesen hatte man sich seltsame Dinge erzählt – ich hatte sie immer für Märchen gehalten – so seltsam, und so entsetzlich, daß man sie nur im Flüsterton weitergab. Sollte ich denn verhungern in dieser unterirdischen Welt der Dunkelheit; oder welches Schicksal, das vielleicht noch furchtbarer war, harrte meiner? Ich kannte das Wesen meiner Richter nur zu gut, um irgendeinen Zweifel daran zu hegen, daß am Ende nur mein Tod stehen konnte, und ein Tod von mehr als üblicher Bitternis. Die Art und die Stunde waren das einzige, was mich beschäftigte und in Unruhe versetzte.

Meine ausgestreckten Hände stießen schließlich gegen ein festes Hindernis. Es war eine Wand, allem Anschein nach ein steinernes Mauerwerk – sehr glatt, glitschig und kalt. Ich schritt an ihr entlang; und all jene uralten Geschichten bewirkten, daß ich mich mit dem allergrößten Mißtrauen und überaus vorsichtig fortbewegte. Dieses Vorgehen jedoch ermöglichte es mir nicht, den Umfang meines Verlieses zu ermitteln; denn die Wand war so völlig gleichförmig, daß es durchaus möglich war, daß ich, ohne es zu merken, einen vollen Kreis beschrieben hatte und zu der Stelle zurückgekehrt war, von der aus ich mich auf den Weg gemacht hatte. Ich suchte daher nach dem Messer,

DIE GRUBE UND DAS PENDEL

das sich in meiner Tasche befunden hatte, als man mich in den Saal der Inquisition führte; es war jedoch verschwunden; man hatte meine Kleider ausgetauscht gegen ein Gewand aus grobem Leinstoff. Ich hatte im Sinne gehabt, das Messer in eine winzige Spalte des Mauerwerks zu zwängen, um so meinen Ausgangspunkt bestimmen zu können. Indes war diese Schwierigkeit leicht zu überwinden, auch wenn es mir bei der Verwirrung, die in meinem Kopf herrschte, zunächst so schien, als sei sie unlösbar. Ich riß ein Stück vom Saum meines Gewandes ab und legte den Fetzen der Länge nach im rechten Winkel zur Mauer auf die Erde. Tastete ich mich an der Rundung meines Gefängnisses entlang, so konnte ich den Fetzen nicht verfehlen, sobald ich den Kreis vollendet hatte. So dachte ich zumindest: aber ich hatte weder mit dem Umfang des Verlieses gerechnet, noch hatte ich meine eigene Schwäche in Betracht gezogen. Der Boden war feucht und schlüpfrig. Ich schleppte mich einige Zeit lang vorwärts, bis ich stolperte und fiel. Meine übergroße Müdigkeit bewirkte, daß ich ausgestreckt am Boden liegen blieb; und es dauerte nicht lange, bis mich in dieser Lage der Schlaf übermannte.

Als ich aufwachte und einen Arm ausstreckte, entdeckte ich neben mir einen Laib Brot und einen Krug voll Wasser. Zu erschöpft, um über diesen Umstand nachzudenken, aß und trank ich gierig. Kurz darauf nahm ich meinen Rundgang durch das Gefängnis wieder auf und stieß schließlich, nachdem ich mich reichlich abgemüht, auf den Tuchfetzen. Bis zu dem Zeitpunkt, an dem ich gefallen war, hatte ich zweiundfünfzig Schritte gezählt, und nachdem ich meinen Gang wieder aufgenommen hatte, zählte ich noch einmal achtundvierzig; – bis ich an dem Fetzen ankam. Es waren also insgesamt hundert Schritte gewesen; und indem ich zwei Schritte auf eine Elle rechnete, kam ich zu der Annahme, daß das Verlies fünfzig Ellen im Umfang betrug. Da ich jedoch auf zahlreiche Winkel in der Wand gestoßen war, konnte ich mir kein rechtes Bild von der Form des Gewölbes machen; denn daß es ein Gewölbe war, daran konnte ich nun kaum mehr zweifeln.

Bei diesen Untersuchungen hatte ich keine eigentliche Absicht gehegt – und sicherlich keinerlei Hoffnung – doch eine unbestimmte Neugier veranlaßte mich, mit ihnen fortzufahren. Ich verließ die Wand und entschloß mich, die Fläche zwischen den Umfassungsmauern zu durchqueren. Anfangs bewegte ich mich mit äußerster Vorsicht, denn der Erdboden war, obgleich er aus hartem Stein zu bestehen schien, gefährlich glitschig. Nach einer Weile faßte ich jedoch Mut und schritt entschlossen und ohne Zögern vorwärts. Dabei war ich bestrebt, den Raum in einer möglichst geraden Linie zu durchqueren. Ich war in dieser Weise an die zehn oder zwölf Schritte gegangen, als sich der zerrissene Saum meines Gewandes zwischen meinen Beinen verfing. Ich trat darauf und fiel mit Wucht auf mein Gesicht.

In der Verwirrung, die auf meinen Sturz folgte, wurde ich mir nicht sogleich eines recht seltsamen Umstandes bewußt, welcher jedoch einige Sekunden später, während ich immer noch ausgestreckt am Boden lag, meine Aufmerksamkeit erregte. Es war dies so – mein Kinn ruhte auf dem Untergrund des Gefängnisses, meine Lippen jedoch, und der obere Teil meines Kopfes, obwohl es so schien, als seien diese tiefer gelegen als das Kinn, berührten nichts. Gleichzeitig wurde meine Stirn von einem feuchten Hauch umweht, und der eigentümliche Geruch schimmliger Fäule drang in meine Nase. Ich streckte meinen Arm aus und erschauderte, als ich feststellte, daß ich genau am Rande einer kreisförmigen Grube gestürzt war, deren Ausmaße zu bestimmen ich natürlich im Augenblick nicht in der Lage war. Indem ich das Mauerwerk unmittelbar unter der Umrandung abtastete, gelang es mir, ein kleines Steinchen herauszulösen und es in den Abgrund fallen zu lassen. Viele Sekunden lang lauschte ich dem Widerhall, den es, an die Wände der Kluft anstoßend, bei seinem Sturz in die Tiefe erzeugte; schließlich schlug es mit einem dumpfen Klatschen auf eine Wasserfläche, gefolgt von einem lauten Echo. Im selben Augenblick erfolgte ein Geräusch, das so klang wie das rasche Öffnen und ebenso rasche Schließen einer Falltür über mir, während ein schwacher Lichtstrahl plötzlich durch die Finsternis flimmerte und genauso plötzlich wieder erlosch.

Ich sah nun deutlich das Schicksal, das man mir hatte bereiten wollen, und beglückwünschte mich anläßlich des Sturzes, der gerade noch rechtzeitig erfolgt war, um mich davor zu bewahren. Ein Schritt weiter, und die Welt hätte mich nie wiedergesehen. Der Tod, dem ich hatte entrinnen können, war von eben jener Art, die ich in den Geschichten über die Inquisition für besonders sagenhaft und übertrieben gehalten hatte. Zwei Todesarten standen den Opfern jener Schreckensherrschaft zur Auswahl: die eine bestand aus den gräßlichsten körperlichen Qualen, die andere erwuchs aus dem entsetzlichsten Grauen der Seele. Mich hatte man für die letztere Art vorgesehen. Durch langes Leiden waren meine Nerven so gänzlich zermürbt, daß ich beim Klang meiner eigenen Stimme zusammenfuhr und in jeder Hinsicht ein passendes Opfer für jene Art von Folterung geworden war, die man mir zugedacht hatte.

An allen Gliedern zitternd tastete ich mich zur Wand zurück; fest entschlossen, eher dort zu sterben, als die Gefahr einzugehen, das Opfer eines der furchtbaren Brunnenschächte zu werden, die, so stellte ich es mir nunmehr vor, zahlreich über das ganze Verlies verteilt waren. In einem anderen Gemütszustand hätte ich vielleicht den Mut gehabt, mein Elend unverzüglich zu enden, indem ich mich in einen dieser Abgründe stürzte; im Augenblick jedoch war ich der größte Feigling, den man sich nur denken kann. Auch konnte ich nicht vergessen, was ich über diese Gruben gelesen hatte – nämlich daß das *plötzliche* Auslöschen des Lebens nicht Bestandteil ihres gräßlichen Zweckes war.

Der Aufruhr, in dem sich mein Geist befand, bewirkte, daß ich mehrere Stunden lang wachlag; schließlich jedoch schlief ich erneut ein. Als ich aufwachte, fand ich, wie zuvor, einen Laib Brot und einen Krug voll Wasser an meiner Seite. Brennender Durst verzehrte mich, und ich leerte das Gefäß in einem Zug. Allem Anschein nach hatte man ein Betäubungsmittel hineingetan, denn kaum hatte ich getrunken, wurde ich von einer unwiderstehlichen Müdigkeit ergriffen. Ein tiefer Schlaf übermannte mich – so tief wie der Schlaf des Todes. Wie lange er dauerte, weiß ich nicht; aber als ich schließlich die Augen öffnete, waren die Gegenstände um mich her sichtbar geworden. Mit Hilfe eines flackernden, gelblichen Schimmers, dessen Ursprung ich anfangs nicht zu bestimmen vermochte, war ich nunmehr in der Lage, die Ausdehnung und Gestalt meines Gefängnisses zu sehen.

Hinsichtlich der Größe desselben hatte ich mich gründlich geirrt. Der gesamte Umfang des Raumes betrug nicht mehr als fünfundzwanzig Ellen. Einige Minuten bereitete mir die Erklärung dieses Umstandes die allergrößten Schwierigkeiten; aber wie töricht war dies! Denn was konnte schon unwichtiger in meiner derzeitigen, fürchterlichen Lage sein als der bloße Umfang meines Verlieses? Gleichwohl nahm ich gedanklich ein verzweifeltes Interesse an Nichtigkeiten und machte mich geschäftig daran, eine Erklärung für den Irrtum zu finden, den ich bei meiner Abmessung begangen hatte. Schließlich ging mir die Wahrheit auf. In meinem ersten Versuch, das Verlies zu erforschen, hatte ich zweiundfünfzig Schritte gezählt, bis zu dem Augenblick, als ich hinfiel; ich muß zu diesem Zeitpunkt nur ein oder zwei Schritte von dem Tuchfetzen entfernt gewesen sein und hatte also eigentlich bereits das Gewölbe fast ganz umschritten. Daraufhin schlief ich ein, und als ich erwachte, muß ich wieder in die Richtung zurückgegangen sein, aus der ich gekommen war – so daß ich in dieser Weise den Kreis für doppelt so groß hielt, als er tatsächlich war. Die in meinem Kopf herrschende Verwirrung ließ mich nicht bemerken, daß ich meinen Rundgang mit der Wand zu meiner Linken begonnen hatte, ihn aber endete, indem die Wand zu meiner Rechten war.

Ich hatte mich ebenso geirrt über die Form der Umfassungsmauer. Während ich umhertastete, war ich gegen zahlreiche Ecken gestoßen und hatte daraus die Vorstellung einer starken Unregelmäßigkeit abgeleitet; so mächtig wirkt völlige Dunkelheit auf jemanden ein, der eben erst aus tiefstem Schlaf

DIE GRUBE UND DAS PENDEL

oder einer Ohnmacht erwacht ist! Bei den Ecken handelte es sich lediglich um einige wenige leichte Einbuchtungen oder Nischen, in unregelmäßigen Abständen. Die eigentliche Form des Gefängnisses war ein Viereck. Was ich für Mauerwerk gehalten hatte, stellte sich nunmehr als Eisen oder ein ähnliches Metall heraus, aus riesigen Platten zusammengesetzt, deren Fugen oder Nahtstellen die Einbuchtungen bewirkten. Die gesamte Oberfläche dieser metallenen Umfassungsmauer war in gröbster Weise besudelt mit all jenen gräßlichen und abstoßenden Bildnissen, welche seit jeher dem morbiden Aberglauben der Mönche entspringen. Höllengeister von bedrohlichem Aussehen, skelettartige Gestalten und andere fürchterliche Bildnisse übersäten und verunstalteten die Wände. Ich bemerkte, daß die Umrisse dieser Abscheulichkeiten recht klar gestaltet waren, während jedoch die Farben blaß und verschwommen schienen, als hätten sie unter feuchter Lufteinwirkung gelitten. Auch gewahrte ich nun den Fußboden, welcher aus Stein bestand. In der Mitte tat sich gähnend der Abgrund der kreisrunden Grube auf, deren Todesklauen ich entgangen war; es war dies jedoch die einzige Grube innerhalb des Verlieses.

All dies konnte ich nur undeutlich und unter größten Mühen erkennen: denn meine eigene Lage hatte sich beträchtlich verändert, während ich schlief. Ich lag nunmehr der Länge nach auf dem Rücken ausgestreckt auf einem niedrigen hölzernen Gestell. Man hatte mich mittels eines langen Riemens, der einem Sattelgurt ähnelte, eng an dieses Gestell gefesselt. Der Riemen umschlang in zahlreichen Windungen meine Gliedmaßen und den Rest meines Körpers, dieweil er lediglich meinen Kopf freiließ und meinen linken Arm, gerade soviel, daß ich mir unter größter Anstrengung von dem Essen nehmen konnte, das in einem tönernen Gefäß neben mir auf der Erde stand. Zu meinem Entsetzen sah ich, daß man den Krug entfernt hatte. Mit gutem Grund nenne ich es Entsetzen, denn ein unerträglicher Durst verzehrte mich. Es schien, als läge es in der Absicht meiner Peiniger, diesen Durst zu verstärken; denn das Essen in dem Gefäß bestand aus scharf gewürztem Fleisch.

Ich blickte nach oben und betrachtete die Decke meines Gefängnisses. Diese betrug ungefähr dreißig oder vierzig Fuß in der Höhe, und war in ähnlicher Weise wie die Wände gebaut. Ein außerordentlich merkwürdiges Bildnis auf einer der Deckenplatten fesselte meine ganze Aufmerksamkeit. Es war die gemalte Allegorie der Zeit, wie man sie für gewöhnlich darstellt, nur daß sie, statt einer Sense, etwas in der Hand hielt, was einem flüchtigen Blick nach wie das Bildnis eines riesigen Pendels schien, von der Art, wie man sie noch an alten Wanduhren sehen kann. Es lag jedoch etwas in der Erscheinung dieses Vorrichtung, das mich veranlaßte, sie etwas näher zu betrachten. Während ich in direkter Linie nach oben schaute, (denn sie befand sich unmittelbar über mir), hatte ich den Eindruck, als bewege das Pendel sich. Einen Augenblick darauf hatte sich dieser Eindruck bestätigt. Es führte einen kurzen, und natürlich sehr langsamen Schwung aus. Ich beobachtete es einige Minuten lang, ein wenig aus Furcht, um so mehr aber aus Erstaunen. Nach einer Weile wurde ich es müde, seine eintönige Bewegung zu betrachten und wandte meinen Blick den anderen Gegenständen in meinem Gefängnis zu.

Ein leises Geräusch erweckte meine Aufmerksamkeit, und ich sah, indem ich zu Boden blickte, einige Ratten von gewaltiger Größe umherhuschen. Sie waren aus dem Brunnen gekommen, der zu meiner Rechten lag und sich gerade noch in meinem Blickfeld befand. Gerade als ich in diese Richtung schaute, kamen sie in Scharen, hastig, mit gierigen Augen, angelockt von dem Geruch des Fleisches. Sie davon wegzujagen, kostete mich viel Mühe und die größte Aufmerksamkeit.

Es mag eine halbe Stunde, vielleicht sogar eine Stunde verstrichen sein (denn ich hatte nur einen sehr ungenügenden Begriff der Zeit), bevor ich erneut meinen Blick nach oben wandte. Was ich dort sah, verwirrte und erstaunte mich. Der Schwung des Pendels hatte sich um fast eine ganze Elle erweitert. Als notwendige Folge daraus war auch seine Geschwindigkeit wesentlich höher. Was mich jedoch am meisten beunruhigte, war der Gedanke, daß es sich sichtlich *nach unten* gesenkt hatte. Ich wurde nunmehr gewahr – und es wäre müßig zu sagen, mit welchem Entsetzen – daß sein unteres Ende aus einem Halbmond aus glitzerndem Stahl bestand, nahezu einen Fuß in der Länge von einer Spitze zur anderen. Die Spitzen waren nach oben gebogen, und die nach unten gewandte Schneide war offenkundig so scharf wie ein Rasiermesser. Ähnlich wie ein Rasiermesser schien es ebenso wuchtig und schwer zu sein, und obwohl es sich zur Spitze hin verjüngte, war der obere Aufbau breit und massiv. Es hing an einer gewichtigen Stange aus Messing, und während es durch die Luft schwang, *zischte* es.

Nun konnte ich nicht länger zweifeln an dem Schicksal, welches mir die im Bereiten menschlicher Qual so einfallsreichen Mönche zugedacht hatten. Die Vollstrecker der Inquisition hatten bemerkt, daß ich um die Grube wußte – *die Grube,* deren Schrecken man für so kühne und widerspenstige Gegner wie mich bestimmt hatte – die Grube, der Hölle gleich, das den Gerüchten zufolge das Ultima Thule all ihrer Strafen war. Dem Sturz in diese Grube war ich einzig durch Zufall entgangen, und wie ich wußte, war es ein unerläßliches Element jener grotesken Todesarten, die man für die Insassen dieser Kerker ersonnen hatte, daß das Opfer nichtsahnend in die Falle ging. Ich war nicht abgestürzt; doch gehörte es nicht zu ihrem dämonischen Plan, mich gewaltsam in den Abgrund zu stoßen; und somit war es nun (da es keine andere Möglichkeit gab) eine andere, mildere Art der Vernichtung, die meiner harrte. Milder! Ich lächelte fast inmitten meiner Qual, bei dem Gedanken, ein solches Wort solcherart anzuwenden.

Was soll ich viel erzählen von den langen, langen Stunden des Grauens – ein Grauen, das alles Sterbliche überstieg – während derer ich die sausenden Schwingungen des Stahls zählte! Zoll für Zoll – Stück für Stück – in einem Abstieg, der nur in Zeitabständen merklich wurde, die so groß waren, daß sie mir wie Jahrhunderte schienen – kam es tiefer und immer tiefer! Tage vergingen – es mag sein, daß viele Tage vergingen

– bevor es so nah über mir vorüberrauschte, daß es mich mit seinem beißendem Atem anhauchte. Der Geruch des scharfen Stahls drängte sich mir in die Nase. Ich betete – betete so sehr um ein rasches Herabsenken des Pendels, daß der Himmel meiner Gebete überdrüssig wurde. Rasend vor Verzweiflung bot ich meine ganze Kraft auf, um mich dem Rauschen des furchtbaren Krummschwertes entgegenzubäumen. Und dann bemächtigte sich meiner plötzlich eine völlige Ruhe, und ich lächelte dem glitzernden Tode entgegen, als sei ich ein Kind, das ein seltenes Spielzeug erblickt.

Hernach fiel ich erneut in völlige Bewußtlosigkeit; sie war kurz; denn als ich mich wieder ins Leben zurückverirrte, war keine Veränderung in der Höhe des Pendels zu erkennen. Doch vielleicht hatte sie auch länger gedauert; denn ich wußte, daß die Teufel dort oben meine Ohnmacht bemerkt haben würden und den Schwingungen nach Belieben hätten Einhalt gebieten können. Auch fühlte ich mich, nachdem ich zu mir gekommen war, so sehr – oh, so unaussprechlich krank und schwach, als hätte ich eine lange Zeit unter Auszehrung gelitten. Selbst während der Qualen, denen ich in jenen Augenblicken ausgesetzt war, sehnte sich die menschliche Natur nach Nahrung. Unter schmerzlichem Bemühen streckte ich meinen linken Arm aus, so weit es mir die Fesseln erlaubten, und gelangte so zu den kümmerlichen Resten, welche die Ratten mir übriggelassen hatten. Als ich einen Teil davon an meine Lippen führte, da schoß mir das Bruchstück eines Gedankens durch den Kopf; eines Gedankens der Freude – der Hoffnung. Doch welches Recht hatte ich zu hoffen? Er war, wie gesagt, nur bruchstückhaft entwickelt, dieser Gedanke – der Mensch hat viele solche Gedanken, die er nie zu Ende führt. Ich spürte, daß er voll Freude gewesen war – voll Hoffnung; aber ich spürte auch, daß er, noch während er sich bildete, verschwunden war. Vergeblich bemühte ich mich, ihn zu vollenden – ihn zurückzugewinnen. Das lange Leiden hatte meine ursprüngliche Geisteskraft fast gänzlich ausgelöscht. Ich war ein Schwachsinniger geworden – ein Idiot.

DIE GRUBE UND DAS PENDEL

Die Schwingungen des Pendels vollzogen sich im rechten Winkel zur Länge meines Körpers. Wie ich sah, hatte man beabsichtigt, daß die Sichel direkt über meinem Herzen die Luft durchkreuzte. Sie würde das Leinen meines Gewandes durchschlitzen – sie würde zurückkehren und den Vorgang wiederholen – wieder – und wieder. Ungeachtet der unheimlichen Weite ihres Schwungs (an die dreißig Fuß, wenn nicht noch mehr), ungeachtet der zischenden Wucht ihres Abstiegs, stark genug, um die eisernen Wände zu spalten, wäre doch das Duchschlitzen meines Gewandes einige Minuten lang das einzige, was die Sichel vollbringen würde. Und bei diesem Gedanken hielt ich inne. Ich wagte es nicht, über diese Überlegung hinauszugehen. Ich verweilte dabei mit einer Beharrlichkeit, als könnte ich dem sich niedersenkenden Stahl *hier* Einhalt gebieten. Ich zwang mich, über den Klang nachzusinnen, den die Sichel bei der Berührung des Gewandes erzeugen würde – über das eigentümliche Gefühl, das die Nerven bei der Reibung von Stoff durchschauert. Ich sann so lange über all diese Nichtigkeiten nach, bis mir die Zähne krampfartig aufeinander schlugen.

Tiefer – unaufhörlich tiefer senkte sich das Pendel. Es bereitete mir eine irrwitzige Freude, den Gegensatz auszukosten zwischen seiner Geschwindigkeit nach unten und derjenigen zur Seite. Nach rechts – nach links – hin und her – mit dem Kreischen einer verdammten Seele; zu meinem Herzen hin mit dem verstohlenen Schritt eines Tigers! Abwechselnd lachte oder schrie ich, je nachdem welcher Gedanke gerade die Oberhand gewann.

Tiefer – gewißlich, unerbittlich tiefer! Sein Schwung war nur drei Zoll von meinem Herzen entfernt! Ich kämpfte wild und verzweifelt darum, meinen linken Arm zu befreien. Dieser war vom Ellenbogen bis zur Hand ungefesselt. Ich konnte ihn von dem Teller neben mir mit größter Mühe bis an meinem Mund führen, weiter aber nicht. Wäre es mir möglich gewesen, die Fesseln über dem Ellenbogen zu zersprengen, so hätte ich versucht, das Pendel zu fassen und es zum Stillstand zu bringen.

295

Genausogut hätte ich versuchen können, einer Lawine Einhalt zu gebieten!

Tiefer – immer noch unaufhörlich – unaufhaltsam tiefer! Ich keuchte und wand mich bei jedem Schwung, schreckte zuckend zurück, wann immer es sich mir näherte. Meine Augen verfolgten das Wirbeln zur Seite und in die Höhe mit dem Eifer der bedingungslosen Verzweiflung; sie schlossen sich krampfartig beim Herabsinken des Pendels, obwohl der Tod doch nur Erleichterung, oh! welch unglaubliche Erlösung gewesen wäre! Und doch erschauerte ich an allen Gliedern bei dem Gedanken, wie wenig nur noch fehlte, um jene scharfe, glitzernde Axt in meine Brust zu stürzen. Es war *Hoffnung,* welche die Glieder erschauern, welche den Körper zurückzucken ließ. Es war *Hoffnung* – die Hoffnung, die noch auf der Folterbank triumphiert – die dem zum Tode Verurteilten selbst in den Kerkern der Inquisition noch zuflüstert.

Ich bemerkte, daß nach zehn oder zwölf Schwingungen der Stahl mein Gewand berühren würde, und mit dieser Beobachtung überkam mich plötzlich all jene klare, beherrschte Ruhe der Verzweiflung. Zum ersten Mal seit vielen Stunden – oder vielleicht auch Tagen – *überlegte* ich. Es wurde mir nunmehr bewußt, daß die Fessel oder der Gurt, der mich umschlang, *aus einem Stück* war. Kein zusätzliches Seil band mich. Der erste Hieb der messerscharfen Sichel quer über ein beliebiges Stück der Fessel würde diese soweit lösen, daß ich sie mit der linken Hand von meinem Körper würde entfernen können. Doch wie furchtbar wäre in diesem Fall die Nähe des Stahls! Wie tödlich wären die Folgen auch nur der leisesten Bewegung! War es denn, darüber hinaus, denkbar, daß die Schergen meines Peinigers eine solche Möglichkeit nicht vorausgesehen und keinerlei Vorsorge getroffen haben sollten! War es wahrscheinlich, daß die Fessel meine Brust dort kreuzte, wo sie das Pendel treffen mußte? Fürchtend, daß meine schwache und, wie es schien, meine letzte Hoffnung zerschlagen werden würde, hob ich so weit den Kopf, bis ich einen genauen Blick auf meine Brust werfen konnte. Der Gurt umschlang meine Arme und

Beine, meinen ganzen Körper in jeglicher Richtung – *nur nicht in Reichweite der vernichtenden Sichel.*

Kaum hatte ich meinen Kopf wieder in seine ursprüngliche Lage zurückfallen lassen, da schoß mir jener Gedanke der Rettung durch den Sinn, auf den ich bereits angespielt habe; und zwar diejenige Hälfte, die nicht zu Ende geführt worden war – besser kann ich es nicht beschreiben – jener Gedanke, der mir einzig als unbestimmter Hauch durch den Kopf geschwebt war, als ich das Essen an meine brennenden Lippen führte. Es war mir nunmehr der Gedanke in seiner Gänze gegenwärtig – schwach, undeutlich, kaum noch vernünftig zu nennen – und doch vollständig. Mit der hektischen Energie der Verzweiflung machte ich mich sofort daran, ihn in die Tat umzusetzten.

Seit vielen Stunden schon war die unmittelbare Umgebung des niedrigen Lattengestells, auf dem ich lag, buchstäblich von Ratten übersät gewesen. Sie waren wild, furchtlos, ausgehungert; ihre roten Augen funkelten mich an, als warteten sie nur darauf, daß ich aufhörte mich zu bewegen, um mich sodann als ihre Beute zu betrachten. »Von welcher Nahrung«, dachte ich, »werden sie sich wohl für gewöhnlich im Brunnen ernähren?«

Sie hatten trotz meiner Bemühungen, sie daran zu hindern, den Inhalt des Gefäßes bis auf einen winzigen Rest verschlungen. Ich war dazu übergegangen, meine Hand stetig über dem Teller auf und ab zu schwenken; und schließlich hatte die unwillkürliche Eintönigkeit der Bewegung dazu geführt, daß diese ihrer Wirkung beraubt wurde. Das gierige Gezücht hatte sich nicht davon abhalten lassen, mit seinen scharfen Zähnen oft auch in meine Finger zu beißen. Mit den fettigen und scharf gewürzten Fleischstücken, die noch übrig geblieben waren, rieb ich die Fesseln gründlich ein, wo immer ich diese erreichen konnte. Dann hob ich meine Hand vom Boden hoch und lag still, atemlos.

Zunächst waren die ausgehungerten Tiere durch die Veränderung – die plötzliche Bewegungslosigkeit – überrascht und erschreckt. Sie zuckten verängstigt zurück, viele flüchteten in

Die Grube und das Pendel

den Brunnen. Dies dauerte jedoch nur einen Augenblick. Nicht umsonst hatte ich mich auf ihre Gier verlassen. Als sie bemerkten, daß ich bewegungslos blieb, sprangen ein oder zwei der kühnsten auf das Gestell und schnupperten an dem Gurt. Dies schien das Zeichen gewesen zu sein für einen allgemeinen Ansturm. In neuen Scharen strömten sie aus dem Brunnen. Sie klammerten sich an das Holz – sie überstürmten es und sprangen zu Hunderten auf meinen Körper. Die beständige Bewegung des Pendels störte sie nicht im geringsten. Sich hütend, in seine Bahn zu geraten, machten sie sich an den eingeriebenen Fesseln zu schaffen. Sie drängten sich – sie schwärmten in immer größer werdenden Mengen über mich. Sie wälzten sich über meine Kehle; ihre kalten Lippen trafen auf die meinen; ich wurde halb erstickt von ihrer wimmelnden Gegenwart; ein namenloser Ekel durchflutete mir die Brust und ließ mir das Blut in den Adern gefrieren. Doch spürte ich, daß es nur einen Augenblick dauern würde, und das Ringen hätte ein Ende. Deutlich bemerkte ich, wie sich die Fesseln lockerten. Ich wußte, daß sie an mehr als einer Stelle bereits durchtrennt sein mußten. Mit einer übermenschlichen Anstrengung blieb ich still liegen.

Und ich hatte mich nicht geirrt in meinen Berechnungen – nicht umsonst hatte ich die Qual ertragen. Ich spürte endlich, daß ich *frei* war. Der Gurt hing in Fetzen an meinem Körper. Doch der Schwung des Pendels preßte sich mir bereits gegen die Brust. Es hatte das Tuch meines Gewandes zertrennt. Es hatte das Leinen darunter durchschnitten. Noch zweimal schwang es hin und her, und ein schneidendes Gefühl des Schmerzes durchzuckte jede Faser meines Körpers. Doch der Augenblick der Rettung war gekommen. Ein Wink meiner Hand, und meine Befreier hasteten in wildem Aufruhr davon. Mit einer vorsichtigen Bewegung zur Seite – zusammengekrümmt und ganz langsam – glitt ich aus der Umschlingung der Fessel und aus der Reichweite der Sichel. Für den Augenblick zumindest *war ich frei*.

Frei! – und in den Händen der Inquisition! Kaum hatte ich

DIE GRUBE UND DAS PENDEL

mein hölzernes Bett des Grauens verlassen und mich auf den Steinboden begeben, da hielt die Höllenmaschine in ihrem Schwung inne, und ich sah, wie sie von einer unsichtbaren Kraft nach oben und durch die Decke gezogen wurde. Dies war eine Lehre, die ich mir verzweifelt zu Herzen nahm. Jede meiner Bewegungen wurde unzweifelhaft beobachtet. Frei! – war ich der Qual des Todes doch nur entronnen, um mich einer anderen Qual auszuliefern, die schlimmer sein würde als der Tod. Bei diesem Gedanken ließ ich meine Augen nervös an den Wänden aus Eisen entlang gleiten, die mich umgaben. Etwas Ungewöhnliches – eine Veränderung, die ich zunächst nicht deutlich erkennen konnte – hatte offensichtlich im Raume stattgefunden. Einige Zeitlang, in einem Zustand zitternder und träumerischer Entrücktheit, erging ich mich in eitlen und zusammenhangslosen Vermutungen. Während dieser Zeit bemerkte ich zum ersten Mal den Ursprung des gelblichen Lichtes, das den Kerker erhellte. Es kam aus einer Spalte, ungefähr einen halben Zoll breit, die am Fuße der Wände das ganze Verlies umspannte. Dadurch schienen die Wände völlig vom Boden abgetrennt, und eben das war der Fall. Ich versuchte, einen Blick durch die Öffnung zu werfen, natürlich vergeblich.

Als ich mich daraufhin wieder aufrichtete, wurde mir urplötzlich klar, welche Veränderung im Raume stattgefunden hatte. Ich habe erwähnt, daß zwar die Umrisse der Figuren an den Wänden von hinreichender Klarheit waren, daß jedoch die Farben verschwommen und unbestimmt schienen. Diese Farben hatten nunmehr eine erstaunliche und äußerst durchdringende Leuchtkraft gewonnen und wurden immer kräftiger. Die geisterhaften und teuflischen Bilder erhielten dadurch eine Erscheinung, die selbst stärkere Nerven als die meinen hätten erschauern lassen. Dämonische Augen, voll wilder und grauenerregender Lebendigkeit, funkelten mir aus allen Richtungen entgegen; Augen, die zuvor unsichtbar gewesen waren und die nun im grellen Schein eines Feuers brannten, das ich bei größter Anstrengung meiner Einbildungskraft dennoch nicht für unwirklich halten konnte.

Unwirklich! – kaum hatte ich den Atem eingesogen, da kam mir der Dunst erhitzten Eisens in die Nase! Ein erstickender Geruch durchflutete das Verlies! Immer durchdringender wurde das Glühen der Augen, die mich in meiner Qual mit ihren Blicken durchbohrten! Von einem immer tieferen Purpur wurden die blutigen Schreckensgemälde übergossen. Ich keuchte! Ich rang nach Atem! Es konnte keinen Zweifel mehr an der Absicht meiner Peiniger geben – ah! die unerbittlichsten! ah! die teuflischsten aller Menschen! Ich wich zurück von dem glühenden Metall, in die Mitte des Kerkers. Erfüllt von dem Wissen darum, welch fürchterliche Vernichtung mir durch das Feuer drohte, war mir der Gedanke an die Kühle des Brunnens wie Balsam auf der Seele. Ich stürzte an den Rand des tödlichen Abgrunds. Mit brennenden Augen warf ich den Blick nach unten. Der Schein, der von dem entflammten Dach herabfiel, erleuchtete auch die entlegenste Tiefe. Einen wirren Moment lang jedoch weigerte sich mein Geist, die Bedeutung dessen zu erfassen, was ich sah. Schließlich drang es mir – kämpfte es sich in meine Seele – es brannte sich mir in den schaudernden Verstand. – ah! hätte ich eine Stimme, es hinauszuschreien! – ah! welch Grauen! – ah! alles könnte ich ertragen, nur dies nicht! Mit einem schrillen Schrei floh ich vom Rande des Abgrunds, woraufhin ich mein Gesicht in den Händen vergrub – und bitterlich weinte.

Die Hitze wurde immer größer, und erneut blickte ich auf, wobei mich ein Schauder durchlief, als hätte ich Schüttelfrost. Es hatte eine zweite Veränderung im Kerker stattgefunden – und diesmal war es offensichtlich eine Veränderung in der *Form.* Wie zuvor war es auch diesmal zunächst vergeblich, daß ich versuchte zu erkennen oder zu verstehen, was vorging. Doch wurde ich nicht lange im Zweifel gelassen. Die Rache der Inquisition war durch mein zweifaches Entkommen zur Eile getrieben, und der König des Schreckens säumte nicht länger. Der Raum war viereckig gewesen. Ich sah nun, daß zwei seiner eisernen Winkel spitz wurden – die anderen beiden folglich stumpf. Rasch wurde diese entsetzliche Veränderung immer

DIE GRUBE UND DAS PENDEL

größer, begleitet von einem leisen Grollen oder Stöhnen. In Sekundenschnelle hatte der Raum sich zu einem Rhombus geformt. Doch hörte hier die Veränderung nicht auf – noch hoffte oder wünschte ich, daß sie es täte. Gern hätte ich mir die rotglühenden Wände an die Brust gedrückt, als Gewand des ewigen Friedens. »Tod«, sprach ich, »jeder andere Tod als der *in der Grube!*« Narr! hätte ich mir nicht denken können, daß jenes brennende Eisen mich gerade in die Grube drängen sollte? Konnte ich seinem Glühen widerstehen? oder, falls mir dies gelingen sollte, konnte ich seinem Druck standhalten? Und nun wurde der Rhombus immer flacher und flacher, mit einer Schnelligkeit, die mir keine Zeit zum Nachdenken übrigließ. Ihre Mitte und somit ihre breiteste Stelle, lag gerade über dem gähnenden Abgrund. Ich wich zurück – aber die näher kommenden Wände zwangen mich unwiderstehlich vorwärts. Schließlich gab es für meinen versengten und zuckenden Körper keinen Zoll festen Bodens mehr, auf dem er hätte Fuß fassen können. Ich kämpfte nicht länger, aber die Qual meiner Seele ergoß sich in einen einzigen, gellenden, langen und letzten Schrei der Verzweiflung. Ich spürte, daß ich am Abgrund taumelte – ich wandte meine Augen ab –

Da hörte ich das tosende Gewirr menschlicher Stimmen! Ein lautes Schmettern wie von vielen Trompeten! Ein rauhes Dröhnen wie von tausend Donnern! Die glühenden Wände glitten zurück! Ein ausgestreckter Arm ergriff den meinen, als ich, ohnmächtig werdend, in den Abgrund stürzen wollte. Es war der Arm des Generals Lasalle. Die französische Armee hatte Toledo erobert. Die Inquisition war in der Hand ihrer Feinde.

Das verräterische Herz

Es ist wahr! – ich war nervös – unglaublich, schrecklich nervös, und bin es noch; aber *warum* müßt Ihr behaupten, ich sei verrückt? Die Krankheit hatte meine Sinne geschärft – nicht zerstört – oder geschwächt. Insbesondere mein Gehörsinn war vortrefflich. Ich hörte alles, was sich im Himmel und auf der Erde tat. Ich hörte vieles von dem, was in der Hölle geschah. Wie könnte ich also verrückt sein? Horcht! und beachtet, in welch gesunder – in welch ruhiger Verfassung ich Euch die ganze Geschichte erzählen kann.

Es ist unmöglich zu sagen, wie mir der Gedanke zuerst in den Sinn gekommen ist; aber nachdem er einmal aufgetaucht war, verfolgte er mich bei Tag und bei Nacht. Ein Ziel gab es nicht. Auch trieb mich keine Leidenschaft. Ich liebte den alten Mann. Er hatte mir nie ein Unrecht getan. Er hatte mir nie eine Kränkung zugefügt. Nach seinem Gold verlangte es mich nicht. Ich glaube, es war sein Auge! ja, das war es! Er hatte das Auge eines Geiers – ein blasses, blaues Auge, das von einem Schleier überzogen war. Wann immer es auf mich fiel, gefror mir das Blut in den Adern; und so reifte nach und nach – ganz allmählich – der Entschluß in mir, dem alten Mann das Leben zu nehmen und mich so für immer von dem Auge zu befreien.

Und jetzt kommt das Wesentliche. Ihr haltet mich für verrückt. Verrückte wissen gar nichts. *Mich* hingegen hättet Ihr einmal sehen sollen. Ihr hättet sehen sollen, wie klug ich vorging – mit welcher Vorsicht – mit welchem Weitblick – mit welcher Verstellungskunst ich das Ganze in Angriff nahm! Niemals war ich freundlicher zu dem alten Mann als in der ganzen Woche, die verging, bevor ich ihn tötete. Und jede Nacht, ungefähr um Mitternacht, drückte ich die Klinke an seiner Türe herunter und öffnete sie – oh, wie unendlich behutsam! Und dann, sobald eine Öffnung entstanden war, die groß genug für meinen Kopf war, hielt ich eine dunkle Laterne hinein,

302

geschlossen, ganz und gar geschlossen, so daß ihr kein Licht entströmte, und dann schob ich meinen Kopf hinein. O Ihr hättet gelacht, wenn Ihr gesehen hättet, auf welch listige Weise ich meinen Kopf hineinschob! Ich bewegte ihn langsam – sehr, sehr langsam, damit der Schlaf des alten Mannes nicht gestört werden möge. Es kostete mich eine Stunde, meinen ganzen Kopf in die Öffnung so weit hineinzuschieben, daß ich ihn sehen konnte, wie er auf seinem Bett lag. Ha! – wäre ein Verrückter wohl so klug gewesen? Und dann, als mein Kopf weit genug im Zimmer war, öffnete ich die Laterne vorsichtig – o wie unendlich vorsichtig – ich öffnete sie vorsichtig (weil die Scharniere quietschten) gerade nur so weit, daß ein einziger dünner Lichtstrahl auf das Geierauge fiel. Und dies tat ich während sieben langer Nächte – jede Nacht gerade um Mitternacht –, aber ich fand das Auge immer geschlossen; und so wurde es mir unmöglich, ans Werk zu gehen; denn es war nicht der alte Mann, der mich peinigte, sondern sein teuflisches Auge. Und jeden Morgen, sobald es dämmerte, ging ich kühn in sein Zimmer und sprach ihn furchtlos an, nannte ihn herzlich beim Namen und fragte ihn, wie er die Nacht verbracht habe. Ihr seht also, er hätte schon ein außerordentlich findiger alter Mann sein müssen, um zu argwöhnen, daß ich jede Nacht, gerade um zwölf, bei ihm hereinschaute, während er schlief.

In der achten Nacht war ich beim Öffnen der Türe noch vorsichtiger als gewöhnlich. Die Zeiger einer Uhr bewegen sich rascher als es meine Hände taten. Niemals zuvor hatte ich so wie in dieser Nacht die Größe meiner Macht gespürt – die Größe meiner Klugheit. Ich vermochte es kaum, das Gefühl des Triumphes zu beherrschen, das mich durchströmte. Man denke nur, da stand ich und öffnete die Tür, Stück für Stück, und er ahnte nicht einmal im Traum meine heimlichen Taten und Absichten. Der Gedanke entlockte mir ein Kichern; und vielleicht hörte er mich, denn er bewegte sich plötzlich in seinem Bett, als habe ihn etwas erschreckt. Nun denkt Ihr wohl, daß ich mich zurückzog – aber keineswegs. Sein Zimmer lag in tiefer, pechschwarzer Dunkelheit (denn die Fensterläden waren aus Furcht vor Räubern fest verschlossen), und so wußte ich, daß er das Öffnen der Türe nicht sehen konnte, und fuhr unverwandt fort, die Türe aufzudrücken, immer weiter.

Mein Kopf war im Innern des Zimmers, und ich wollte gerade die Laterne öffnen, als mein Daumen vom Blech der Halterung abrutschte, und der alte Mann in seinem Bett hochfuhr und rief – »Wer ist da?«

Ich stand ganz still und sagte nichts. Eine ganze Stunde lang bewegte ich keinen einzigen Muskel und hörte während dieser Zeit nicht, daß er sich wieder hinlegte. Er saß immer noch aufrecht in seinem Bett und horchte; – genau wie ich es getan hatte, wie ich Nacht für Nacht dem Pochen der Klopfkäfer in der Wand gelauscht hatte.

Bald darauf hörte ich ein leises Stöhnen; und ich wußte, daß es ein Stöhnen aus höchster Todesangst war. Es war kein Stöhnen aus Schmerz oder Kummer – o nein! – es war der schwache, erstickte Laut, der sich aus der Tiefe der Seele erhebt, wenn diese von unsäglicher Furcht überwältigt wird. Ich kannte ihn gut, diesen Laut. Während zahlloser Nächte, gerade um Mitternacht, wenn alle Welt schlief, stieg er in meiner eigenen Brust empor und vertiefte mit seinem entsetzlichen Echo das Grauen, das mich zur Verzweiflung trieb. Wie ich schon sagte, ich kannte ihn gut. Ich wußte, was der alte Mann fühlte, und bemitleidete ihn, obwohl ich im Innersten kichern mußte. Ich wußte, seit er sich auf jenes erste leise Geräusch hin in seinem Bett bewegt hatte, lag er die ganze Zeit wach. Seitdem war seine Angst immer mehr gewachsen. Er hatte versucht, sich einzureden, daß sie grundlos sei, aber es war ihm nicht gelungen. Er hatte zu sich selbst gesagt: »Es ist nichts als der Wind im Kamin – es ist nur eine Maus, die über den Fußboden läuft« oder »Es ist nur das flüchtige Zirpen einer Grille«. Ja, er hatte versucht, sich mit Mutmaßungen zu beruhigen; aber er mußte erkennen, daß alles vergebens gewesen war. *Alles vergebens;* weil sich nämlich der vom herannahenden Tode vorausgesandte schwarze Schatten herbeigeschlichen und sein Opfer

umhüllt hatte. Und es war der düstere Einfluß dieses für ihn
unsichtbaren Schattens, der bewirkte, daß er – obwohl er
weder etwas sehen noch hören konnte – die Gegenwart meines Kopfes im Zimmer *spüren* konnte.

Nachdem ich lange Zeit gewartet hatte, sehr geduldig, ohne
zu hören, daß er sich hinlegte, entschloß ich mich, die Laterne
einen winzigen, einen ach so winzigen Spaltbreit zu öffnen.
Also öffnete ich sie – Ihr könnt Euch kaum vorstellen, wie
heimlich, wie verstohlen –, bis schließlich ein einziger schwacher Strahl, wie ein Spinnenfaden, aus dem Spalt hervorschoß
und auf das Geierauge fiel.

Es war geöffnet – weit, weit geöffnet – und ich wurde rasend
vor Wut, als ich es anschaute. Ich konnte es überaus deutlich
erkennen – es war durch und durch von einer trüben, blauen
Farbe und von einem grauenhaften Schleier überzogen, der
mich bis ins Mark erschauern ließ. Vom übrigen Gesicht oder
Körper des alten Mannes aber konnte ich nichts sehen: ich
hatte nämlich den Lichtstrahl, wie von einem Instinkt geleitet,
haargenau auf den verwünschten Punkt gerichtet.

Und habe ich Euch nicht bereits gesagt, daß das, was Ihr für
Wahnsinn haltet, nur eine übermäßige Schärfe der Sinne ist? –
in diesem Moment, sage ich Euch, traf meine Ohren ein leiser
dumpfer Klang, so wie von einer Uhr, die man in ein Tuch
gewickelt hat. Auch *diesen* Klang kannte ich sehr wohl. Es war
das Herz des alten Mannes, das Schlagen seines Herzens. Es
vervielfachte meine Wut, so wie das Schlagen einer Trommel
den Soldaten zur Kühnheit anspornt.

Aber selbst jetzt noch zügelte ich meine Ungeduld und blieb
ganz still. Ich atmete kaum. Ich hielt die Laterne bewegungslos.
Ich erprobte, wie gut es mir gelang, den Strahl unverwandt auf
das Auge zu richten. Währenddessen wuchs das höllische
Getrommel des Herzens immer mehr an. Es wurde mit jeder
Sekunde immer schneller und schneller, immer lauter und lauter. Die Angst des alten Mannes muß übergroß gewesen sein!
Es wurde immer lauter, sage ich Euch, ohne Unterlaß immer
lauter! – versteht Ihr, was ich sagen will? Ich sagte Euch, daß ich

nervös bin: und ich bin es tatsächlich. Und nun, in tiefster Nacht, inmitten der fürchterlichen Stille dieses alten Hauses, jagte mir ein so ungewohnter Laut wie dieser eine unbeherrschbare, panische Angst ein. Und doch, ein paar Augenblicke lang hielt ich noch an mich und stand still. Aber das Schlagen wurde lauter, immer lauter! Ich glaubte, das Herz müsse zerspringen. Und nun erfaßte mich eine neue Besorgnis – ein Nachbar könnte das Geräusch hören! Die Stunde des alten Mannes hatte geschlagen! Mit einem lauten Schrei riß ich die Laterne auf und sprang ins Zimmer. Er schrie noch einmal schrill – nur einmal. In Sekundenschnelle zerrte ich ihn auf den Boden, und zog die schwere Bettdecke über ihn. Dann lächelte ich vergnügt, denn der größte Teil der Tat war vollbracht. Etliche Minuten lang jedoch fuhr das Herz fort, mit einem dumpfen Klang zu schlagen. Dies störte mich jedoch nicht weiter; man würde es durch die Wand nicht hören können. Schließlich verstummte es. Der alte Mann war tot. Ich entfernte die Bettdecke und untersuchte die Leiche. Ja, er war tot, mausetot. Ich legte meine Hand auf sein Herz und ließ sie dort für eine lange Zeit ruhen. Das Klopfen hatte aufgehört. Er war mausetot. Sein Auge würde mich nie mehr belästigen.

Falls Ihr mich noch immer für verrückt halten solltet, werdet Ihr Eure Meinung ändern, sobald ich Euch beschrieben habe, wie weise und vorsichtig ich beim Verstecken des Leichnams vorgegangen bin. Die Nacht neigte sich dem Ende zu, und ich ging hastig zu Werke, jedoch ohne daß ich auch nur das geringste Geräusch verursacht hätte. Als erstes zerstückelte ich den Leichnam. Ich trennte den Kopf, die Arme und die Beine ab.

Sodann hob ich aus dem Fußboden des Zimmers drei Dielen aus und verstaute alles zwischen dem Gebälk. Hernach legte ich die Dielen wieder zurück und ging dabei so schlau, so geschickt vor, daß kein menschliches Auge – nicht einmal das *seine* – etwas Ungewöhnliches hätte entdecken können. Es gab nichts, das ich hätte wegwischen müssen – kein einziger Fleck – nicht *ein* Blutspritzer. Dazu war ich zu vorsichtig gewesen. Eine Schüssel hatte alles aufgefangen – haha!

Als ich mit diesen Arbeiten fertig war, schlug es vier Uhr morgens – und immer noch war es so dunkel wie um Mitternacht. Während es vom Kirchturm her zur Stunde schlug, klopfte man unten an der Haustür. Ich ging leichten Herzens hinunter, um die Türe zu öffnen – denn was hatte ich *nun* noch zu befürchten? Es traten drei Männer ein, die sich mit vollkommener Liebenswürdigkeit als Beamte der Polizei vorstellten. Ein schriller Schrei war von einem Nachbarn während der Nacht gehört worden; es war der Verdacht entstanden, daß es eine Gewalttat gegeben haben könnte; die Nachricht wurde der Polizeistelle überbracht, und sie (die Beamten) seien dazu abgeordnet worden, das Gebäude zu untersuchen.

Ich lächelte – denn was hatte ich schon zu fürchten? Ich hieß die Herren willkommen. Der Schrei, so sagte ich, sei mein eigener gewesen, in einem Traum. Der alte Mann, erwähnte ich, sei aufs Land gefahren. Ich führte meine Besucher durch das ganze Haus. Ich forderte sie auf zu suchen – auf das gründlichste zu suchen. Schließlich brachte ich sie zu *seinem* Zimmer. Ich zeigte ihnen seine Reichtümer, alles wohlverwahrt und unversehrt. Es erfüllte mich eine derart berauschende Zuversicht, daß ich Stühle ins Zimmer brachte und sie aufforderte, *hier* von ihren Mühen auszuruhen, während ich selbst, geleitet von dem unbändigen Wagemut, zu dem mein vollkommener Triumph mich aufstachelte, meinen Stuhl genau auf die Stelle schob, unter welcher der Leichnam des Opfers ruhte.

Die Beamten waren zufriedengestellt. Mein *Verhalten* hatte sie überzeugt. Ich fühlte mich vollkommen wohl und unbefangen. Sie setzten sich hin, und während ich ihnen heiter antwortete, plauderten sie von diesem und jenem. Binnen kurzem jedoch fühlte ich, wie ich bleich wurde, und wünschte, sie würden gehen. Mein Kopf schmerzte, und ich hatte das Gefühl, daß es in meinen Ohren sauste: aber immer noch saßen sie da und immer noch plauderten sie. Das Sausen wurde deutlicher: – es hörte nicht auf und wurde immer deutlicher; ich wurde gesprächiger, um mich von diesem Gefühl zu befreien: aber es dauerte an und gewann immer mehr an Deutlichkeit – bis es mir schließlich klar wurde, daß das Geräusch *nicht* in meinen Ohren war.

Ohne Zweifel wurde ich nun sehr bleich – aber ich redete mehr als zuvor und mit erhöhter Stimme. Doch das Geräusch wurde immer lauter – und was konnte ich tun? Es war ein *leiser, dumpfer, flüchtiger Klang – so wie von einer Uhr, die man in ein Tuch gewickelt hat.* Ich rang nach Atem – und doch hörten es die Beamten nicht. Ich sprach schneller – heftiger; aber das Geräusch wurde unaufhörlich lauter. Ich stand auf und diskutierte über irgendwelche Nichtigkeiten, mit schriller Stimme und wilden Gesten; aber das Geräusch wurde immer lauter. Warum *gingen* sie nicht endlich? Ich lief mit großen Schritten im Zimmer auf und ab, so als hätten mich die Bemerkungen der Männer in Wut versetzt – aber das Geräusch wurde immer lauter. O Gott! was konnte ich tun? Ich schäumte – ich tobte – ich fluchte! Ich ergriff den Stuhl, auf dem ich gesessen hatte, und hieb damit wütend auf die Bodendielen ein, aber das Geräusch durchdrang alles und wurde unaufhörlich lauter. Es wurde lauter – lauter – lauter! Und immer noch plauderten die Männer freundlich, und lächelten. War es möglich, daß sie nichts hörten? Allmächtiger Gott! – nein, nein! Sie hörten es! – sie argwöhnten es! – sie *wußten* es! – sie verspotteten mich in meiner fürchterlichen Angst! – dies glaubte ich und glaube es immer noch. Nichts war schlimmer als diese Qual! Nichts war unerträglicher als dieser Hohn! Ich konnte dieses heuchlerische Lächeln nicht länger ertragen! Es schien mir, als müsse ich schreien oder sterben! und da – wieder! – horcht! lauter! lauter! lauter! *lauter!*

»Schurken!« schrie ich, verstellt Euch nicht länger! Ich gebe es zu! – reißt die Dielen auf! hier, hier! – es ist das Klopfen seines grauenhaften Herzens!«

Der schwarze Kater

Was die schauerliche und doch so schlichte Geschichte betrifft, die ich im Begriffe bin, niederzuschreiben, so erwarte ich weder, noch bitte ich darum, daß man ihr Glauben schenke. Ich wäre ohne Zweifel dem Wahnsinn verfallen, falls ich solches erwarten würde, angesichts der Tatsache, daß selbst meine eigenen Sinne sich weigerten, dem Geschehenen Glauben zu schenken. Und doch, ich bin nicht wahnsinnig – und mit Gewißheit kann ich sagen, daß ich nicht träume. Am morgigen Tage jedoch soll ich sterben; und so will ich heute mein Gewissen erleichtern. Meine unmittelbare Absicht ist es, der Welt in einfachen und knappen Worten und ohne daß ich mich dazu äußerte, eine Reihe von letztlich recht alltäglichen Ereignissen vor Augen zu führen. Die Folgen, die diese Ereignisse mit sich brachten, waren furchtbar – stürzten mich in unendliche Qual – und haben mich schließlich vernichtet. Doch will ich nicht versuchen, eine Erklärung für diese Vorfälle zu finden. Für mich bedeuteten sie ein einziges Entsetzen – andere hingegen mögen sie für kaum schrecklicher befinden als eine Groteske. Vielleicht wird sich ja nach meinem Tode ein verständiger Kopf finden, der in der Lage ist, meine Phantasmen auf das Maß des Alltäglichen herabzumindern – ein Verstand, welcher ruhiger, logischer und längst nicht so erregbar ist wie der meine; der in den Umständen, die ich voll Grausen berichte, nichts anderes erkennt als eine ganz gewöhnliche und natürliche Verkettung von Ursache und Wirkung.

Von frühester Kindheit an war ich bekannt dafür, äußerst sanftmütig und barmherzig veranlagt zu sein. Meine Empfindsamkeit war sogar so auffällig, daß meine Kameraden mich unaufhörlich damit aufzogen. Besonders Tiere liebte ich sehr, und meine Eltern verwöhnten mich mit einer Vielzahl von Haustieren. Mit diesen verbrachte ich den größten Teil meiner Zeit, und nichts bereitete mir mehr Glück, als sie zu füttern und zu streicheln. Diese eigentümliche Charaktereigenschaft verstärkte sich während meines Heranwachsens und wurde mir, als ich zum Manne geworden war, zur Quelle einer meiner größten Freuden. Wer jemals einen treuen und klugen Hund in sein Herz geschlossen hat, dem brauche ich nicht lange zu erklären, wie lohnend eine solche Zuneigung sein kann und welche Befriedigung sich daraus gewinnen läßt. Es liegt etwas in der selbstlosen und aufopfernden Liebe eines Tieres, das sofort das Herz eines jeden erobert, der häufig Gelegenheit hatte zu erfahren, wie armselig die Freundschaft und wie zerbrechlich die Treue eines bloß *menschlichen* Wesens ist.

Ich habe früh geheiratet und war so glücklich, in meiner Frau eine Veranlagung zu finden, die der meinen in vieler Hinsicht entsprach. Als sie meine Vorliebe für Haustiere bemerkte, versäumte sie es bei keiner Gelegenheit, unser Haus mit den angenehmsten Exemplaren zu bevölkern. Wir besaßen Vögel, Goldfische, einen prächtigen Hund, Kaninchen, einen kleinen Affen und *einen Kater*.

Letzterer war ein bemerkenswert großes und schönes Tier, gänzlich schwarz und von erstaunlicher Klugheit. Wann immer von dieser Intelligenz die Rede war, berief sich meine Frau, die im tiefsten Herzen gar sehr zum Aberglauben neigte, häufig auf den uralten Volksglauben, daß es sich bei allen schwarzen Katzen um verkleidete Hexen handle. Nicht daß sie dies jemals *ernst* gemeint hätte – und ich erwähne die Sache auch aus keinem anderen Grund, als daß ich mich zufällig in diesem Augenblick daran erinnerte.

Pluto – das war der Name des Katers – war mir das liebste der Haustiere und mein liebster Spielgefährte. Ich allein gab ihm zu essen, und er leistete mir Gesellschaft, wo immer ich mich im Hause auch aufhalten mochte. Selbst durch die Straßen wäre er mir gefolgt, und nur mit Mühe konnte ich ihn davon abhalten.

In dieser Weise überdauerte unsere Freundschaft mehrere Jahre, während derer (voll Beschämung muß ich es gestehen) sowohl mein Temperament als auch mein Charakter – bedingt durch den Teufel der Trunksucht – eine dramatische Veränderung zum Schlechteren hin erfuhr. Von Tag zu Tag wurde ich launischer, gereizter, immer rücksichtsloser gegen die Empfindungen anderer. Ich ließ mich soweit gehen, meine Frau auf übelste Weise zu beschimpfen. Es dauerte nicht allzu lange, und ich wandte ihr gegenüber sogar Gewalt an. Selbstverständlich bekamen auch meine Haustiere die Veränderung meines Wesens zu spüren. Es blieb nicht nur dabei, daß ich sie vernachlässigte, ich mißhandelte sie auch. Nur meine Zuneigung zu Pluto war nach wie vor groß genug, um mich von Grausamkeiten ihm gegenüber abzuhalten, wohingegen ich keinerlei Skrupel hatte, die Kaninchen, den Affen oder sogar den Hund zu quälen, wann immer sie mir, sei es aus Zuneigung oder versehentlich, in die Quere kamen. Indessen nahm meine Krankheit mehr und mehr von mir Besitz – welch Übel ließe sich wohl dem Alkohol vergleichen! –, und schließlich kam es dazu, daß selbst Pluto, der nunmehr alt und somit auch ein wenig mürrisch geworden war, Bekanntschaft mit meinem Jähzorn machte.

Eines Nachts, als ich von einem meiner Ausflüge zu den Lasterhöhlen der Stadt in äußerst betrunkenem Zustande nach Hause kam, schien es mir, als miede der Kater meine Gegenwart. Ich ergriff das Tier, woraufhin es, verschreckt durch meine Heftigkeit, meiner Hand mit seinen Zähnen eine leichte Wunde zufügte. Sofort wurde ich von einer dämonischen Wut erfaßt. Ich erkannte mich selbst nicht mehr. Es schien, als entflöhe in diesem Augenblick meine ursprüngliche Seele aus meinem Leib; und eine mehr als teuflische Böswilligkeit durchflutete, vom Alkohol genährt, jede Faser meines Körpers. Ich nahm ein Klappmesser aus meiner Westentasche, öffnete es, faßte das arme Tier bei der Gurgel und schnitt in voller Absicht eines seiner Augen aus der Umhöhlung! Ich erröte, erglühe, erzittre vor Scham, während ich diese verdammenswerte Greueltat zu Papier bringe.

Als bei Tagesanbruch der klare Verstand zurückkehrte – nachdem ich den von meiner nächtlichen Trunksucht hinter-

lassenen Rausch ausgeschlafen hatte – ergriff mich wegen der
Untat, derer ich schuldig geworden war, eine Empfindung, die
halb Grauen, halb Reue war. Es war dies jedoch, bestenfalls, ein
klägliches und unbestimmtes Gefühl, und es kam nicht aus
tiefstem Herzen. Erneut stürzte ich mich in zügellose Ausschweifungen und ertränkte jeden Gedanken an die Tat im
Wein.

In der Zwischenzeit genas die Katze allmählich. Zwar bot die
Augenhöhle, die das verlorene Auge umschlossen hatte, einen
fürchterlichen Anblick, aber das Tier schien nicht länger
Schmerzen zu erleiden. Es ging wie gewöhnlich im Haus
umher, doch floh es, wie zu erwarten war, in größter Angst,
sobald ich mich näherte. Es war noch genug von meiner früheren Herzensgesinnung übriggeblieben, daß mir die offensichtliche Abneigung eines Wesens, das mich vordem so geliebt
hatte, zunächst großen Kummer bereitete. Bald jedoch wich
dieses Gefühl und machte einer Verärgerung Platz. Und dann
ergriff mich, als ginge es um meine endgültige und unwider-
rufliche Vernichtung, der Geist der WIDERSINNIGKEIT. Diesen
Geist in Betracht zu ziehen hat die Philosophie verabsäumt.
Aber ebenso wie ich gewiß bin, eine lebendige Seele zu besitzen, so bin ich mir auch sicher, daß die Widersinnigkeit eine
der ursprünglichsten Triebkräfte des menschlichen Herzens
ist – eine jener unabtrennbaren, wesentlichen Kräfte oder
Empfindungen, die dem Charakter alles Menschlichen seine
Richtung verleihen. Wem ist es nicht so ergangen, daß er, Hun-
derte von Malen, eine abscheuliche oder närrische Tat beging,
aus keinem anderen Grunde, als daß ihm geboten war, sie
nicht zu begehen? Ist uns nicht eine immerwährende Neigung
eigen, wider allen besseren Wissens dasjenige zu verletzen, das
Gesetz ist, nur weil wir es als ein solches erkennen? Dieser
Geist der Widersinnigkeit also war es, der meinen endgültigen
Sturz besiegelte. Es war eben jene ergründbare Sehnsucht
der Seele, *sich selbst zu quälen* – ihrer eigenen Natur Gewalt
anzutun – ein Unrecht zu tun nur um des Unrechts willen –
welche mich dazu trieb, mein Werk fortzuführen und unwi-

312

DER SCHWARZE KATER

derruflich zu vollenden, was ich dem unschuldigen Tier
bereits angetan. Eines Morgens warf ich ihm völlig kaltblütig
eine Schlinge um den Hals und hängte es an den Ast eine Baumes – hängte es, während mir die Tränen übers Gesicht strömten und mit bitterer Reue im Herzen; hängte es, eben *weil* ich
wußte, daß es mich geliebt hatte, und *weil* ich spürte, daß es
mir kein Leids getan hatte; hängte es, *weil* ich wußte, daß ich
eine Sünde beging, indem ich dies tat – eine Todsünde, die
meine unsterbliche Seele so in Gefahr brachte, daß sie fürderhin unerreichbar sein würde – sofern dies überhaupt möglich
ist – für die grenzenlose Güte des ach so allgütigen und ach so
fürchterlichen Gottes.

In der Nacht, die dem Tag dieser grausamen Tat folgte,
wurde ich durch Feueralarm aus dem Schlaf geweckt. Die Vorhänge meines Bettes standen in Flammen. Das ganze Haus
brannte lichterloh. Nur mit allergrößter Mühe konnten sich
meine Frau, eine Dienerin und ich aus der Feuersbrunst retten.
Alles war restlos zerstört. Meine gesamten irdischen Güter
waren ein Raub der Flammen geworden, und ich gab mich
fortan der Verzweiflung hin.

Fern liegt mir die Schwäche, eine Folge von Ursache und
Wirkung herstellen zu wollen zwischen der Greueltat und der
Katastrophe. Doch berichte ich von einer Kette von Ereignissen – und es ist mein Wunsch, auch nicht ein Bindeglied außer
acht zu lassen. An dem Tag, der auf den Brand folgte, besich-
tigte ich die Ruinen. Mit einer Ausnahme waren alle Wände
zusammengestürzt. Diese Ausnahme war eine Trennwand,
nicht besonders dick, die ungefähr in der Mitte des Hauses
gestanden hatte und gegen die das Kopfende meines Bettes
gelehnt gewesen war. Der Verputz hatte hier zum größten Teil
dem Feuer widerstanden – ein Umstand, den ich mir durch die
erst kürzlich erfolgte Neuverputzung zu erklären suchte. Um
diese Wand hatte sich eine dichte Menge versammelt, und zahlreiche Personen schienen eine bestimmte Stelle daran mit eindringlicher und gespannter Aufmerksamkeit zu untersuchen.
Wörter wie »seltsam!«, »einzigartig!« und andere, ähnliche

Bemerkungen erregten meine Neugier. Ich näherte mich und sah, als sei es ein aus dem weißen Untergrund herausgemeißeltes Relief, die Gestalt einer riesigen *Katze*. Der Abdruck war von einer Genauigkeit, die wahrhaft erstaunlich war. Um den Hals des Tieres lag eine Schlinge.

Als ich diese Erscheinung das erste Mal erblickte – denn als etwas anderes kann ich es schwerlich bezeichnen – war mein Erstaunen ebenso wie mein Entsetzen übergroß. Schließlich jedoch kam mir die Überlegung zur Hilfe. Die Katze war, wie ich mich erinnerte, in einem an das Haus angrenzenden Garten aufgehängt worden. Als der Feueralarm gegeben wurde, hatte sich dieser Garten unverzüglich mit einer Menschenmenge gefüllt – aus deren Mitte einer das Tier vom Baum geschnitten haben muß, um es durch ein offenes Fenster in mein Schlafgemach zu werfen. Dies war wahrscheinlich in der Absicht getan worden, mich aus dem Schlafe zu wecken. Das Einstürzen der anderen Wände hatte das Opfer meiner Grausamkeit in den frisch verputzten Gips gedrückt; woraufhin der darin enthaltene Kalk, zusammen mit den Flammen und dem *Ammoniak* des Kadavers, jenes Portrait schuf, das ich vor Augen hatte.

Obwohl ich dergestalt meiner Vernunft, wenn auch nicht gerade meinem Gewissen, recht bald Rechenschaft über die gerade beschriebene Begebenheit abgelegt hatte, verfehlte es diese dennoch nicht, einen tiefen Eindruck auf meine Einbildungskraft zu machen. Monatelang konnte ich mich nicht befreien von dem Phantasma der Katze; und während dieser Zeit wurde mein Gemüt von einem halbherzigen Gefühl heimgesucht, das Reue zu sein schien, aber keine war. Es kam so weit, daß ich den Verlust des Tieres bedauerte, und ich begann, mich in den üblen Gegenden, in denen ich nunmehr gewohnheitsmäßig verkehrte, nach einem neuen Haustier derselben Rasse und von ähnlichem Äußeren umzuschauen, das seinen Platz hätte ausfüllen können.

Eines Nachts, als ich in halb betäubtem Zustand in einer mehr als verrufenen Spelunke saß, wurde meine Aufmerksamkeit plötzlich von einem schwarzen Etwas erregt, das oben auf einem der riesigen Fässer voll Gin oder Rum lag, welche nahezu die einzigen Einrichtungsgegenstände des Raumes waren. Ich hatte einige Minuten lang unverwandt auf den Deckel dieses Fasses gestarrt, und es überraschte mich nicht wenig, daß ich die Gestalt darauf nicht schon früher bemerkt hatte. Ich näherte mich ihr und berührte sie mit der Hand. Es war ein schwarzer Kater – ein sehr großes Tier – genauso groß wie Pluto und ihm fast bis aufs Haar ähnelnd, mit einer Ausnahme. Pluto hatte nicht ein einziges weißes Haar an irgendeiner Stelle seines Körpers besessen; dieser Kater jedoch hatte einen großen, wenn auch unbestimmten weißen Fleck, der fast die ganze Brust ausfüllte.

Als ich ihn berührte, stand er sogleich auf, schnurrte laut, rieb seinen Kopf an meiner Hand und schien von meiner Aufmerksamkeit entzückt zu sein. Dies war ohne Zweifel genau das Geschöpf, nach dem ich auf der Suche gewesen war. Ich ging unverzüglich zum Wirt, um ihm das Tier abzukaufen; indessen erhob dieser keinen Anspruch auf das Tier – wußte nichts über seine Herkunft – hatte es nie zuvor gesehen.

Ich fuhr fort, den Kater zu streicheln, und als ich mich anschickte, nach Hause zu gehen, bekundete er eine Neigung, mich begleiten zu wollen. Ich gestattete ihm dies und bückte mich unterwegs gelegentlich, um ihn zu tätscheln. Kaum hatten wir das Haus erreicht, da machte er es sich sogleich gemütlich und wurde augenblicklich zum Liebling meiner Frau.

Was mich betraf, so entdeckte ich bald, daß eine Abneigung gegen das Tier in mir aufstieg. Dies war genau das Gegenteil von dem, was ich erwartet hatte; noch weiß ich, wie oder warum es geschah – die offensichtliche Zuneigung, die es mir entgegenbrachte, verärgerte mich eher und widerte mich an. Ganz allmählich verwandelten sich diese Gefühle der Verärgerung und des Ekels in bitteren Haß. Ich mied das Tier; ein gewisses Gefühl der Scham und die Erinnerung an meine vormalige grausame Tat hielten mich davon ab, es körperlich zu mißhandeln. Einige Wochen lang schlug ich es weder, noch tat

DER SCHWARZE KATER

ich ihm sonst irgendwie Gewalt an; aber allmählich – ganz allmählich – begann es, mir unaussprechlichen Abscheu einzu-
flößen, und leise floh ich aus seiner Gegenwart, als wäre es ein
giftiger Pesthauch.

Mein Haß auf dieses Tier wurde ohne Zweifel dadurch verstärkt, daß ich am Morgen, nachdem ich es mit nach Hause
gebracht hatte, entdeckte, daß ihm ebenfalls, wie Pluto, eines
seiner Augen fehlte. Durch diesen Umstand jedoch gewann
meine Frau es um so lieber, die ihrerseits, wie ich bereits
andeutete, in hohem Maße jenes wahrhaft menschliche Mitgefühl besaß, das dereinst mein wesentlichster Charakterzug und
die Quelle vieler meiner einfachsten und reinsten Freuden
gewesen war.

Meine Abneigung gegen diesen Kater jedoch schien dessen
Vorliebe für mich nur noch zu verstärken. Er folgte mir auf
Schritt und Tritt mit einer Beharrlichkeit, die dem Leser zu
erklären mir wohl schwer fallen dürfte. Wann immer ich mich
hinsetzte, kauerte er sich unter meinen Stuhl oder sprang auf
meinen Schoß und bedachte mich mit seinen abscheulichen
Liebkosungen. Sobald ich aufstand um zu gehen, geriet er mir
zwischen die Füße und brachte mich fast zu Fall oder er vergrub seine langen und scharfen Krallen in meinen Kleidern,
um auf diese Weise zu meiner Brust hochzuklettern. Bei solchen Gelegenheiten hielt mich jedoch immer etwas zurück,
obwohl ich mich danach sehnte, ihn mit einem Schlage zu vernichten. Teils war es die Erinnerung an meine frühere Untat,
hauptsächlich aber war es – laßt es mich lieber gleich beken-
nen – meine fürchterliche *Angst* vor dem Tier.

Diese Angst war nicht eben eine Angst vor körperlichem
Ungemach – und doch wüßte ich nicht, wie ich sie anderweitig erklären sollte. Fast möchte ich mich schämen zuzugeben –
ja, sogar in dieser Gefängniszelle schäme ich mich, es einzugestehen –, daß die Furcht und das Entsetzen, welches das Tier
mir einflößte, durch eine bloße Chimäre vervielfacht wurde,
wie man sie sich seltsamer nicht vorstellen kann. Meine Frau
hatte meine Aufmerksamkeit mehr als einmal auf die Beschaf-

DER SCHWARZE KATER

fenheit des weißen Flecks im Fell gerichtet, von dem ich bereits
sprach und der den einzig sichtbaren Unterschied darstellte
zwischen dem fremden Tier und demjenigen, das ich vernichtet hatte. Der Leser wird sich entsinnen, daß dieser Fleck zwar
sehr groß, aber ursprünglich von sehr unbestimmter Form
gewesen war; ganz allmählich jedoch – in kaum wahrnehmbarer Entwicklung, die anzuerkennen sich meine Vernunft lange
weigerte – nahm er schließlich eine äußerst fest umrissene und
deutliche Gestalt an. Es war dieser Fleck nunmehr die Darstellung eines Gegenstands, den zu nennen es mich schaudert –
und um dessentwillen, vor allem, ich das Untier verabscheute,
es fürchtete und weswegen ich mich nur zu gern seiner entledigt hätte, *wenn ich es gewagt hätte* – er war nunmehr das
Ebenbild eines furchtbaren – eines entsetzlichen Gebildes –
des GALGENS! – oh jammervoller und furchtbarer Vollstrecker
des Grauens und Verbrechens – der Qual und des Todes!

Nun war ich in der Tat so elend, daß es jedwede Grenzen
rein menschlichen Elends überstieg. Und daß ein *gedankenloses Tier* – dessen Artgenossen ich voller Verachtung vernichtet
hatte – daß ein *gedankenloses Tier* es zustande bringen sollte,
mir – mir, der ich ein Mensch war, geschaffen im Ebenbilde
Gottes, des Allerhöchsten – soviel unerträgliches Leid zu bereiten! Weh mir! weder bei Tag noch bei Nacht war mir der Segen
der Ruhe vergönnt! Während des Tages wich mir die Kreatur
keine Sekunde lang von der Seite; und in der Nacht geschah es
stündlich, daß ich aus Träumen voll unaussprechlicher Angst
hochfuhr, nur um sogleich den heißen Atem *dieses Wesens* auf
meinem Gesicht zu spüren, sowie sein unermeßliches Gewicht
– ein fleischgewordener Alptraum, den abzuschütteln ich nicht
die Kraft besaß – ewig lastend auf meinem Herzen!

Unter dem Zwang solcher Qualen erstarb auch der klägliche
Überrest des Guten, der noch in meinem Innern gewohnt
hatte. Böse Gedanken wurden meine einzigen Gefährten –
Gedanken, wie man sie sich dunkler und böser nicht vorstellen
kann. Die bisherige Launenhaftigkeit meines Wesens verwandelte sich in Haß gegen jedwedes Ding und gegen die gesam-

317

te Menschheit; und die zahlreichen jähen und unbezähmbaren Ausbrüche meiner Wut, denen ich mich nunmehr blindlings hingab, fanden – ach! – in meiner Frau, der nie eine Klage von den Lippen kam, ihr häufigstes und geduldigstes Opfer.

Eines Tages begleitete sie mich irgendeiner häuslichen Angelegenheit wegen in den Keller des alten Gebäudes, das zu bewohnen uns unsere Armut gezwungen hatte. Die Katze folgte mir die steilen Treppen hinunter, und da ich ihretwegen beinahe kopfüber hinuntergestürzt wäre, steigerte sich meine Wut zum Wahnsinn. Ich erhob eine Axt, in meinem Zorn die kindische Angst vergessend, die mir bisher Einhalt geboten hatte, und holte zu einem Schlag auf das Tier aus, der es zweifelsohne sofort getötet hätte, wenn er sein Ziel in der von mir gewollten Weise gefunden hätte. Jedoch die Hand meiner Frau verhinderte dies. Durch diese Einmischung zu einer mehr als dämonischen Raserei aufgestachelt, entwand ich meinen Arm ihrem Griff und rammte die Axt in ihren Schädel. Sie fiel auf der Stelle tot um, ohne einen Seufzer.

Nachdem ich diesen abscheulichen Mord begangen, widmete ich mich unverzüglich und mit gänzlich kühlem Kopfe der Aufgabe, den Leichnam zu verbergen. Ich wußte, daß ich ihn weder bei Tag noch bei Nacht aus dem Hause entfernen konnte, wollte ich die Gefahr vermeiden, daß die Nachbarn mich dabei beobachten könnten. Viele Pläne kamen mir in den Sinn. Einen Moment lang dachte ich daran, die Leiche in winzige Stücke zu zerteilen und diese im Feuer zu vernichten. Einen anderen Moment entschloß ich mich, ihr im Fußboden des Kellers ein Grab zu schaufeln. Auch kam mir der Gedanke, sie in den Brunnen zu werfen, der im Hof stand – oder sie in eine Kiste zu packen, als sei es gewöhnliche Ware, und sie von einem Lastenträger, entsprechend der üblichen Vereinbarungen, aus dem Hause abholen zu lassen. Schließlich fand ich einen Ausweg, der mir weit besser zu sein schien als alle anderen. Ich entschied mich, sie im Keller einzumauern – so wie die Mönche im Mittelalter der Legende nach ihre Opfer eingemauert haben.

Für einen Zweck wie diesen war der Keller vorzüglich geeignet. Die Wände waren sehr grob gebaut, und erst kürzlich hatte man sie überall mit einem rauhen Gips verputzt, der sich wegen der Feuchtigkeit der Luft noch nicht erhärtet hatte. Darüber hinaus gab es in einer der Wände einen Vorsprung, der von einem blinden Kamin oder einer Feuerstelle herrührte und den man aufgefüllt und der Erscheinung nach dem übrigen Keller angeglichen hatte. Ich zweifelte nicht daran, daß es mir ohne Mühe gelingen würde, die Ziegelsteine an dieser Stelle zu entfernen, den Leichnam in aufrechter Haltung ins Innere zu stellen und das Ganze wieder wie vorher zuzumauern, so daß keinem Auge irgend etwas Verdächtiges auffallen würde.

Und in dieser Berechnung hatte ich mich nicht getäuscht. Mit Hilfe eines Brecheisens war es mir ein leichtes, die Ziegelsteine herauszulösen, und nachdem ich den Körper vorsichtig gegen die hintere Wand gelehnt und ihn in dieser Stellung abgestützt hatte, errichtete ich den gesamten Aufbau ohne große Schwierigkeiten wieder genauso, wie er ursprünglich gewesen war. Ich hatte mir unter Berücksichtigung jeder erdenklichen Vorsicht Mörtel, Sand und Haare beschafft und stellte daraus einen Verputz her, den man von dem alten in nichts unterscheiden konnte und den ich sorgfältig über das neu errichtete Mauerwerk strich. Als ich das Werk vollendet hatte, war ich überzeugt, daß nun alles zum besten geregelt war. Die Wand bot nicht das geringste Anzeichen einer Veränderung. Den Schutt las ich mit der größtmöglichen Sorgfalt vom Boden auf. Sodann schaute ich mich triumphierend um und sprach zu mir selbst: »Hier also war meine Mühe wenigstens nicht umsonst.«

Mein nächstes Anliegen war es, das Untier zu finden, das die Ursache so vielen Elends gewesen war; denn ich hatte mich endlich unwiderruflich entschlossen, ihm den Garaus zu machen. Wäre es mir gelungen, ihm in diesem Augenblick zu begegnen, wäre sein Schicksal besiegelt gewesen; es schien jedoch, als habe sich das schlaue Tier die Heftigkeit meiner vormaligen Wut zur Warnung genommen und als hüte es sich nun, mir in meiner gegenwärtigen Stimmung vor die Augen zu kommen. Es ist unmöglich zu beschreiben, oder sich auch nur vorzustellen, welch tiefe, welch selige Erleichterung die Abwesenheit der verhaßten Kreatur in meiner Brust auslöste. Sie ließ sich während der ganzen Nacht nicht blicken – und so kam es, daß ich, seitdem das Tier ins Haus gekommen war, wenigstens während einer Nacht tief und friedlich schlief; jawohl, *schlief*, sogar mit der Last eines Mordes auf meiner Seele!

Der zweite und der dritte Tag verstrich, und immer noch war mein Peiniger nicht gekommen. Endlich konnte ich wieder als ein freier Mann atmen. Das Ungeheuer war voller Entsetzen für immer aus dem Haus geflohen! Ich würde es nie wieder erblicken! Meine Glückseligkeit kannte keine Grenzen! Die Schuld meiner verruchten Tat belastete mich nur wenig. Man hatte einige wenige Erkundigungen eingezogen; diese jedoch hatte ich bereitwillig beantwortet. Sogar eine Durchsuchung war angeordnet worden – aber selbstverständlich fand man nichts. Ich betrachtete mein zukünftiges Glück als gesichert.

Am vierten Tag nach dem Mord kam, völlig unerwartet, eine Gruppe von Polizeibeamten ins Haus und nahm erneut eine überaus gründliche Untersuchung des Grundstücks vor. Da ich mich jedoch äußerst sicher fühlte, daß mein Versteck ihnen unauffindlich sein würde, war ich frei von jeglicher Sorge. Die Beamten baten mich, sie bei ihrer Suche zu begleiten. Es gab keine Ecke, keinen Winkel, den sie nicht untersucht hätten. Schließlich stiegen sie, zum dritten oder vierten Male, in den Keller. Ich zitterte nicht im geringsten. Mein Herz schlug so ruhig, als gehöre es einem in völliger Unschuld Schlummernden. Ich schritt von einem Ende des Kellers zum anderen. Ich verschränkte die Arme über der Brust und schlenderte gelassen auf und ab. Die Polizeibeamten waren restlos zufrieden gestellt und schickten sich an zu gehen. Die teuflische Freude in meinem Herzen war so groß, daß ich mich nicht beherrschen konnte. Ich brannte darauf, wenigstens ein Wort zu sagen, das meinem Triumph Ausdruck verliehen und das sie um so mehr in ihrer Überzeugung meiner Schuldlosigkeit bestärkt hätte.

»Meine Herren«, sagte ich schließlich, während die Beamten die Treppe hinaufstiegen, »es macht mich überaus froh, Ihren Verdacht zerstreut zu haben. Ich wünsche Ihnen allen Gesundheit und ein wenig mehr Höflichkeit. Übrigens, meine Herren, dies hier – dies ist ein sehr gut gebautes Haus.« [In dem fanatischen Verlangen, etwas Gleichmütiges zu sagen, wußte ich kaum, was ich letztlich von mir gab.] – »Man könnte sogar sagen, ein *vorzüglich* gebautes Haus. Diese Wände – meine Herren, gehen Sie bereits? – diese Wände sind überaus festgefügt;« und in diesem Moment, aus reinstem, irrsinnigem Wagemut, klopfte ich mit einem Stock, den ich in der Hand hielt, heftig auf genau jene Stelle des Mauerwerks, hinter der die Leiche meines mir angetrauten Weibes stand.

Doch möge Gott mir beistehen und mich befreien aus den Klauen des Erzfeindes! Kaum war der Nachhall meines Klopfens in der Stille verklungen, da antwortete mir eine Stimme aus dem Innern des Grabes! – es erklang ein Schrei, zunächst erstickt und gebrochen, wie das Schluchzen eines Kindes, um dann rasch zu einem langgezogenen, lauten und ununterbrochenen Geheul anzuwachsen, gänzlich unnatürlich und unmenschlich – ein Brüllen, ein jammerndes Heulen, halb voller Entsetzen, halb voll des Triumphes, so als stiege es direkt aus der Hölle empor und als habe sich das qualvolle Stöhnen aus den Kehlen der Verdammten vereinigt mit dem Kreischen der Dämonen, die da frohlocken über die Verdammnis.

Von meinen Gedanken in diesem Moment zu sprechen, wäre Torheit. Der Ohnmacht nahe stolperte ich auf die gegenüberliegende Wand zu. Einen Augenblick lang blieb die Gruppe auf der Treppe bewegungslos, überwältigt von Grauen und Furcht. Im nächsten Moment jedoch machte sich ein Dutzend kräftiger Arme an der Wand zu schaffen, die daraufhin gänzlich in sich zusammenstürzte. Der Leichnam, über und über mit Blut besudelt und bereits stark verwest, stand aufrecht vor den Augen der Anwesenden. Auf seinem Kopfe stand, mit rotem, weit aufgerissenem Maul und einem einzigen, feuersprühenden Auge, das grauenhafte Untier, dessen List mich zum Morde verführt und dessen verräterische Stimme mich dem Henker ausgeliefert hatte. Ich hatte das Ungeheuer im Grabe eingemauert!

Das Faß Amontillado

Tausende von Kränkungen des Fortunato hatte ich so gut es ging über mich ergehen lassen, aber als er es wagte, mich zu beleidigen, schwor ich Rache. Ihr, die Ihr mit meinem innersten Wesen so vertraut seid, werdet Euch denken können, daß ich mich jedoch keineswegs zu einer Drohung herbeiließ. *Letztendlich* würde ich meine Rache haben; das stand mit äußerster Sicherheit fest – aber gerade jene Unumstößlichkeit, mit welcher der Entschluß gefaßt worden war, schloß jeden Gedanken daran aus, auch nur die geringste Gefahr einzugehen. Ich durfte nicht nur Vergeltung üben, sondern es mußte diese Vergeltung darüber hinaus selbst ungestraft bleiben. Sollte denjenigen, der der Vergeltung zu ihrem Recht verhalf, selbst eine Strafe treffen, so bliebe das Unrecht ungesühnt. Es bliebe ebenso ungesühnt, wenn es dem Rächer nicht gelingen sollte, den Übeltäter spüren zu lassen, wessen Rache er anheim gefallen ist.

Ich muß jedoch betonen, daß ich weder durch Wort noch Tat dem Signor Fortunato einen Grund dazu gegeben hatte, an meinem Wohlwollen zu zweifeln. Ich fuhr fort, ihm ins Gesicht zu lächeln, so wie es meine Art war, und er bemerkte nicht, daß mein Lächeln *nunmehr* dem Gedanken an seine Vernichtung galt.

Er hatte eine Schwäche – dieser Fortunato – obwohl er ansonsten ein Mann war, den man zu achten, wenn nicht gar zu fürchten hatte. Er rühmte sich, ein exzellenter Weinkenner zu sein. Nur wenige Italiener bringen es darin zu wahrer Meisterschaft. Die meisten beschränken sich darauf, sich bei passender Zeit und Gelegenheit einer fälschlichen Begeisterung zu befleißigen, um die amerikanischen und britischen Millionäre zu beschwindeln. Was Gemälde und Edelsteine anbetraf, so war Fortunato ein ebenso großer Scharlatan wie seine Landsleute, aber wenn es um edle Weine ging, war es ihm ernst. In dieser Hinsicht unterschied ich mich nicht allzusehr

DAS FASS AMONTILLADO

von ihm – auch ich war in den italienischen Jahrgängen beschlagen und kaufte in großen Mengen, wann immer sich mir die Gelegenheit dazu bot.

Es war in der Dämmerung, eines Abends, inmitten der alles beherrschenden, närrischen Karnevalszeit, als ich auf meinen Freund traf. Er sprach mich mit überschwenglicher Herzlichkeit an, denn er hatte viel getrunken. Er trug ein Narrenkostüm, bestehend aus einem enganliegenden, buntgestreiften Gewand, und auf seinem Kopf saß ein kegelförmiger, mit Glöckchen besetzter Narrenhut. Ich war so begeistert, ihn zu sehen, daß ich gar nicht mehr damit aufhören konnte, ihm eifrig die Hände zu schütteln.

Ich sagte zu ihm: »Mein lieber Fortunato, wie gut, daß ich Euch begegne. Wie überaus blendend Ihr heute ausseht. Doch wisset, ich habe ein Faß geliefert bekommen, von dem behauptet wird, es sei Amontillado; ich aber habe meine Zweifel daran.«

»Wie?« sagte er. »Amontillado? Ein Faß? Unmöglich! Und mitten im Karneval!«

»Ich habe meine Zweifel«, entgegnete ich; »ich war jedoch dumm genug, den vollen Preis für Amontillado zu bezahlen, ohne Euch in der Angelegenheit um Rat zu bitten. Ihr wart nicht aufzufinden, und ich fürchtete darum, daß mir der Handel entgehen könnte.«

»Amontillado!«

»Ich habe meine Zweifel.«

»Amontillado!«

»Und ich muß mir Gewißheit verschaffen.«

»Amontillado!«

»Da Ihr beschäftigt seid, bin ich auf dem Weg zu Luchresi. Wenn es jemanden gibt, der das beurteilen kann, ist er es. Er wird mir sagen–«

»Luchresi kann einen Amontillado nicht von einem Sherry unterscheiden.«

»Und doch behaupten einige Dummköpfe, daß sein Geschmack, was Wein anbetrifft, dem Euren in nichts nachsteht.«

DAS FASS AMONTILLADO

»Kommt, laßt uns gehen.«

»Wohin?«

»Zu Eurem Weinkeller.«

»Mein Freund, wie könnte ich; es liegt mir fern, Eure Gutmütigkeit ausnutzen zu wollen. Wie ich sehe, seid Ihr verabredet. Luchresi–«

»Ich habe keine Verabredung – kommt.«

»Mein Freund, unter keinen Umständen. Es geht mir nicht um die Verabredung, sondern um die üble Erkältung, unter der Ihr, wie ich sehe, zu leiden habt. Die Kellerräume sind unerträglich feucht. Die Wände sind mit Salpeter verkrustet.«

»Laßt uns trotzdem gehen. Die Erkältung ist nicht der Rede wert. Amontillado! Man hat Euch betrogen. Und was Luchresi anbetrifft, so kann er einen Sherry nicht von einem Amontillado unterscheiden.«

So sprechend nahm mich Fortunato beim Arm; und während ich mein Gesicht mit einer Maske aus schwarzem Samt verhüllte und den Mantel eng um meinen Körper schlug, ließ ich es geschehen, daß er mich mit zu meinem Palazzo zog.

Die Dienerschaft war nicht zu Hause; sie hatten sich davongemacht, um der Karnevalszeit die ihr gebührende Ehre zu erweisen und sich in die Lustbarkeiten zu stürzen. Ich hatte ihnen verkündet, daß ich vor dem Morgen nicht zurückkehren würde, und hatte ihnen den ausdrücklichen Befehl erteilt, das Haus nicht zu verlassen. Dieser Befehl war, wie ich sehr wohl wußte, das beste Mittel, um sicher zu gehen, daß sie sofort und ohne Ausnahme aus dem Hause verschwinden würden, sobald ich ihnen den Rücken kehrte.

Ich nahm zwei Wandleuchten aus ihren Halterungen, gab eine an Fortunato weiter und komplimentierte ihn sodann durch mehrere Zimmerfluchten hindurch zu dem Torbogen, welcher zu den Kellerräumen führte. Ich stieg eine lange, gewundene Treppe hinab und bat ihn, mir vorsichtig zu folgen. Nach einer Weile befanden wir uns schließlich am Fuße der Treppe und betraten gemeinsam den feuchten Boden, der zu den Katakomben der Montresors gehörte.

325

Der Gang meines Freundes war unsicher geworden, und die Glöckchen auf seiner Kappe klingelten bei jedem Schritt.

»Das Faß«, sagte er.

»Es befindet sich weiter hinten«, sagte ich; »aber betrachtet doch einmal jenes weiße Geflecht, das von den Höhlenwänden herabschimmert.«

Er wandte sich mir zu und schaute mir mit verschleiertem Blick ins Gesicht. Aus seinen vom Wein benebelten Augen tropfte es wässerig.

»Salpeter?« fragte er schließlich.

»Salpeter«, antwortete ich. »Wie lange leidet Ihr schon unter diesem Husten?«

»Uchh! uchh! uchh! – uchh! uchh! uchh! – uchh! uchh! uchh! – uchh! uchh! uchh! – uchh! uchh! uchh!«

Mein armer Freund sah sich einige Zeit lang nicht in der Lage, mir eine Antwort zu geben.

»Es ist nicht der Rede wert«, sagte er endlich.

»Kommt«, sagte ich energisch, »wir werden umkehren; Eure Gesundheit ist zu kostbar. Ihr seid reich, geachtet, bewundert, geliebt; Ihr seid glücklich, so wie ich es einmal war. Ihr seid ein Mann, der unersetzlich ist. Ich hingegen bin unwichtig. Wir werden umkehren; Ihr werdet sonst krank, und ich möchte nicht dafür verantwortlich sein. Und außerdem gibt es ja noch Luchresi–«

»Genug«, sagte er; »der Husten ist nicht der Rede wert; er wird mich nicht umbringen. Ich werde schon nicht an einem Husten sterben.«

»Fürwahr – fürwahr«, sagte ich; »und es lag mir ehrlich gesagt fern, Euch unnötig beunruhigen zu wollen – aber Ihr solltet jede erdenkliche Vorsichtsmaßnahme ergreifen. Ein Schluck von diesem Medoc wird uns gegen die Feuchtigkeit gefeit machen.«

Mit diesen Worten zog ich eine Flasche aus dem Gestell, das noch eine Vielzahl ihrer Artgenossen enthielt, und entkorkte sie.

»Trinkt«, sagte ich, und reichte ihm den Wein.

Er hob die Flasche mit einem schiefen Grinsen an die Lip-

DAS FASS AMONTILLADO

pen. Dann hielt er inne und nickte mir vertraulich zu, während seine Glöckchen klingelten.

»Ich trinke«, sagte er, »auf die Verstorbenen, die rings um uns her ihre ewige Ruhe gefunden haben.«

»Und ich trinke darauf, daß Ihr ein langes Leben haben möget.«

Er nahm mich erneut beim Arm, und wir gingen weiter.

»Diese Gewölbe«, sagte er, »sind sehr weitläufig.«

»Die Montresors«, antwortete ich ihm, »waren eine bedeutende und kinderreiche Familie.«

»Ich habe Euer Wappen vergessen.«

»Ein großer güldener Fuß in einem azurblauen Feld; der Fuß zerquetscht eine hochgereckte Schlange, deren Giftzähne sich in seiner Ferse vergraben haben.«

»Und der Wahlspruch?«

»Nemo me impune lacessit.«

»Sehr gut!«

Der Wein funkelte in seinen Augen, und die Glöckchen klingelten. Auch mein eigenes Gemüt hatte sich durch den Medoc erhitzt. Wir waren eine lange Reihe von Wänden entlanggeschritten, an denen Skelette aufgehäuft waren, versetzt mit einigen Tonnen und Fässern, und waren so in das tiefste Innere der Katakomben vorgedrungen. Ich blieb erneut stehen und war diesmal so kühn, Fortunato am Arm zu fassen, grad über dem Ellbogen.

»Der Salpeter!« sagte ich; »seht, er vermehrt sich. Er hängt von den Gewölben herab, als sei es Moos. Wir befinden uns unter dem Flußbett. Die Feuchtigkeit rieselt durch die Knochen. Kommt, laßt uns umkehren, ehe es zu spät ist. Euer Husten–«

»Er ist nicht der Rede wert«, sagte er, »laßt uns weitergehen. Aber als erstes noch einen Schluck Medoc.«

Ich öffnete und reichte ihm eine Flasche De Grâve. Er leerte sie in einem Zug. Seine Augen blitzten wild und hell. Er lachte und warf die Flasche in die Luft, wobei er in einer Weise gestikulierte, die ich nicht verstand. Ich sah ihn überrascht an. Er wiederholte die Bewegung – es wirkte grotesk.

»Ihr versteht nicht?« fragte er.

»Nicht im geringsten«, erwiderte ich.

»Somit gehört Ihr nicht zur Bruderschaft.«

»Wie meint Ihr?«

»Ihr gehört nicht zu den Freimaurern.«

»Doch, doch«, sagte ich; »aber ja.«

»Ihr? Unmöglich! Ein Freimaurer?«

»Ein Freimaurer«, antwortete ich.

»Ein Zeichen«, sagte er, »ich brauche ein Zeichen.«

»So seht dies«, entgegnete ich und zog unter den Falten meines weiten Mantels eine Kelle hervor.

»Ihr scherzt«, rief er aus und trat ein paar Schritte zurück. »Aber laßt uns zu dem Amontillado gehen.«

»So sei es«, sagte ich, schob die Kelle wieder unter meinen Mantel und bot ihm erneut meinen Arm. Er stützte sich schwer darauf. Wir fuhren fort in unserer Suche nach dem Amontillado. Dabei kamen wir durch mehrere niedrige Torbögen, stiegen eine Treppe hinab, gingen weiter, stiegen erneut hinab und erreichten so eine tiefgelegene Gruft, in der unsere Leuchter wegen der fauligen Luft nur noch ein schwaches Glühen von sich gaben.

In der hintersten Ecke dieser Gruft tat sich ein weiteres, weniger geräumiges Gewölbe auf. Die Wände dieses Raumes waren mit menschlichen Überresten gesäumt, welche bis an die Decke des Gewölbes gestapelt waren, ähnlich wie in den berühmten Pariser Katakomben. An drei Wandseiten dieser inneren Gruft war die Ausschmückung unberührt geblieben. Von der vierten Wandseite waren die Knochen entfernt worden und lagen in völligem Durcheinander auf der Erde, wobei sie an einer Stelle einen Haufen von nicht geringem Ausmaß bildeten. Innerhalb der Wand, die durch das Entfernen der Knochen freigelegt worden war, konnten wir eine weitere Gruft, ein nischenartiges, inneres Gewölbe erkennen, das in der Tiefe ungefähr vier Fuß betrug, in der Breite drei und in der Höhe um die sechs oder sieben Fuß. Es schien für keinen besonderen Zweck erbaut worden zu sein, sondern füllte

DAS FASS AMONTILLADO

lediglich den Abstand zwischen zwei der riesigen Säulen aus, die das Gewölbe der Katakomben trugen. Die kreisrunden Wände dieser Säulen, welche aus massivem Granit bestanden, umschlossen das Gewölbe.

Vergeblich erhob Fortunato seine trüb flackernde Fackel, um die Tiefe dieser Nische zu erkunden. Das schwache Licht machte es uns unmöglich zu erkennen, wo sie endete.

»Gehet hinein«, sagte ich; »hier befindet sich der Amontillado. Was Luchresi betrifft-«

»Er ist ein Dummkopf«, unterbrach mich mein Freund und trat unsicher ein paar Schritte vor, während ich ihm direkt auf dem Fuße folgte. Fast sofort stieß er auf die Rückwand der Nische und blieb, da ihm das Felsgestein jeglichen Ausgang verwehrte, in dumpfer Verblüffung stehen. Im nächsten Augenblick hatte ich ihn bereits gedankenschnell an den Granit gefesselt. An dessen Oberfläche befanden sich zwei eiserne Klammern, die ungefähr zwei Fuß voneinander entfernt waren und auf gleicher Höhe lagen. Von der einen dieser Klammern hing eine kurze Kette herab, von der anderen ein Vorhängeschloß. Indem ich die beiden Teile um seine Hüfte schlang, kostete es mich nur wenige Sekunden, sie zusammenzuschließen. Er war viel zu erstaunt, um mir Widerstand zu leisten. Ich zog den Schlüssel ab und trat ein paar Schritte aus der Nische zurück.

»Streift mit Eurer Hand über die Wand«, sagte ich, »Ihr könnt nicht umhin, den Salpeter zu spüren. Fürwahr, es ist *sehr* feucht. Laßt mich Euch erneut *inständig* darum bitten zurückzukehren. Nein? Dann muß ich Euch tatsächlich verlassen. Aber zunächst würde ich Euch gern jegliche Aufmerksamkeit erweisen, die in meiner Macht steht.«

»Der Amontillado!« rief mein Freund aus, der sich noch nicht von seinem Erstaunen erholt hatte.

»Wohl wahr«, antwortete ich; »der Amontillado.«

Mit diesen Worten machte ich mich an dem Haufen von Gebeinen zu schaffen, von dem ich bereits gesprochen habe. Ich warf die Knochen zur Seite und legte alsbald eine Menge

329

von Backsteinen und Mörtel frei. Mit diesem Material und unter Zuhilfenahme meiner Kelle begann ich energisch, den Eingang der Nische zuzumauern.

Kaum hatte ich die erste Reihe des Mauerwerks vollendet, entdeckte ich, daß Fortunato nicht länger vom Wein benebelt, sonder fast völlig ernüchtert war. Das erste Anzeichen, das ich davon bekam, war ein dumpfes, klagendes Aufstöhnen aus den Tiefen der Nische. Es war dies *nicht* das Stöhnen eines Betrunkenen. Darauf folgte eine lange und hartnäckige Stille. Ich legte die zweite Reihe, die dritte Reihe und die vierte; und dann hörte ich, wie wild an der Kette gerüttelt wurde. Das Geräusch hielt mehrere Minuten lang an, während derer ich, um ihm mit größerer Befriedigung lauschen zu können, meine Arbeit unterbrach und mich auf einem Haufen Knochen niederließ. Als das Klirren schließlich aufhörte, nahm ich erneut die Kelle zur Hand und vollendete ohne Unterbrechung die fünfte, sechste und siebte Reihe. Die Wand befand sich nun fast auf selbiger Höhe wie meine Brust. Ich hielt wiederum inne, hob den Leuchter über das Mauerwerk und ließ ein paar schwache Lichtstrahlen auf die Gestalt im Innern fallen.

Eine Folge von lauten und schrillen Schreien, die plötzlich aus der Kehle der angeketteten Kreatur hervorbrachen, schienen mich mit Gewalt zurückzuwerfen. Einen kurzen Augenblick lang zögerte ich, erzitterte ich. Ich zog mein Schwert aus der Scheide und begann, damit in der Nische herumzutasten; ein flüchtiges Nachdenken jedoch gab mir wieder Mut. Ich legte meine Hand auf das festgefügte Innere der Katakomben und verspürte Befriedigung. Dann näherte ich mich wieder der Mauer; ich gab Antwort auf das Gebrüll desjenigen, der da schrie. Ich gab dem Geschrei ein Echo, ich unterstützte es, ich überschrie es noch an Kraft und Wiederhall. Dies tat ich, und der Schreiende wurde stumm.

Es war nun Mitternacht, und meine Arbeit neigte sich dem Ende zu. Ich hatte die achte, die neunte und die zehnte Reihe abgeschlossen. Ich hatte einen Teil der letzten, sowie der elften Reihe beendet; es war nur noch ein einziger Stein übrig geblieben, den es einzufügen und zu verputzen galt. Ich kämpfte mit seinem Gewicht; es gelang mir, ihn teilweise auf die ihm vorbestimmte Stelle zu legen. In diesem Moment jedoch erschallte aus der Nische ein leises Lachen, das mir die Haare zu Berge stehen ließ. Hierauf erklang eine traurige Stimme, die ich nur mit größter Mühe als diejenige des edlen Fortunato wiedererkannte. Die Stimme sprach -

»Hehehe! – hahaha! – ein sehr guter Witz, fürwahr – ein ausgezeichneter Scherz. Wir werden im Palazzo noch oft und ausgiebigst darüber lachen – hahaha! – während wir ein Gläschen Wein trinken – hahaha!«

»Den Amontillado!« sagte ich.

»Hahaha! – hahaha! – ja, den Amontillado. Aber ist es nicht spät geworden? Wird man nicht im Palazzo auf uns warten, die Signora Fortunato und die anderen? Laßt uns gehen.«

»Ja«, sagte ich, »laßt uns gehen.«

»*Um der Liebe Gottes willen, Montresor!*«

»Ja«, sagte ich, »um der Liebe Gottes willen!«

Vergeblich jedoch wartete ich auf eine Antwort zu diesen Worten. Ich wurde ungeduldig. Ich rief laut –

»Fortunato!«

Keine Antwort. Ich rief noch einmal –

»Fortunato!«

Immer noch keine Antwort. Ich schob eine Fackel durch die noch verbliebene Öffnung und ließ sie nach innen fallen. Die einzige Antwort darauf jedoch war das Klingeln der Glöckchen. Das Herz wurde mir schwer; es war die Feuchtigkeit der Katakomben, die solches bewirkte. Ich beeilte mich, meine Arbeit zu Ende zu führen. Ich zwängte den letzten Stein an seinen Ort; ich verputzte ihn. Vor dem neuentstandenen Mauerwerk errichtete ich wie vordem einen Wall aus Knochen. Ein halbes Jahrhundert lang hat kein Sterblicher ihre Ruhe gestört. *In pace requiescat!*